LES ROMANS

DE LA TABLE RONDE

ET LES CONTES

DES ANCIENS BRETONS

Y²

DU MÊME AUTEUR.

MYRDHINN ou **L'ENCHANTEUR MERLIN**. Son histoire, ses œuvres, son influence. 1 vol. in-8. Paris, Didier et Cie. . . . . 7 fr.

LES BARDES BRETONS, POÈMES DU SIXIÈME SIÈCLE, traduits pour la première fois en français avec le texte en regard, un discours préliminaire et des notes. 1 vol. in-8. Paris, Didier et Cie. . . . . 7 fr.

BARZAZ-BREIZ, CHANTS POPULAIRES DE LA BRETAGNE, recueillis et publiés avec une traduction française, une introduction, une conclusion, des éclaircissements, et les mélodies originales. 4e édition, couronnée par l'Académie française. 2 vol. in-18. Paris, A. Franck.

LA LÉGENDE CELTIQUE EN IRLANDE, EN CAMBRIE ET EN BRETAGNE, suivie de textes originaux irlandais, gallois et bretons, rares ou inédits. 1 vol. in-18. Paris, A. Durand.

PARIS. — IMP. SIMON RAÇON ET COMP., RUE D'ERFURTH, 1.

LES ROMANS

DE LA

TABLE RONDE

ET LES

CONTES DES ANCIENS BRETONS

PAR LE VICOMTE

HERSART DE VILLEMARQUÉ

MEMBRE DE L'INSTITUT

NOUVELLE ÉDITION

PARIS

LIBRAIRIE ACADÉMIQUE

DIDIER ET Cᴵᴱ, LIBRAIRES-ÉDITEURS

55, QUAI DES AUGUSTINS

1861

INTRODUCTION

    L'ouvrage dont je publie une édition qui en fait presque un livre nouveau se compose de deux parties formant un tout complet : dans l'une, je cherche les origines d'une portion considérable de la poésie chevaleresque ; dans l'autre, je traduis d'anciens récits populaires intéressants pour ce qui regarde ces origines.

    L'étude comparative, objet principal de ce livre, avait été publiée, dès 1841, sous un titre provisoire : *Les Poëmes gallois et les Romans de la Table Ronde*[1].

---

[1] Dans la *Revue de Paris* de M. Buloz, t. XXXIV, 3ᵉ série.

a'

Les narrations romanesques parurent au milieu de l'année suivante, et de nouveau à la fin de
1842, avec le titre de *Contes populaires des anciens Bretons*. A leur tête, l'étude précédente re-
parut augmentée et intitulée : *Essai sur l'origine
des épopées chevaleresques de la Table-Ronde*.

Un mot d'abord sur la question traitée dans
la première partie de cet ouvrage ; je parlerai
ensuite des contes que je traduis dans la seconde.

Agitée depuis longtemps entre les critiques de
France, d'Angleterre et d'Allemagne, résolue par
le plus grand nombre négativement, par le plus
petit nombre d'une manière affirmative, la question de l'origine du cycle épique de la Table-Ronde
restait en litige. Tandis qu'on s'accordait assez
sur celle des deux autres grands cycles poétiques,
auxquels on donnait avec raison pour principale
source les souvenirs traditionnels des peuples sur
lesquels régna Alexandre ou Charlemagne, on
se plaisait généralement à voir dans les légendes
d'Arthur des fictions imaginaires sorties tout
d'une pièce du cerveau des romanciers français,
comme Minerve tout armée de la tête de Ju-
piter.

En vain Walter Scott réclama-t-il en faveur
des Gallois ; en vain l'abbé de la Rue essaya de
prouver, par le témoignage des trouvères eux-
mêmes, que les chanteurs armoricains, qu'il appelle pompeusement des bardes, avaient servi
de modèle aux poëtes de la Table-Ronde ; en
vain, M. Paulin Pâris, dans quelques pages
précieuses, soutenait savamment que « l'on
peut regarder le récit des exploits d'Arthur et de
ses compagnons comme le dépôt des traditions
les plus anciennes et les plus incontestables de
la nation bretonne ; » l'opinion contraire l'emporta, défendue par Raynouard, Daunou, tous
les rédacteurs de l'*Histoire littéraire de la France*,
et en dernier lieu par M. Fauriel, grâce à l'autorité duquel elle triompha décidément.

L'illustre critique déclara d'une manière très-
nette que ni les Bretons d'Angleterre, ni ceux de
France, n'ont le droit de revendiquer aucune
part dans la création des poëmes de la Table-
Ronde ; à son avis, ce que nous savons de la
culture poétique des derniers au moyen âge
s'oppose formellement à une semblable suppo-
sition. Niant ainsi, non-seulement le fait, mais
jusqu'à la possibilité du fait, M. Fauriel assurait
que « un genre de composition pareil à celui

des romans de la Table-Ronde n'a jamais existé
ni pu exister en Bretagne. »

Quant aux Gallois, auxquels il reconnaissait
une culture poétique attestée par des monuments
irrécusables, il soutint que le roi Arthur et les
chevaliers de sa cour, quoique célébrés dans les
poëmes historiques ou mythologiques des bardes
cambriens, n'ont pas reçu en Cambrie la forme
poétique et romanesque, et qu'ils la doivent aux
Provençaux.

W. Schlegel, Gervinus, Wilmar, d'autres Allemands encore, ont adopté cette opinion, professée
aussi par M. Ampère, mais avec des réserves.

Du reste, aussi loyal que véritablement savant, et tout disposé à renoncer à son opinion
devant des preuves plus solides que celles al-
léguées jusque-là, M. Fauriel indiquait lui-
même la marche à suivre pour le convaincre :
« Le seul moyen de parvenir à la découverte
de la vérité, disait-il, en 1832, du haut de
sa chaire de la Sorbonne, c'est de recourir
aux textes ; c'est de bien déterminer le rapport des traditions celtiques avec le fond et les
données générales des romans de la Table-
Ronde. »

Le désir de voir éclaircir la question de la

manière indiquée par le judicieux professeur
porta un ministre, ami et protecteur des lettres,
M. de Salvandy, à me charger, quoique bien
jeune encore par l'âge et surtout l'instruc-
tion, d'une mission en Angleterre. J'y fis, dans
ce but, un premier voyage en 1838, et j'y suis
retourné plusieurs fois pour le même motif. J'étu-
diai dans les bibliothèques publiques et particulières du pays les principaux manuscrits inédits
des anciens Bretons; et le résultat de mes travaux fut précisément l'étude comparée que demandait M. Fauriel des traditions celtiques avec les
romans de la Table-Ronde.

Me sera-t-il permis de dire que l'éminent critique en parut satisfait; qu'il poussa même la
modestie jusqu'à louer publiquement des ré-
sultats obtenus d'ailleurs par ses conseils? Ses
amis ne l'ignorent pas, et l'un d'eux, dont
l'affection m'a été aussi précieuse que sa mémoire me sera toujours chère, a constaté un
retour d'opinion aussi honorable pour le maître
que flatteur pour le disciple. Après avoir indiqué
les éléments nouveaux introduits dans la science
par les recherches mentionnées plus haut, et cité
l'opinion que les textes celtiques m'avaient suggérée sur l'origine du cycle d'Arthur, le regret-

table auteur des *Études d'Archéologie et d'His-*
toire a bien voulu ajouter que mes recherches
« avaient fait revenir » M. Fauriel de son système
sur l'origine provençale des romans de la Table-
Ronde [1].

Mais je me hâte d'avouer que, si le savant
historien du Midi, et avec lui la science
mieux informée, consentait à reconnaître une
racine celtique aux poëmes français d'Arthur; s'il admettait que l'inspiration des anciens Bretons avait précédé et soutenu celle
des poëtes étrangers qui ont traité le même
sujet; il était loin de croire que j'eusse résolu toutes les difficultés de la question; il
m'engagea même à rechercher, à indiquer avec
plus de précision la part que la branche française de la famille bretonne a pu prendre à la
formation du cycle épique et chevaleresque
d'Arthur.

Le vénérable doyen de la faculté des lettres
de Paris, M. Victor le Clerc, que je regarderai
toujours comme mon maître, a bien voulu
m'adresser la même question. Dans l'intérêt de
la gloire de notre vieille France, il aimerait à

---

[1] H. Fortoul, membre de l'Institut *Études*, t. II, p. 70 et 71 (1854).

voir retrouver sur le continent la trace des
poëmes bretons ou gallois avant leur para-
phrase anglo-normande, avant la vogue qu'ils
ont due à la cour française d'Angleterre [1].

Un critique plus jeune et plus hardi, heureusement distrait de ses études sur les races sé-
mitiques par une excursion fructueuse en pays
celtique, mon savant compatriote M. Renan,
s'est joint à M. Fauriel et à M. Le Clerc pour demander quel rôle la Bretagne armoricaine a joué
dans la création ou la propagation des légendes
de la Table-Ronde [2]. L'érudition allemande elle-
même, si j'en croyais son digne représentant,
M. San-Marte, me prierait à son tour de répondre.

Je tâche de montrer, dans cette édition, à
quoi la Bretagne française a droit, et je fais
cesser du même coup un dissentiment, moins
réel au fond qu'apparent, qui ne pouvait manquer de tomber devant des textes plus nombreux [3].

---

[1] *Instructions du Comité des Travaux historiques*, p. 5 (1854).
[2] *Revue des Deux-Mondes*, t. V (1854).
[3] Voyez, reproduit et modifié dans les ESSAIS DE MORALE ET DE CRI-
TIQUE de M. Renan, le remarquable article de la *Revue des Deux
Mondes* du même auteur intitulé *Poésies des races celtiques*. Michel
Lévy (1859).

On trouvera, en outre, plus approfondis et mieux étudiés ici, quelques points importants précédemment traités d'une manière assez incomplète.

Quant au plan du livre, je n'ai pas cru devoir le changer ; d'après l'avis des meilleurs juges, si la forme oratoire a plus d'éclat, la forme didactique présente plus de prise : c'est, d'ailleurs, celle de la science, et elle préfère le tranchant de l'une au plat et au poli trop souvent sonore de l'autre. Analyser successivement les poëmes les plus remarquables et les plus anciens de la Table-Ronde, en rechercher les éléments dans des monuments celtiques d'une date antérieure, telle est la méthode que j'ai continué à suivre.

Je rentre donc pour la quatrième fois dans cette galerie de vieux tableaux dont je connais depuis si longtemps toutes les figures. Ce n'est pas sans plaisir, je l'avoue, que je revois le bon roi Arthur; Merlin, son devin; son malin sénéchal, maître Keu; Beduier, son infatigable échanson; le sage Gauvain, son conseiller; ses preux chevaliers Lancelot et Tristan, qu'on aime, en les blâmant tout bas d'être un peu trop galants; Érec et Ivain, qu'on peut aimer sans nuls remords; le

vieux Calogrenant, conteur comme Nestor; Perceval le Gallois, le tenant de la chevalerie spi-
rituelle; et tous ces types charmants de femmes :
la belle et fière Genièvre; la tendre Iseult aux
blonds cheveux; la jeune veuve de Brécilien;
Énide, si bonne, si patiente et si douce; Blanche-
Fleur, fraîche comme son nom, mais qui ex-
pose bien son ami Perceval; la fée Viviane, la
fée Morgane, et ces gentilles suivantes, la fidèle
Brangien, la gracieuse et complaisante Lunette.
Il n'est pas jusqu'à la bonne face de ce lion ap-
privoisé, compagnon, lui aussi, de la Table-
Ronde, et non le moins dévoué, qui me plaise
et me charme quand je le trouve couché aux
pieds d'Ivain, le mufle allongé sur ses deux
pattes croisées, les yeux à demi ouverts et
rêvant.

De cette galerie française de portraits, je passe
dans une autre encore plus ancienne; monuments figurés, poëmes, triades, légendes, chroniques nationales, chants, traditions, contes populaires, j'y rencontre des documents celtiques
de tous genres, quelques-uns peu connus ou même
complétement ignorés, que je mets largement
à contribution.

La généalogie de l'épopée de la Table-Ronde

une fois faite, les différentes productions épiques du cycle arthurien une fois analysées et comparées avec celles des deux branches, galloise et armoricaine, de la littérature bretonne, je me résume et je conclus.

Après avoir revendiqué pour qui de droit l'invention du cycle de la Table-Ronde, je cherche, sans autre préoccupation que celle de la vérité, d'où procède l'ensemble d'idées et de sentiments sur lequel repose le système qu'on y trouve épanoui; j'examine certaines théories nouvellement émises touchant l'esprit même de ce système, et particulièrement touchant l'amour chevaleresque; je me demande ensuite si la tradition celtique a exercé sur la forme des poëmes de la Table-Ronde la même influence que sur le fond; et je termine en indiquant les causes qui ont produit au moyen âge la popularité du roi Arthur et le mouvement épique dont il est le centre; j'en suis le contre-coup dans tout le monde civilisé, jusqu'à nos jours, heureux d'avoir éclairé peut-être d'un jour nouveau l'histoire de l'influence que notre glorieuse France a exercée à toutes les époques et dans tous les pays sur les idées comme sur les faits.

Les trois contes populaires, objet de la seconde
partie de ce livre, et destinés à justifier l'o-
pinion que je soutiens dans la première, ont été
publiés en Angleterre, par les soins d'une
femme très-versée dans la langue galloise, sous
le titre inexact et un peu arbitraire de *Mabinogion*[1], que j'expliquerai tout à l'heure.

On savait depuis longtemps que les Bretons de
Galles, outre des poëmes, des triades et des chroniques, avaient des contes ou des romans en
prose. Le philologue gallois Owen les a le premier signalés à l'attention du monde savant; il
en avait même traduit un très-curieux, dès le
dernier siècle, dans une revue de son pays[2];
quelques années plus tard, il en publiait un second[3], puis un troisième[4]; et il se proposait de
les traduire tous, quand la mort l'empêcha de
mener à bonne fin cette entreprise patriotique.

L'abbé de la Rue, sans se douter de l'importance qu'ils offraient, n'en a dit un mot que pour
renvoyer assez cavalièrement le docteur Owen

---

[1] 3 vol. in–8 avec *fac-simile* des manuscrits. Londres, 1838-1848
[2] *The cambrian register*, for 1796, p. 322.
[3] *The cambrian quaterly magazine*, t. I, p. 179, 305 et 416.
[4] *Ibid.*, t. V, p 198.

« dans la compagnie des enfants et des nour-
rices, » à l'usage desquels auraient été composés les récits gallois, à en juger par leur titre
et leur contenu.

M. le Roux de Lincy les traita moins dédai-
gneusement, mais il se borna à faire ressortir
quelques analogies entre un de ces contes et
les romans de la Table-Ronde, sans soupçonner
lui-même les rapports beaucoup plus frappants
de ceux qui restaient inédits avec nos poëmes
français du cycle arthurien. M. Fauriel, leur
croyant à tous un caractère mythologique et
non chevaleresque, n'y fit même pas attention.

Les choses en étaient là, quand je fus chargé
de la mission en Angleterre dont j'ai parlé
précédemment.

A mon arrivée dans le pays, je trouvai ma
tâche facilitée : la première livraison des *Mabinogion* arthuriens venait de paraître, et pré-
sageait à la Cambrie une sœur de notre illustre
madame Dacier.

Grâce à l'hospitalité prolongée que je reçus au
collége de Jésus à Oxford, il me fut donné
de prendre connaissance à loisir du manuscrit
même dont s'était servie lady Charlotte Guest, et,
avant elle, le docteur Owen. On sait qu'il porte

le titre de *Livre rouge*. Orné, depuis peu, d'une magnifique reliure en maroquin rouge avec des fermoirs en vermeil, et conservé précieusement dans une cassette, on le montre comme une des curiosités d'Oxford.

J'ai lieu de croire qu'on l'a commencé en l'année 1318, au plus tard, date que je trouve mentionnée à la colonne 515, et qu'on l'a terminé en 1454. C'est une énorme compilation de pièces galloises en vers et en prose de toutes les époques, depuis le sixième siècle jusqu'au milieu du quinzième.

Parmi les documents romanesques du recueil il faut distinguer avec soin deux espèces de récits très-différents d'origine, les uns qui n'ont rien de celtique, qui roulent sur des sujets étrangers aux peuples bretons, et sont d'ailleurs positivement donnés pour des traductions pures et simples d'ouvrages en langue latine ou en langue romane, arrivés jusqu'au pays de Galles comme partout ; les autres, où tout est original, noms d'hommes et de lieux, généalogie, habitudes, mœurs, idées, sentiments, traditions, et que leurs auteurs présentent comme des œuvres kymriques.

Ces derniers romans sont au nombre de onze ;

il en existe plusieurs copies anciennes dans d'autres bibliothèques, et notamment dans celles de M. Bosanquet, à Londres, et de sir Robert Vaughan au château de Rug, dans le Denbigshire, où j'en ai vu une du treizième siècle. La famille William Wynn en possédait aussi, mais ils viennent de disparaître dans le déplorable incendie du château de ce nom.

Le plus long des contes kymriques, divisé en quatre branches, porte le titre de *Mabinogi*[1]; deux de *Songes*[2], deux d'*Histoires*[3]; deux autres de *Nouvelles concernant Arthur et ses chevaliers*[4].

Ces quatre derniers, et le premier de ceux qui sont intitulés *Songes*, se rapportent seuls au cycle arthurien; les autres sont des contes merveilleux, à peu près dans le genre des *Mille et une Nuits*, et ils justifient fort bien le titre moderne de *Mabinogion* ou d'*Enfantins*, que lady Charlotte Guest a eu le tort d'étendre à toutes les narrations cambriennes.

J'ai dit que tout est celtique dans ces narra-

---

[1] Il contient les récits suivants : 1° *Puyll* (col. 710); 2° *Branwen* (col. 726); 3° *Manauyddan* (col. 739); 4° *Math.* (col. 751).

[2] 1° *Breidut Ronabwy* (col. 555); 2° *Breidut Maxen* (col. 697).

[3] 1° *Ystorya Kilwch ac Olwen neu Twrch Troyt* (col. 810); 2° *Ystorya Gereint vab Erbin* (col. 769).

[4] *Chuedlau am Arthur a e viluyr :* 1° *Yarlles y ffynnaun* (col. 627); 2° *Peredur* (col. 655)

tions; j'ajoute qu'on ne pourrait pas plus douter
de leur originalité que de leur ancienneté : l'une
et l'autre sont attestées dès le milieu du douzième
siècle par des témoignages irrécusables. On se
rappelle le passage important où l'évêque gallois Giraud de Barry déclare que ses compatriotes possèdent, indépendamment de leurs
bardes et de leurs ménestrels, des conteurs
populaires, appelés par d'autres sans cérémonie
des *histrions*, classe de nouvellistes ou de chroniqueurs dans la même relation avec les bardes
et les ménestrels cambriens que les *novellaires*
provençaux avec les troubadours et les jongleurs du Midi. Ces narrateurs, ajoute Giraud,
ne se contentent pas, comme l'assure aussi
Geoffroi de Monmouth, de répéter de mémoire
l'histoire des héros d'autrefois, mais ils l'ont
par écrit dans des livres rédigés en langue cambrienne, et le savant évêque les qualifie d'anciens et d'authentiques[1].

Guillaume de Malmesbury observe même, avec
une perspicacité confirmée par les monuments
arrivés jusqu'à nous, que les récits des conteurs

---

[1] Bardi cambrenses et cantores seu recitatores genealogiam habent
in libris eorum antiquis et authenticis, sed etiam cambrice scriptam
(*Itiner.*, éd. de Gale, p. 883.)

bretons étaient d'anciennes cantilènes peu à peu
détériorées dans leur transmission orale à travers les siècles, et mises finalement par écrit
sous une forme prosaïque.

Il est remarquable d'entendre un trouvère flamand qui savait, on n'en peut douter, la langue
des anciens Bretons, Marie de France, confirmer
le témoignage de l'évêque gallois et de Guillaume
de Malmesbury. A propos d'un conte cambrien
sur Tristan et Iseult qu'elle traduit, elle s'exprime ainsi :

> Plusieurs le m'ont conté et dit,
> Et je l'ai trouvé en écrit.

Elle indique même la bibliothèque du pays de
Galles où elle a trouvé les originaux de ses légendes bretonnes. C'est celle d'une abbaye autour de laquelle habitaient beaucoup de conquérants flamands, ses compatriotes, le monastère
bien connu de Saint-Aaron, dans la ville actuelle de Caerléon, comté de Glamorgan[1]. M. Ampère la soupçonne, il est vrai, de n'avoir pas dit
la vérité; mais pourquoi ce doute peu galant, que
rien d'ailleurs ne justifie?

[1] Roquefort, *Poésies de Marie de France*, t. I, p. 542.

Tous les écrivains du moyen âge qui ont mentionné les anciens contes bretons placent invariablement les histoires d'Arthur et de ses chevaliers
à la tête des récits les plus en vogue : mais tous
ne sont pas disposés à croire les faits qu'ils rapportent. Il y a, entre autres, un certain moine
anglo-saxon qui se met tout de bon en colère
contre les conteurs; il les traite sans façon de
« brocheurs de fictions absurdes; » il leur reproche de se faire l'écho des vieux radotages des
Bretons, au sujet du fabuleux Arthur; il leur
jette à la tête l'épithète de vaniteux impudents,
et prétend que le désir d'élever un roitelet au-
dessus de César et d'Alexandre le Grand leur a
inspiré ces récits; il irait même jusqu'à les
vouer aux flammes, comme Dante y a voué le
troubadour Arnaud Daniel, pour son roman sur
Lancelot et Genièvre, si le roi d'Angleterre, par
une déplorable faiblesse, ne les couvrait de sa
protection, et ne se faisait trop souvent un dam-
nable plaisir de les écouter.

Un autre ecclésiastique du même temps, aussi
peu charitable, mais prenant les choses d'une
façon moins tragique, raconte malicieusement
qu'un jour je ne sais quel saint homme, ayant
voulu prouver à tout l'univers la fausseté des

histoires d'Arthur, plaça d'un côté un livre où ce prince était porté aux nues, de l'autre le Nouveau Testament, dans un endroit fréquenté par le Diable, et que l'Esprit de mensonge, s'étant éloigné avec terreur du livre saint, vint s'asseoir et se prélasser avec délices sur le recueil des hauts faits du monarque breton. On voit combien ces curieux récits passionnaient, dans un sens ou dans l'autre, les hommes les plus graves.

Aucun nom certain d'auteur n'est venu jusqu'à nous; quant aux contes, longtemps transmis oralement, une collection en aurait été faite par un homme du pays même où Marie de France en trouva un manuscrit; cet écrivain, né à Tir-Iarl, en Glamorgan, et appelé Ieuan ap Diwlith, les aurait mis par écrit à la demande d'un chef cambrien vers le milieu du douzième siècle : telle est l'opinion de plusieurs érudits du pays de Galles; ils la disent fondée sur des documents conservés par un des éditeurs du *Myvyrian*, et qu'on a publiés sous le titre de *Manuscrits d'Iolo*, pour faire suite à l'Archéologie de Myvyr : les copies que nous avons des anciens contes bretons auraient été prises sur les originaux, successivement rajeunis

aux treizième et quatorzième siècles, comme
l'atteste d'ailleurs leur langage.

Quelque disposé que je sois à adopter l'autorité
invoquée, la moindre preuve matérielle me
semblerait préférable, et je regrette que l'époque
positive de la rédaction des contes cambriens
ne nous soit pas aussi bien garantie que celle des
autres monuments littéraires des anciens Bretons.
Mais heureusement nous avons le moyen de
prouver que, par le fond du moins, ils remontent au temps qu'on leur assigne, sinon au
delà. Je trouve dans un manuscrit de Nennius,
qui est, comme on le sait, de l'écriture du
dixième siècle, le résumé de l'histoire du roi
Twrch-Troyt, c'est-à-dire *métamorphosé en sanglier*, objet d'une chasse merveilleuse d'Arthur
et de ses compagnons[1].

En outre, des écrivains latins de la première
moitié du douzième siècle mentionnent différentes légendes arthuriennes qu'on pourrait regarder comme celles des recueils modernes; ils citent particulièrement certains récits d'histrions
concernant le chevalier Owenn, fils d'Urien, dans
lesquels il est difficile de ne pas reconnaître une

[1] Voyez plus loin, p. 123.

version telle quelle du conte parvenu jusqu'à nous[1]. Un de ces écrivains traduit même en entier une légende relative au célèbre Gauvain, ne veu d'Arthur, dont il latinise en *Gwalwanus* le nom gallois Gwalhmaï, et dans cette légende, qu'il dit empruntée aux Bretons, on lit effectivement un épisode reproduit dans le conte d'Owenn, le siége et la délivrance d'un château rempli de malheureuses femmes captives d'un tyran[2]. L'épilogue du conte latin en question se termine par ces mots caractéristiques où le traducteur, après avoir réclamé poliment son salaire de son patron, ajoute avec un air de profond dédain à l'endroit des conteurs populaires bretons : « Vous savez qu'il y a bien plus de besogne à mettre dans un latin élégant et paré de toutes les grâces du style les récits des histrions qu'à les débiter platement comme eux en langue vulgaire. »

Mais, quand même les conteurs bretons et leurs narrations ne seraient indiqués nulle part; quand nous n'aurions que le texte des trois

---

[1] Voyez plus loin, p. 91.
[2] In aquilonari parte Britanniæ erat quoddam castellum puellarum nuncupatum, etc. *De ortu Walwani, nepotis Arthuri.* Ms. du douzième siècle du Musée britann. *(Faust.* B. 6, col. 38, verso.)

légendes galloises d'Owenn, de Ghérent et de
Pérédur, pour nous faire une opinion sur leur
âge; leur comparaison avec les plus anciens romans français sur le même sujet démontrerait
suffisamment qu'ils datent d'une époque antérieure, ce qui est le point important [1].

Les traductions des récits cambriens sont suivies d'un petit nombre d'éclaircissements puisés
pour la plupart à la grande source kymrique,
l'*Archéologie galloise* de Myvyr; quelques-uns tirés
des traditions populaires de notre Bretagne française. Ces derniers achèveront de faire voir que
des légendes identiques à celles des romans
de la Table-Ronde étaient communes aux deux
branches de la famille bretonne; que les mêmes
récits passaient et repassaient, comme les flots
des côtes de la Péninsule aux rivages de l'Ile;
et on se rappellera, en les lisant, le remarquable édit d'Édouard le Confesseur, ordonnant
que les Bretons d'Armorique voyageant dans son
royaume fussent traités comme des citoyens de la
Grande-Bretagne, *sicut probi cives*, en souvenir des

---

[1] Au reste, il n'y a plus de doute à cet égard pour les personnes qui
ont examiné sérieusement la question : tout le monde a lu le savant
et substantiel résumé qu'a fait M. Henri Martin des travaux entrepris
avant 1856, sur la poésie chevaleresque.

antiques rapports de la colonie avec la mère patrie.

Un examen critique des monuments gallois et armoricains, sur lesquels s'appuie l'opinion soutenue dans la première partie de ce livre, se trouvait à la fin des deux premières éditions; j'ai cru devoir le remplacer par des textes poétiques originaux plus importants peut-être, selon de fort bons juges, que ceux mêmes des contes sous leur forme actuelle; le progrès des études celtiques le rend d'ailleurs inutile à ceux qui savent, et il le serait encore plus aux autres.

PREMIÈRE PARTIE

—

LES ROMANS

DE

LA TABLE RONDE

ET LES

CONTES DES ANCIENS BRETONS

LES ROMANS

DE

LA TABLE RONDE

ET LES

CONTES DES ANCIENS BRETONS

Quand le présent est dur et l'avenir incertain, le passé offre à l'imagination une pente douce et irrésistible. Comme ce personnage d'une légende carlovingienne qui, lassé de lutter contre les flots et la mauvaise fortune, abandonne la rame, s'enveloppe de son manteau, ferme les yeux, s'endort, et va aborder, endormi, dans l'île des fées, où s'élève un palais dont les murs sont de topaze et d'émeraude, les portes d'ivoire poli, la toiture d'or ciselé; l'homme fatigué du monde réel se réfugie dans le monde idéal. Virgile, à la vue des guerres de l'Italie, et du Tibre écumant du sang des citoyens, rêve

1*

au siècle du bon Évandre. Milton, témoin blessé des
révolutions d'Angleterre, se recueille pour chanter l'É-
den. Les poëtes de l'ère féodale chantaient aussi le bon
vieux temps malgré les prétendues délices de l'âge où
ils vivaient, dont quelques personnes aujourd'hui voudraient faire un autre âge d'or. L'un d'eux disait en
détournant ses regards du présent :

> ... Pour parler de ceux qui furent,
> Laissons ceux qui en vie durent :
> Encor vaut mieux, ce m'est avis,
> Un courtois mort qu'un vilain vif [1].

Cet âge d'or qui recule sans cesse à mesure qu'on le
poursuit, les poëtes du douzième siècle le plaçaient,
soit à l'époque de la guerre de Troie, soit sous Alexandre; le plus grand nombre, au temps *où la reine Berthe
filait*, lorsque Charlemagne et Rolland pourfendaient les
géants sarrasins, ou lorsque

> Arthur, le bon roi de Bretaigne,

donnait à ses paladins les fêtes galantes de la Table-
Ronde.

Souvenirs légendaires de l'antiquité grecque et romaine, souvenirs héroïques de l'histoire de France,
souvenirs traditionnels des deux Bretagne, voilà le
triple motif poétique dont ils se plaisaient à tirer des
variations infinies. C'était, pour parler leur langage, la
plus riche *matière* qu'un ouvrier pût travailler :

---

[1] Chrestien de Troyes, le *Chevalier au lyon*.

Ne sont que trois matières à nul homme entendant :
De France, de Bretaigne et de Rome la grand[1].

Que cette matière précieuse leur fût remise par les
rois ou comtes de France et d'Angleterre dont ils
étaient vassaux, ou qu'ils la choisissent eux-mêmes, ils
l'accommodaient au goût et à la mode de ceux à qui
ils s'adressaient, et du donjon où ils travaillaient,
s'envolant dans un ciel de leur choix, ils pouvaient dire
d'avance avec une victime plus réelle encore d'une
époque d'odieuse mémoire :

D'un noir cachot sur moi les murs pèsent en vain,
L'illusion féconde habite dans mon sein,
    J'ai les ailes de l'espérance !

Consolatrices des cœurs affligés, les ombres heureuses dont ils peuplaient un passé imaginaire charmaient
aussi les ennuis de leurs contemporains. C'était à qui
serait admis dans les châteaux aux lectures de leurs
nouveaux poëmes. Comtes, barons, dames et chevaliers
y prenaient un plaisir extrême. Un trouvère normand
nous apprend que les seigneurs pour lesquels il écrivait le poussaient constamment à l'étude, qu'il les entendait sans cesse lui répéter :

Vous devriez tout temps écrire,
Qui tant savez bel et bien dire[2].

Les présents accompagnaient généralement les éloges :
le même trouvère remercie le roi d'Angleterre Henri II

[1] Jean Bodel, la *Chanson des Saxons.*
[2] Robert Wace, le *Roman de Rou.*

de lui avoir donné un canonicat pour un poëme. Le poëme en question offrait la mise en œuvre d'un thème venu de Bretagne sous le nom de *Brut*, et est le premier en date des romans de la Table-Ronde.

L'enchanteur Merlin, évoqué à la voix du romancier, ouvre à la chevalerie les portes de la cour d'Arthur. Cette cour présente l'image de ce que j'appellerais volontiers l'idéal d'un salon de bonne compagnie au douzième siècle. Elle a son histoire générale, qui est une espèce d'épopée, et ses histoires particulières, qui en sont comme des épisodes. L'épopée contient la légende du Roi lui-même ; les épisodes racontent les aventures des principaux personnages qui l'entourent et que j'ai déjà nommés : Merlin et Viviane, Lancelot et Genièvre, Tristan et Iseult, Yvain et la dame de Brécilien, Erec et Énide, Perceval et les chevaliers du Saint-Graal.

Ces différents personnages, ainsi que leur chef héroïque, ont reçu une physionomie, des caractères, des mœurs, un costume définitifs de la muse épique de la France qui les a introduits dans l'Élysée chevaleresque créé par elle pour les preux de tous les points de l'espace et du temps.

Les étudier d'abord dans l'atmosphère lumineuse où elle les a placés, puis, les faisant descendre dans les régions moins élevées où ils sont nés, où ils ont vécu, où ils ont grandi, les suivre, en remontant de sphère en sphère jusqu'à leur transfiguration, tel est l'objet que je me propose.

I

LE ROI ARTHUR

La légende d'Arthur, point central du cycle de
la Table Ronde, a été écrite en vers français par
Robert Wace, en 1155, dans son roman de *Brut*[1], et
depuis lors, remaniée, paraphrasée et amplifiée, dans
toutes les langues de l'Europe.

Le trouvère normand raconte comment Arthur naquit, par un prodige, d'un prince armoricain, appelé
Uter Penn-dragon, et d'une reine de Cornouailles,
épouse d'un roi nommé Gorloes, en la personne duquel Uter se transforma; il le fait sortir à la fois des
trois branches de la race bretonne et lui donne pour
aieul Énée, père des Romains; il célèbre ses combats,
ses victoires, dès l'âge de quinze ans, ses prouesses

[1] Publié par M. Leroux de Lincy. Paris, Techener, 1838.

chevaleresques dans l'île de Bretagne, ses courses triom-
phales à travers l'Europe. Il le représente tantôt comme
un autre Alexandre, soumettant l'Irlande, le Danemark,
la Norvége et même la France, qu'il enlève à un général
romain, gouverneur de Paris, et poussant ses conquêtes
jusqu'en Italie, où il arrive à la tête de cent quatre-vingt-
trois mille chevaliers ; tantôt c'est un autre Thésée,
purgeant au loin la terre des géants et des monstres. Il
l'arme d'une épée magique, appelée *Calibourne*, présent
des fées de l'île d'Avalon, et d'un bouclier où l'on voit

> De madame Sainte Marie
> Pourtraite et faite la semblance,
> Par honor et par remenbrance.

Il lui donne pour cri de guerre : *Dieu aide et sainte
Marie !* Il lui fait tenir cour plénière à Carlion en Galles,
aux grandes fêtes de l'année, et réunir autour de sa personne, dans des tournois fameux, la fleur des rois, des
barons et des chevaliers de l'Europe, qui viennent lui
rendre hommage comme au plus grand monarque qui
ait porté couronne. Il nomme ses courtisans, parmi
lesquels il distingue d'une manière spéciale : maître
Keu, comte d'Anjou, sénéchal ou majordome d'Arthur;
Beduier, comte de Normandie, son échanson ; Gauvain, roi de Norvége, son conseiller et son ambas-
sadeur; et Hoël, roi des Bretons armoricains, son
frère germain ou son cousin et son plus puissant allié.
« C'est pour eux, dit le poëte, qu'il créa l'ordre militaire
de la Table Ronde, dont les Bretons racontent mainte
fable. Tous les chevaliers étaient égaux, quels que fus-

sent d'ailleurs leur rang et leur titre; tous étaient servis à table de la même manière; aucun ne pouvait se vanter d'occuper une place plus élevée que son voisin ; il n'y avait entre eux ni premier ni dernier.

« Il n'y avait pas un Écossais, pas un Breton, pas un Français, pas un Normand, pas un Angevin, pas un Flamand, pas un Bourguignon, pas un Lorrain, pas un bon chevalier, de l'Orient à l'Occident, qui ne se crût tenu d'aller à la cour d'Arthur ; tous ceux qui recherchaient la gloire y venaient de tous les pays, tant pour juger de sa courtoisie que pour voir ses États, que pour connaître ses barons, que pour avoir part à ses riches présents. Les pauvres gens l'aimaient, les riches lui rendaient de grands honneurs; les rois étrangers lui portaient envie et le craignaient, car ils avaient peur qu'il ne conquît tout le monde et ne leur enlevât leur couronne. »

Toutefois cette gloire a ses ombres, et Wace ne les dissimule pas. Après les triomphes d'Arthur, arrivent la trahison de son neveu Mordred, le rapt de sa femme Genièvre, qui se retire dans un couvent, et la bataille de Camlan, où il est blessé à mort. L'histoire devrait finir là ; mais cette catastrophe se change en une péripétie qui relève par enchantement et immortalise Arthur : en tombant sur le champ de bataille, il est reçu par des esprits mystérieux qui le transportent dans l'île d'Avalon, où des fées amies doivent guérir ses blessures, et d'où il reviendra un jour.

Telles sont les situations principales de l'histoire romanesque d'Arthur. L'auteur en est-il aussi l'inventeur? Je n'hésite pas à répondre que non, et il me semble qu'on ne pourra guère se refuser à partager mon sentiment, si je suis assez heureux pour produire des monuments gallois et armoricains d'une date antérieure à l'an 1155, offrant toutes les données du roman, et prouvant que Robert Wace s'est fait l'écho fidèle des traditions populaires de la Cambrie et de l'Armorique. C'est ce que je vais essayer de montrer.

I. J'ouvre le recueil des bardes cambriens du sixième au dixième siècle. Taliesin, l'un des plus anciens, passe pour l'auteur d'un poëme où Arthur est représenté comme fils d'Uter Penn-dragon[1]. A vrai dire, Uter est ici un personnage purement mythologique : il se donne à lui-même le nom de « roi des ténèbres, d'être mystérieux et voilé, d'ordonnateur des batailles ; » il a pour bouclier l'arc-en-ciel ; il se vante d'avoir foudroyé cent forts, tué cent gouverneurs, coupé cent têtes ; en un mot, d'être le génie de la guerre. Mais peu importe au fond ; l'origine d'Arthur est constatée. Cette origine se trouve enveloppée des mêmes ombres que dans le roman. On est tout surpris, par exemple, d'entendre dire au père d'Arthur que, pour l'engendrer, il a pris la forme d'une *nuée*, en gallois *Gorlas* ou *Gorlàsar*, nom commun dont la tradition romanesque a fait un nom d'homme, *Gorloes*, en renouvelant l'histoire du Piré.

L'Arthur bardique possède la neuvième partie de la

[1] Myvyrian *Archaiology of Wales*, t. I, p. 72.

puissance du dieu auquel il doit le jour[1] ; il est le chef
des batailles et l'honneur de la Cornouailles[2]. Rien ne
résiste à sa vaillance. On lui donne le nom de *Miracle
de l'épée*[3]. Le synode des bardes chante : « Qu'Arthur soit béni, selon les rites des bardes assemblés!
Gloire à sa face qui rayonne dans la mêlée quand tout
s'agite autour de lui[4]! »

Il va lui-même jusqu'à prétendre aux honneurs
qu'on rend au soleil[5].

Il reçoit de son père un glaive merveilleux, que
Taliesin appelle la *grande épée du grand Enchanteur*[6].
Comme dans le roman, il entreprend plusieurs expéditions guerrières, s'empare d'un grand nombre de villes,
et parcourt en vainqueur je ne sais quel monde imaginaire[7].

Les anciens bardes le font toujours suivre de son
majordome, Kaï-le-Long, de son échanson, Beduyr, et de
Gwalhmaï, son héraut « à la langue d'or, » dont nos romanciers français changent les noms en Keu, Beduier
et Gauvain, comme celui de Gwenhwyvar ou Gwennivar
en Genièvre, et de Médrod en Mordred.

Les uns et les autres peignent Genièvre sous les mêmes traits. « Elle était, dit Taliesin, d'une humeur
altière dans son enfance, et plus altière encore dans
son âge mûr[8]. » Un barde du dixième siècle a conservé

---

[1] Myvyrian, t. I, *Elégie de Uthyr Penn-dragon*, p. 72. — [2] Ibid.,
Arthur et l'Aigle, t. I, p. 177. — [3] Ibid., p. 176 et 177. — [4] Ibid.,
p. 65. — [5] Ibid., p. 175. — [6] Ibid., p. 72. — [7] Ibid., p. 45. —
[8] Cité par le Rev. Th. Price (*Hanes Kymru*, p 269).

le souvenir de ses démêlés avec son mari dans un dialogue curieux, où la reine prend à tâche de le railler et de le contredire à chaque mot. En voici un fragment :

ARTHUR.

« Mon cheval est noir, et il me porte bien; il n'évite point l'eau, et ne fuit devant personne.

GWENNIVAR.

« Mon cheval est gris et de la couleur de la feuille. Puisse le vantard être éternellement méprisé ! Ses propos le charment seul.
« Qui chevauche quand bon lui semble et marche en tête de l'armée? — Un guerrier que nul ne peut vaincre : Kaï-le-Long, fils de Seuni.

ARTHUR.

« Je chevaucherai moi-même quand il me plaira ; je ferai galoper mon cheval le long du rivage à la marée montante ; je n'aurai pas de peine à vaincre Kaï.

GWENNIVAR.

« Tiens, jeune homme, il est étrange de t'entendre parler de la sorte ; à moins que tu ne vailles mieux que tu ne sembles, tu ne pourrais vaincre Kaï, même avec cent guerriers comme toi.

ARTHUR.

« Gwennivar au charmant visage, ne me raille pas ; quoique je sois petit, je vaincrais cent guerriers tout seul.

GWENNIVAR.

« Jeune homme à l'habit noir et jaune, en considérant bien tes traits, je crois me souvenir de t'avoir déjà vu ailleurs.

ARTHUR.

« Gwennivar aux doux yeux aimables, dis-moi, si tu le sais, où tu m'as déjà vu.

GWENNIVAR.

« J'ai vu à Kelliwig, au pays de Dyfnaint[1], un homme d'une taille moyenne assis à table, et distribuant le vin à ses compagnons.

ARTHUR.

« Gwennivar aux paroles charmantes, les lèvres de la femme, à travers la raillerie, laissent percer la vérité : c'est vrai, tu m'as vu là pour la première fois[2]. »

D'épouse querelleuse et superbe, la reine devient femme adultère, dans les poëmes des bardes primitifs comme dans le roman, et se laisse enlever par Médrod. « Mais son arrogance, dit Myrdhin, a été punie, et elle en a gémi, lorsque, renfermée dans un cloître, elle s'est vue forcée d'obéir à un maître ecclésiastique[3]. » Le même poëte chante la bataille de Camlan, où Arthur tire une éclatante vengeance du séducteur Médrod[4]. Taliesin, qui se vante de savoir célébrer les souvenirs de la même bataille[5], sujet que tout barde royal devait traiter en certaines circonstances, d'après les lois galloises, fait disparaître le roi dans la mêlée, et parle de sa disparition comme d'un mystère[6] ; mais un autre barde moins discret nous apprend qu'il est monté au ciel, où il anime une constellation, la Grande Ourse, appelée en gallois le *chariot d'Arthur*, en attendant qu'il revienne sur la terre, pour livrer de nouveaux combats[7].

Je n'insisterai pas sur ces analogies de l'histoire bar-

---

[1] Le Devonshire. — [2] Myvyrian *Archaiology of Wales*, t. I, p. 175. [3] Ibid., ibid., p. 153. — [4] Ibid., ibid. — [5] *Notices sur les principaux manuscrits des anciens Bretons*, p. 35 et 36. — [6] Myvyrian, t. I, p. 81. — [7] Myvyr. *Archaiology of Wales*, t. I, p. 178.

dique et de l'histoire romanesque d'Arthur : mêmes noms, mêmes rôles, mêmes caractères ; la seule diffé- rence vient de la couleur, héroïque et chevaleresque dans l'une, purement mythologique dans l'autre.

Cependant les Gallois possèdent deux poëmes histo- riques du sixième siècle, où il est question d'un chef cambrien du nom d'Arthur, qui a réellement existé. Il y est appelé tantôt « chef des nobles [1], » tantôt « con- ducteur des travaux de la guerre [2], » généralissime, *empereur* [3]. Mais ce personnage n'a rien de commun avec son homonyme, rien de merveilleux, rien d'ex- traordinaire.

II. Les triades (et je me hâte de dire que je ne m'au- torise que de la collection du moine de Lancarvan, mort avant l'an 1150), les triades me paraissent avoir voulu faire un personnage réel de l'Arthur mytholo- gique, et l'avoir substitué à l'Arthur de l'histoire, dont les actions plus ou moins importantes auront été oubliées au bout d'un certain temps : c'est bien encore le héros des anciens bardes, mais dépouillé de toute auréole ; il n'est plus fils d'un dieu, il n'est plus roi du monde, il ne parcourt plus l'univers en vainqueur, il n'a plus d'épée magique, il n'a plus d'astre au ciel, il ne doit plus revenir sur la terre ; il meurt, comme le dernier de ses soldats, à la bataille de Camlan [4].

Les personnages qui l'entourent ont, au contraire,

---

[1] Myvyrian, t. I, p. 155. — [2] Price, *Hanes Kymru*, t. I, p. 272. — [3] *Les Bardes bretons, poëmes du sixième siècle,* p. 10. — [4] Myvyrian, t. II, p. 5 et 66, passim.

assez fidèlement gardé leur type originel bardique. Médrod est généralement signalé comme un traître, usur-
pateur des États de son oncle, dont il séduit la femme
et cause la mort [1]; et Gwennivar, comme une épouse
altière, violente et infidèle [2]. Beduyr et Kaï font toujours à la cour du prince breton l'office d'échanson et
de maître-d'hôtel; ce dernier a conservé le sobriquet
qui fait allusion à la longueur démesurée qu'il pouvait
prendre. Gwalhmaï est toujours « le héraut à langue
d'or, » l'un des trois sages de l'île de Bretagne, l'un
des trois guerriers les plus affables; sa mort est pour
l'île une cause de larmes [3].

Mais, parmi les triades purement mythologiques, il
s'en trouve un petit nombre dans lesquelles Arthur n'a
point entièrement perdu sa physionomie primitive; je
me borne à en indiquer une, où, suivi de Kaï et de Beduyr, il dirige des expéditions extravagantes, qui font
sans doute allusion à je ne sais quel vieux mythe celtique [4]. Dans d'autres triades, relativement plus modernes,
il ressemble assez aux chefs gallois de la fin du onzième
siècle [5] : toutefois sa petite cour n'est pas encore celle
des chroniques nationales de l'époque suivante. Les
chevaliers des triades ne paraissent point encore au
milieu des tournois, parés des couleurs de leurs dames,
combattant sous leurs yeux, jaloux d'avoir subi avec
succès trois épreuves pour mériter leurs faveurs; on

[1] Myvyrian, t. II, p. 61. — [2] Ibid., t. II, p. 18-65, 12. — [3] Ibid.,
t. II, p. 3, 17, 19, 74. — [4] Ibid., t. II, p. 6, 12, 20, 72, 73. — [5] Ibid.,
t. II, p. 14 et 73.

ne les voit point animés de cet amour qui tempère la
fougue du guerrier, purifie le cœur de la femme, et
est pour l'un et l'autre un principe de vertu et d'honneur; l'amour chevaleresque, en un mot, ne respire pas
en eux tel qu'il sera compris et proclamé théoriquement
plus tard.

Il s'ensuit qu'il y a une lacune dans l'histoire galloise
des transformations traditionnelles d'Arthur : les contes
populaires des Cambriens la remplissent-ils? y voit-on
le passage de l'Arthur national des triades au héros romanesque? C'est ce qu'il s'agit d'examiner.

III. Les contes en question, rédigés certainement
avant le douzième siècle, ont une liaison intime avec
les poëmes des bardes primitifs et les triades, sans
l'aide desquels il est souvent impossible de les entendre,
et présentent les mêmes caractères d'originalité. Ils
offrent l'expression assez exacte de la société galloise à
une certaine époque héroïque. On n'y rencontre pas
les sentiments de tendresse exaltée, systématique, platonique, raffinée, qui frappe dans les poëmes français
d'Arthur; l'enthousiasme guerrier, les grands coups
de lance et d'épée, y tiennent plus de place que l'a-
mour. Les mœurs des personnages portent l'empreinte
d'une rudesse qui dénote un état voisin de la barbarie,
et qu'on ne trouve ni dans la société ni dans les
chroniques cambriennes en 1155; pour tout dire, l'esprit chevaleresque ne s'y montre pas sous les traits
qu'il prit au douzième siècle.

Si l'on étudie de près le rôle que les conteurs gallois

font jouer à Arthur, on voit qu'il diffère, selon les narrations de ces conteurs. L'une d'elles, qui se trouve
en partie analysée dans un manuscrit latin du dixième
siècle, et qui est par conséquent fort ancienne, semble
une refonte en prose d'anciens poëmes mythologiques.

Le demi-dieu païen offert par les bardes au pinceau
des conteurs gallois a conservé une partie de son vieil
attirail. Chrétiens, ils ne pouvaient plus le faire gouverner le monde du haut de son astre, mais ils mettent
toujours la nature sous sa dépendance : un cerf, un
merle, un hibou, un aigle « qui becquète les étoiles du
ciel, depuis le commencement du monde, » qui a tout
vu et qui sait tout, sont de ses amis et consentent à révéler les mystères du monde quand on vient les consulter de sa part. Un saumon, aussi soumis que le dauphin d'Arion, porte sur son dos, à travers les mers
Kaï et Beduyr, les deux fidèles compagnons du monarque auquel rien n'a jamais résisté sur la terre comme
dans les profondeurs des régions souterraines. L'un et
l'autre entendent le langage des animaux et peuvent
converser avec eux. Beduyr a une lance « qui fait sai-
gner le vent; » Kaï a la faculté de passer neuf nuits
et neuf jours sous l'eau, sans perdre sa respira-
tion; il devient à volonté aussi grand que les plus
grands arbres des forêts; la pluie ne peut le mouil-
ler : on dirait qu'il lui est resté quelque chose de son
accointance avec l'Arthur sidéral, car, suivant les conteurs, « quand ses compagnons avaient froid, non-seulement sa chaleur naturelle les réchauffait, mais même

elle leur servait à allumer du feu[1]. » Si les expéditions
fantastiques du monarque et de ses guerriers contre
des géants, des enchanteurs, des gens métamorphosés
en loups et en sangliers, une vieille sorcière qu'il tue de
sa propre main, exploit peu digne d'un roi et peu chevaleresque; si tous ces vrais contes d'enfants ne sont
pas des inventions absurdes, ils sont le fantôme d'un
culte mort depuis longtemps.

Les trois autres récits gallois où figure Arthur, et
qui nous touchent davantage par leur importance relative, le représentent comme un personnage naturel et
humain. Ici, il appartient au monde réel, et non plus au
monde enchanté; comme dans les triades historiques ou
prétendues telles, il tient sa cour à Kerléon en Galles.
On l'y représente assis au milieu de la salle d'honneur,
sur un siége de joncs verts, avec un tapis de drap aurore
sous lui et un coussin de drap rouge sous son coude.
Tout se passe là sans beaucoup d'étiquette, j'allais dire
d'une manière assez bourgeoise; le prince dort parfois
sur son trône, comme son épée dans le fourreau, il ne
la tire guère que contre les animaux des forêts qu'il
chasse avec ses chevaliers, et non plus contre les Saxons,
ces ennemis de sa race et de sa foi. Il ne donne aucun
signe de croyance religieuse, et, si on ne lui disait la
messe de temps en temps, on pourrait croire qu'il n'est
pas chrétien. Ses courtisans boivent et mangent autour de lui en s'amusant à raconter des histoires. La

---

[1] *Olwen et Kulhwch*, Mabinogion, t. II, p. 213 et 214.

reine est occupée à coudre dans l'embrasure d'une fenêtre ; les portes du palais, ouvertes à tout venant, souvent restent sans portier, usage regardé à cette époque,
dans le pays de Galles, comme une marque d'hospitalité pour les voyageurs.

Les caractères et les mœurs sont ceux que nous ont
peints les auteurs des triades historiques ; mais ils offrent une foule de détails et de développements nouveaux. Les conteurs mettent parfois en jeu l'humeur
superbe de la reine, et prennent plaisir à donner à
Gwalhmaï mille occasions de faire preuve d'éloquence et
de sagesse. Pour la première fois, nous le voyons op-
posé au majordome Kaï-le-Long, dont le caractère caus-
tique, vaguement esquissé par les bardes, commence à
se dessiner plus nettement et à fournir des traits comi-
ques que les romanciers futurs doivent multiplier à
l'infini. Quant aux autres personnages subalternes, ils
ne sont eux-mêmes que la reproduction, sous des influences nouvelles, de types anciennement consacrés
par des monuments cambriens.

Mais, on le voit, l'Arthur des contes gallois n'est pas
plus que celui des triades le roi-chevalier des romans.
Où le trouverons-nous ?

IV. En dehors du monde gallois et du cercle de ses
poëtes et de ses conteurs populaires, Arthur était aussi
le sujet de beaucoup de récits que leurs auteurs donnaient comme des traditions des peuples bretons, sans
en préciser la source insulaire ou continentale. Les
écrivains latins de la Grande-Bretagne, du neuvième au

2*

douzième siècle, font allusion aux points les plus caractéristiques et les plus essentiels de sa légende, qu'ils
paraissent connaître à merveille. Ainsi, dès l'année 822,
le moine Cambrien Nennius, qui déclare avoir consulté
les anciennes traditions bretonnes[1], donne à Arthur le
nom de fils d'Uter[2] et le titre de généralissime ou d'empereur[3]; comme les bardes, il vante son courage et en
fait un guerrier invincible[4]; mais peu à peu ce guerrier subit une métamorphose; il devient un héros chrétien, un modèle à la fois de vaillance et de piété. Pré-
curseur de Godefroy de Bouillon, il visite l'Orient, il
jeûne, veille et prie trois jours au Saint-Sépulcre; il
rapporte une croix de la dimension de celle du Sauveur
qui doit lui donner la victoire sur les païens, et une
image de la Vierge qu'il fait peindre sur son bouclier;
par la vertu de cette image, il met un jour les païens
en fuite. Une autre fois, selon d'autres traditions, antérieures à l'année 945, qui le rangent parmi les grandes
figures des cinquième et sixième siècles, entre saint
Patrice et saint Colomban, il porte sur ses épaules,
pendant trois jours et trois nuits, la croix venue de
Jérusalem, et donne, grâce à elle, la victoire aux Bretons[5]. Le clergé, en l'adoptant pour son héros, a rendu
au monde réel le demi-dieu des bardes.

---

[1] Ex traditione seniorum. (Ed. de Gunn., p. 59.) Ex traditione veterum.
P. 54.) Ex antiquis libris nostrorum veterum (P. 53.)
[2] Mab Uter. (Ed. de Petrie, p. 73.)
[3] *Dux belli* fuit. (Ed. de Gunn., p. 79-80.)
[4] In omnibus bellis victor extitit. (Edit. de Petrie, p. 73.)
[5] Annales cambrenses. (Henri Petrie, *Monumenta historica britan-
nica*, p. 830).

Le culte qu'il lui suppose pour la vierge Marie, cet idéal déjà consacré de beauté, de douceur et de pureté, présage l'époque où l'amour délicat et respectueux des dames sera regardé comme une espèce de religion.

Si nous voyons Nennius, ou plutôt les traditions celtiques dont il est l'écho, envoyer Arthur en pèlerinage en Orient, nous ne nous étonnerons pas d'entendre Alain de Lille affirmer qu'on croyait généralement, au douzième siècle, que la renommée et les armes d'Arthur avaient fait le tour du monde, et que les Arabes le connaissaient aussi bien que les habitants de l'Occident[1]. Caradoc de Lancarvan nous initie aux chagrins que lui cause la reine Gwennivar, sa femme[2]. Un hagiographe breton du même temps nous le représente suivi de ses compagnons Kaï et Beduyr[3]; le roi rencontre une belle jeune fille qu'on poursuit; il s'enflamme; il veut l'enlever : mais ses écuyers l'en détournent : « Toi, commettre un tel crime! oublies-tu que nous sommes les protecteurs ordinaires des faibles et des malheureux? Allons au contraire à son secours[4]. » Et le roi met l'épée à la main pour la délivrer. Voilà qui est chevaleresque. Vers l'an 1140, Guillaume de Malmesbury nous le montre tenant sa cour dans la ville de Kerléon

---

[1] Quo Arthuri Britonis nomen fama volans non pertulit et vulgavit? (Alanus de Insulis, *Explanatio in prophetias Merlini*, lib. III, c. 26.)

[2] Caradocus Lancobarnensis in *Vita Gildæ*. Ap. Stevenson, c. 19.

[3] Arthurus cum duobus equitibus suis, Cei videlicet et Bedguir.....

[4] Nos soliti sumus inopes anxiosque juvare. *Lives of the cambre-british Saints*, from ancient mss. by W. J. Rees, p. 24.

aux fêtes de Noël et y conférant l'ordre de chevalerie¹; il parle de sa disparition et de son retour dans les mêmes termes que les romanciers : « Comme on ne voit nulle part le tombeau d'Arthur, remarque-t-il, on se fonde sur de très-anciens contes en vogue parmi le peuple pour débiter qu'il reviendra². » L'évêque gallois Giraud de Barry, confirmant cette tradition, la rapporte ainsi : « Les Bretons amoureux des fables et leurs chanteurs populaires avaient coutume de raconter, dans leurs fictions, qu'après la bataille de Camlan, où le traître Mordred fut tué et Arthur mortellement blessé, une déesse imaginaire, appelée Morgane, transporta le corps du prince dans l'île d'Avalon, où ses blessures devaient être guéries, et d'où il devait revenir fort et puissant pour gouverner les Bretons³. » Je pourrais multiplier les citations; mais il est temps de passer d'Angleterre en France.

V. A toutes les époques les Bretons de France ont eu le don de revêtir des couleurs de la poésie les événements de leur histoire : la preuve en est dans les

---

¹ Cum in quadam festivitate natalis Domini apud Karlium adolescentem insignis militaribus decorasset. (*De Antiquitate ecclesiæ Glastonbury*, apud Usserium, p. 300.)

² Arthuri sepulchrum nusquam visitur, unde *antiquitas pæniarum* adhuc eum venturum *fabulatur*. (Ed. de Saville, p. 115.)

³ Fabulosi Britonnes et eorum cantores fingere solebant quod post bellum de Kamlann, interfecto ibidem Mordredo proditore nequissimo ipsoque Arthuro lethaliter vulnerato, dea quædam phantastica, scilicet Morganis dicta, corpus Arthuri in insulam detulit Avaloniam ad ejus vulnera sananda ; quæ cum sanata fuerint, redibit rex fortis et potens ad Britonnes regendum. (Giraldus Cambrensis, *Specul. ecclesiast. distinct.*, c. 9.)

milliers de chants populaires que répètent les paysans de la péninsule armoricaine. Les actions héroïques de leurs anciens rois font le sujet d'un grand nombre. En venant, pauvres et fugitifs, chercher au delà des mers une nouvelle patrie, ils emportèrent comme un trésor le souvenir des chefs qui avaient défendu leurs pères, et les auraient sauvés eux-mêmes, s'ils avaient pu être sauvés. Le plus populaire était Arthur : son image transfigurée par le regret, l'éloignement de la terre natale, un exil prolongé, conserva dans leurs cœurs la place qu'il avait occupée autrefois à la tête de leur armée. Se personnifiant en lui, ils chantèrent son absence et son retour à peu près comme les Français du Canada se consolent en chantant les souvenirs de France et la chanson *Vive Henri IV*, après le règne duquel ils émigrèrent. Quelques-uns des chants armoricains sur le roi Arthur, complétés par différentes traditions héroïques, sont venus jusqu'à nous ; c'est la voix d'une fille pieuse qui répond à travers l'Océan à la voix de sa mère.

Arthur n'est pour les Armoricains ni le dieu, ni l'empereur national des bardes cambriens, ni le personnage demi-historique des triades et de certains contes gallois, ni le héros d'aventures du monde enchanté de certains autres ; c'est un personnage poétique.

Dans les plus anciens chants populaires armoricains, il rappelle assez l'Arthur de la tradition celtique suivie par Nennius ; sa physionomie toutefois est plus rude, son caractère plus barbare et moins héroïque. S'il mène les Bretons à une guerre nationale et sainte, et s'il leur promet au ciel la couronne du patriote qui meurt pour son pays, unie à celle du martyr qui meurt pour sa foi, son cri de guerre n'est pas encore : « *Dieu aide et sainte Marie !* » comme il le sera dans le roman français; mais « *Cœur pour œil et tête pour bras !* » Ce qui est certes moins chrétien et moins chevaleresque.

D'autres chants où respirent un sentiment religieux adouci, et une humeur guerrière tempérée, lui donnent quelques traits de ressemblance avec les héros fabuleux de l'antiquité grecque. Il y paraît comme un personnage local et presque naturel; les chanteurs, dans leurs commentaires, indiquent telle ruine qui porte son nom[1], tel rocher où son cheval a été attaché pendant dix-sept ans, et a laissé dix-sept traces de son sabot ferré[2], telle montagne où il délivra la terre d'un géant qui déshonorait et tuait les jeunes filles[3], telle grève où il fut vainqueur d'un dragon[4]. Ces monstres sont à peu près les seuls ennemis qu'il ait à combattre; aucun motif national et patriotique ne dirige plus ses armes, et il ne semble animé que du seul amour de la gloire et de l'humanité; il est l'ami de Dieu, il est le protégé des saints, il en reçoit du secours au moment du danger, et leur offre, en re-

[1] Le *Kastel Arthur*, dans les bois de Huelgoët (Finistère).
[2] Dans un bois nommé *Koat toul laëron Arthur*, en Spézet (même département).
[3] Le mont Saint-Michel, près Avranches.
[4] La Lieue de Grève, près Lannion (Côtes-du-Nord).

tour, l'hospitalité dans son palais ; personne ne l'égale
en vaillance, et la croyance imperturbable qui faisait
lapider, en Armorique, du temps d'Alain des Iles, ceux
qui niaient son immortalité[1], n'a rien perdu de son
empire : le peuple chante toujours : « Arthur, ce roi
« qui n'a pas encore trouvé son pareil *depuis qu'il est*
« *sur la terre*[2]. » Voilà la physionomie d'Arthur, selon
les poëtes populaires armoricains d'avant le douzième
siècle ; et, comme s'ils voulaient faire entendre que la
légende où il figure est essentiellement orale et traditionnelle, ils font cette remarque expresse : « Ces
choses, qui n'ont jamais été consignées dans aucun
livre, ont été mises en vers pour qu'elles soient chantées dans les églises, et qu'on en garde le souvenir[3]. »

La piété populaire ne se contentait pas de chanter en
pleine église les prouesses d'Arthur, elle les sculptait
en granit au-dessus du portail, comme des scènes de
l'âge d'or celtique, dignes de figurer en regard des
tableaux du Paradis terrestre, et donnait naïvement
pour pendant au roi de la création le roi breton par
excellence. Un de ces bas-reliefs existe encore au fron-

1. Vade in Armoricum regnum, id est, in minorem Britanniam, et
prædica per plateas et vicos Arthurum Britonem more cæterorum mor-
tuum esse, et tunc certe reipsa probabis veram esse Merlini prophe-
tiam qua ait, Arthuri exitum dubium fore : si tamen immunis evadere
inde potueris quin aut maledictis audientium opprimaris, aut certe la-
pidibus obruaris. (Alanus de Insulis, *Explanatio in prophetias Merlini*,
loc. citat.)

2. V. La légende de saint Efflamm et du roi Arthur. *Barzaz-Breiz*,
Chants populaires de la Bretagne, t. II, p. 214.

3. Même légende, *Barzaz-Breiz*, p. 422.

ton d'une église des Côtes-du-Nord[1]; on y voit Arthur,
la couronne en tête et l'épée à la main, triomphant d'un
dragon avec l'aide d'un saint du pays. Le monument
a une date parfaitement établie; il remonte à la fin du
onzième siècle ou au commencement du douzième[2].

VI. Une dernière gloire attendait Arthur en Armorique. Le héros poétique, chanté par les bardes populaires, célébré dans les récits du foyer, sculpté en granit
pour durer à jamais comme la race de granit, devint
un personnage d'épopée; on voulut fixer dans un monument la tradition orale dont il était le sujet : on recueillit, on groupa les chants, les bruits publics, tous
es *on dit* qui avaient cours en Armorique parmi les
émigrés de l'île des Bretons; et, à côté de ce qu'on
chantait et de ce qu'on racontait, il y eut ce qu'on
pouvait lire; il y eut le livre.

Des rédactions rajeunies de ce livre, écrit primitivement dans le dialecte armoricain et que les Gallois attribuent fort mal à propos à saint Y Sulio ou
Tysilio, moine du continent, existent encore : il est
intitulé *Brut y Brenhined*; ce qui ne veut pas dire *le
Brutus de Bretagne*, singulier contre-sens que je signale, pour le prochain *errata*, à mes savants confrères
de l'Institut chargés de continuer l'*Histoire littéraire*

---

[1] C'est l'église de Perros, près Lannion.
[2] *Essai sur l'histoire de l'Architecture religieuse en Bretagne pendant la durée des onzième et douzième siècles*, par M. Ch. de la Mon-
neraye, p. 123. *Mémoire couronné par l'Institut*. Rennes, de Caila,
édit. 1849.

de la France, mais la *Légende des Rois* : Fyrdusy, le
collecteur des traditions fabuleuses de la Perse concernant Alexandre le Grand, avait fait un semblable ouvrage, sous le même titre.

Un archidiacre gallois de l'église d'Oxford, nommé
Gauthier Calénius, se trouvant en Armorique, vers
l'an 1125, eut communication de la *Légende des Rois*,
et l'emporta en Angleterre, où il la mit dans le dialecte
cambrien, qui déjà commençait à s'éloigner un peu du
vieux breton du continent. Sous cette forme nouvelle,
la compilation armoricaine circula obscurément parmi
les Gallois jusqu'au jour où un de leurs princes,
fils naturel d'un roi d'Angleterre, et descendant, du
chef de sa mère, des anciens rois bretons, Robert,
comte de Glocester, par un sentiment d'orgueil nobiliaire, la rendit célèbre dans toute l'Europe, en patron-
nant la traduction latine qu'en fit Geoffroi Arthur de
Monmouth qui la lui avait dédiée.

La rédaction originale, dont je juge, à défaut du
manuscrit armoricain, par la version galloise de
Gauthier d'Oxford, la plus ancienne de fond, sinon de
style, respire un singulier esprit de partialité en faveur
de la colonie au détriment de la mère-patrie ; si son
but est l'apologie de la monarchie bretonne en général,
ses sympathies sont pour la Petite-Bretagne plutôt que
pour la Grande. Les rois bretons-armoricains sont re-
présentés comme les fils des conquérants du continent ;
toujours victorieux, ils viennent au secours des rois
bretons de l'île, et c'est d'eux que descend le héros qui

sait vaincre les Saxons païens, leurs ennemis, et soumet une partie de l'Europe.

Le compilateur, par une injustice réelle, va jusqu'à
prétendre que les Cambriens des derniers temps de la
monarchie, « dégénérés de l'antique noblesse de leur
race, perdirent par leur faute le beau nom de Bretons,
et reçurent celui de Gallois, » tandis que les Armoricains, glorieux et triomphants, avaient quitté leur premier nom pour prendre celui de Bretons.

Aussi le sentiment patriotique des Gallois a-t-il toujours repoussé la *Légende des Rois*, comme une œuvre
étrangère et antinationale, et pas un critique du pays
de Galles, depuis Giraud de Barry jusqu'à M. Thomas
Stephens, n'a hésité à protester contre l'origine cambrienne qu'on lui a souvent attribuée. Ils ont d'ailleurs
pour eux l'autorité formelle de deux anciens textes gallois et latins; l'un du douzième siècle, où Geoffroi de
Monmouth affirme que Gauthier, archidiacre d'Oxford,
apporta de la Bretagne[1], qui, dit-il, ne s'appelait déjà
plus Armorique[2], un très-vieux livre écrit dans la langue des anciens Bretons[3]; l'autre, où un écrivain gallois du treizième siècle, confirmant cette assertion et
l'éclairant d'une vive lumière, dit expressément : « Ce
livre breton fut mis du *dialecte breton* dans le *dialecte kimrique*, par Gauthier archidiacre d'Oxford[4]. »

---

[1] Ex Britannia advexit. (Édit. de Giles, p. 228.)
[2] Nunc Britannia dicitur. (Éd. de San-Marte, p. 70, 75 et 76.)
[3] Quemdam Britannici sermonis librum vetustissimum. (Ed. de Giles, p. 1.)
[4] Voici le texte : *Y llyfyr brutun yr hunn a ymchoeles Gualltei*

Que Gauthier ait ensuite traduit en latin comme Geoffroi lui-même, pour l'usage des étrangers, son propre
texte gallois, et qu'il ait de nouveau remis en kimrique son texte latin, un copiste de la fin quinzième
siècle le prétend, Owen et San-Marte le croient, et la
chose est possible, mais la question n'est pas là; elle
est de savoir s'il a existé un original venu d'Armorique, s'il était écrit dans la langue des anciens Bretons, et, pour le nier, il faudrait nier les textes.

A défaut de l'original armoricain encore inédit,
voyons ce que dit la rédaction rajeunie par le Gallois
Gauthier [1].

Nous y retrouvons Arthur avec l'expression particulière, l'animation, le relief que lui donnent les pein-
tres populaires d'Armorique. Il tient fort peu du roi
des contes cambriens; il pense, il parle, il agit en roi
chevalier; il entre armé de pied en cap dans le monde
chevaleresque, dont l'aube illumine ses traits. Il appartient moins aux Gallois qu'à toute l'Europe civi-
lisée : ses chevaliers Kaï et Beduyr deviennent des
Français; l'un est dit Manceau, l'autre Angevin. Arthur porte une croix à son épée, et au front, comme
une couronne, le signe du chrétien; il est jeune, il est
beau, il est bon; tous les Bretons l'aiment et le suivent; les saints nationaux le protégent et le bénissent :

archdïagon *Rytychen* o BRYTANEC yg KYMRAEC. J'ai donné un *fac simile*
de ce texte important dans mes *Notices des principaux manuscrits
des anciens Bretons*, pl. n° XII. Paris, A. Franck, 1856.
[1] L'une d'elles a été publiée dans le second volume du *Myvyrian*,
sous le titre arbitraire de *Brut Tysilio*.

les païens saxons le craignent et ne l'attaquent que par trahison.

Le voici qui marche contre eux : au moment du combat, le vénérable archevêque breton saint Dubris monte sur une hauteur, et parle ainsi d'une voix forte à l'armée :

« Braves guerriers, vous qui êtes de la foi du Christ,
« pensez aujourd'hui à venger le sang de vos pères sur
« les païens saxons, et, par la grâce de Dieu, les tra-
« vaux que vous souffrirez et votre mort vous laveront
« de vos péchés, et vous deviendrez tous des martyrs
« et des saints[1] ! »

À cet appel du saint archevêque, que répondirent les Bretons?

Gauthier d'Oxford ne le dit pas, mais écoutons la *Marche guerrière d'Arthur*, que chantaient en 1794, en allant se battre, des Bretons armés dans l'intérêt d'un autre Arthur dont le retour était leur espoir :

« Si nous tombons percés dans le combat, nous nous
« laverons avec notre sang et nous mourrons le cœur
« joyeux.

« Si nous mourons comme doivent mourir des chré-
« tiens, des Bretons, jamais nous ne mourrons trop
« tôt[2]. »

La *Légende des Rois* poursuit ainsi d'un ton épique :
« Quand l'archevêque eut parlé, Arthur mit une cui-

[1] *Brut Tysilio*, Myvyrian, t. II, p. 305, comparé avec les mss. du collège de Jésus, d'Oxford.
[2] *Barzaz-Breiz*, Chants populaires de la Bretagne, t. II, p. 86, 4ᵐᵉ édit.

rasse digne d'un roi; et sur sa tête un casque d'or sur-
monté d'un dragon de feu; et sur son épaule un bouclier où il y avait une figure qu'on appelait la *Belle* [1];
c'était l'image en relief de la Vierge Marie; — Arthur
la portait sur lui toutes les fois qu'il allait parmi les
périls des combats. — Il prit aussi une épée qu'on
nommait *Dure Entaille* [2], qui était la meilleure de toute
la Bretagne, et qui avait été forgée dans l'île d'Avalon;
et dans sa main il prit une lance appelée la *Lance du
Commandement* [3]; et, quand chacun des guerriers se
fut, comme le roi, revêtu de ses armes, l'archevêque,
étendant les mains, leur donna sa bénédiction. Alors les
Bretons s'élancèrent sur les étrangers avec l'impétuosité des aigles, et, tirant son épée, Arthur poussa son
cri de guerre : *Marie!* et il attaqua vaillamment l'ennemi, et quiconque s'opposait à lui était tué d'un seul
coup, et il ne se reposa qu'après avoir tué quatre cent
soixante-dix Saxons.

« Quand les Bretons virent le roi tenir l'ennemi en
échec par son courage et sa volonté, ils furent remplis de joie, et sentant redoubler leur force, comme il
marchait, ils marchèrent [4] ! »

N'est-ce pas encore ici l'écho de la chanson guerrière
des Armoricains? « Arthur marche à notre tête... En

---

[1] *Prydwen*. Le barde Aneurin l'appelle *Prydvan*.
[2] *Kaledfoulch*. C'est le prototype de la *Durendal* de Roland qui
entaillait si durement.
[3] *Rongymyniad*.
[4] *Brut Tysilio*, Myvyrian, t. II, p. 305, 306. Cf. avec les manuscrits
d'Oxford.

« avant à sa suite ! Allons ! allons ! allons au combat !
« allons, parent, allons, frère, allons, fils, allons,
« père ! allons, allons, allons tous, hommes de
cœur[1] ! »

Évidemment nous saisissons ici une « de ces anciennes
poésies armoricaines qu'avait recueillies l'archidiacre
d'Oxford, » comme l'*Histoire littéraire de la France*
veut bien le reconnaître ; « un de ces chants populaires
qui conservaient la légende du roi Arthur[2]. » Pareils
à la lumière réfléchie qui va peindre au loin la figure
d'où elle est partie, ils sont allés imprimer au delà des
mers la figure d'Arthur telle qu'elle existait dans les
imaginations du continent. On voit à quel point elle
contredit les bardes, les triades et les contes populaires
cambriens ; elle ne s'accorde bien qu'avec les vieilles
traditions galloises d'origine ecclésiastique ; encore les
repolit-elle, en les faisant passer au feu des sentiments
nouveaux. Brave à l'égal du Charlemagne des romans,
Arthur n'est pas moins pieux que l'exterminateur des
païens sarrasins ; il n'offre pas un idéal moins chevaleresque du monarque chrétien du onzième siècle, portant
son activité errante, par amour de la gloire et des aventures, au delà des limites géographiques de son étroit
royaume. Il tient cour plénière dans toutes les villes
de l'Europe occidentale, même à Paris, et fait briller
son épée partout où brilla une épée française ou nor-
mande ; il n'a pas moins de couronnes que Charlema-

---

[1] *Chants populaires de la Bretagne,* t. I, p. 84. Le texte est parfaitement sûr ; j'en ai recueilli cinq versions d'accord. — [2] T. XXII, p. 77.

gne, car il a droit d'en porter trente; mais il possède la
vertu suprême que le grand empereur n'avait point : il
s'est choisi une dame au-dessus de toutes les dames,
de toutes les reines de la terre, une Béatrice divine
supérieure à toutes celles que les poëtes ont chantées;
il porte dans les combats son image en signe de tendresse, en préservatif de malheur, en gage assuré de
victoire ; il est son premier chevalier, quand il tire
l'épée, c'est en son honneur, et son cri de guerre est
Marie! Nous l'avons entendu.

Je ne m'étonne plus que sa cour soit celle du monde
où la loi morale de l'amour pur est le mieux ob-
servée; je ne m'étonne plus qu'on y croie que l'amour
relève les âmes, produit l'héroïsme, devient un principe
de vertu pour la femme et de perfectionnement pour
l'homme, et que la *Légende des Rois* dise expressément :

« Les dames étaient chastes à la cour d'Arthur, et,
« par amour pour elles, les chevaliers étaient vaillants
« et vertueux[1]. »

Il était loin le temps où un poëte moins galant devait
trouver un motif de corruption dans ces charmants
rapports de société entre les deux sexes, et s'écrier
d'un ton chagrin :

> Ces sociétés déréglées
> Qu'on nomme belles assemblées,
> Des femmes tous les jours corrompent les esprits ![2]

---

[1] *Brut Tysilio*, Myvyrian, t. II, p. 324. Cf. avec les manuscrits d'Oxford. — [2] *L'école des femmes*, acte 3e.

Mais durant tout le moyen âge on pensa autrement, et la cour du roi Arthur, sur la bonne réputation que lui avait faite la *Légende des Rois*, passa pour la première *cour d'amour* qui eut jamais existé.

Maître André, chapelain des rois de France, à la fin du douzième siècle, la cite comme telle dans son livre sur l'*Art d'aimer*[1], et reproduit plusieurs maximes qu'il prétend « émanées de l'autorité suprême des dames de la cour d'Arthur et des chevaliers de la Table-Ronde. »

Ce qu'il y a de plus singulier, c'est que les Gallois, dans le pays desquels Arthur aurait eu trois cours, pensaient naïvement qu'aucune d'elles n'avait conservé les bons usages, les belles manières, les beaux sentiments de son temps. Caradoc de Lancarvan assure que le prince cambrien Rhys ap Tudor, son contemporain, revenant, en l'année 1077, d'un long séjour en Armorique, où il avait été élevé, « rapporta dans le pays de Galles les habitudes, les sentiments et les mœurs de la cour d'Arthur qui s'étaient perdus en Cambrie et maintenus fidèlement chez les ducs de la Petite-Bretagne[2]. »

L'esprit chevaleresque, pour les Gallois du douzième siècle, soufflait donc du côté même d'où était venue la *Légende des Rois* de leur race et de leur plus glorieux monarque. Que l'écrivain qui l'inspira aux dames et

---

[1] *De Arte amatoria* et probatione amoris, manuscrit de la Bibliothèque impériale, fonds de Baluze, n° 8758.

[2] Myvyrian, t. II, p. 521. *Iolo manuscrits*, p. 391. Cf. Stephens, *Literature of the Kymri*, p. 422.

aux chevaliers de la Table-Ronde l'eût respiré dans les châteaux du continent pendant ses voyages : il n'y aurait là rien de bien extraordinaire, et je n'hésiterais pas à le croire, s'il n'était peut-être plus sage de penser que l'esprit chevaleresque ne procédait pas d'une cour et d'une contrée déterminées, mais du cœur humain lui-même, partout où l'enlevait, au douzième siècle, chez les peuples chrétiens, une aspiration passionnée vers une perfection idéale.

VII. Je dois pourtant l'avouer, il est un point fort important de la légende d'Arthur sur lequel les poëmes des bardes gallois, les triades, les contes populaires cambriens et même l'original armoricain suivi par Gauthier Calenius et Geoffroi de Monmouth gardent un silence absolu ; je veux parler de la fameuse Table-Ronde. Un barde du dixième siècle nous a bien montré le prince breton assis avec ses guerriers à table ; mais il ne nous apprend rien de particulier de cette table, et il n'en décrit pas la forme. Wace dit brièvement qu'Arthur la fit pour ses barons, qu'elle servait aux jours de fête, que les convives formaient un ordre dont l'égalité était la première loi. Il ajoute qu'à la fin du repas, au moment où le roi se levait, les chevaliers de l'ordre entraient en lice, et se livraient à des jeux militaires sous les yeux des dames, qui, du haut des murailles, excitaient leur courage.

Mais où le trouvère a-t-il pris ces détails? Il assure qu'il les a empruntés à la tradition populaire ; il invoque le témoignage des Bretons ses contemporains :

3.

> Fist Arthur la *roonde table*
> Dont Bretons dient mainte fable.

Quelles étaient ces fables? les romans en prose les racontent, et ce serait le sujet d'un chapitre plus ou moins intéressant pour l'histoire des tables merveilleuses; mais je n'ai pas à écrire ici le chapitre en question, j'ai à rechercher l'origine celtique des fêtes de la cour d'Arthur[1]. Or je la trouve nettement indiquée par un écrivain grec, qui visita la Gaule cinquante ans avant l'ère chrétienne : « Chez les Gaulois, dit Posidonius, dans les festins nombreux et d'apparat, les convives se rangent autour d'une table ronde.... Après des repas copieux, ajoute le voyageur, les guerriers aiment à prendre les armes et à se provoquer mutuellement à des combats simulés[2]. » Cette table et ces jeux militaires ne sont-ils pas le prototype de la table chevaleresque que les bretons du temps de Wace attribuaient au roi Arthur, et des tournois du moyen âge? Cela est tellement vrai, que ces fêtes étaient encore désignées à cette époque sous le nom de *Table ronde*, et que les écrivains des siècles de la chevalerie en font le synonyme de tournoi[3].

---

[1] Pour les fables concernant la Table ronde, voir *Myrdhinn ou l'enchanteur Merlin*, p. 168 et 169.

[2] Posidon. Apam., liv. xiii, cité par Athénée, liv. iv, ch. 12.

[3] Ludus militaris qui Mensa-Rotunda dicitur. (Matheus Paris, *Historia major*, in-folio, p. 566.)

Les jeux de la cour d'Arthur ont laissé en Armorique
des traces bien humbles, si l'on veut, mais qui prouvent combien elles étaient autrefois profondes dans les
traditions du pays. Je les indiquerai sans crainte de
recourir à un genre de preuve qu'aucun critique sérieux
ne regardera comme puéril.

J'ai eu occasion de faire observer ailleurs que les enfants de la classe du peuple des campagnes bretonnes,
ne sachant ni lire ni écrire, et parlant seulement la
langue de leurs mères, m'ont quelquefois dans leurs
jeux révélé des trésors de vieille poésie celtique. Ils
avaient, il y a une trentaine d'années, et ils ont probablement encore aujourd'hui quelque part, un jeu qu'ils
appelaient le Jeu du roi Arthur.

On cherchait une grosse pierre isolée, on y faisait
asseoir un petit garçon, le plus grave et le plus sage de
la bande, on le couronnait de feuillage, et les autres
enfants, filles et garçons, se prenant par la main, formaient une ronde autour de lui, en chantant dans leur
langue :

> O roi Arthur, je vous salue;
> Je vous salue, roi de renom.[1]

Et ils se prosternaient trois fois la face contre terre,
après avoir tourné trois fois.

Un fait digne de remarque, c'est que les enfants des
châteaux parodiaient la cérémonie de l'installation du

[1] Roue Arzur, me ho salud ;
Me ho salud, roue a Vrud.

roi Arthur par les petits paysans. Faisant un roi d'un
d'entre eux, ils l'asseyaient dans un fauteuil, le couron-
naient d'un bonnet de coton, comme le roi d'Yvetot, et
se mettant à danser en rond autour de lui avec force
singeries, ils répétaient sur l'air breton, en se proster-
nant, ces deux vers ironiques :

> Je vous salue, grand roi Arthu,
> En vous disant trois fois : Mutu.

Tels sont les derniers échos de la légende d'Arthur
en Armorique ; l'un sérieux, naïf et doux comme de
simples enfants des champs ; l'autre, malicieux et mo-
queur comme de petits messieurs malins. Ils font songer à la prétendue charte ridicule octroyée par le roi
Arthur aux Bretons ses vassaux, et aux immortelles
plaisanteries de Cervantes.

Le lecteur peut voir maintenant quelle part ont eue
les Bretons d'Angleterre, et quelle part les Bretons de
France, dans la création du personnage d'Arthur tel que
le représentent nos romans de chevalerie.

Parmi les ruines du cloître de Glastonbury, en Angleterre, croît, au bord d'une fontaine, un buisson
d'aubépine qui fleurit en toute saison. Cet arbuste, qui
a pu partager, avec le chêne et le bouleau, les honneurs sacrés chez les Bretons païens, fut planté, dit-on,
par les druides. Lorsque leur culte eut été détruit et
que la foi nouvelle se fut emparée de leur sanctuaire,
le bruit se répandit qu'autrefois un apôtre, arrivant
d'un pays lointain pour convertir l'île de Bretagne, avait

pris possession de la terre en y plantant son bâton de
voyage, qui, à l'instant même, s'était couvert de fleurs.
La foi de l'apôtre a passé dans ces lieux, hélas! comme
le culte des druides, et l'aubépine fleurit toujours.

C'est l'image de la destinée qu'a subie la légende
d'Arthur. Les bardes, qui chantaient en lui le dieu des
combats, ne sont plus; les trouvères, qui en firent depuis l'idéal du roi-chevalier, ont eu le même sort, et
pourtant elle brille encore sur les ruines des siècles, la
fleur de poésie éclose au souvenir du héros breton.

II

MERLIN ET VIVIANE

La légende de Merlin se rattache à celle d'Arthur. La plus ancienne version qui soit parvenue jusqu'à nous est l'œuvre de Wace, et fait partie de son roman de *Brut*. Un poëte français anonyme du treizième siècle l'a aussi rimée[1]. En la comparant avec le roman en prose de Robert de Borron, qui la complète, on acquiert la preuve que les trois auteurs ont eu le même thème plus ou moins développé.

Ce thème est fort fort simple en lui-même :

Merlin reçoit le jour, en Cambrie, d'une nonne et d'un esprit de l'air. Le roi du pays, appelé Wortigerne, le fait prendre, et veut l'immoler, par le conseil de ses devins, sur les fondements d'une citadelle dont il ne peut asseoir les bases ; mais, devin lui-même et plus

[1] On en conserve une partie au Musée Britannique (fonds d'Arundel, n° 220) que j'ai publiée dans *Myrdhinn ou l'enchanteur Merlin*, p. 422.

savant qu'aucun d'eux, quoiqu'il semble un enfant,
Merlin confond leur science en leur apprenant que les
eaux d'un étang, au fond duquel dorment deux dragons, l'un rouge, image des Bretons, l'autre blanc,
symbole des Saxons, minent les fondements de la citadelle royale ; puis il interpelle le roi, et lui fait des
prédictions terribles, en même temps qu'au peuple
breton de consolantes promesses, qui ne tardent pas à
se réaliser. En témoignage du génie prophétique de Merlin, Wortigerne est brûlé vif dans sa forteresse, et un
libérateur est donné aux Bretons dans la personne d'Arthur. Merlin n'a pas petite part au prodige de sa naissance ; c'est lui dont les enchantements transforment
Uter en Gorloes. Un jour, il doit lui rendre d'autres services, et prendre tour à tour, à son gré, pour lui être
utile, le froc de l'ermite, la harpe du jongleur, la barbe
blanche du vieillard, la tournure du nain, et jusqu'à la
forme du cerf. En attendant, il assiste dans ses travaux
le roi Ambroise, oncle du jeune prince ; il guide ses
armées en Irlande, et, nouvel Orphée, déplace et transporte dans la plaine de Salisbury, avec quelques paroles magiques, un monument funèbre dont les pierres
merveilleuses guérissent les blessures. Lorsque Ambroise a pris place à son tour dans la tombe élevée aux
guerriers bretons et qu'Arthur lui a succédé, Merlin
vient habiter la cour, mais il n'y demeure que le temps
indispensable : séduit par la beauté d'une fée des bois appelée Viviane, il fuit dans la solitude avec elle, et y vit en
sauvage. Le roi le fait chercher ; un chevalier le trouve

chantant au bord d'une fontaine que le devin a coutume de fréquenter, et le ramène à la cour. Peu de temps après, cependant, Merlin retourne à ses bois ; mais cette fois il ne les quittera plus, pas même pour protéger Arthur, car il est sous l'empire d'un charme invincible : Viviane, le voyant continuellement disparaître, lui a demandé le secret de le fixer à jamais près d'elle, et à l'aide des conseils du devin lui-même elle lui a bâti dans la forêt, sous un buisson d'aubépine, une prison magique, où elle le tient charmé. En vain le roi ordonne qu'on le ramène en son palais : de tous les chevaliers de la Table-Ronde qui prennent part à la recherche de l'enchanteur, le sage Gauvain seul réussit à découvrir sa retraite ; il l'entend parler ; il reconnaît sa voix ; mais il ne peut rompre le charme qui le retient captif.

Or tous les faits de cette histoire s'accordent avec la tradition courante dans le pays de Galles et l'Armorique, antérieurement à l'époque où le roman de Merlin a été rédigé et même à l'année 1150. Ils se trouvent épars ou coordonnés soit dans les anciennes poésies bardiques et dans les triades du moine de Lancarvan, soit dans les légendes chevaleresques armoricaines et galloises ou leurs traductions latines de la première moitié du douzième siècle, soit dans les chants populaires bretons antérieurs à cette époque, soit enfin dans des monuments de même date ou plus anciens en langue étrangère.

I. Comme la plupart des autorités traditionnelles qui, en ce point seulement, diffèrent du roman français, les

poëmes bardiques distinguent, bien qu'à tort, deux personnages du nom de Merlin ou Myrdhinn, l'un dont le
vrai nom est Emrys ou Ambroise, l'autre qu'ils surnomment le Sauvage. Quoiqu'ils nous apprennent peu
de chose du premier, ils nous en disent assez pour nous
révéler un fait très-curieux; c'est que, plus de cinq siècles
avant la composition du roman de Merlin, les principaux
traits de son histoire, telle qu'elle y est racontée, l'étaient
déjà de la même manière par les bardes. Ils supposent tellement connus le mystère de la naissance de l'enchanteur, sa victoire sur les devins, son attachement pour
le roi Emrys son patron, et la part qu'il a prise aux
travaux de ce prince quand il a guidé ses troupes en
Irlande, qu'ils l'appellent sans commentaire le « fils de
la vestale, » le « sublime conducteur de l'armée d'Emrys, » le « devin par excellence[1]. »

A la vérité, ils n'en font point expressément un prophète, et ils ne parlent ni des métamorphoses qu'il
subit ni de celles qu'il opère; mais sa qualité de
devin implique, dans la langue des bardes, tous les attributs merveilleux, et en particulier ceux de prophète et d'enchanteur. Taliesin, qui s'intitule « chef
des devins de l'Occident[2], » fait des prédictions dans
plusieurs de ses poëmes; il s'y glorifie même d'avoir
souvent changé de forme, et, ce qui est très-digne
de remarque, d'avoir pris toutes les figures que le romancier prête à Merlin, savoir : la forme d'un vieil-

---

[1] Myvyrian, *Archaiology of Wales*, t. i, p. 78. — [2] Ibid., p. 26 et 34.

lard[1], d'un nain[2], d'un jongleur[3] et d'un cerf[4].

Quant au second Merlin des bardes, à Merlin le Sauvage, dont nous avóns des poëmes singulièrement rajeunis et transformés au douzième siècle, il se donne aussi pour devin. Il prophétise la venue d'Arthur et les glorieuses destinées des Bretons. Il nous apprend qu'après avoir vécu dans le monde il s'enfuit dans les bois pour y vivre en sauvage. Il parle tantôt d'une belle jeune fille qu'il aime, qu'il nomme sa sœur, sa consolatrice, et avec laquelle il prétend avoir de fréquents rapports; tantôt d'une nymphe des bois compagne de sa solitude, visible ou invisible quand elle le veut, et profondément versée dans les sciences magiques, sous l'empire de laquelle il paraît captif, et qu'il appelle *Chwyblian* ou *Vivlian*, nom gallois que les romanciers ont changé en Viviane, dont ils font l'amante de Merlin[5].

Le type du sorcier romanesque amoureux d'une fée se trouve donc évidemment dans les poëmes bardiques.

II. Par la même erreur que les auteurs de ces poëmes, les triades distinguent deux Merlin, tous deux princes des bardes de l'île de Bretagne[6]; et, en leur donnant ce titre, elles les supposent initiés à la science augurale et divinatoire, car les qualités d'augure et de prophète étaient inhérentes à celle de barde aux anciens jours. Elles placent l'un d'eux

---

[1] Myvyrian, t. I, p. 33. — [2] Ibid., p. 19 et 33. — [3] Ibid., p. 72. — [4] Ibid., p. 57. — [5] Ibid., p. 127, 150, 151, 152, 153. — [6] Ibid., t. II, p. 75.

sous le patronage du chef cambrien Emrys[1]; elles lui font élever, par ordre du roi, un monument funèbre aux guerriers bretons morts en défendant la patrie[2], et affirment qu'un jour, quittant subitement la cour, il entra dans la *Maison flottante de cristal* et disparut, sans qu'on pût jamais parvenir à savoir ce qu'il était devenu[3]. Or, dans le langage mystique des anciens bardes, la *Maison de cristal*, c'est la mort ; et, selon ces poëtes, la cause du départ de Merlin sur le fatal navire fut l'aveugle passion qu'il vouait à sa maîtresse. « Merdhyn au gracieux visage s'embarqua, dit l'un d'eux, dans le *Vaisseau de cristal* par amour pour sa compagne[4]. » On voit encore ici le germe de l'enchantement éternel auquel se dévoue Merlin pour plaire à son amie Viviane.

Les triades, pas plus que les bardes, n'associent directement, comme le font les romanciers, l'enchanteur Merlin au roi Wortigerne ou Guortigern ; mais elles nous apprennent un fait de l'histoire romanesque qui suppose cette association, je veux parler de l'épisode du Dragon rouge et du Dragon blanc.

Ces dragons avaient été autrefois emprisonnés secrètement au fond de la terre par un prince illustre, comme un palladium pour l'île de Bretagne contre l'invasion étrangère ; du jour où on découvrirait leur retraite, le palladium devait perdre toute sa puissance. C'est en effet ce qui arriva quand la terre, entr'ouverte par ordre de Wortigerne, laissa échapper les deux monstres longtemps

[1] Myvyrian, t. II, p. 75. — [2] Ibid., p. 70. — [3] Ibid., p. 59. — [4] Jeuan Dyfi. (Owen's, *Welsh dictionnary*, t. II, p. 196.)

cachés, l'île fut envahie par les Saxons et le roi puni de sa témérité[1].

On trouve dans les contes populaires du pays de Galles de plus amples détails sur le recèlement de ces dragons :

« Trois fléaux désolaient l'île de Bretagne : le premier était une clameur si forte et si épouvantable, qu'en l'entendant les hommes défaillaient, les femmes avortaient, les jeunes gens et les jeunes filles perdaient l'usage de leurs sens, les animaux, les arbres même devenaient stériles. Le roi de l'île de Bretagne, qui se nommait Ludd, ne sachant comment y porter remède, alla consulter son frère, Lewélis, roi des Francs, qui lui dit : « Le fléau provient d'une grande querelle qui s'est élevée entre le dragon de votre île et le dragon d'une nation étrangère ; chaque nuit du premier jour de mai, ce dragon fait tous ses efforts pour triompher du vôtre, qui, dans sa rage et sa détresse, pousse les cris que vous entendez. Faites trouver le centre de l'île ; creusez-y une fosse, et placez-y un grand vase plein d'hydromel et du meilleur ; puis couvrez ce vase avec un drap de toile, et faites le guet ; et vous entendrez les dragons s'élever dans l'air et se battre. Lorsqu'ils seront épuisés de fatigue, ils se laisseront tomber sur le drap de toile sous la forme de deux pourceaux, et ils boiront l'hydromel ; puis, attirant sur eux le drap au fond du vase, ils s'endormiront. Quand ils seront endormis,

---

[1] Myvyrian, t. II, p. CC.

vous les roulerez dans le drap, et vous les enterrerez profondément dans la partie la plus reculée de votre royaume; et, tant qu'ils y seront cachés, aucune calamité ne désolera l'île. » Le roi breton suivit les conseils de son frère le roi franc, et le fléau cessa[1]. »

Merlin, dans la *Légende des Rois*, composée en Armorique, et dans les chroniques galloises, dont elle est la source, comme dans le roman français, découvre au roi Wortigerne la retraite des deux dragons[2]; il a pour mère une vestale comme dans les bardes[3], et se voit condamné à mort non plus par les devins du roi, mais par les douze princes des bardes de l'île de Bretagne[4], point curieux sur lequel je vais revenir; il adresse à Wortigerne de prophétiques menaces; il transforme Uter en Gorloes[5]; il assiste Emrys; il bâtit aux guerriers bretons un monument funèbre avec des pierres mystiques[6]; il fréquente les fontaines. Là se bornent leurs rapports communs, car les chroniqueurs armoricains et gallois ne confondent point Merlin-Emrys et Merlin le Sauvage, et ne parlent que du premier. Mais en tout ce qui le regarde ils entrent dans presque autant de détails, et emploient presque les mêmes couleurs chevaleresques que le romancier, dont l'ouvrage semble n'être, le plus souvent, qu'un simple remaniement des leurs. Sans m'y arrêter davantage, je passe aux autorités latines.

[1] Le Livre rouge, Col. 705, cf. Lady Ch. Guest Mabinogion, t. III, p. 297. — [2] Myvyrian, Brut Tysilio, t. II, p. 260. — [3] Ibid., p. 201 [4] Ibid., p. 257. — [5] Ibid., p. 292. — [6] Ibid., p. 276.

IV. De ces autorités, les unes viennent d'écrivains d'origine cambrienne, les autres d'écrivains étrangers. En commençant par les derniers, la fable de l'holocauste, jugé nécessaire par les devins pour asseoir les fondements de la forteresse royale, ne rappelle-t-elle pas les sacrifices humains que les anciens druides offraient à leurs dieux, si l'on en croit César, pour assurer le succès de toutes les grandes entreprises ?

La mystérieuse conception de l'enchanteur n'est-elle pas aussi une tradition religieuse des Gaulois ? Ne prétendaient-ils pas, au témoignage de saint Augustin, « qu'il existe certains démons, dont la passion favorite est de s'unir aux femmes de la terre, et qui ont souvent avec elles un commerce impur [1] ? »

N'en est-il pas de même de l'amour qu'il porte aux fontaines, sur le bord desquelles on le trouve toujours chantant, et de sa vénération pour les pierres ? les unes les autres n'étaient-elles pas pour les anciens Bretons l'objet d'un culte particulier qui existait encore à l'époque où l'on fait vivre le barde Merlin, comme l'atteste un article du concile de Tours tenu en l'année 567 [2].

Le légendaire Nennius, en parlant de Merlin, au neuvième siècle, a omis ce dernier trait et n'a pas osé reproduire la fable populaire sur l'origine du devin, aimant mieux lui donner pour père, sur la foi du faux Gildas, un consul romain qu'un esprit de l'air.

---

[1] De *Civitate Dei*, c. xxiii.
[2] Veneratores lapidum.... excolentes sacra fontium admonemus (*Concilia Galliæ*, Baluze, p. 110.)

Selon lui, Worligerne paraît entouré de douze mages qu'il interroge sur le moyen de consolider son ouvrage : les mages le provoquent à l'immolation d'un enfant engendré sans père, prodige assez difficile à trouver, on croit cependant en découvrir un; on l'amène au roi. « Et le roi lui demanda : Comment t'appelles-tu? » et il répondit : « Je m'appelle Ambroise; » et le roi de nouveau : « De quelle race es-tu sorti? » et l'enfant répondit : « J'ai pour père un consul romain[1]. »

La mère de Merlin n'est point amenée au roi ; on ne dit pas qu'elle soit nonne; elle n'explique point le secret de la naissance de son fils ; le reste de l'histoire est conforme à celle des chroniqueurs et du romancier jusqu'au moment où Merlin révèle au roi la cause de la ruine de la forteresse. C'est avec les contes gallois que les traditions suivies par Nennius s'accordent en ce dernier point.

« Creusez sous l'étang, dit le devin, et vous trouverez deux vases, et dans ces vases une toile de tente, et dans cette toile deux serpents roulés, l'un rouge, l'autre blanc.... L'étang est l'image du monde ; la toile de tente, celle de votre royaume ; les deux serpents sont deux dragons[2]; le serpent rouge est votre dragon[3]. »

Geoffroi de Monmouth, venu trois siècles après Nennius, a été moins scrupuleux que lui, et a réuni avec soin, dans son amplification latine de la vieille *Légende*

[1] Nennius, éd. de Gunn., p. 72. cf. Stevenson.
[2] C'est-à-dire sont l'emblème de deux étendards ennemis, breton et saxon.
[3] Nennius, éd. de Gunn., p. 72

des Rois venue d'Armorique, toutes les traditions bretonnes relatives à Merlin Ambroise; de plus il a été composé par un anonyme, à l'aide des mêmes traditions, une sorte d'histoire en vers latins de Merlin le Sauvage[1], qui présente les situations les plus notables de la seconde partie du roman français.

A la vérité les noms propres ne correspondent pas toujours parfaitement dans les deux ouvrages, mais les aventures sont les mêmes. Pour en citer un seul exemple, si l'auteur de Merlin le Sauvage donne le nom de Ganieda, bien voisin de celui de *Ganidia*, la magicienne gauloise, à la fée amie de Merlin, que le romancier appelle Viviane, tous deux supposent qu'ennuyées de sa vie errante, l'une et l'autre le fixent pour toujours près d'elles en lui construisant une demeure dans la forêt. Cette demeure, selon l'anonyme, est un palais percé de soixante fenêtres vitrées qui rappelle la *maison de cristal* des bardes. Selon les trouvères, c'est une forte tour magique voilée de feuillage et jonchée de fleurs d'aubépine. L'idée reste, moins le symbole bardique.

Quelquefois la différence provient de l'omission, dans le poëme latin, d'un nom que le poëme français a conservé; ainsi le messager royal qu'on envoie à la recherche de Merlin n'est point nommé par l'Anonyme; il dit seulement qu'en passant dans la forêt où habitait le sorcier un certain messager reconnut sa voix, et que, s'étant approché, il l'entrevit à travers les feuillages, as-

---

[1] *Vita Merlini Caledoniensis*, publiée par M. Francisque Michel.

sis, le dos tourné, au milieu d'un bosquet de coudriers;
le romancier, plus précis, désigne positivement Gauvain;
mais, du reste, il prête à son messager les mêmes aventures qu'à l'envoyé de l'auteur anonyme; car, si Gauvain découvre la retraite de Merlin, et s'il l'entend se
plaindre, il ne peut parvenir à voir le visage de l'enchanteur, encore moins à le ramener à la cour d'Arthur; « desquelles choses furent le roy et la reyne et
tous les barons moult courouciez et en firent grand
deul. »

Ce rôle de messager, remarquons-le bien, est tout à
fait dans le caractère gallois de Gauvain : les anciens
bardes, et surtout les conteurs populaires bretons des
premières années du douzième siècle, le représentent
très-souvent chargé de ramener à la cour d'Arthur divers fugitifs qui s'obstinent à en vivre éloignés; c'est,
comme nous aurons occasion de le voir, un des traits
les plus tranchés, un des incidents ordinaires qu'on
trouve, pour ainsi dire, stéréotypés dans la plupart des
contes populaires chevaleresques en question. S'ensuit-il
qu'il y avait une légende celtique dont Merlin était le
héros, et que la recherche et la découverte auxquelles
sa disparition donne lieu et où Gauvain joue le rôle
principal en offrent un débris égaré? Je suis porté à
le croire avec Sharon Turner [1].

Geoffroi affirme que l'histoire de l'enchanteur était
le thème de plusieurs contes et chants populaires

_____

[1] History of the Ang'o-saxons, t. I. p. 282.

de son temps, et qu'il les a traduits[1]; à plus forte
raison le romancier français a-t-il dû les consulter,
lui, dont le poëme, dans sa première partie, s'accorde si bien avec toutes les traditions celtiques, et
dont le récit final, la recherche de Merlin par Gauvain,
rappelle d'une manière étonnante ceux des conteurs
bretons quand ils mettent le même personnage à la
poursuite de pareils fugitifs.

V. Une découverte de nos jours est venue appuyer
cette opinion : voici une ballade antérieure au douzième
siècle, que chantent les paysans d'Armorique sur la
fuite de Merlin de la cour des rois bretons, son retour
et sa fuite nouvelle[2].

Un de ces rois, père d'Hoël et oncle d'Arthur, donne
une grande fête : la main de sa fille Aliénor sera le prix
du vainqueur aux jeux qu'on y doit célébrer; il est gagné par le fils d'une magicienne, amie de Merlin et qui
tient l'enchanteur sous sa puissance; mais on ne le
lui accordera que s'il réussit dans trois épreuves : la
première est de mettre la cour en possession de la
harpe merveilleuse de Merlin; la seconde, de l'anneau
d'or de ce barde; la troisième, de la personne même de
l'enchanteur : il y a là tout un roman qui vaut la peine
d'être cité en entier.

---

[1] De Merlino *divulgato rumore... plebei modulaminis* interpretatus
sum sermonem, (*Historia Britonnum,* lib. IV, proœmium.)

[2] Cette ballade, par le fond, sinon par le langage, remonte au moins
au onzième siècle, car il y est fait allusion dans une charte bien
connue d'Alain Fergent. (*Barzaz-Breiz,* t. I, p. 125.)

La veille du jour de la fête royale, le fils de la vieille
amie de Merlin vient trouver sa mère :

I. « Bonne grand'mère, écoutez-moi, j'ai envie d'aller à la fête;
A la fête, aux courses nouvelles que donne le roi.
— A la fête vous n'irez point, ni à celle-ci ni à aucune autre...
— Bonne petite mère, si vous m'aimez, vous me laisserez aller
à la fête.
— En allant à la fête, vous chanterez, en revenant vous pleu-
rerez. »
II. Il a équipé son jeune cheval rouge: il l'a ferré d'acier poli;
Il l'a bridé, et lui a jeté sur le dos une housse légère;
Et il lui a attaché au cou un anneau, et un ruban à la queue;
Et il l'a monté, et il est arrivé à la fête nouvelle.
Comme il arrivait au champ de fête, les trompes de corne sonnaient;
La foule était pressée et tous les chevaux bondissaient.
— « Celui qui aura franchi la grande barrière du champ de fête,
au galop,
« En un bond vif, franc et parfait, aura pour épouse la fille du
« roi. » —
A ces mots le jeune cheval rouge hennit fortement,
Il bondit, et s'emporte, et souffle du feu par les naseaux;
Et jette des éclairs par les yeux, et frappe du pied la terre;
Et tous les chevaux sont dépassés, et la barrière franchie d'un
bond.
— « Seigneur roi, vous l'avez juré, votre fille Linor doit m'ap-
« partenir. »
— Vous n'aurez pas ma fille Linor, pas plus qu'aucun de vos
semblables;
Ce ne sont pas des sorciers que je veux donner pour maris à ma
fille. »
Un vieil homme qui était là, et qui avait une longue barbe,
Une barbe blanche au menton, plus blanche que la toison sur le
buisson d'épine;
Et une robe de laine galonnée d'argent tout du long;
Et qui était assis à la droite du roi, lui parla bas, alors.

Le roi, l'ayant écouté, frappa trois coups de son sceptre,
Trois coups de son sceptre sur la table, si bien que tout le
monde fit silence :

— « Si tu m'apportes la harpe de Merlin, qui est suspendue au
chevet de son lit ;

« Si tu viens à bout de la détacher, alors tu auras ma fille peut-
« être. »

III. « Bonne grand'mère, si vous m'aimez vous me donnerez
un conseil ;

« Bonne grand'mère, si vous m'aimez, car mon pauvre cœur
est brisé. »

— Si vous m'aviez obéi, votre cœur ne serait point brisé.
Mon pauvre petit-fils, ne pleure pas, la harpe sera détachée ;
Ne pleure pas, mon pauvre petit fils, voici un marteau d'or ;
Rien ne résonne sous les coups de ce marteau-là. »

IV. « Bonheur et joie dans ce palais ! me voici venu derechef ;
Me voici de retour avec la harpe de Merlin. »
Quand le fils du roi entendit le jeune homme, il parle bas à son
père ;
Et le roi, l'ayant écouté, répondit au jeune homme :

— « Si tu m'apportes l'anneau que Merlin a à la main droite ;
si tu m'apportes son anneau, je te donnerai ma fille. »
Et lui de s'en revenir, en pleurant, trouver sa grand'mère bien
vite :

« Le seigneur roi avait dit et voilà qu'il s'est dédit !

— Ne vous chagrinez pas pour cela, mon fils, prenez un rameau
qui est là ;
Qui est là dans mon petit coffre, et où il y a douze petites feuilles,
Où il y a douze feuilles tremblantes aussi brillantes que l'or
vermeil,
Et que j'ai été sept nuits à chercher, il y a sept ans dans sept bois.
Quand le coq chantera à minuit, votre cheval rouge sera à vous
attendre.

N'ayez point peur, Merlin-le-barde ne s'éveillera pas. »
Comme le coq chantait au milieu de la nuit noire, le cheval
rouge galopait sur le chemin.

Le coq n'avait pas fini de chanter que l'anneau de Merlin était enlevé.

V. Le matin, quand parut le jour, le jeune homme était près du roi.

Et le roi, en le voyant, demeura stupéfait;

Stupéfait et tout le monde comme lui : — « Voilà qu'il a gagné « sa femme ! »

Et il sortit un moment avec sa fille et le vieillard;

Et ils revinrent avec lui, l'un à sa droite, l'autre à sa gauche.

« C'est vrai, mon fils, ce que tu as entendu,

Aujourd'hui tu as gagné ta femme.

Mais je demande une chose encore, ce sera la dernière :

Si tu peux faire celle-là, tu seras le vrai gendre du roi;

Et tu auras ma fille, et de plus tout le pays de Léon, par ma race !

C'est d'amener Merlin-le-barde à la cour pour célébrer le mariage!»

VI. « O barde Merlin, d'où viens-tu avec tes habits en lambeaux ?

Où vas-tu ainsi, tête nue et nu-pieds ?

Où vas-tu ainsi, vieux Merlin, avec ton bâton de houx?

— Je vais chercher ma harpe, consolation de mon cœur en ce monde ;

Chercher ma harpe et mon anneau que j'ai perdus tous deux.

— Merlin, Merlin, ne vous chagrinez pas, votre harpe n'est pas perdue, ni votre anneau d'or non plus.

Entrez, Merlin, entrez; venez manger un morceau avec moi.

— Je ne cesserai de marcher, et je ne mangerai morceau,

Je ne mangerai morceau de ma vie que je n'aie retrouvé ma harpe.

Merlin, Merlin, obéissez-moi; votre harpe sera retrouvée. »

La vieille femme le pria tant, qu'il entra.

Quand arriva sur le soir, le jeune fils de la vieille, et le voilà dans la maison.

Et le voilà qui tressaille d'épouvante en jetant les yeux sur le foyer;

En y voyant le barde Merlin, assis, la tête penchée sur la poitrine,

Voyant Merlin sur le foyer, il ne savait où fuir.

— Taisez-vous, mon enfant, ne vous effrayez pas ; il dort d'un sommeil magique ;

Il a mangé trois pommes rouges que je lui ai cuites sous la cendre ;

Il a mangé mes pommes ; voilà qu'il nous suivra partout. »

VII. La reine demandait de son lit à sa camériste :

« Qu'est-il arrivé dans cette ville ? qu'est-ce que ce bruit que j'entends ?

Quand je suis éveillée si matin, quand les colonnes de mon lit tremblent ?

Qu'est-il arrivé dans la cour, quand la foule y pousse des cris de joie ? »

— « C'est que toute la ville est en fête, c'est que Merlin entre au palais ;

Avec lui une vieille femme, vêtue de blanc, et votre beau-fils à sa suite. »

Le roi l'entendit, et sortit, et courut pour voir.

« Lève-toi, bon héraut, lève-toi de ton lit et vite !

Et va publier par le pays que tous ceux qui le voudront viennent aux noces ;

Aux noces de la fille du roi, qui sera fiancée dans huit jours ;

Aux noces, gentilshommes de toutes les parties de la Bretagne ;

Gentilshommes et juges, gens d'Église et guerriers ;

Et d'abord les grands comtes, et les pauvres gens et les riches ;

Va vite et diligemment par le pays, messager, et reviens de même. »

VIII. — Faites silence, vous tous, faites silence si vous avez deux oreilles pour entendre !

Faites tous silence pour écouter ce qui est ordonné.

C'est la noce de la fille du roi ; y vienne qui voudra dans huit jours ;

A la noce, petits et grands qui demeurent en ce canton ;

A la noce, gentilshommes de toutes les parties de la Bretagne,

Gentilshommes et juges, gens d'Église et guerriers ;

Et d'abord les grands comtes, et les gens riches et les pauvres :

Et les gens riches, et les pauvres, ni or ni argent ne leur manquera ;
Il ne leur manquera ni chair, ni pain, ni vin, ni hydromel à boire;
Ni escabelles pour s'asseoir, ni valets vifs pour les servir.
Il sera tué deux cents porcs et deux cents taureaux engraissés;
Deux cents génisses et cent chevreuils de chacun des bois du pays;
Deux cents bœufs, cent noirs, cent blancs, dont les peaux seront également partagées:
Il y aura cent robes de laine blanche pour les prêtres ;
Et cent colliers d'or pour les beaux guerriers;
Plein une salle de manteaux bleus de fête pour les demoiselles;
Et huit cents braies neuves pour les pauvres gens;
Et cent musiciens, sur leurs siéges, feront de la musique, jour et nuit sur place;
Et Merlin-le-barde, au milieu de la cour, célébrera le mariage.
Enfin la fête sera telle, qu'il n'y en aura jamais de pareille. »

Le poëte populaire ne la décrit pas ou plutôt sa description est perdue : il termine en mettant en scène des convives attardés qui, venus de loin pour prendre part au banquet, trouvent le palais vide et le roi dans le chagrin par suite de la fuite nouvelle de Merlin.

IX. « Écoutez, chef des cuisiniers, je vous prie, est-ce que la noce est finie ?
— La noce est finie et aussi la franche lippée;
Elle a duré quinze jours et il y a eu du plaisir assez.
Ils sont tous partis chargés de riches présents, avec congé et protection du roi;
Et son gendre s'est rendu au pays de Léon, avec sa femme, le cœur joyeux.
Ils sont tous partis satisfaits, le roi seul ne l'est pas;
Merlin encore une fois est perdu, et l'on ne sait ce qu'il est devenu[1]. »

[1] Barzaz-Breiz, *Chants populaires de la Bretagne*, t. I, p. 184.

Si cette curieuse ballade fût venue à la connaissance des romanciers français, ils en auraient fait, sans grands frais d'imagination, un roman de Table Ronde; j'imagine que, plaçant l'aventure à la cour d'Arthur, à Carlion ou à Cardueil en Galles, ils auraient donné le nom de messire Gauvain au fils anonyme de la magicienne; celui de Viviane, la fée, à la vieille amie de l'enchanteur; celui de Keu, le sénéchal, au chef des cuisiniers, et changé les courses de chevaux en tournois de preux chevaliers : tels sont en effet leurs procédés habituels.

Longtemps avant eux, — j'ai le droit de conclure ainsi, — les bardes du pays de Galles avaient chanté les principaux traits de l'histoire de Merlin; les auteurs des triades en avaient recueilli plusieurs; divers écrivains du même pays en avaient coordonné et rédigé un grand nombre, soit en gallois, soit en latin; enfin les ménestrels populaires d'Armorique les avaient pris pour thème de certaines fictions romanesques très-voisines des poëmes des trouvères, fictions dont la rédaction armoricaine, puis galloise, était arrivée à ces derniers par l'intermédiaire des lettrés du pays de Galles et de notre Bretagne française.

III

LANCELOT ET GENIÈVRE

On s'étonnera peut-être de me voir ranger ce héros de roman à côté d'Arthur et de Merlin, car son nom n'est point gallois et son histoire paraît n'être qu'une reproduction de celle de Tristan, que j'examinerai tout à l'heure. Je l'ai cru moi-même longtemps; mais une étude plus approfondie des romans dont il est le sujet m'a fait changer d'avis.

Leurs anciennes rédactions rimées se sont perdues, celles en prose existent seules aujourd'hui; on en ignore la date précise; mais on s'accorde à les croire du milieu du douzième siècle : c'est la date qu'on donne à la version de Gauthier Map; je m'y suis arrêté; et, après en avoir constaté les situations les plus notables, je les ai cherchées dans les traditions bretonnes d'une époque antérieure à la composition de l'œuvre primitive; elles peuvent se réduire aux suivantes : l'enlèvement de Lancelot par Viviane, et son éducation dans

le palais magique de la fée, où il grandit en grâce, en
vaillance, en courtoisie, en générosité dans la pratique
de toutes les vertus chevaleresques ; son séjour à la
cour d'Arthur où il reçoit l'ordre de chevalerie ; ses
amours avec la belle Genièvre ; la condamnation à
mort et l'enlèvement de la reine ; la poursuite de Lancelot par le roi Arthur et leur réconciliation due aux
prières d'un saint apostole ; enfin la pénitence de l'a-
mant de Genièvre, et sa pieuse mort dans le cloître.

Le nom de notre héros doit nous occuper avant tout.
L'usage a prévalu d'écrire Lancelot d'un seul mot ;
mais les plus anciens manuscrits supposent l'apostrophe, car ils portent souvent Ancelot sans article[1]. Or, à
quelle langue appartient ce mot? Évidemment c'est au
français : *Ancel*, en langue romane, signifie *servant*[2],
et *Ancelot* est son diminutif[3]. Mais, de ce que le nom
du héros est français, s'ensuit-il que le roman a une
origine semblable? Si, par hasard, Ancelot était la
traduction du nom d'un personnage gallois, dont l'histoire s'accorderait en tout point avec le roman? Eh
bien, c'est ce que je crois avoir découvert : on trouve,
en effet, dans les traditions celtiques, un chef dont le
nom *Mael*[4] répond exactement à celui d'*Ancelot*, et à

[1] N'est mie de la fable *Ancelot* ne Tristan (*Roman d'Ogier* ; Musée
britannique ; biblioth. reg., 16 ; E. vi, mss.).
[2]　　　Ains n'ai regret que gent fillotte
　　　M'emble, au sien tor, josnes *ancels* (Barbe de Verrue).
[3] Ainsi *boissel* (boisseau), diminutif *Boisselot* ; Michel, Michelot,
Jacquel, Jacquelot, etc.
[4] Mael, *serviteur*. (Walter, *Dictionnaire gallois*.) Mael, *domestic, man
of duty*. (Owen, *Welsh Diction.*)

qui les anciens bardes, les triades, les chroniques, les
légendes, et toutes les autorités armoricaines, galloises
ou étrangères prêtent les mêmes traits, le même caractère, les mêmes mœurs, les mêmes aventures qu'au
héros du roman français.

I. Comme le romancier, Taliesin, poëte contemporain de Mael, vante la beauté du prince, la blancheur
éclatante de ses dents et l'or de sa chevelure ; mais il
lui reproche ses mœurs dissolues[1]. Un autre barde,
qui paraît avoir vécu trois siècles plus tard, allègue, à
l'appui de l'accusation de Taliesin, le fait des amours
adultères du jeune chef breton avec la reine Gwennivar et l'enlèvement dont il se rend coupable[2]. Cet enlèvement est, à la vérité, un peu plus brutal, un peu
moins chevaleresque dans les poëmes gallois que dans
le roman. Ainsi le jeune Mael, sachant que la reine
devait venir se promener dans un bois, se dépouilla de
ses habits, se fit une ceinture de feuillage, se blottit derrière un buisson, près du sentier de la forêt, et, dès qu'il
vit passer Gwennivar, il s'élança, la saisit dans ses bras,
et, comme les dames de la reine, qui le prenaient pour
un satyre, s'enfuyaient effrayées, il la mena dans son
royaume[3] ; mais le fait est le même au fond.

Les triades confirment l'autorité des poésies bardiques en faisant de Mael un grand prince contemporain d'Arthur, et en lui supposant des rapports avec

[1] Myvyrian, t. I, p. 27. — [2] Ibid., Ibid., p. 175. — [3] C'est ainsi que
le barde Daviz ap Gwylim, au quatorzième siècle, raconte la tradition
populaire du dixième. (*Barddoniaedd*, p. 220.)

lui [1]. D'autre part, le code des lois de Houel, promulguées au dixième siècle, nous apprend « qu'après le triomphe définitif des Saxons dans la Grande-Bretagne et leur établissement dans le cœur de l'île, les indigènes se réunirent au bord du fleuve d'Af pour élire un roi ; qu'il en vint une multitude du nord et du midi, du pays de Gwened et du pays de Powys, de celui de Rennuk et du Deheubarz, de la terre des Silures et du Glamorgan, et que leur choix tomba sur le chef Mael, dont l'accession au trône arriva l'an 560 [2]. »

Gauthier d'Oxford, un siècle et demi plus tard, fait ainsi son portrait, d'après la *Légende des Rois* en langue armoricaine : « Le chef Mael, dit-il, était un grand homme : il soumit maint roi ; il était fort, vaillant et dur ; il excellait en toute chose ; mais il se livrait aux vices de Sodome et de Gomorrhe... » Il fut le successeur immédiat d'Arthur, ajoute la *Légende*, et mourut de frayeur dans un couvent où il s'était retiré, ayant vu le *spectre jaune* (la peste) à travers les fentes de la porte de l'église [3]. »

II. En rapprochant ces divers témoignages de passages empruntés à des écrivains latins du même pays, on les éclaire et les complète. Gildas, le plus ancien de tous, et qui vivait, comme Taliesin, du temps de Mael, mérite d'être entendu :

« Dragon insulaire ! s'écrie le moine satirique en l'a-

---

[1] *Brut Tysylio*, Myvyrian, t. II, p. 358. — [2] Ibid., t. III. p. 261, cf. Wotton, *Leges wallicœ*. — [3] Myvyrian, t. II, p. 258. »

postrophant, toi qui es supérieur à un grand nombre par ta puissance aussi bien que par ta méchanceté; fameux par tes largesses, mais plus fameux encore par tes péchés; redoutable par les armes[1], mais plus redoutable par tes violences; prince Mael[2], depuis combien de temps ne to vautros tu pas, comme à plaisir, dans la fange d'une vie aussi abominable que celle des habitants de Sodome? N'as-tu pas opprimé le roi ton oncle dans les premières années de ton adolescence? Pressé du désir de changer de vie, n'as-tu pas embrassé l'état monastique... devenant de corbeau colombe[3]? »

Caradoc, abbé de Lancarvan, qui a écrit, dans la première moitié du douzième siècle, la vie du moine Gildas dont il est ici question, développe le passage qu'on vient de lire : le prince que Mael opprime dans sa jeunesse est le roi Arthur, et il l'opprime en séduisant et enlevant sa femme Gwennivar. L'historien ajoute qu'Arthur poursuivit le jeune Mael, qu'il assiégea, avec une armée innombrable, la forteresse où il s'était retiré; et que les deux princes allaient en venir aux mains,

---

[1] Largior in dando.... robuste armis. (Gildas, *Epistola de excidio britanniæ,* ap. Gale.)

[2] Maelo-cune, en gallois *Mael-gun,* chef Mael : ses contemporains ne le désignent pas autrement. La plupart des écrivains postérieurs, surtout quand ils font allusion à sa jeunesse, ne lui donnent point le titre de *gun,* et l'appellent simplement *Mael-was,* c'est-à-dire Mael le Jeune (*gwas,* en construction *was*), juvenis. Voyez Davies, Diction. gallois.

[3] Nonne in primis adolescentiæ tuæ annis avunculum tuum regem... oppressisti... nonne cupiditate invectus ad vitam revertendi rectam, monachum te vovisti ? (Gildas, loco citato.)

quand le sage Gildas, accompagné de l'abbé de Glastonbury, interposa son autorité, engageant le ravisseur à
rendre sa femme au roi Arthur et à se réconcilier avec
lui, ce qui fut fait d'un commun accord[1].

Ne dirait-on pas que Gildas et son historien connaissaient le roman de Lancelot? Le chef valeureux, libéral, débauché, séducteur et ravisseur de la reine
Gwennivar, et qui embrasse l'état monastique, n'est-il
pas le preux, l'honorable, le courtois et galant servant
d'amour de Genièvre qui se fait ermite? L'abbé récon-
ciliateur n'est-il pas l'apostole anonyme du roman?
Tous les traits principaux de la fiction ne se trouvent-
ils pas dans l'histoire?

Aucun type, à coup sûr, ne prêtait un plus vaste
champ aux inventions des romanciers. Mais à quelle
littérature appartient l'honneur de l'avoir dégrossi,
poétisé, enluminé du vernis chevaleresque? Ici il faut
recourir aux dates. Or, vingt ans au moins avant toute
composition romanesque sur le sujet de Lancelot (et
je suppose toujours la plus ancienne de l'année 1150)
nous trouvons métamorphosée, dans les traditions galloises, la physionomie primitive du chef cambrien : en
le touchant de sa baguette magique, la chevalerie l'a
transformée, et, si le cœur du guerrier des bardes res-

---

[1] Glastonbury... obsessa est ab Arthuro, cum innumerabili multitu-
dine propter Guennivaram uxorem suam violatam et raptam ab iniquo
rege Mael=was...., paratum est bellum inter inimicos; hoc viso, abbas
comitante Gilda intravit medias acies; consuluit Mael=was regi suo pa-
cificere.... Reddita ergo fuit per pacem et benevolentiam. (*In vita Gildæ*,
ap. Stevenson, c. XIX.)

pire encore sous son armure, cette armure est celle
d'un parfait chevalier : le héros qui la porte, à en juger par le témoignage de Geoffroi de Monmouth, est
« le plus beau de l'île de Bretagne, le plus généreux
de tous, le plus valeureux, le plus fameux par ses exploits chevaleresques[1]. » Or les romanciers français
ne peignent pas Lancelot sous des couleurs différentes.

J'ai indiqué, à l'article d'Arthur, le caractère primitif
de Genièvre; je n'y reviendrai pas. Je noterai pourtant un
fait sur lequel les légendes originales ont gardé le silence,
et dont le romancier de Lancelot s'occupe longuement,
je veux parler des diverses condamnations et délivran-
ces de la reine. Elles paraissent avoir un fondement
historique, et sont appuyées sur l'autorité d'un bas-
relief antérieur au douzième siècle. « Une des femmes
d'Arthur, accusée d'adultère et condamnée à être dé-
vorée par des chiens, dit l'historien Kirchwood, s'enfuit en Écosse, et y passa le reste de ses jours. Près du
lieu où elle fut enterrée s'élève une pyramide avec un
bas-relief représentant, d'un côté, des chiens qui dé-
vorent une reine, de l'autre, des hommes qui la pour-
suivent[2]. »

En assignant l'Écosse pour refuge à l'épouse d'Arthur, la tradition écossaise rattache la fuite de la reine

[1] Omnium fere Britanniæ pulcherrimus , largior cæteris, robustus armis, et ultra modum probitate præclarus. (Galfridus Monumethensis,
Historia briton., lib. XII, c. I.)
[2] Highland's rites and customs, p. 60.

à l'histoire de ses amours avec le chef Mael, qui, selon les bardes gallois, avait dans ce pays des domaines où il la mena[1].

Puisque j'ai parlé de traditions populaires, je crois devoir dire un mot, en finissant, de la fable de l'enlèvement et de l'éducation de Lancelot dans le pays enchanté de Viviane, au royaume des fées. Prouver que cette fable convient réellement au type original gallois serait chose assez difficile; mais il le serait beaucoup moins de montrer qu'elle a ses racines dans les plus anciens souvenirs celtiques, et que les romanciers, par leur habitude constante de transporter les aventures intéressantes d'un personnage obscur à un héros en vogue, ont attribué à Lancelot l'histoire de quelque favori sans nom de la tradition.

La même légende est en effet chantée en Basse-Bretagne, au pays de Galles, en Écosse et en Irlande, ce qui lui donne une antiquité très-reculée et bien antérieure à la composition romanesque. Les histoires d'enfants volés par des fées et conduits dans un monde mystérieux, plein d'or, de fruits, de fleurs, de chansons et de joie, font le sujet de mille ballades celtiques[2]. Pour se les approprier, le romancier français n'a eu qu'à mettre les noms de Lancelot, de sa mère et de la fée Viviane, à la place de noms inconnus.

---

[1] Myvyrian, t, I, p, 175.
[2] Cf. Wilhelm Grimm, *irish elfenmarchen;* Walter Scott, *Borders minstrelsy;* Crofton Crocker, *fairy Legends of Wales;* et le *Barzaz-Breiz*, chants populaires de la Bretagne.

En résumé, Lancelot est un héros imaginaire substitué à un personnage historique, dont le nom a la même signification en français qu'en langue celtique, et dont la figure, les mœurs, les aventures, le caractère prosaïque et jusqu'à la physionomie poétique et chevaleresque, présentent une identité parfaite avec son homonyme.

La critique a bien voulu adopter cette conclusion.

TRISTAN ET ISEULT

Le roman de Tristan est un des plus célèbres du cycle d'Arthur.

Il semble aujourd'hui prouvé que les troubadours provençaux chantaient ses aventures dès l'année 1150 ; malheureusement leurs poëmes sont perdus ; quelques parties de ceux des trouvères ont survécu : l'un des trois plus anciens doit avoir été rédigé par un certain Bérox dans les dernières années du règne de Henri II, roi d'Angleterre ; le second est l'œuvre d'un poëte nommé Thomas, postérieur au moins d'un quart de siècle au premier ; le troisième est généralement attribué à Chrestien de Troyes, déjà mort au commencement du treizième siècle[1]. Quant au roman en prose de Luc du Guast, quoiqu'il ait bien son importance, il ne

[1] Tristan, *Recueil de ce qui reste des poëmes relatifs à ses aventures*, en français et en anglo-normand, publié par Fr. Michel. Londres, Pickering. 1835-1838.

semble pas en avoir autant que les poëmes. Je passe
donc tout de suite à l'examen des trois principales versions rimées des aventures de Tristan : elles sont in-
complètes, comme je l'ai dit, mais elles s'éclairent l'une
par l'autre, et l'on peut aisément reproduire un tout
en les rapprochant.

Les événements qu'elles relatent sont connus : Tristan
fait ses premières armes en Cornouailles, à la cour du
roi Marc'h, son oncle, quand un chevalier irlandais, appelé Morhoult, s'y présente, réclamant un tribut des
Bretons. Tristan le combat et le tue; mais, ayant reçu
dans la cuisse un dard empoisonné et ne trouvant pas
en Cornouailles de médecin assez habile pour guérir sa
blessure, il se déguise en joueur de harpe et se rend en
Irlande. C'est là qu'il voit la belle Iseult, aux blonds
cheveux, qui le guérit, et il fait d'elle à son retour un
portrait si flatteur à son oncle, que le roi veut l'épouser. Tristan, chargé de l'aller demander, part déguisé
en marchand, et revient avec elle en Cornouailles. Dans
la traversée, accablé de chaleur et mourant de soif, il
porte à ses lèvres et présente à la jeune Irlandaise une
coupe contenant un philtre magique destiné à Marc'h
et confié à Brangien, servante d'Iseult : fatale méprise! tous deux aussitôt sentent couler dans leurs
veines un amour que rien ne pourra vaincre pendant
trois ans. Peu de jours après les noces, le sénéchal,
puis le nain de la cour, s'aperçoivent de la liaison coupable de Tristan et d'Iseult; ils en informent le roi et
lui ménagent l'occasion de les surprendre; mais Tristan

déjoue leurs ruses. Enfin les deux amants sont pris, et
on les mène au supplice, quand le chevalier trouve
moyen de s'échapper, et revient délivrer la reine avec
laquelle il s'enfuit dans les bois. Au bout de quelque
temps d'une vie sauvage adoucie seulement par l'a-
mour et la harpe de Tristan, qui est poëte et musicien, Iseult est rappelée par son mari qui s'en-
nuie d'être veuf : la bonté de Marc'h ne va cependant
pas jusqu'à rappeler aussi son coupable neveu, et il reçoit ordre de ne plus se montrer à la cour. Il y repa-
raît plus tard ; il trouve moyen, sous l'habit d'un
fou, de tromper tous les yeux et de renouer ses liai-
sons avec Iseult. Des barons s'en doutent et suggèrent
au roi leurs soupçons. La reine, pour les confondre, se
met sous la protection du roi Arthur et des chevaliers
de la Table Ronde, et propose à son mari de prouver
son innocence par un serment solennel. Le jour marqué, comme la suite de Marc'h et celle d'Arthur se
rendent au lieu désigné, Tristan, déguisé en mendiant,
s'offre, au passage d'un gué, pour transporter la reine.
Elle accepte ses soins, et, sur un signe d'elle, son amant
l'ayant laissé tomber, elle peut, sans parjure, faire serment qu'elle n'a jamais eu de familiarité avec personne,
excepté avec son époux et le maladroit mendiant qui
vient de la jeter par terre. La reine ainsi justifiée, tout
le monde se livre à la joie : des joutes ont lieu ; Tristan
y vient prendre part sous un déguisement nouveau, et
bat, l'un après l'autre, tous les chevaliers de la Table
Ronde. Arthur, émerveillé de sa bravoure, propose une

grande récompense à quiconque le lui amènera, mais le
vainqueur évite prudemment une nouvelle rencontre et
s'éloigne. Quoique l'innocence d'Iseult soit reconnue,
son amant n'est point rappelé à la cour. Cédant aux
conseils d'un saint ermite, et d'ailleurs, l'effet du philtre
étant épuisé, après avoir duré pendant les trois années
fatales, Tristan se retire dans la Petite-Bretagne et
prend le sage parti de se marier à la fille d'Hoël, roi du
pays, qui porte aussi le nom d'Iseult. Toutefois c'est
en vain qu'il essaye d'oublier son premier amour, c'est
en vain qu'il court, pour s'étourdir, les aventures péril-
leuses; au lieu d'une distraction, il y trouve une blessure mortelle. Celle qui l'a guéri autrefois en Irlande
pourrait seule le guérir encore; il l'envoie chercher.
Mais la fille du roi de la Petite-Bretagne, qui a surpris
le secret des amours de son mari, veut se venger; elle
lui fait accroire que la reine de Cornouailles refuse
de se rendre à ses vœux, et Tristan meurt de chagrin.

J'ai dit que la rédaction la plus ancienne de cette
histoire romanesque ne datait que du milieu du douzième siècle au plus tôt; or, dès le commencement de
ce siècle et antérieurement, on la trouve populaire
chez les peuples de race bretonne.

I. Un barde gallois, qui vivait au moins deux cents
ans avant Raimbaud d'Orange, le premier troubadour
qui mentionne Tristan, nous a laissé un curieux dialogue où il prend l'histoire in medius res[1]. Comme le

---

[1] Myvyrian, *Archaiology of Wales*, t. I, p. 178.

poëme gallois n'a jamais été traduit en français, on
me permettra de le citer tout entier ; j'indiquerai ensuite les rapports qu'il offre avec le roman. L'auteur le
fait précéder du sommaire suivant :

« C'est le dialogue qui eut lieu entre Tristan, fils de
Tallourh, et Gwalhmaï, fils de Guiar, après que Tristan eut passé trois ans loin de la cour d'Arthur, en
proie à ses peines de cœur. Arthur avait envoyé vingt-
huit de ses guerriers avec ordre de le prendre et de le
lui amener ; mais Tristan les abattit tous, l'un après
l'autre, et ne se rendit qu'à la prière de Gwalhmaï à la
langue d'or. » Après ce court exposé, le barde met en
scène les deux acteurs.

GWALHMAÏ.

« Bruyants sont les flots quand la mer est haute. Qui es-tu,
mystérieux guerrier?

TRISTAN.

Bruyants sont les flots et la foudre. Laisse-les bruire dans leur
fureur. Au jour de la bataille, je suis Tristan [1].

GWALHMAÏ.

Tristan aux discours sans reproche, toi qui ne fuis jamais au
jour du combat, tu avais jadis pour compagnon Gwalhmaï.

TRISTAN.

Je ferai pour Gwalhmaï au jour du carnage, ce qu'un frère
d'armes ferait pour son frère.

GWALHMAÏ.

Tristan aux brillantes qualités, toi dont l'épée rayonne dans les
travaux de la guerre, je suis Gwalhmaï, neveu d'Arthur.

[1] *Trystan*, en gallois, signifie *impétueux*.

TRISTAN.

Gwalhmaï, plus fin que le renard, si tu es jamais en péril, je ferai monter le sang jusqu'aux genoux.

GWALHMAÏ.

Tristan, pour toi je me battrai aussi, tant que mon bras ne me faillira pas; je me battrai du mieux que je pourrai.

TRISTAN.

Je te le demande (non que je les craigne, mais parce que je m'en défie), quels sont ces guerriers qui sont là devant moi?

GWALHMAÏ.

Tristan aux grandes qualités, ne les connais-tu pas? C'est là suite d'Arthur qui s'approche.

TRISTAN.

Je ne crains pas Arthur, je le brave en neuf cents combats; avant qu'on me tue, je tuerai aussi, moi !

GWALHMAÏ.

Tristan, ô toi l'ami des dames, avant de livrer un combat, il est bon de proposer un accommodement.

TRISTAN.

Tant que j'aurai mon épée sur ma cuisse, et ma main droite pour me défendre, je ne redouterai personne.

GWALHMAÏ.

Tristan aux brillantes qualités, n'entreprends point de combattre Arthur, ton ami.

TRISTAN.

Gwalhmaï, par amour pour toi, je veux réfléchir à ceci; je te le dis en vérité, comme l'on m'aime, j'aime aussi.

GWALHMAÏ.

Tristan à l'âme opiniâtre, la pluie mouille cent chênes[1]; viens
t'aboucher avec ton parent.

TRISTAN.

Gwalhmaï aux répliques contraires, que la pluie mouille cent
sillons! je te suivrai partout.

« Et Tristan (dit le barde) vint avec Gwalhmaï trouver Arthur. »

GWALHMAÏ.

Arthur aux réponses aimables, la pluie mouille cent têtes : voici
Tristan, réjouis-toi!

ARTHUR.

Gwalhmaï, aux répliques irréprochables, la pluie mouille cent
toits; sois le bienvenu, Tristan, mon neveu, cher Tristan, chef de
l'armée ; aime ta race ; souviens-toi du passé et de moi-même, le
père de la patrie.

Tristan, roi des batailles, sois honoré comme le plus digne,
et honore-moi comme ton souverain.

Tristan, sage et illustre chef, aime ta parenté; personne ne te
fera de mal; qu'il n'y ait point de froideur entre deux amis.

TRISTAN.

Arthur, je t'écouterai et me soumettrai à tes ordres, et ferai ce
que tu voudras. »

Remarquons tout de suite que l'auteur de ce poëme
fait allusion aux deux points sur lesquels roule toute la
fable romanesque : 1° les amours de Tristan, qu'il suppose tellement connues, qu'il appelle sans plus de détails son héros *l'ami des dames*, traduction parfaite
d'*Amerus*, surnom que donne à Tristan le poëte Tho-

_____

[1] C'est-à-dire : la prière amollit la dureté du cœur.

mas; 2° ses peines de cœur, suite de ses amours et principe de la vie errante que le barde lui fait mener pendant trois ans, comme le romancier.

Je pourrais m'arrêter là ; mais le poëme est si fécond en rapports curieux avec le roman, qu'il m'est impossible de ne pas en indiquer quelques-uns. J'omettrai toutefois ceux qui sautent aux yeux, comme l'identité d'origine et de patrie, le caractère guerrier, les qualités brillantes des deux Tristan, leurs relations avec Arthur, sa cour et ses chevaliers. Je me bornerai à parler de l'idée fondamentale du poëme gallois. Or cette idée, ne l'avons-nous pas vue développée dans le roman ? Quand Tristan paraît à l'extrémité de la plaine où s'avancent Arthur et sa suite, qui se rendent au lieu de l'assemblée, le roi ne donne-t-il pas ordre à ses chevaliers de s'emparer de sa personne et de le lui amener ? Loin d'en venir à bout, ne sont-ils pas tous battus les uns après les autres ? Mais voici un rapport encore plus frappant : selon le trouvère, Gauvain, voyant venir Tristan, dit à quelqu'un : « Je ne le connais pas ; sais-tu qui c'est ? » Et plus tard encore il adresse la même demande, manifestant tout haut la crainte que le chevalier ne soit un fantôme[1].

D'où venait cette erreur ? Pourquoi ne le reconnaît-il pas ?

Tristan, dit le poëte français, portait un bouclier

---

[1]   Bien pensèrent *fantosme soit*.
        (TRISTAN, t. I, p. 190 et 193.)

couvert d'un voile noir, et un autre voile noir lui cachait le visage[1].

Eh bien, cette circonstance si caractéristique, si précise du déguisement de Tristan, qui le fait prendre
pour un fantôme, elle existe, nous l'avons vu, dans le
poëme du barde, où Gwalhmaï, ne reconnaissant pas
Tristan, l'aborde en lui demandant son nom et en l'appelant *guerrier mystérieux*.

L'épisode du combat de Tristan contre les chevaliers
du roi Arthur a donc évidemment été emprunté aux
anciennes traditions celtiques. Il est vrai que dans le
roman il a un dénoûment différent de celui du poëme :
dans l'un, Tristan cède à l'éloquence de Gwalhmaï, et
vient trouver Arthur ; dans l'autre, au contraire, il s'é-
loigne après avoir battu les chevaliers de la Table
Ronde. Mais une telle différence n'a rien d'étonnant :
si nous en croyons le poëte Thomas, on racontait de
mille manières l'histoire de Tristan[2] ; elle n'a même
rien que de très-naturel, car le trouvère ne pouvait
pas faire démasquer son héros par le roi Arthur en
présence du roi Marc'h, de sa suite et de la reine

[1]   . . . . . . Destrier et Targe
Out covert d'une noire targe;
Son vis out covert d'un noir voile;
Tot out covert et chief et poile.
(TRISTAN, t. I, p. 190.)
Seigneurs, *cest cunte est mult divers.....*
Entre ceus qui solent cunter
Et del cunte Tristan parler,
Il en cuntent diversement,
Oï en ai de plusur gent.
(TRISTAN, loco citato.)

Iseult, sans manquer à toutes les convenances, en
même temps qu'aux plus simples notions de l'art.

Le romancier joint au caractère amoureux et guerrier de Tristan, que les bardes lui prêtent aussi, celui
de poëte et de musicien. L'instrument dont Tristan joue
de préférence est la harpe; il paraît deux fois avec une
harpe à la main; il joue aussi de la *rote* en s'accompa-
gnant de la voix. « Je suis, dit-il, bon ménestrel;

> Je sais bien temprer harpe et rote,
> Et chanter après à la note.

La harpe et la rote sont deux instruments de musique des anciens Bretons. Le barde Taliesin se vante,
comme Tristan, de savoir jouer de l'un et de l'autre[1].
A juger sur les seules apparences, les romanciers n'auraient donc fait un musicien de Tristan qu'en suivant
les traditions celtiques; mais ces apparences sont parfaitement conformes à la réalité, depuis que le savant
Jones[2] a prouvé par des témoignages anciens[3] que
Tristan était barde.

Ce fait m'induit naturellement à parler de la fable
du *philtre magique*. Elle est conçue tout à fait dans le
sens des plus vieilles traditions bardiques. Parmi celles-
ci, il y en a une qui offre avec elle une ressemblance
frappante. « Ce boire d'amour, ce breuvage d'herbes

---

[1] Je suis joueur de harpe; — je suis joueur de rote. (MYVYRIAN, t. I,
p. 72.)
[2] Jones's *Musical and poetical Remains of the welsh bards*, t. II,
p. 12 et 14.
[3] Myvyrian, t. I, p. 174.

magiques, que fit bouillir la mère d'Iseult pour le roi
Marc'h et pour sa fille, dit le romancier, Tristan, accablé de chaleur et de soif, le prit et le partagea avec
son amante, et en souffrit mainte douleur. »

La tradition bardique suppose qu'une mère, voulant
aussi douer son enfant, non pas d'un amour surhu-
main, sentiment étranger aux bardes, mais d'un savoir
universel, idée parfaitement d'accord avec leur système, fait bouillir des herbes merveilleuses dont le mélange doit produire un philtre appelé *breuvage de
science*. Toutefois celui à qui il est destiné n'en profite
pas plus que le roi Marc'h ; il échoit par hasard au jeune
barde Taliesin. Pressé, comme Tristan, par la chaleur,
le jeune homme en porte quelques gouttes à ses lèvres,
et aussitôt la science inonde son intelligence ; mais il se
voit en même temps exposé à tous les travaux, à toutes
les angoisses qu'elle entraîne à sa suite, travaux non
moins rudes que ceux dont l'amour accabla Tristan [1].

Cette conformité remarquable de la tradition et du
roman me porte à croire que les trouvères ont retourné
et transformé la fable celtique. Tristan étant barde, ils
ont fort bien pu lui prêter, en la défigurant, une aventure attribuée au barde par excellence, aventure qui,
du reste, lui serait aussi arrivée à lui-même si elle était,
comme on l'a dit, la figure des divers stages d'initiation par lesquels devaient passer tous les membres de
l'ordre.

[1] Myvyrian, t. I, p. 17 et 18.

II. Les allusions des triades du moine de Lancarvan aux principaux faits de l'histoire romanesque sont encore plus directes que celles des bardes. Elles signalent la reine Essyllt et le roi Marc'h, son époux, comme oncle et tante de Tristan ; elles insistent sur la passion coupable, mais constante, du guerrier gallois pour cette princesse; elles mettent la reine au nombre des trois épouses célèbres par leur incontinence, et comptent Tristan parmi les amants bretons les plus fameux[1]. Si l'on veut des traits moins généraux, les triades en offriront. Une d'elles est ainsi conçue : « Tristan était un des trois guerriers de l'île de Bretagne que personne n'avait jamais pu vaincre, soit par contrainte, soit par vaillance, soit par ruse; un des trois guerriers qui pouvaient prendre, en cas de besoin, telle forme qui leur plaisait[2]. »

On avait donc essayé de triompher de Tristan par contrainte. Qui en avait usé à son égard? Le rédacteur des triades ne croit pas nécessaire de nous le dire; mais, à coup sûr, son silence sous-entend le nom du roi Marc'h, qui, d'après les romanciers, fit vainement prendre, enchaîner et conduire son neveu à la mort. On avait voulu triompher de lui par vaillance : — les bardes et les romanciers se sont accordés à nous en donner la preuve; — par ruse : — et qui? Évidemment encore son oncle ou les agents de ce dernier. La triade n'a aucun sens, ou c'est celui-là qu'elle pré-

---

[1] Myvyrian, t. II, p. 53.
[2] Id., ibid., p. 80.

sente : ruse du roi, qui se cache dans l'arbre au pied
duquel doivent se réunir sa femme et son neveu; ruse
du nain, qui répand de la farine entre les chambres
des deux amants, ruses qui toutes sont déjouées par
Tristan. Enfin, d'après la triade, Tristan changeait à
son gré de forme. Une telle assertion suppose des faits ;
ces faits ne peuvent être que ceux dont les romanciers
nous sont garants, lorsqu'ils nous le montrent déguisé
en joueur de harpe, en marchand, en fou, en mendiant, enfin sous l'armure étrange qui le fait prendre
pour un fantôme.

C'en est assez pour prouver, d'une part, que le rédacteur des triades connaissait les aventures de Tristan;
d'une autre, qu'elles étaient populaires parmi les Gallois dès le commencement du douzième siècle. S'il en
eût été autrement, l'auteur cambrien aurait-il pu être
aussi laconique? Son laconisme même suppose des lec-
teurs instruits.

III. Cette conclusion n'est pas une hypothèse. Le
docteur Owen assure avoir découvert un ancien conte
populaire du cycle d'Arthur sur le thème de Tristan,
mais n'avoir pu l'obtenir[1]. Privé, par la mort du savant
gallois, de toute notion sur le propriétaire du conte en
question, je n'ai pu moi-même, malgré toutes mes recherches, parvenir à en prendre connaissance. Espé-
rons qu'un autre, plus heureux, le livrera, s'il le trouve,
à la publicité. En attendant, il faut croire qu'appartenant

---

[1] *Fairy legends of Wales*, by Crocker, p. 172.

au cycle d'Arthur, il a les caractères de tous les autres ouvrages du même cycle, qu'il est comme eux des premières années du douzième siècle, et que les aventures dont il entretient le lecteur sont celles du Tristan des bardes et des triades, reproduites dans le roman.

On a d'autant plus lieu de le penser, qu'un autre conte populaire gallois[1] met en scène deux personnages du roman en leur faisant jouer le rôle qu'ils y jouent. C'est le prince irlandais Morhoult, oncle de la reine Yseult, dont le véritable nom celtique est Martholouc'h, et sa servante Brangien. Comme les romanciers, les conteurs parlent d'un tribut exigé des Bretons par le prince irlandais, mais en nous faisant connaître à quel titre il le réclame. D'après eux, un chef cambrien aurait coupé les oreilles et les lèvres des chevaux d'un chef irlandais. En dédommagement de cette insulte, les Bretons devaient payer un certain nombre de barres d'or et d'argent, et autant de chevaux qu'il y en avait eu de mutilés. Les mêmes conteurs nous apprennent que Brangwen, la Brangien du roman, était femme de Martholouc'h, qu'elle était Bretonne, et avait suivi son mari en Irlande; ils ajoutent qu'elle fut victime des démêlés de ses compatriotes et des Irlandais; qu'elle eut à subir à la cour toutes sortes d'outrages, au point qu'on lui fit remplir l'office de servante : c'est aussi dans cette position subalterne que nous la montrent les romanciers.

---

[1] Mabinogi Branwen (le *Livre rouge*, col. 726, cf. les Mabinogion de lady Ch. Guest), t. III, p. 197.

IV. Tels sont les rapports des traditions galloises
écrites et du roman; comme on le voit, ils sont nombreux. Quant aux traditions orales, je n'en ai pu découvrir que deux. La première nous est fournie par
l'auteur d'une des parties du roman même de Tristan.
Après avoir dit comment le chevalier, surpris avec la
reine Iseult, fut condamné à être brûlé vif, et comment il trouva moyen d'échapper à ceux qui le menaient
au supplice, en s'élançant d'une hauteur considérable,
le trouvère Bérox affirme qu'en mémoire de ce fait,
dont le récit était encore populaire au moment où il
écrivait, les habitants de la Cournouailles appelaient le
Saut de Tristan le lieu mentionné par le roman[1]. On
trouve effectivement près de Tintagel, dans la Cornouailles anglaise, au bord de la mer, un rocher désigné
sous le nom breton de *Lam Tristan*, ou Saut de Tristan.
La seconde tradition orale dont l'autorité confirme le
récit du romancier est relative au roi Marc'h et à son
nain favori. L'idée de ce nain, sorcier, laid, bossu, difforme, noir, plein de malice, connaissant l'avenir, est
évidemment empruntée à la mythologie celtique. D'a-
près les traditions galloises, bretonnes et irlandaises,
la sorcellerie, la laideur, la difformité, la noirceur, la
méchanceté, la connaissance de l'avenir, sont les attributs caractéristiques de cette classe d'êtres surnaturels
à laquelle appartiennent les nains[2]. Les mêmes tradi-

---

[1]   Encor claiment Cornévalau
    Celle pierre *le Saut Tristan.* (T. I, p. 48.)
[2] BARZAZ-BREIZ, *Chants populaires de la Bretagne*, t. I, introduction, p. xliii et xliv, passim.

tions galloises, armoricaines et irlandaises, rapportent
la fable des oreilles de cheval, que le romancier prête au
roi Marc'h, et dont son nain favori révèle le secret. Le
docteur O'Connor pour les Irlandais[1], et Cambry pour
les Bretons[2], la citent à peu près dans les mêmes termes.
Mais, afin qu'on n'y voie point une imitation du conte
de Midas, je crois devoir faire observer que le nom du
roi, *Marc'h* (cheval), sur le sens duquel elle roule, a la
même signification dans tous les dialectes de la langue
celtique. L'identité des trois fables est incontestable;
on ne peut nier qu'elles n'appartiennent à des rédactions
différentes d'une seule légende primitive celtique, que
le romancier a tronquée pour l'accommoder à son ouvrage. Ayant à venger d'un seul coup Tristan et la reine,
il ne se contente pas de faire trahir, comme dans la
tradition, le roi Marc'h par son favori, qui tant de fois
espionna Tristan, il suppose que le traître périt victime de sa félonie, et qu'il en est puni par le roi Marc'h
lui-même.

Du reste, la démonstration de ce fait que les auteurs du roman de Tristan ont seulement dégrossi et
arrangé un type simple et primitif, se trouve dans
toutes les parties de l'ouvrage; je n'en citerai qu'une
preuve, mais elle est concluante.

Après avoir raconté comment Yseult fut sauvée du
bûcher par les lépreux auxquels le roi Marc'h l'aban-

---

[1] *The general History of Ireland*, translated from the original irish lan-
guage by Dermod O'Connor, p. 165.
[2] *Voyage dans le Finistère*, 2ᵉ édit., p. 179.

6

donna, et comment Tristan l'arracha d'entre leurs
mains, Bérox ajoute : « Selon les conteurs populaires
bretons, Tristan fit tuer le chef des ladres ; mais ces
conteurs

> N'en savent mie bien l'histoire :
> Trop est Tristan preux et courtois
> Pour occire gens de telles lois.

Ne voit-on pas le poëte lettré et poli lutter ici avec le
conteur populaire aux mœurs un peu rudes, mais
franches, et portant avec elles des signes manifestes
d'antériorité ?

V. L'élément traditionnel du roman doit avoir subi,
en général, la même transformation entre les mains
du romancier; toutefois, si j'en juge par le dénoûment
de l'ouvrage, il n'a pas été défiguré au point d'être méconnaissable; il a même conservé parfois quelques traits
de sa physionomie primitive. Ce dénoûment me semble
imité de quelque chant populaire armoricain ou gallois.
J'y découvre plusieurs traits qui n'ont pu être empruntés qu'à une poésie antérieure et traditionnelle. Une
ballade très-répandue en Armorique m'en fournit la
preuve; la similitude du sujet permet d'établir une
comparaison entre l'œuvre du chanteur rustique et
celle du trouvère. Voici les points de conformité les
plus remarquables des deux ouvrages.

Le héros de la ballade est un jeune guerrier breton
qui a été fait prisonnier. Voulant en informer sa mère,
il lui envoie un messager porteur d'un anneau qui

doit le faire reconnaître ; ce messager se déguise en
mendiant, afin de pouvoir plus aisément traverser le pays
étranger.

Tristan, comme on s'en souvient, tombe aussi malade en pays étranger ; il veut le faire savoir à Iseult :
il charge son ami Kaerden, c'est-à-dire le *Bel homme*,
d'un message pour elle. Kaerden se déguise en marchand pour tromper le roi Marc'h ; l'anneau qui brille
à son doigt lui sert d'introducteur près d'Iseult.

La mère du jeune guerrier breton reçoit le message,
et part à l'instant ; mais elle arrive trop tard : induit en
erreur par la perfidie du geôlier, qui lui a fait accroire
que le messager revient seul, son fils est mort.

« La dame demandait aux gens de la ville, en abordant : —
Qu'y a-t-il de nouveau ici, que j'entends les cloches sonner?

« Un vieillard répondit à la dame, quand il l'entendit : — Un
jeune guerrier blessé que nous avons ici vient de mourir ce soir.

« Il avait à peine fini de parler, que la dame courait vers la
prison ;

« Que la dame courait tout en pleurs, ses cheveux blancs épars ;

« Si bien que les gens de la ville étaient étonnés en voyant une
dame étrangère mener un tel deuil dans la rue ;

« Si bien que chacun demandait : — Quelle est celle-ci et d'où
vient-elle ? — Et la pauvre dame dit au portier, en arrivant au
pied de la tour :

« Ouvrez vite, ouvrez-moi la porte ! mon fils ! mon fils ! que je
le voie !

« Quand la grande porte fut ouverte, elle se jeta sur le corps de
son fils, le serra entre ses deux bras, et ne se releva plus[1]. »

---

[1] *Bran, ou le Prisonnier de guerre*, t. I, p. 205 (Barzaz-Breiz, *Chants
populaires de la Bretagne*), 4e édition. Ce chant est, par le fond, antérieur au douzième siècle.

Tristan et Iseult ont le même sort. Tandis que son amante accourt en Armorique, Tristan, abusé par sa femme, la croit infidèle et rend l'âme. Cependant elle débarque.

« En sortant de la nef, elle entend de grandes plaintes dans la rue, et les cloches sonner aux monastères et aux chapelles ; elle demande aux gens ce qu'il y a de nouveau, pourquoi on sonne ainsi les cloches, et pourquoi l'on verse tant de pleurs. Alors un vieillard lui dit : — Belle dame, nous avons ici une douleur comme personne n'en eut jamais : Tristan, le preux, le franc, est mort ; c'est une désolation pour tous ceux du royaume : il était généreux envers les pauvres gens et secourable envers les affligés ; il vient de mourir dans son lit d'une blessure qu'il a reçue. Jamais si grand malheur n'advint dans ce pays.

« En entendant la nouvelle, Iseult perd la voix de douleur ; elle est si désolée de la mort de Tristan ! Elle va par la rue, les vêtements en désordre ; elle court au palais. Les Bretons ne virent jamais femme d'une telle beauté ; ils s'émerveillent dans la cité, et se demandent d'où elle vient et qui elle est. Iseult court où elle voit le corps ; elle se tourne vers l'orient, elle prie pour lui, en sanglotant : — Ami Tristan, quand je vous vois mort, je ne puis vivre plus longtemps : vous êtes mort d'amour pour moi ; je meurs aussi d'amour, ami, quand je n'ai pu venir à temps.

« Elle va donc se coucher près de lui, elle le serre dans ses bras, puis se roidit et rend l'esprit. »

Voilà bien tous les éléments de la ballade armoricaine : la demande en entrant dans la ville et en entendant sonner les cloches, le vieillard et sa réponse,
la douleur de la dame, le désordre de ses vêtements,
sa physionomie étrangère, l'étonnement de la foule, la
catastrophe enfin, et si brusque, en deux vers. Tous
ces traits sont des lieux communs qui appartiennent à
la poésie populaire d'Armorique, qui s'y représentent
uniformément, et dont il me serait facile de produire
une multitude d'exemples. Est-ce une raison de croire
qu'il était de ce pays, le chanteur oublié auquel le trouvère a pu emprunter le dénoûment de son ouvrage?
Une dernière analogie entre la ballade et le poëme semblerait autoriser cette opinion : dans l'une et dans l'autre, il est question d'une certaine voile comme d'une
cause de mort. Tristan et le guerrier breton, qui tous
deux ont donné ordre à leur messager d'arborer une
voile blanche en cas d'une heureuse mission, trompés
de la même manière, meurent tous deux en apprenant
que le navire de leur messager porte une voile noire.
Que l'idée de cette voile noire soit *renouvelée des Grecs*,
comme l'a cru M. P. Paris, et qu'il y ait là une réminis-
cence de l'histoire d'Égée, peu importe; elle se trouve
dans un monument breton antérieur au roman français ; et tout est dit.

Il est inutile d'insister sur des rapports qui sautent
aux yeux.

Voici donc ce qui me paraît résulter de l'ensemble
de mes observations sur les analogies des romans de

Tristan avec les poëmes des bardes, les triades, les contes bretons, les anciennes traditions et les chants populaires armoricains :

Antérieurement aux récits romanesques des troubadours et des trouvères, il existait une légende galloise de Tristan à laquelle les poëmes des bardes et les triades font positivement allusion. Cette légende, depuis longtemps répétée par les conteurs bretons, aussi bien d'Angleterre que de France, avait subi l'influence de la chevalerie naissante, comme les autres fables du cycle d'Arthur, et avait été le sujet de divers chants populaires en langue celtique.

YVAIN ET LA DAME DE BRÉCILIEN

ou

LE CHEVALIER AU LION

———

Avant ou après avoir écrit son roman de Tristan et d'Iseult, mais postérieurement à l'année 1160, Chrestien de Troyes composa sur le thème d'Yvain, compagnon de la Table Ronde, un poëme qu'il intitula le *Chevalier au lion*[1].

Messire Yvain se rend à la fontaine de Baranton, dans la forêt de (Brocéliande, aujourd'hui) Brécilien, en Armorique, dont son ami Calogrenant lui a vanté les merveilles : il y trouve un géant auquel obéissent les bêtes du bois ; il puise de l'eau dans la fontaine avec un bassin d'or, la répand sur le bord et excite un orage affreux.

---

[1] Publié en Angleterre, en 1838, mais d'une [manière incorrecte, par lady Ch. Guest (Mabinogion, t. I, cf. l'éd. de M. A. Keller).

Le seigneur du pays accourt ; Yvain le combat, le
blesse à mort, le poursuit, entre avec lui dans son château et y est retenu prisonnier. Une demoiselle, nommée
Lunette, à qui il a eu occasion d'être utile, le délivre en
le rendant invisible au moyen d'un anneau magique.

Cependant le seigneur du château trépasse ; Yvain
voit sa veuve et devient amoureux d'elle : Lunette prépare les voies d'une réconciliation entre sa maîtresse et
le meurtrier de son maître ; elle réussit à les accorder :
on célèbre le mariage. Peu de temps après, le roi Arthur
vient à la fontaine avec ses chevaliers ; Gauvain invite
Yvain à un prochain tournoi ; sa dame lui permet d'y
aller, à condition qu'il sera de retour dans un an.
Yvain donne sa parole et part. L'année s'écoule, il ne
revient pas ; il est infidèle ; mais il ne tarde pas à reconnaître sa faute ; il la pleure ; il se soumet pour l'ex-
pier à la plus rude pénitence : il parcourt le monde en
entreprenant et en accomplissant les plus prodigieux
travaux, dans lesquels il n'a d'autre compagnon qu'un
lion, qui lui doit la vie et qui, pour lui prouver sa re-
connaissance, le suit partout. Sur ces entrefaites, Lunette, accusée du crime de félonie envers sa dame
pour lui avoir fait épouser Yvain, est condamnée à
prouver son innocence en se faisant défendre par un
seul champion contre trois ; si son défenseur est vaincu,
elle sera brûlée vive. Yvain apprend la nouvelle, accourt, combat les trois champions et les tue ; il tue aussi
un géant et deux fils de diables, et délivre maints op-
primés ; de sorte que, le bruit de ses prouesses s'étant

répandu partout, Lunette en profite pour demander sa grâce à sa dame et l'obtient.

I. On trouve épars, dans des écrits celtiques antérieurs à l'année 1155, plusieurs des éléments primitifs de l'histoire romanesque d'Yvain ou d'Owenn.

Taliesin, barde domestique de son père Urien, a composé, à l'occasion de sa mort, une élégie enthousiaste où il fait l'éloge de sa bravoure, de sa bonté et de sa libéralité[1]. Les triades le citent comme un des trois chefs les plus remarquables par la beauté de leur figure qu'ait produits l'île de Bretagne[2]. Il est aussi nommé, parmi les principaux chevaliers de la cour d'Arthur, dans la *Légende* armoricaine *des Rois*[3] et dans Geoffroi de Monmouth.

La tradition courante chez les Gallois, au commencement du douzième siècle, le peint de la même manière que les bardes et les triades : selon l'auteur anonyme de la vie de saint Kentegern, écrite vers l'année 1147, les récits populaires à cette époque, dans le pays de Galles, le représentaient comme un jeune Breton d'une illustre origine, d'une grande beauté et naturellement très-enclin à l'amour[4].

Le caractère véritable du héros romanesque appartient donc à la tradition celtique.

- *Poëmes des bardes bretons du sixième siècle*, p. 440. J'en reproduis plus loin la traduction à la suite de la *Dame de la fontaine*, note II.
[2] Myvyrian, t. II, p. 62. — [3] Ibid., *Brut Tysilio.*
[4] Nobilissima Britonnum prosapia ortus... juvenis elegantissimus Owen... naturali amoris igne inflammatus. (Vita sancti Kentegerni, mss Musée britannique, tit. A, 19; col. 76, 77.)

On en peut dire autant du merveilleux de la fable,
des prodiges dont la forêt de Brécilien devenait le
théâtre, lorsqu'on agitait et qu'on répandait au dehors
l'eau de sa fontaine magique. Il serait facile d'en donner des preuves : elle rappelle la vieille forêt druidique de la Gaule décrite par Lucain, qui est le type de
toutes les forêts enchantées jusqu'à celle de la *Jérusalem délivrée* ; la fontaine d'Armorique fait songer à
ce lac de Catalogne dont on ne pouvait troubler l'eau
sacrée sans qu'une horrible tempête s'élevât tout à
coup par la colère des génies aquatiques [1] ; mais, sans
remonter aussi haut, on retrouve ce merveilleux à
deux courants traditionnels chez deux nations de race
celtique, les Armoricains et les Gallois.

La tradition s'est, il est vrai, modifiée en se locali-
sant dans les deux pays ; mais elle est restée la même,
quant au fond : c'est toujours, comme dans le roman,
une eau troublée, ou plutôt profanée, dont l'effusion
excite un violent orage [2] ; les fées à qui elle est consacrée témoignent ainsi leur mécontentement.

Un autre trait de merveilleux romanesque, pareillement celtique, est celui de l'anneau magique de Lunette.
Quoique l'idée de cet anneau, qui rappelle celui de Gi-
gès, ait pu, dans le principe, être empruntée aux anciens, elle n'existait pas moins dans les souvenirs
nationaux des habitants du pays de Galles ; elle était

[1] Gervasius Tilberiensis (apud Leibnitz, t. I, p. 782).
[2] Voyez la *Dame de la fontaine*, note XII.

populaire antérieurement à l'époque où vivait Chrestien
de Troyes, et se rattachait même à un certain fond de
traditions bardiques. On comptait l'anneau dont nous
parlons parmi les seize raretés de l'île de Bretagne, qui
appartinrent au barde Taliesin, selon les uns, et que
Merlin, selon d'autres, emporta dans son vaisseau de
cristal; il finit par tomber dans les mains de Luned, fille
de Brychan, ancien chef breton. Quand le compilateur
gallois, auquel nous devons ces traditions, ne nous en
dirait pas davantage, c'en serait assez pour nous porter
à voir dans ses paroles une allusion aux rapports de
Lunette et d'Yvain : mais il ne veut point nous laisser
dans le doute, car il ajoute aussitôt : « La pierre de son
anneau délivra Owenn, fils d'Urien, d'entre la herse
et le mur; quiconque cachait la pierre était caché par
elle [1]. »

Nous trouvons donc des traces évidentes d'une histoire galloise d'Owenn d'accord en plusieurs points avec
l'histoire romanesque. Maintenant on se demande à
quelle époque elle remonte. L'auteur cambrien de la
Vie de saint Kentegern assurant qu'en l'année 1147 elle
était déjà populaire parmi ses compatriotes, dont les
conteurs nationaux avaient pris Owenn pour sujet de
leurs histoires de gestes [2], il s'ensuit que le poëme du
trouvère français leur est postérieur; mais nous avons un

[1] Tiré par Ed. Lhuyd, d'un manuscrit fort ancien sur vélin (o hen
ferum), et cité par Jones. (*Musical and poetical remains of the welsh
bards*, p. 47.)
[2] *In gestis histrionum* vocatur Owenn, filius regis Urien. (Vita sancti
Kentegerni, mss., loco citato, col. 76.)

autre moyen, non moins victorieux, de le prouver : une des histoires de gestes, mentionnées dans la vie de saint Kentegern, est parvenue jusqu'à nous, et, en l'étudiant avec soin, on acquiert la certitude qu'elle n'a pas seulement précédé l'ouvrage du trouvère français, mais qu'elle lui a servi de modèle.

II. Comme tous les contes chevaleresques du cycle d'Arthur, elle a été évidemment rédigée, dans l'origine, avant le milieu du douzième siècle. La marche en est rapide, l'allure dégagée, le ton sans prétention, la trame sans artifice, l'esprit tout à fait populaire. Le poëte français, au contraire, s'avance avec poids et mesure; il entrecoupe son récit de dissertations et de réflexions morales ou philosophiques, qui lui paraissent de bon goût; il y multiplie à plaisir les monologues et les dialogues, les digressions et les descriptions; il le surcharge de détails et d'ornements; il s'écoute parler; il vise à l'effet; il s'étale avec complaisance; il se pose en artiste; c'est un lettré.

Voilà ce qui frappe tout d'abord dans la manière des deux auteurs; mais, en analysant leurs œuvres, on découvre d'autres différences, principalement dans les noms, les faits, les idées, les sentiments, les mœurs et les costumes qu'ils prêtent à leurs personnages. Je vais en indiquer quelques-unes.

Le conteur gallois commence par nous introduire à la cour d'Arthur, à laquelle il donne une physionomie toute particulière, toute locale et assez peu distinguée. Bien différente est celle du poëme français : Arthur y

figure en vrai roi : en roi qui donne, aux siècles les
plus reculés, des leçons de prouesse et de courtoisie. Ses
chevaliers ne préfèrent point, comme ceux du conte,
les plaisirs de la table à la société des dames; ils se ré-
pandent dans les salles où les appellent les demoiselles,
et celles-ci ne sont point occupées à de vils ouvrages
manuels, mais elles écoutent les récits galants des chevaliers, et s'intéressent à leurs peines de cœur ou à
leurs aventures.

Le poëte prend de là occasion de se plaindre de la
décadence de l'amour : « Les servants d'amour, s'é-
crie-t-il, étaient jadis riches et bons; mais aujourd'hui
peu des siens lui restent fidèles : l'amour n'est plus
qu'un mensonge! »

L'amour chevaleresque un mensonge au douzième
siècle! mais le trouvère se réfute lui-même en mille
endroits de son poëme, où il peint cette passion
comme on l'entendait de son temps. A ce propos je noterai un fait capital, sur lequel je ne saurais trop insister, c'est que le conte offre une expression beaucoup
moins complète, beaucoup moins détaillée de la chevalerie que le roman; l'un l'a prise à son début, l'autre à
son point culminant. L'amour est loin d'être compris
de la même manière par le premier et par le second;
le conteur ne se doute pas de cette exaltation, de ce raffinement sentimental dans lequel se complaît le trouvère et qui n'est pas encore dans les mœurs de son
époque. En Cambrie, comme partout ailleurs, il est né
plus tard. La chevalerie, qui, dans les dernières années

du douzième siècle, doit y tourner à la mollesse et à la galanterie, ainsi qu'ailleurs, y conserve encore sa sévérité primitive au moment où écrit l'auteur gallois.

Depuis le commencement du récit de Calogrenant jusqu'à un endroit que j'indiquerai bientôt, le roman est en général assez d'accord pour le fond avec le conte; mais les détails varient, la couleur locale change.

Lorsque le conteur arrive au portrait du sauvage, gardien du bois, trois traits lui suffisent pour le peindre : « C'est un homme noir, d'une taille élevée, dou- « ble de celle des autres hommes ; il est assis au som- « met de la montagne ; il n'a qu'un pied, qu'un œil « au milieu du front; il porte une massue de fer que « deux hommes ne soulèveraient pas ; il n'est pas « beau, mais, au contraire, extrêmement laid. » Telle est la brusque manière des conteurs primitifs, mais ce n'est pas celle du poëte français. Il ne se borne point à nous dire, avec le conteur, que le vilain est aussi noir qu'un Maure, hideux, d'une taille démesurée, qu'il tient une massue en main ; il nous décrit sa tête et ses cheveux, son front, ses oreilles, ses sourcils, ses lèvres, son nez, sa bouche, ses dents, sa barbe, ses favoris, son menton, son échine, son vêtement enfin ; il ne nous fait grâce de rien.

Même différence graduée entre les deux descriptions de la fontaine. Dans le conte, le bassin est d'*argent*, et le bord de *marbre;* dans le roman, le bassin est d'*or* et du plus fin qui fut jamais à vendre ; et, quant au perron, il est d'*émeraude* et orné de *rubis,*

Plus flamboyant et plus vermeil
Que n'est au matin le soleil.

Même amplification du dialogue qui s'établit entre
Kaï, Owenn et Gwennivar, à la fin du récit de Kénon (le
Calogrenant du romancier). Ce dialogue met parfaitement en relief le caractère railleur et taquin que
toutes les autorités galloises prêtent au maître d'hôtel
d'Arthur.

« — Maintenant, dit Owenn, ne serait-il pas convenable, à nous, d'aller dégaîner en ces lieux ?

« — Par la droite de mon ami ! fit Kaï, ta langue
est souvent plus prompte à parler que ton bras à exécuter.

« — Vraiment ! s'écria Gwennivar, tu mériterais d'ê-
tre pendu pour tenir des propos si inconvenants à l'é-
gard d'un homme tel qu'Owenn.

« — Par la droite de mon ami ! bonne dame, répondit Kaï, l'éloge que tu fais d'Owenn ne vaut pas mieux
que le mien. »

Toujours fidèle à son système, le trouvère prête au
sénéchal encore plus de malice. Voici par quels traits
mordants il remplace l'unique raillerie que le conteur
gallois lui met à la bouche :

« — Par mon chef ! dit messire Yvain, j'irai venger
votre honte !

« — Qui remet à l'après-dînée une bonne action
perd l'occasion de la faire, répond le sénéchal, qui ne
peut se taire : il y a plus de paroles dans un pot plein de

vin qu'en un muid de bière. Or sus ! or sus ! messire Yvain, mourrez-vous ce soir ou demain ? faites-nous, beau sire, savoir quand vous irez au martyre, car nous voulons vous servir d'escorte.

« — Vous êtes un diable incarné, messire Keu, fait la reine; votre langue jamais ne s'arrête; que votre langue soit honnie ! Certes, votre langue vous hait pour dire aux gens, quels qu'ils soient, tout ce qui vous passe par la tête. »

Et elle poursuit ses invectives contre la langue du sénéchal jusqu'à ce qu'Yvain, prenant la parole, lui dit que les railleries du mauvais plaisant lui sont fort indifférentes. Il y a loin de la réprimande de Genièvre à Keu à celle de Gwennivar à Kaï. Tout ce que l'une offre de plus fort, c'est qu'on devrait lier les fous; dans l'autre, il ne s'agit de rien moins que de corde et de gibet. La joyeuseté est quelque peu sombre, on en conviendra, dans la bouche d'une femme, d'une reine ! elle rappelle la plaisanterie d'un chef gallois [1] à son majordome : « Apporte-nous du vin, du meilleur, ou ta tête sera abattue ! » Qu'il s'écoule seulement soixante ans, et un pareil langage paraîtra révoltant.

La teinte chevaleresque qu'offrent les peintures des faits d'armes de cette époque est empreinte de non moins de vigueur dans la description du combat entre Owenn et le seigneur de la fontaine.

« Le choc fut rude, dit le conteur, et ils brisèrent

[1] Owenn de Gwened, vers 1140.

leurs lances, et ils dégaînèrent, et ils s'assaillirent l'épée à la main, et Owenn donna un tel coup au chevalier, qu'il perça son heaume, son couvre-chef et son cimier, et sa peau et sa chair, et son crâne jusqu'à la cervelle. »

Cette description tient cinq lignes dans le conte ; dans le roman elle occupe soixante vers ! qu'on juge par là des développements que le trouvère français a fait subir à l'ouvrage gallois ! Ainsi il faut encore quarante vers à Chrestien de Troyes pour dire qu'au moment où Yvain entrait dans le château à la suite du chevalier la herse tomba subitement et le fit prisonnier. Il compare la porte à un trébuchet ; plus loin il assimile l'anneau magique de Lunette à l'écorce qui cache le feu invisible qui dévore secrètement un arbre. Le conteur ne fait point un tel étalage de figures ; il dit laconiquement ce qu'il veut dire.

On aura remarqué, à ce sujet, que sa manière invariable de procéder est l'indication, tandis que le poëte français est forcé, par la nature même de son travail, d'user constamment de l'énumération ; mais, si ce dernier amplifie, il faut avouer qu'il le fait souvent avec tant d'art, qu'on ne sait ce qu'on doit le plus admirer, de l'esquisse du peintre original ou du tableau de l'imitateur. C'est le sentiment qu'on éprouve en comparant, dans les deux auteurs, le dialogue entre Lunette et sa maîtresse, après la mort du seigneur de la fontaine : l'un et l'autre ont surpris très-heureusement certaines contradictions du cœur. «Luned entra et salua sa dame, dit le conteur ; mais celle-ci ne répondit pas, et la demoiselle s'inclina profondément devant elle et dit : — Qui est-ce qui te rend si triste, que tu ne me réponds pas aujourd'hui?

« — Luned, dit la dame, quel changement s'est opéré en toi, que tu ne m'es point venue visiter dans ma douleur? C'est bien mal à toi! à toi que j'ai enrichie! c'est bien mal à toi de ne m'être pas venue voir dans ma désolation! Oh! c'est bien mal à toi!

« — Vraiment, répondit Luned, je te croyais plus de bon sens! Est-il sage à toi de pleurer ce digne homme ou tout autre bien dont tu ne peux plus jouir?

« — Hélas! non, mon Dieu! dit la dame; car il n'y a pas au monde d'homme qui lui ressemble.

« — Il y en a, certes, plus d'un, repartit Luned, qui n'aurait pas besoin d'être beau pour le valoir, ou mieux que lui.

« — Pardieu! s'écria la dame, si je ne t'avais pas élevée, je te ferais couper la tête pour tenir un pareil langage; mais je te chasse de chez moi.

« — Je suis bien aise de n'être chassée, dit Luned, que pour avoir voulu te rendre service dans une occasion où tu ne savais pas ce qui était le plus à ton avantage. Désormais, quoi qu'il arrive, l'une de nous fera à l'autre les premières avances vers la réconciliation : je me ferai prier par toi, ou tu me prieras toi-même.

« Et, sur cela, Luned sortit, et sa maîtresse se leva

et la suivit jusqu'à la porte de la chambre : et là elle se mit à tousser très-haut, et Luned se détourna, et la dame lui fit un signe, et elle revint vers la dame.

« — Vraiment, Luned, tu as un bien mauvais caractère ! Mais puisque tu connais ce qui m'est le plus avantageux, dis-le-moi.

« — Je te le dirai, répliqua la jeune fille. Tu sais qu'il est impossible, sans soldats et sans armes, de défendre tes domaines ; hâte-toi donc de chercher quelqu'un qui puisse les protéger. »

« — Et comment le pourrai-je ? dit la dame.

« — Je vais te l'apprendre, répondit Luned. A moins que tu ne défendes ta fontaine, tu ne pourras conserver tes domaines, et nul ne pourra la défendre, si ce n'est un chevalier de la cour d'Arthur ; et mal m'arrive, si je reviens sans un guerrier qui puisse défendre ta fontaine aussi bien ou même mieux que celui qui l'a défendue jusqu'ici.

« — Ce sera difficile, dit la dame. Va pourtant, et tiens ta promesse.

« Quand Luned présenta Owenn à sa maîtresse, la dame le regarda fixement et dit :

« — Luned, ce chevalier ne m'a pas l'air d'un voyageur.

« — Qu'est-ce que cela fait, madame ? dit la jeune fille.

« — Je suis sûre, repartit la dame, que cet homme est celui qui a tué mon seigneur.

« — Tant mieux pour vous, madame, dit Luned ;

car, s'il n'avait pas été plus fort que votre seigneur, il ne l'aurait pas tué. »

A cette réponse concluante, toute pareille à celle de Chimène dans le Romancero espagnol, la dame n'eut rien à objecter, et elle épousa Owenn.

Maintenant écoutons le poëte français. Mais, comme il délaye en cinq cent quatre-vingt-huit vers ce que le conteur dit en quatre-vingt-quatre lignes, je me bornerai à un résumé :

« La demoiselle était si bien avec sa dame, qu'elle ne craignait pas de lui dire tout ce qu'elle pensait. Elle lui dit donc un jour :

« — Madame, je m'étonne beaucoup de vous voir agir si follement; croyez-vous que votre douleur vous rendra votre baron ?

« — Nenni, fait-elle ; mais je voudrais être morte avec lui.

« — Pourquoi ?

« — Pour aller après lui.

« — Après lui ! Dieu vous en défende, et nous rende un autre seigneur aussi puissant qu'il l'était.

« — Tu dis là une extravagance, car Dieu ne pourrait pas m'en rendre un pareil.

« — Un pareil ? Si vous le voulez prendre, je vous en donnerai un, je m'y engage.

« — Fuis ! tais-toi ! je n'en trouverai point !

« — Si fait, madame, quand vous voudrez. Mais, dites-moi, je vous prie : votre terre, qui la défendra quand le roi Arthur viendra, la semaine prochaine, à la

fontaine et au perron ? Vous devriez songer au moyen
de faire garder votre fontaine, et vous ne cessez de
pleurer ! Il n'y a pas de temps à perdre, ma chère dame;
ce n'est pas une pauvre chambrière, comme moi, qui
peut valoir, vous le savez, les chevaliers que vous avez.

« La dame sait bien et pense que le conseil est salu-
taire; mais elle a une folie en elle, et toutes les dames
l'ont; elles agissent toutes de la même manière; elles s'ex-
cusent de leur faiblesse, et refusent ce qu'elles désirent.

« — Fuis ! fait-elle; ne dis pas un mot de plus : si
jamais tu me parles de cela, je te chasse; tu bavardes
tant, que tu m'ennuies.

« — A la bonne heure, madame, dit la demoiselle;
on voit bien que vous êtes femme, quand vous vous
courroucez en entendant quelqu'un qui veut vous
obliger.

« Alors elle partit et la laissa; et la dame se calma,
pensant qu'elle avait eu grand tort de congédier ainsi
sa suivante. Elle aurait bien voulu savoir comment Lunette aurait pu prouver qu'elle était à même de trouver
un chevalier meilleur que ne fut son seigneur : elle
l'apprendrait volontiers; mais elle lui a défendu de parler. Réfléchissant ainsi, elle attendit son retour; mais
elle ne lui fit plus de défense; l'autre lui dit en entrant :

« — Madame, est-il convenable que vous vous tuiez
de douleur ainsi? Souvenez-vous de votre honneur et
de votre grande beauté. Pensez-vous que toute prouesse
soit morte avec votre seigneur ? Il y en a dans le monde
d'aussi bons et cent meilleurs.

« — Si tu mens, que Dieu te confonde ! Je te défie de m'en nommer un seul.

« — Vous ne m'en sauriez aucun gré; vous vous fâcheriez contre moi.

« — Je n'en ferai rien, je t'assure.

« — Eh bien donc, quand deux chevaliers se sont battus, lequel pensez-vous qui vaille le mieux, quand l'un a vaincu l'autre? Pour moi, je donne le prix au vainqueur; et vous?

« — M'est avis que tu me guettes et que tu me veux prendre au mot.

« — Par ma foi! vous pouvez bien voir qu'au contraire je vais droit au but; il est certain que le vainqueur de votre mari valait mieux que lui.

« — Voilà la plus grande folie qui fut jamais dite. Fuis, méchante! fuis, fille folle et ennuyeuse! ne reparais plus devant mes yeux.

« — Certes, madame, je savais bien que je vous déplairais : je vous l'ai dit en commençant; mais vous m'aviez promis de ne pas m'en savoir mauvais gré : vous ne m'avez pas tenu parole.

« En disant cela, elle sortit.

« Et elle revint le lendemain matin, et reprit la conversation où elle l'avait laissée. La dame tint le front penché, car elle savait qu'elle avait eu tort de maltraiter la demoiselle; mais elle a résolu de s'adoucir, et de demander le nom, l'état et le lignage du chevalier. Elle s'humilie donc comme une femme sage et dit :

« — Je veux vous demander pardon des paroles outrageantes et pleines de hauteur que je vous ai dites comme une folle. Mais connaissez-vous le chevalier dont vous m'avez parlé ? quel homme est-ce, et de quelle nation ? est-il digne de moi ?

« — Il l'est, madame, de par Dieu ! Vous aurez le plus gentil seigneur, et le plus franc et le plus beau qui naquit jamais de la race d'Abel.

« — Comment s'appelle-t-il ?

« — Messire Yvain.

« — Vraiment ! ce nom n'est pas vilain. Yvain est Franc, je le sais bien; il est fils du roi Urien.

« — Vous dites vrai, madame.

« — Et quand le pourrons-nous voir?

« — Dans cinq jours.

« — C'est bien tard ! je le voudrais déjà près de nous. Qu'il vienne ce soir ou demain, si cela est possible.

« — Madame, je ne pense pas qu'un oiseau puisse voler si loin dans un jour; mais j'enverrai un mien garçon qui marche très-vite : il sera rendu à la cour d'Arthur dès demain au soir.

« — Ce terme est long ! mais dites-lui bien toujours qu'il soit de retour ici demain, ou plus tôt, si cela est possible; car, s'il veut un peu se hâter, il peut faire une journée de deux : le jour est long; et faire de la nuit le jour : car la lune brille, et je lui donnerai au retour tout ce qu'il souhaitera... Mais pourquoi restez-vous ici? Allez, ne tardez pas davantage; amenez-le-moi.

« Lunette feint d'envoyer chercher monseigneur Yvain, et le surlendemain matin elle le conduit par la main à la dame.

« Il eut grand'peur, je vous assure, en entrant dans la chambre; il trembla en voyant la dame, qui ne lui disait mot : ceci redoubla sa frayeur. Il se tenait dans un coin, n'osant approcher, quand la demoiselle parla et dit :

« — Nargue du chevalier qui entre dans la chambre d'une belle dame et ne s'approche pas d'elle, et n'a langue ni bouche pour parler.

« A ces mots, elle le tire après elle, et lui dit :

« — Avancez donc, chevalier ! avez-vous peur que ma dame vous morde ? Priez-la de vous pardonner la mort de celui qui fut son seigneur.

« Messire Yvain joint donc les mains; il se met à genoux, et dit :

« — Madame, je ne vous demanderai point pardon, mais je vous pardonnerai tous les traitements qu'il vous conviendra de me faire subir. »

Ce *concetto* est loin de la simplicité de l'original gallois. Enfin le chevalier déclare à la dame qu'il l'aime éperdument, et la paix est faite. La servante du romancier présage les soubrettes de Molière. Luned, dans le conte gallois, n'a ni autant d'esprit ni autant de naïveté : la naïveté est un fruit de la Gaule. Sa dame est aussi moins bien élevée : elle menace de faire couper des têtes; elle est moins curieuse aussi, moins défiante, plus crédule, plus facile à persuader, moins empressée,

moins sémillante, moins passionnée enfin. Owenn est
loin aussi d'être amoureux de la même manière que
messire Yvain : c'est un chevalier assez peu sentimental;
il reste muet devant sa belle : Yvain l'est bien d'abord,
à la vérité ; mais comme il devient éloquent ! comme
on voit éclater dans ses paroles cet amour chevaleresque qui est un des caractères les plus remarquables du
poëme français ! Tandis que le rude Owenn s'est borné
à dire tout bonnement, en voyant pour la première
fois la dame de la fontaine dont la beauté l'enchante :
« Voilà la femme que j'aime le plus; » peu s'en faut
que messire Yvain ne coure, selon l'expression du poëte,
« lui lier les belles mains dont elle se déchire le visage; »
il s'écrie avec prétention qu'il aimera son ennemie, et
débite sur ce fade thème un monologue de près de
cent vers.

Le poëte prend de là occasion de renchérir sur le
langage de son héros, et se met à disserter sur l'amour
dans le goût déjà un peu maniéré de son siècle, l'appelant une chose sublime. L'amour, je l'ai dit plusieurs
fois, n'était pas regardé comme un sentiment aussi
élevé à l'époque où vivait le conteur gallois ; le temps
n'était pas venu où l'on devait l'ériger en vertu, en
sauvegarde de l'âme et des mœurs, en principe de
moralité, et presque en équivalent de civilisation.

Après les noces des amants, la teinte galloise du
conte reste la même, tandis que la teinte étrangère du
roman devient de plus en plus prononcée.

Quant aux caractères, Gwalhmaï est toujours un

héros tout local, tout gallois, tel que le représentent
les anciennes traditions, le conseiller d'Arthur, le sage
à la langue d'or. Cette nuance primitive tend à s'effa-
cer et pâlit dans le portrait de Gauvain. Pour les
faits, la même transformation s'opère : lorsque Arthur,
ne voyant plus reparaître Owenn, s'inquiète et demande
des conseils, c'est Gwalhmaï qui lui en donne, c'est
Gwalhmaï qui l'engage à l'aller chercher avec ses chevaliers; ainsi Merlin et Tristan disparaissent, et, d'après
les traditions bretonnes, Arthur les fait chercher par
Gwalhmaï, qui seul est jugé digne de trouver la retraite
de l'enchanteur et de découvrir le chevalier sous l'armure qui le rend méconnaissable. Une pareille armure
empêche Owenn d'être reconnu; comme le Tristan des
bardes, il abat, l'un après l'autre, tous les chevaliers
de la suite d'Arthur, à commencer par le présomptueux
majordome. Il ne lui reste plus que Gwalhmaï à vaincre;
il s'avance à sa rencontre; il l'attaque, il fait des prodiges; mais son adversaire ne déploie pas moins de
courage.

« Ils se chargèrent mutuellement, dit le conteur,
et ils se battirent durant tout le jour, jusqu'au soir;
et aucun d'eux ne pouvait démonter l'autre, et le
lendemain ils se battirent armés de fortes lances, et
aucun d'eux ne put obtenir l'avantage; et le troisième
jour ils se battirent armés de lances encore plus
fortes et plus longues, et ils étaient pleins de rage;
et ils combattirent avec fureur jusqu'à midi; et
ils s'entre-choquèrent avec une telle violence, que

les sangles de leurs chevaux se rompirent et qu'ils se démontèrent. Mais ils se relevèrent promptement, et ils dégaînèrent leur épée, et ils recommencèrent le combat... et la nuit la plus sombre eût été illuminée par les étincelles qui jaillissaient de leurs armures; et enfin Owenn donna à Gwalhmaï un coup qui, détournant son heaume, mit son visage à découvert, et le lui fit reconnaître, et Owenn dit : — Seigneur Gwalhmaï, je ne te reconnaissais pas sous ce costume ; tu es mon cousin; prends mon épée et mes armes.

« — Owenn, répondit Gwalhmaï, c'est toi le vainqueur; prends toi-même mon épée !

« Arthur vit qu'ils causaient, et il s'avança vers eux.

« — Monseigneur Arthur, dit Gwalhmaï, voici Owenn qui m'a vaincu, et il ne veut pas prendre mes armes !

« — Monseigneur, dit Owenn, c'est lui qui m'a vaincu, et il ne veut pas recevoir mon épée !

« — Donnez-moi vos épées, dit Arthur, et qu'aucun de vous deux n'ait été vaincu par l'autre !

« Alors Owenn jeta ses deux bras autour du cou d'Arthur, et ils s'embrassèrent, et toute la suite d'Arthur se précipita pour voir Owenn et l'embrasser aussi. »

Chrestien de Troyes a tellement senti la beauté morale de ce tableau, qu'il l'a réservé pour le dénoûment de son poëme : il ne fait intervenir Gauvain, ni pour conseiller Arthur, ni pour combattre Yvain; il ne lui donne d'autre rival que le malencontreux

sénéchal : par compensation, il ourdit une intrigue,
dont le conteur ne dit pas un mot, entre Gauvain et
Lunette ; il s'amuse à les comparer, lui au soleil, et
elle à la lune, sans doute à cause de son nom : parlant
de leur entrevue au château, il dit que ce jour-là il y
eut accointance entre la lune et le soleil ; il affirme encore gratuitement que c'est à la requête de Gauvain
qu'Yvain abandonne sa nouvelle épouse, et que celle-ci
lui a donné un anneau propre à délivrer de prison ;
il s'étudie à tout dire, à tout décrire ; il ne laisse rien
à deviner, tandis que le conteur n'a qu'un mot : « La
dame consentit (au départ d'Owenn), mais cela lui
fut bien pénible ! » Il peint la douleur du départ, il
produit les discours d'adieu : toujours un tableau chez
l'un, toujours une ébauche chez l'autre, mais une
ébauche dont chaque ligne est fortement accusée, le
tour vif, le coloris tout empreint de teintes locales ;
qu'on en juge encore par le trait suivant :

« Owenn resta trois ans (loin de sa dame) au lieu de
trois mois, dit le conteur, et, un jour qu'il était assis
à table dans la ville de Kerléon-sur-Osk, voici venir
une demoiselle vêtue d'une robe de satin jaune et
montée sur un cheval bai, à crinière flottante et couvert d'écume, et la bride et la partie découverte de la
selle étaient d'or, et elle s'approcha d'Owenn, et lui
arracha du doigt son anneau nuptial, et dit : — Ainsi
mérite d'être traité un trompeur, un fourbe, un infidèle, un valet, un imberbe ! Et, faisant tourner brusquement la tête à son cheval, elle sortit. »

Une longue déclamation sur l'infidélité remplace, dans le roman, la vive apostrophe et l'entrain du conte.

J'arrive à la dernière partie de l'histoire d'Owenn : sa vie sauvage, son lion, la condamnation et la délivrance de son amie Luned, ses exploits, sa réconciliation avec sa dame.

Pour ce qui regarde la manière dont le romancier a transformé ces éléments, je ne puis que répéter mes observations précédemtes ; toujours des broderies plus ou moins heureuses sur un fond très-simple ; toujours un penchant à amplifier, à préciser et à terminer des contours vaguement tracés. Si la légende populaire dit : « Owenn tomba dans la tristesse, et, le lendemain s'étant levé de bonne heure, il se mit à errer ; » le romancier ajoute que, non-seulement Yvain devint triste, mais qu'il devint fou, et que ce fut pour se venger de lui-même et par esprit de pénitence qu'il se mit à mener une vie sauvage. Cette gradation dans les idées existe également dans les faits. Owenn entendant, par exemple, rugir un lion menacé par un serpent, coupe le serpent en deux au moment où le reptile s'élance ; messire Yvain, lui, « voyant un lion qu'un dragon étouffe dans ses mille anneaux, délibère pour savoir à qui il doit porter secours ; » à la longue il se décide à secourir le lion ; « car aux félons, se dit-il, on ne doit faire que du mal. » Après ce raisonnement, « il met son bouclier devant sa face pour se préserver de la flamme que vomit le monstre ; il tire son épée ; il prend bien ses mesures pour tuer le dragon, sans blesser le lion; enfin il le coupe en deux; il le fait rouler à terre, il le frappe et le frappe encore, il le met en mille morceaux, non toutefois, observe le poëte, sans avoir emporté un petit bout de la queue du lion, que mord le dragon félon... » Si, « pour remercier son libérateur, le lion d'Owenn se contente de le suivre, et joue autour de lui, comme un lévrier; » celui d'Yvain, « en vassal franc et débonnaire, rend hommage à son seigneur; il incline la tête, il se tient à genoux, sur les pattes de derrière, il lui tend les pattes de devant, il se penche sur lui, et inonde de larmes le visage du chevalier. » Enfin il se met à le suivre, gisant près de lui comme un agneau, chassant pour lui comme un basset, faisant même office d'écuyer et de sentinelle pendant le sommeil de son maître, et lui montrant en toute circonstance un dévouement raisonné.

La plus grande preuve qu'il lui en donne, c'est lorsque Yvain, de retour à la fontaine, tombe, pâmé de chagrin et de repentir, sur la pointe de son épée; le lion, le croyant mort, veut mourir aussi; il arrache donc avec ses dents l'épée meurtrière, il l'appuie contre un arbre et va s'en percer le flanc, quand son maître rouvre les yeux à la lumière.

Le lion d'Owenn est beaucoup plus *bête*; il faut dire aussi que le conteur gallois ne lui fournit pas la même occasion de montrer de l'esprit; en effet, ce n'est pas au bord de la fontaine, où il ne fait pas retourner son héros, mais ailleurs, qu'Owenn entend gémir Luned emprisonnée. Le récit de la condam-

nation et de la délivrance de cette jeune fille est le
même pour le fond, sinon pour les détails et pour l'intérêt dramatique, dans le conte et dans le roman. On
en peut dire autant de la description du combat entre
le chevalier et le géant. Mais dorénavant la différence
entre les deux ouvrages sera beaucoup plus prononcée.

Lorsque Owenn, aidé de son lion, a vaincu et tué les
accusateurs de Luned, le conteur s'exprime ainsi :

« Et Luned fut sauvée des flammes, et Owenn retourna avec elle au château de la dame qu'il conduisit
à la cour d'Arthur, et elle fut sa femme tant qu'elle
vécut. Or, en s'y rendant, ils passèrent par la cour de
l'Homme Noir sauvage; et Owenn le combattit, et le
lion ne quitta Owenn que lorsqu'il eut vaincu son
adversaire. Et quand il entra dans la salle de l'Homme
Noir sauvage, il vit vingt-quatre dames, les plus belles
du monde, dont les robes ne valaient pas vingt-quatre
blancs, et qui étaient aussi tristes que la mort. »

C'étaient les épouses prisonnières des chevaliers que
l'Homme Noir avait dépouillés et tués : le brigand, ayant
été vaincu par Owenn, lui promit de changer son
repaire en hôpital, s'il voulait lui accorder la vie.
Owenn accepta la proposition, et partit, emmenant
avec lui, à la cour d'Arthur, les pauvres dames déli-
vrées; « et si Arthur fut joyeux en le revoyant la première fois, il le fut encore plus alors. »

Ainsi finit le conte gallois, après une phrase incidente
qui le rattache à une autre histoire dont Owenn est
encore le héros.

Le romancier ne précipite pas de la sorte son dénoûment; mais, en voulant corriger son modèle, il manque
le but : n'est-il pas, en effet, contre toute vraisemblance,
de prolonger l'action dramatique après la délivrance
de Lunette, de supposer que la dame n'a point reconnu son mari dans le libérateur de sa chambrière,
et qu'elle ne s'est point réconciliée sur-le-champ avec
lui ? Voilà pourtant ce qu'a fait le trouvère. Après
avoir raconté comment Lunette fut pardonnée et
comment tous les gens du château de Brécilien rendirent hommage à Yvain, sans le reconnaître, il suppose que la dame elle-même ne le reconnaît pas,
qu'elle le prie de demeurer quelques jours auprès d'elle,
et qu'Yvain lui répond : « Je ne m'arrêterai ici que le
jour où ma dame m'aura pardonné : alors finiront
tous mes travaux. »

Au reste, Chrestien a si bien senti le peu de vraisemblance de la froideur de Lunette en présence de son
libérateur, qu'il a soin de lui faire imposer silence par
Yvain. Mais il ne faut pas oublier que, changeant le titre
du conte, il intitule son poëme : *le Chevalier au lion*,
et que jusqu'ici messire Yvain ne s'est guère signalé
sous ce rapport; aussi le romancier va-t-il s'efforcer de
le faire briller comme tel. Il essaye de resserrer les
liens qui l'unissent à son compagnon; il suppose l'animal blessé, et le fait porter par Yvain sur une litière
de mousse et de fougère dans l'envers d'un écu. Bientôt guéri, le lion, en bon vassal, ne tarde pas à rendre
à son seigneur service pour service; c'est ici que le

trouvère, intervertissant l'ordre du conte, place la lutte d'Yvain contre les seigneurs du château mal famé; dans cette lutte, on le voit mettre tout en œuvre pour glorifier à la fois le chevalier et le lion.

Le conteur ne dit point que le lion ait pris part au combat, et n'oppose pas plus deux fils de diables à son héros, qu'il ne le fait délivrer trois cents demoiselles; l'Homme Noir sauvage est bien appelé un démon, mais c'est par hyperbole, et il est seul; de même, les dames prisonnières ne sont que vingt-quatre. Je me contente de signaler ces exagérations puériles; le reste de l'épisode paraît sortir presque tout entier de l'imagination du trouvère; il en est de même de celui des deux sœurs : il n'y a que le duel final entre Yvain et Gauvain dont l'idée appartienne en propre au conteur gallois; le trouvère le transpose, comme je l'ai dit, mais c'est avec un rare bonheur; le motif du duel était nul ou du moins banal dans le conte; dans le roman il est sublime; ici ce n'est point par égoïsme, c'est pour défendre une pauvre cadette opprimée qu'Yvain se bat. Le poëte français est moins heureux quand il brode; cependant ses broderies sont encore très-précieuses pour l'histoire du progrès des sentiments chevaleresques à la fin du douzième siècle. En réunissant toutes les réflexions qu'il fait sur chacun de ces sentiments, sur l'amour, par exemple, son thème éternel, on en aurait un traité complet. La situation singulière des deux champions qui, ne se reconnaissant pas, se haïssent tout en s'aimant, lui fournit matière à une dissertation

8

des plus intéressantes : « C'est merveille, dit-il, que la haine et l'amour puissent, sans noise, habiter ensemble : l'amour avec la haine !

> Amour, qui est si *haute chose,*
> Et de si grand' douceur enclose...
> Amour qui n'est fausse ni feinte;
> Et précieuse chose et *sainte!*

répète le trouvère français, avec un sentiment dont le conteur gallois n'a pas même l'idée, et que Barbellini consacrera dans son *Enseignement d'amour.*

La description de la bataille ne diffère de celle du conteur que par le dénoûment : l'un dit qu'Arthur, pris pour juge, déclare qu'il n'y a point de vainqueur; l'autre, poursuivant son heureuse invention, lui fait rendre une éclatante justice à la sœur déshéritée, en proclamant vaincu le champion de sa rivale.

Arrivé là, le trouvère semble se souvenir tout à coup du titre de son roman, et prétend qu'on vit accourir le lion de messire Yvain qui cherchait son seigneur. « Dès qu'il l'aperçoit il commence, dit-il, à lui faire mille joies; alors vous eussiez vu les gens reculer; les plus hardis prirent la fuite.

« — Pourquoi fuyez-vous, dit Yvain; nul ne vous chasse; ne craignez rien, il ne vous fera pas de mal... il est à moi, et moi à lui; nous sommes compagnons tous deux. Alors tout le monde apprit les aventures du lion et de son compagnon. »

Ce trait, qui semble de l'invention du trouvère,

présente un petit tableau très-gai ; la manière dont
le dénoûment est amené me paraît moins heureuse :
quelque noire que soit la tempête excitée par Yvain de
retour à la fontaine, quelque peine que se donne le
poëte pour tisser le réseau d'artifices dont Lunette enveloppe sa maîtresse, afin d'obtenir d'elle le pardon
du chevalier au lion, il ne peut cacher la faiblesse de
son dénoûment : celle du conte, je l'ai remarqué plus
haut, est moins nettement dessinée, et offre comme des
pierres d'attente pour une autre œuvre sur le même sujet : « Owenn demeura à la cour d'Arthur en qualité de
préfet du palais, jusqu'à ce qu'il partît avec ses compagnons, les trois cents corbeaux de Kenverhenn, et
partout où il alla avec eux, il fut vainqueur. » L'histoire
à laquelle il est fait ici allusion est un conte non chevaleresque où notre héros est représenté suivi d'une
armée de trois cents corbeaux en guerre avec les compagnons d'Arthur. La tradition relative à ces corbeaux
et au lion d'Owenn était si répandue à l'époque où les
armoiries commencèrent d'être en usage en Angleterre,
qu'une famille galloise qui prétendait descendre d'Owenn
(la maison de Dynévor) prit pour armes trois corbeaux avec un lion pour cimier.

Chose non moins remarquable, l'illustre maison bretonne de Gaël-Montfort avait la même prétention, à
l'égard de la dame de Brécilien, que les Dynévor à
l'égard de son second mari ; et l'on trouve dans les
Usements et coustumes de la forest de Brécilien, qui
remontent aux temps les plus reculés du moyen âge,

le prodige de la fontaine de Baranton, cité comme un phénomène local bien connu en Bretagne[1]. Raoul de Gaël, dit Robert Wace, alla en 1066, le raconter aux Gallois.

Je ne poursuivrai pas plus loin ce chapitre déjà trop long ; il me suffit d'avoir montré comment plusieurs des éléments fondamentaux de l'histoire romanesque d'Yvain, telle que Chrestien de Troyes l'a rimée, se trouvaient épars dans des traditions celtiques d'Armorique et de Galles, antérieurés au temps où il vivait ; et comment ces éléments avaient été réunis par les Bretons-Cambriens, combinés par eux, mis sous la forme inculte d'une légende chevaleresque, avant que le trouvère français essayât d'en faire une œuvre d'art dans le goût raffiné de son pays et de son époque.

[1] Voyez plus loin la *Dame de la Fontaine,* note XII.

ÉREC ET ÉNIDE

Chrestien de Troyes est encore l'auteur du roman d'Érec et d'Énide; il paraît l'avoir composé peu de temps après celui du *Chevalier au lion*.

C'est le plus ancien poëme français qui nous soit parvenu sur ce thème : il a été publié à Berlin par M. Haupt, d'après un manuscrit assez d'accord avec celui de notre grande bibliothèque de Paris[1].

Un antique usage existait à la cour d'Arthur : le chasseur qui, dans la chasse royale du blanc cerf, était assez heureux pour forcer la bête, avait droit à un baiser de la plus belle dame de la cour. Érec prenait part à une de ces chasses, quand le nain d'un chevalier appelé Ider, fils de Nuz, qui passait dans la forêt, osa frapper, en sa présence, une des demoiselles de la reine : abandonnant aussitôt les chasseurs, Érec se mit

---

[1] Le roman d'Érec et d'Énide, fonds de *Cangé*, n° 7535.

à poursuivre Ider pour lui demander raison de la conduite du nain; mais, chemin faisant, la nuit le surprit;
il perdit de vue le chevalier, et, étant venu demander
l'hospitalité dans un manoir qu'il trouva sur sa route,
il sut qu'Ider se rendait à un tournoi où il gagnait
tous les ans l'épervier donné en prix : la dame de
quiconque entrait dans la lice posait la main sur l'oiseau, et son ami combattait pour elle. Érec n'avait
point de dame, mais il en trouva une au manoir : ce
fut la belle Énide, fille de son hôte; il se rendit avec
elle au tournoi, battit le chevalier Ider, l'envoya demander pardon à la suivante de la reine; puis, ayant
épousé la fille de son hôte, il l'emmena à la cour d'Arthur où elle reçut du roi, qui avait tué le blanc cerf, le
baiser dû à la plus belle. De là il partit pour le royaume
de Lac, son père. Mais l'oisiveté amollit bientôt son
courage; ses barons commencèrent à murmurer; Énide
elle-même en pleura. Érec la surprit; elle lui avoua la
cause de ses larmes : alors, ne songeant plus qu'à ex-
pier ses torts, il quitta le palais de son père et se mit
à courir les aventures. La beauté d'Énide ne tarda pas
à lui en fournir : un certain châtelain, nommé Galoain,
s'étant pris d'amour pour elle, il le combattit et le tua.
Peu de jours après, ayant été rencontré par la suite
d'Arthur qui chassait, et sommé par Keu de venir trouver le roi, il démonta l'insolent sénéchal, et ne céda
qu'aux prières du sage Gauvain; mais il reprit bientôt
sa pénitence aventureuse.

A la fin pourtant il y succomba; ses forces trahirent

son courage. Énide le vit tomber mourant à côté d'elle.
En ce moment passait un certain comte de Limour qui,
moins touché du sort d'Érec, que de la beauté de la
dame, engage sans façon la belle à oublier le défunt et
à l'épouser : disant cela, il ordonne à ses gens de porter le mort au château et y conduit lui-même Énide. On
allait célébrer les noces, sans même songer aux funé-
railles du défunt, quand tout à coup le prétendu mort,
réveillé par les cris de sa femme, s'élança de sa bière
et tua le ravisseur. Ce fut sa dernière prouesse : le roi
Lac ayant cessé de vivre et le trône de Bretagne restant
vacant, Érec se rendit à Nantes, où il fut couronné.

I. J'ai dit que le roman de Chrestien de Troyes est
le poëme français le plus ancien qui nous soit parvenu
au sujet d'*Érec*, mais Chrestien n'est pas le premier
qui l'ait traité : avant lui, Érec avait été le thème de
plusieurs chants et contes populaires ; le trouvère, s'il
faut l'en croire, rime l'histoire fidèlement, tandis que
les auteurs de ces chants et de ces contes forcés de
vivre de leur art, l'ont dénaturée et altérée [1].

Reste maintenant à savoir quel peuple a produit ces
devanciers du poëte, auquel il se voit comme forcé de
donner un démenti, ayant à traiter de nouveau un sujet

---

[1] *Il* (Chrestien) *trait d'un conte d'avanture*
    Une moult bele conjointure......
    D'Erec le fil Lac est li contes
    Que devant rois et devant comtes
    Depecier et corrompre suelent
    Cil qui de conter vivre vuelent.
  Var. Cil qui contrerimoier vuelent.
                    (*Le roman d'Érec et d'Énide.*)

mis en vogue par eux : évidemment, c'est à ce peuple que revient le mérite de lui avoir servi de guide. A-t-il eu pour modèles, comme ou l'a prétendu, ces jongleurs normands dont l'abbé de La Rue a écrit la très-problématique histoire? ou bien quelque troubadour provençal? Cette dernière opinion serait plus raisonnable. Érec est, en effet, nommé dans leurs poëmes; mais remarquons que les poëmes en question ne datent que du temps de Chrestien de Troyes, et qu'en outre les allusions qu'ils font à l'histoire d'Érec ont quelque chose de nouveau et d'étrange, tandis que les modèles du trouvère doivent se faire reconnaître à un caractère tout spécial d'originalité et d'ancienneté. Or, s'il est un peuple dont les poëtes ou les conteurs offrent ce caractère, c'est celui du pays de Galles; je suis même persuadé que Chrestien a voulu nommer les ménestrels cambriens, car il se sert, pour les désigner, de la périphrase d'un écrivain latin de son siècle : de même qu'il traite ceux dont il parle, de gens qui « veulent vivre de leurs récits, » Geoffroi de Monmouth appelle les ménestrels gallois des hommes auxquels « le récit des hauts faits d'Arthur donne du pain [1]. »

Quant au sobriquet injurieux de *contrerimoyeurs*, que leur inflige aussi le poëte français, d'après une variante, les bardes du pays de Galles ne le mérite-

[1] In ore populorum celebrabitur et *acta ejus cibus erunt narrantibus.* (HISTORIA REGUM *utriusque Britanniæ*, lib. IV, c. 1.) Le texte gallois traduit par Geoffroi porte simplement *Datganiaid* que Giraud de Barry, son contemporain, rend fort bien par *cantores seu recitatores* (*Itinerarium Cambriæ*, ed. de Cambden. p. 882).

raient pas moins que les chanteurs populaires du
même pays ; car ils ont pareillement célébré le héros
du roman, et ils diffèrent en plusieurs points du romancier. Pour en indiquer un seul qui saute aux yeux,
ils appellent ce héros par son nom propre, son nom
original, son nom gallois de Ghérent, et conservent à
son père son nom véritable d'Erbin, que Chrestien de
Troyes a remplacé, on ne sait sur quelle autorité, par
celui de Lac ; ils l'appellent invariablement Ghérent-
ab-Erbin, tandis que le trouvère le nomme constamment Érec, fils du roi Lac.

Le plus ancien barde qui parle de lui est Llywarch-Hen,
son contemporain ; le poëme est intitulé *Chant de mort
de Ghérent, fils d'Erbin* : il en fait le compagnon d'Arthur, et nous apprend qu'il périt à la bataille de Longport, où ce prince était généralissime des petites armées bretonnes. Les strophes suivantes montrent quelle
était, dès le sixième siècle, la renommée de Ghérent.

« Quand Ghérent naquit, les portes du ciel s'ouvrirent : le
Christ accorda ce qu'on lui demanda : temps heureux et gloire à
la Bretagne.

« Que chacun célèbre Ghérent l'ensanglanté, le chef d'armée !
et moi aussi je célèbre Ghérent l'ennemi des Saxons, l'ami des
saints.

« Devant Ghérent, impitoyable envers l'ennemi, j'ai vu tous
les coursiers défaillants dans la bataille ; et, après le cri de guerre,
un rude effort !

« J'ai vu à Longport les lances se croiser, les hommes dans
l'effroi et du sang sur la joue, devant Ghérent, l'illustre fils de
son père.

« J'ai vu à Longport un conflit tumultueux d'hommes réunis,

dans le sang jusqu'aux genoux, devant l'assaut de l'illustre fils d'Erbin.

« A Longport a été tué Ghérent, le vaillant guerrier du pays boisé de Dyvnaint [1]; il écrasa l'ennemi dans sa chute.

« A Longport furent tués à Arthur de vaillants soldats qui tranchaient avec l'acier; à Arthur, l'empereur, le conducteur des travaux de la guerre [2]. »

Il n'y a donc de commun entre l'Érec de Chrestien de Troyes et le Ghérent des bardes du sixième siècle, que leur qualité de Breton, leur liaison avec Arthur, leur bravoure et leur renommée. Les bardes du moyen âge nous indiquent un autre rapport : ils lui donnent pour épouse Énit, fille d'Énioul, comte de Cornouailles, que les triades mettent au nombre des trois plus belles femmes de la cour d'Arthur [3], et que le trouvère fait embrasser comme telle, par le roi Arthur, à la suite de la chasse au cerf.

Ces chasses elles-mêmes offrent, par leur caractère souvent gigantesque, un nouveau point d'analogie entre la tradition des Gallois de la première moitié du douzième siècle et le roman français de la seconde; elles avaient laissé des traces profondes dans les imaginations du moyen âge. « Les forestiers, en faisant leur ronde au clair de lune, dit Gervais de Tilbury, entendent souvent un grand bruit de cors et rencontrent des troupes de chasseurs, qui prétendent faire partie de la suite

[1] Le Devonshire.
[2] *Poëmes des bardes bretons du sixième siècle;* p. 5, 6 et 10.
[3] Myvyrian, t. II, p. 73.

d'Arthur[1]. » Était-il étonnant que les ombres des compagnons du roi continuassent à poursuivre les ombres
des bêtes merveilleuses qu'ils avaient chassées de leur
vivant à travers les forêts de l'Irlande, de l'Écosse, de
la Cornouailles et de la Cambrie, comme le rapportent
Nennius et les *Mabinogion* avec admiration[2]; était-il
étonnant que les forestiers du temps de Gervais de Tilbury les vissent passer en songe? A la même époque, Guillaume de Malmesbury nous apprend qu'on lisait dans les
Gestes du roi Arthur, l'histoire du chevalier Ider, fils
de Nuz, qui joue un rôle capital dans le poëme français et dispute, au tournoi, l'épervier à Erec. Il nous a
même conservé le récit de la mort d'Ider, telle que le
lui a offert la vie d'Arthur, « de ce prince, le sujet, dit-
il, de bien des contes puérils, mais qui serait vraiment
digne de trouver des historiens sérieux ; car il soutint
longtemps sa patrie chancelante. » Peu après avoir été
fait chevalier, Ider serait mort épuisé de fatigue, à la
suite d'un combat contre des géants oppresseurs du
pays breton[3].

II. Mais les rapports du roman avec les traditions originales des Cambriens n'ont rien d'étonnant; il prend
sa source dans un de leurs contes populaires. Chrestien

---

[1] *De otiis imperialibus*, ap. scriptores rerum Brunswicarum, p. 721.
[2] Quando venatus est porcum Troyt (*Nennius*, éd. de Petrie, p. 79).
Cf. *Mabinogion*, t. II, p. 199.
[3] Legitur in Gestis illustrissimi regis Arthuri... cum .... strenuis-
simum adolescentem filium scilicet regis Nuth dictum Ider, insignis
militaribus decorasset... idem tiro, Arthurum et suos comites præce-
dens, gigantes fortiter aggressus mira nece trucidavit (Ed. de Gale, t. III,
p. 307).

de Troyes lui a fait subir la même transformation qu'aux aventures d'Owenn : les Gallois l'intitulent *Histoire de Ghérent, fils d'Erbin*.

Nous connaissons la méthode que suit le trouvère, en faisant passer en français les créations des vieux conteurs bretons. Nous l'avons vu changer une fable courte, simple, claire, sans artifice, toute galloise, en une fiction d'une longueur démesurée, maniérée souvent, parfois complexe, artificielle toujours, dans le goût et selon le génie français, et un génie qui appartient à une époque de mœurs chevaleresques plus polies ; nous ne verrons pas autre chose ici. M'étant donc un peu étendu dans le chapitre précédent, je serai moins long cette fois et m'arrêterai aux traits les plus saillants.

Le thème du conte et celui du roman sont identiques : les différences ne sont que partielles ; elles proviennent de modifications matérielles et morales, ou d'additions romanesques.

J'ai déjà fait remarquer l'altération du nom de Ghérent. Le trouvère tient tellement à donner tort à ses devanciers, qu'il ne craint pas d'affirmer que les Bretons appellent d'un nom différent son héros et le père de son héros ; et, pour rendre la preuve péremptoire, il fait dire à Érec lui-même :

> Erec fils le roi Lac ai nom;
> Ainsi m'apèlent li Breton.

Par la même raison, il soutient que c'est à Cardigan, et non à Kerléon-en-Glamorgan, qu'Arthur tient sa

cour; il prétend que c'est à Pâques et non à la Pentecôte ; il débute ainsi après un long prologue, où il indique la moralité qu'il se propose de mettre en relief :

« Un jour de Pâques, au temps nouveau, le roi Arthur tint sa cour à son château de Cardigan ; on n'en
vit jamais de si brillante... »

Et il poursuit sur le même ton. Le conteur original,
au rebours, s'appuyant sur toutes les traditions galloises, commence de la manière suivante, sans préambule
et sans manifester la moindre intention de moraliser :

« Arthur avait coutume de tenir sa cour à Kerléon-sur-Osk, et il l'y tint sept fois à Pâques et cinq
fois à Noël. Or un jour il y tenait sa cour à la Pentecôte,
parce que Kerléon était la ville de son royaume la plus
abordable par terre et par eau... »

Quant aux caractères, le poëte français les a modi-
fiés comme dans le *Chevalier au lion*. On vient de voir
qu'il persiste à donner à Arthur le nom de roi, au lieu de
celui d'empereur, et qu'il en fait toujours le monarque
puissant qui tient les cours plénières les plus somp-
tueuses qu'on ait jamais tenues ; les autres exagérations sont à l'avenant. Le caractère de Ghérent est
brodé de la même manière : tandis que le conteur populaire cambrien, parlant à des auditeurs instruits,
dit simplement : « Il était fils d'Erbin ; » le romancier,
procédant toujours par voie d'énumération, s'exprime
ainsi : « Érec était chevalier de la Table-Ronde : on
l'estimait beaucoup à la cour d'Arthur ; il n'y eut jamais chevalier plus aimé que lui, et il était si beau,

qu'en aucun pays on n'aurait trouvé son pareil; il était
beau, preux et gentil; il n'avait pas vingt-cinq ans;
nul homme de son temps ne fut de plus illustre vasselage; et il était plein de bonté. »

Ainsi d'Énide. Le caractère de cette autre Grisélidis
offre toutefois une gradation poétique assez curieuse :
les triades la signalent comme une des trois plus belles
dames de la cour d'Arthur; le conteur populaire gallois, qui écrit postérieurement, la dit la plus belle de
l'île de Bretagne; le romancier, dernier venu, la pro-
clame la plus belle créature qui ait jamais existé :
« Elle était, dit-il, parfaitement belle; la nature en est
témoin; jamais plus belle créature ne fut vue dans tout
le monde. » Non content de cela, et voulant renchérir
encore sur son modèle, il fait sanctionner son jugement par l'arbitre suprême en beauté, la reine Genièvre elle-même, qui veut bien consentir à parer
Énide de ses propres mains, et à la présenter au roi. Le
conteur dit seulement : « Gwennivar fit don à la jeune
fille de sa plus belle toilette. »

Les caractères subalternes de Gwalhmaï et de Kaï
sont les seuls que le romancier n'ait pas altérés. Gauvain, comme Gwalhmaï, est toujours le sage conseiller
d'Arthur : quand il est question de la chasse au cerf,
c'est lui qui prend la parole pour donner un avis au
roi; Keu le sénéchal, comme son homonyme, est toujours fanfaron, toujours ridiculisé, toujours puni. L'é-
pisode du combat qu'ils ont tous deux à soutenir
contre Érec met très-bien en relief la sagesse de l'un

et la forfanterie de l'autre. Le sénéchal, qui se vantait
hautement de désarçonner Érec du premier coup de
lance, est lui-même mis à pied, tandis que Gauvain,
plus humble, triomphe par sa seule éloquence, et conduit Érec à la cour. Nous avons été témoins, dans les
précédents articles, d'un combat semblable, où l'orgueil de Kaï est abaissé, et la sagesse de Gwalhmaï glo-
rifiée; un chant populaire gallois du dixième siècle,
nous a montré Tristan, vainqueur de tous les guerriers
d'Arthur, excepté de Gwalhmaï, entraîné par l'éloquence du héros à la langue d'or [1]. C'est un lieu commun des légendes originales d'Arthur.

Mais la teinte chevaleresque des caractères est beaucoup plus prononcée dans le roman français ; on y est
placé, si j'ose dire, sous une zone plus ardente : les
mœurs des personnages en subissent l'influence. J'en
citerai trois preuves seulement.

La première m'est fournie par l'épisode du nain félon qui frappe la demoiselle de la reine Genièvre. « Le
nain, dit le romancier, vient à sa rencontre; il tient
dans sa main une verge. — Arrêtez, demoiselle! fait le
nain, qui était plein de félonie; qu'allez-vous chercher
par ici? Or ça, vous ne passerez pas! — La demoiselle
s'avance ; elle veut passer de force. Le nain crève de
dépit de ce qu'elle le voit petit; il veut la frapper au
visage : elle met son bras devant sa face; il redouble
d'efforts : il la frappe à découvert *sur la main nue.* »

---

[1] Voy. p. 70, le *Dialogue entre Tristan Gwalhmaï et Arthur.*

Le conteur gallois n'emploie point tant de formes : son nain va droit à la suivante de la reine, et lui applique un coup de fouet non sur la main, mais *au beau milieu de visage*, et d'une telle violence, que le sang jaillit.

Le trouvère, n'osant parer le coup du brutal, tâche d'en atténuer l'effet : n'est-ce pas l'art qui veut corriger la nature ?

Les deux autres exemples, quoique d'un genre différent, ne sont pas moins remarquables : l'un a trait à la chasse du blanc cerf, l'autre au motif qui fait mener à Érec la vie de chevalier errant.

Le prix de la chasse du cerf, dans le conte gallois, est la tête sanglante de l'animal ; dans le poëme français, c'est un baiser.

« — Sire, trouverez-vous bon, dit Gwalhmaï à Arthur, que le chasseur qui forcera le cerf lui coupe la tête, et en fasse don à qui lui plaira, à sa dame ou à celle de son ami ? »

« — Sire, dit Gauvain au roi, nous connaissons depuis longtemps la coutume attachée à la chasse du blanc cerf : qui peut occire le blanc cerf a droit à un baiser de la plus belle des demoiselles de votre cour. »

Quand vient le moment où Arthur doit donner le prix, Gwennivar, selon le conteur gallois, veut qu'on fasse hommage de la tête du cerf à Énide, fille d'Énioul, la plus considérée des dames, et elle lui est offerte ; selon le romancier français, la reine Genièvre dit à son mari :

« — Sire, vous pouvez baiser Énide, comme la plus belle de la cour; oui, par Dieu et par sa croix! bien la pouvez baiser vraiment, car c'est la plus belle du monde. »

Le roi ne se fait pas prier : « Elle aura le prix du blanc cerf; car je ne veux pas qu'on m'accuse de ne point maintenir les usages qu'a établis le roi mon père; » puis il ajoute : « Douce amie, je vous donne mon amour sans penser à mal; je veux vous aimer de tout mon cœur. »

Et il l'embrasse tendrement.

Le prix sanglant proposé dans le conte cambrien était trop primitif pour un lettré poli comme Chrestien de Troyes : il eût pu être agréé par des dames de la cour de Charlemagne, mais non de celle d'Arthur; il leur en fallait un plus délicat, plus doux, plus galant, j'allais dire plus français.

Le même raffinement moral, le même sentiment chevaleresque exalté respire dans la cause qui fait abandonner à Érec sa vie oisive et sensuelle pour la carrière des aventures; le conteur cambrien lui prête un motif purement naturel et même assez peu honorable; il suppose qu'il est guidé par la jalousie et qu'il veut enlever sa femme aux poursuites d'un prétendu rival; le poëte français, au contraire, lui donne pour mobile une idée exquise du devoir qui n'était pas du tout dans les mœurs des Gallois.

Les additions que Chrestien a fait subir au conte sortent d'un principe semblable. Sans parler des réflexions

9

morales qu'il y entremêle, et qui reproduisent sa pensée au lieu de la réalité des événements que le légendaire cambrien a pour but unique de faire connaître,
je signale encore une fois l'habitude qu'il a de prolonger invariablement les lignes indécises, inache-
vées, brusquement rompues de son modèle; c'est là un
des traits les plus multipliés, les plus saillants de sa méthode. J'indiquerai aussi les noms propres nouveaux
et les nouveaux faits romanesques qu'il introduit dans
la fable.

Sauf les acteurs principaux de son drame, le conteur
gallois ne nomme pas toujours les autres personnages
qu'il met en scène; un titre vague lui suffit pour les
désigner : évidemment il parle à des gens qui devinent
à demi mot. Ainsi il n'appelle par leur nom, ni le
chevalier Galoin qui devient amoureux d'Énit, qui
combat Ghérent et qui est tué par lui; ni le chevalier enchanté du château périlleux, que Chrestien de Troyes
appelle Mabonagris; mais ceux-ci du moins ont-ils évidemment des noms à tournure celtique, et peut-être
étaient-ils mentionnés dans une version du conte suivie
par le poëte français, tandis qu'il y a plusieurs autres
individus auxquels il donne des titres qui semblent de
sa propre invention, à moins qu'il ne les traduise du
breton; témoin le comte de la *Haute-Montagne*, le sire
de *l'Ile-Noire*, le duc *du Haut-Bois*, le roi des *Antipodes*.

Quant aux faits que Chrestien de Troyes ajoute au
récit cambrien, le plus important est l'épisode du couronnement d'Érec à Nantes, par lequel il termine son

roman. Je ne vois rien dans le conte qui ait pu lui en
fournir l'idée; jusqu'ici les deux ouvrages ont eu pour
théâtre exclusif l'île de Bretagne, et voilà que le trouvère nous transporte brusquement en Armorique;
quels rapports ce pays peut-il avoir avec le héros du
Devonshire? Plusieurs, et de fort curieux : en passant
sur le continent, les Bretons, ses compatriotes, emportèrent son souvenir comme celui d'un martyr des
païens saxons; ils mirent une église du pays Nantais
sous son invocation, et l'honorèrent du nom de saint[1].

J'ajoute qu'un chef vannetais du sixième siècle s'appelait Ghérec ou Érec, et qu'un autre du même nom
fut couronné à Nantes en 980[2].

Les Armoricains auront fini, avec le temps, par confondre ces différents personnages, et le dernier aura
prévalu dans les traditions du continent : de là deux versions d'une même légende celtique; Chrestien, en adoptant celle de France, a pu dénouer son poëme par une
description pompeuse. Voilà mon explication de la différence des dénoûments. Quoi qu'il en soit, celui du
conteur gallois est brusque et laconique : arrivé à la
fin des travaux de Ghérent et d'Énit :

« Il retourna, dit-il, dans ses États, et désormais il
régna heureux. » Le romancier au contraire affirme
que, de retour à la cour d'Arthur, où il se proposait de
vivre paisiblement à l'avenir, Erec trouva dix barons

---

[1] *Martyrologe romain* (catal. des Saints bretons), éd. de 1724, p. 10.
[2] On sait que la partie de l'Armorique gouvernée par le premier
se nommait *Bro-Érec* au moyen âge, c'est-à-dire le *pays d'Érec*. (Dom
Morice, *Histoire de Bretagne*, Preuves, t. I, col. 672.)

venus d'Armorique pour lui apprendre que son père était mort et qu'il était appelé à lui succéder. Arthur reçoit l'hommage d'Érec, et, le laissant partir pour ses nouveaux États, il lui dit :

> Aller vous en convient
> D'ici à Nantes, en Bretaigne;
> Là porterez royale enseigne,
> Couronne en chef et sceptre au poingt;
> Ce droit et cet honneur vous doint.

Bientôt il va lui-même le rejoindre et le couronner. Érec porte à son sacre un manteau merveilleux, ouvrage des fées bretonnes, dont l'aiguille y a brodé les attributs de la géographie, de l'arithmétique, de la musique et de la poésie. « L'évêque de Nantes lui pose sur la tête la couronne de la Bretagne; le roi Arthur lui en remet le sceptre entre les mains, et il devient roi. » Cette description, qui ne s'arrête pas là, rappelle beaucoup celle du sacre d'Arthur, telle que l'a faite Geoffroi de Monmouth, d'après la vieille *Légende des Rois* en langue armoricaine. Le personnage qui nous occupe y figure avec non moins d'honneur que les autres héros du cycle arthurien, tous nommés par le légendaire, excepté Tristan; il paraît même, chose très-piquante, comme un prince français à la tête des douze Pairs de France admis, en qualité de vassaux, à la cérémonie du couronnement du monarque breton. Chrestien de Troyes peut l'avoir prise pour modèle. Ce qu'il y a de certain, c'est qu'il prête à Érec une aventure qui arriva de point en point à un autre chef cornouaillais. Selon les vieux récits cambriens, ce chef reçut un jour une députation de Nantais qui venaient lui offrir le trône d'Armorique, resté vacant par la mort de leur roi[1].

Le manteau dont le trouvère affuble Érec, et où brillent tissus en or et en argent, le soleil, la lune

> Et du ciel les estoiles toutes,

est de même emprunté au vestiaire poétique des Bretons de France : on y trouve des robes merveilleuses où sont représentées « douze étoiles avec le soleil et la lune[2]. » Les tailleurs qui les font sont quelque peu sorciers, et plus ou moins savants dans l'art des fées armoricaines.

Chrestien de Troyes est donc aussi redevable aux Bretons qu'Érec pouvait l'être aux doigts mystérieux qui brodèrent son manteau de couronnement.

La conclusion de cet article est conforme, on le voit, à celle des précédents.

[1] Missis legatis ad eum ut, sine mora, ad recipiendum regnum Armoricæ gentis veniret, defuncto illorum rege. (*Liber landavensis*, p. 123).

[2] *La Fiancée*, BARZAZ-BREIZ, t. I, p. 265.

VII

PERCEVAL-LE-GALLOIS

ou

LA QUÊTE DU SAINT GRAAL.

———

La Table-Ronde est le centre de deux sphères de poésie chevaleresque, l'une profane et galante, à laquelle appartiennent les romans qu'on vient d'examiner; l'autre religieuse, mais non sans mélange de tendres sentiments humains, dont le poëme inédit de *Perceval*[1] semble le monument le plus ancien et le plus important. Chrestien de Troyes le commença à la demande de Philippe d'Alsace, comte de Flandre; il fut continué par Gerbert et Gauthier de Denet, et fini par Manessier, dans les dernières années du douzième siècle. C'est l'histoire de la quête du saint graal.

---

[1] Grande bibliothèque de Paris, mss., n° 7523, et suppl. franc. 430. M. Michelant en prépare une édition impatiemment attendue.

Perceval, dernier fils d'une pauvre veuve du pays de Galles, ruinée par les malheurs de la guerre, est simple, ignorant et grossier. Sa mère éloigne de lui avec soin toute image guerrière; mais, un jour, l'enfant rencontre des chevaliers du roi Arthur; il apprend le secret qu'on lui tient caché, et, ne rêvant plus désormais que tournois et batailles, il abandonne le toit maternel et se rend à la cour d'Arthur. Chemin faisant, il voit s'élever un pavillon que, dans sa simplicité, il prend pour une église, et il y entre. Au bruit des pas de son cheval, une dame endormie dans le pavillon s'éveille et pousse un cri; Perceval, la trouvant jolie, l'embrasse de force et lui arrache son anneau. Après avoir dévoré deux pâtés de chevreuil et bu un grand pot de vin, il sort, et bientôt arrive à Cardueil, mal vêtu, mal armé, mal monté; il s'avance à cheval jusqu'au milieu de la salle du palais, et va heurter brutalement le roi. Mais Arthur, plongé dans une rêverie profonde, détourne à peine la tête : un chevalier félon vient d'emporter sa coupe d'or, en défiant tout guerrier de la lui reprendre. Perceval accepte le défi, à la condition que le roi lui donnera les armes du chevalier; il poursuit le ravisseur, le tue, lui enlève la coupe et lui prend son armure. Après cet exploit, il va demander l'hospitalité à un vieux châtelain, qui, le jugeant digne d'être admis dans l'ordre de la chevalerie, lui chausse l'éperon d'or. De là il se rend chez une jeune demoiselle en peine, nommée Blanche-Fleur, la délivre et reçoit ses faveurs en retour. Mais ni la gloire ni l'amour ne peuvent lui faire perdre le sou-

venir de sa mère, qui le poursuit partout. Inquiet et
rêveur, il prend congé de la châtelaine et s'éloigne.
Que cherche-t-il ? il ne le sait pas lui-même ; il va au
hasard et sans but, où le porte son libre coursier. C'est
ainsi qu'il entre dans un château qui s'offre à sa vue ; un
vieillard malade y repose sur un lit ; un valet paraît,
portant une lance d'où coule une goutte de sang, puis
deux autres tenant des chandeliers d'or, puis deux demoiselles, l'une avec un *tailléor* ou couteau d'argent,
l'autre avec un *graal* ou bassin d'or pur émaillé. On se
met à table ; le graal passe et repasse plusieurs fois devant les convives. Perceval a envie de demander l'explication de ce qu'il voit, mais il n'ose. Le lendemain,
au sortir du château, on lui apprend que le vieillard
malade se nomme le Roi Pêcheur, qu'il a été blessé d'un
coup de lance à la cuisse, et passe sa vie à pêcher ;
mais on lui reproche, en même temps, de ne l'avoir
pas interrogé.

Cependant le roi Arthur, émerveillé des prouesses de
Perceval, dont tout le monde l'entretient, s'est mis à
sa recherche ; le Gallois, par hasard, vient droit à la
prairie où se trouve le roi ; mais, ayant vu voler quatre
huppes dorées, et en ayant blessé une qui rougit la
neige de son sang, la couleur du sang et celle de la
neige lui rappellent le teint rose et blanc de son amie
Blanche-Fleur, et il tombe dans une rêverie profonde,
qui aboutit à un sommeil plus profond encore. Keu l'a-
perçoit, et demande au roi la permission d'aller le tirer
de son sommeil, mais déjà Perceval est trop bien éveillé

pour le malheur du pauvre sénéchal, car il lui casse un bras. A cette vue, Arthur envoie son sage messager Gauvain, qui, par ses manières affables, réussit mieux.

Le lendemain arrive à la cour une demoiselle vêtue de noir, qui aborde brusquement Perceval, lui reprochant d'être cause des souffrances du Roi Pêcheur : « Sa blessure, dit-elle, est devenue incurable, parce que tu as négligé de demander pourquoi saigne la lance merveilleuse. »

Le chevalier cherche vainement à retrouver le château du roi ; il en est repoussé comme par une main invisible. Alors le désespoir s'empare de lui ; il perd la mémoire, il oublie tout et même le bon Dieu. Depuis cinq ans, il n'a pas mis le pied dans une église, quand, un vendredi saint, il rencontre une troupe de chevaliers et de dames en pèlerinage, qui le blâment de porter les armes à pareil jour. Perceval rentre en lui-même et va trouver un saint ermite, auquel il se confesse. Le prêtre lui apprend que la cause de toutes ses erreurs est son ingratitude envers sa mère, que le péché lui a coupé la langue quand il eût fallu demander l'explication du graal ; il lui impose une pénitence, lui donne des conseils, lui révèle une oraison mystérieuse, où se trouvent certains mots terribles qu'il lui défend de faire connaître, et Perceval, absous de ses péchés, jeûne, adore la croix, entend la messe, communie et renaît à une vie nouvelle.

Ainsi finit la première partie du roman. Je passe plusieurs longs épisodes où figurent divers chevaliers

de la cour d'Arthur, entre autres messire Gauvain, et
j'arrive à la seconde partie.

Perceval, réhabilité, se remet avec une nouvelle ardeur à la quête du saint graal; mais mille obstacles nais-
sent sous ses pas, mille aventures le détournent. C'est
d'abord la maîtresse d'un château où l'on voit un échiquier sur lequel joue une main invisible; il devient amoureux de la dame ; elle met pour prix à ses faveurs la tête
d'un blanc cerf; il tue le cerf; mais, tandis qu'il combat
un chevalier enchanté, un autre chevalier arrive, qui
s'empare de la tête du cerf. Perceval le poursuit, le rejoint, la lui reprend, la porte à la châtelaine, et ordonne
au vaincu d'aller raconter sa défaite au roi Arthur, qui
tient, ce jour-là, sa cour, par extraordinaire sans doute,
à Kemper-Corentin. Plus tard, c'est Blanche-Fleur elle-
même qui l'arrête ; toutefois il parvient encore à lui
échapper et continue la quête du graal. Pour le rendre
plus digne de le retrouver, la Providence le conduit au
tombeau de sa mère; il y pleure sa faute, il la confesse
encore une fois, en obtient de nouveau le pardon et
reçoit d'une jeune demoiselle une pierre précieuse qui
le met sur la voie du château du graal. Mais, avant d'y
arriver, il doit prouver qu'il est le meilleur chevalier
du monde, en attachant son cheval à l'anneau d'or
d'un pilier merveilleux qui s'élève sur une montagne
appelée le Mont des Douleurs; il sort victorieux de
l'épreuve, et, peu de jours après, il trouve le château
du Roi Pêcheur. Cette fois, il n'est pas aussi discret
que la première; en voyant la lance, il se hâte de de-

mander pourquoi elle saigne, et l'histoire du graal. La
lance est celle dont Longus perça le côté du Christ, le
graal est le bassin où Joseph d'Arimathie recueillit son
divin sang. Ce vase est venu par héritage au Roi Pêcheur, qui descend de Joseph, et est oncle de Perceval; il procure tous les biens spirituels et temporels; il
guérit toutes les blessures et rend même la vie aux
morts; il se remplit, au gré de son propriétaire, des
mets les plus exquis. Nul homme, s'il n'est en état de
grâce, ne peut s'en approcher : les pécheurs n'y doivent
point prétendre. Il n'y a qu'un prêtre ou un saint personnage qui puisse en raconter les merveilles; c'est un
mystère sacré. Après la lance et le graal, on apporte
une épée brisée: le Roi Pêcheur la présente à son neveu,
en le priant d'en rejoindre les tronçons; il y réussit·
Alors le roi lui apprend que le plus brave et le plus religieux chevalier du monde devait la réparer, selon les
prophéties; qu'il a tenté lui-même d'en souder les fragments, mais qu'elle l'a châtié de sa témérité en lui faisant une blessure à la jambe : « Je guérirai, lui dit-il,
le jour où périra un chevalier appelé Pertiniax, qui a
brisé l'épée merveilleuse en tuant mon frère par trahison. » Perceval jure de punir le traître; mais il faut auparavant qu'il triomphe de toutes les tentations du diable,
qui lui apparaît tantôt sous l'armure d'un chevalier,
tantôt sous la figure de Blanche-Fleur, et met à de si
dures épreuves son humilité et sa chasteté, qu'il suc-
comberait infailliblement sans le secours du saint
graal. Enfin il découvre le château de Pertiniax, lui

coupe la tête et l'apporte au Roi Pêcheur. A l'instant le roi guérit; puis il abdique en faveur de son neveu. Perceval est couronné par Arthur, et règne avec gloire pendant sept années. Au bout de ce temps, il abdique lui-même pour se faire prêtre; le graal et la lance le suivent dans son ermitage, et, le jour où il meurt, et où Dieu, « qui a toujours grande envie d'attirer à lui les bons, » remarque le trouvère, le fait asseoir à sa droite, sur un trône plus beau que tous ceux de la terre,

> Ce jour que Dieu l'âme emporta,
> Fut au ciel remis sans doutance
> Et le Saint-Graal et la Lance.

Tel est le thème que les romanciers développent en cinquante mille vers.

Peut-on parvenir à savoir s'ils ont conçu l'idée du graal ou s'ils l'ont puisée dans quelque auteur plus ancien de leur pays ou de toute autre nation? Je sais que certains érudits allemands prétendent que ce serait peine perdue; mais, dans l'état actuel de la critique historique, de pareilles assertions ne méritent même pas qu'on y fasse attention.

1. Un fait bien connu, c'est qu'antérieurement à tous les poëmes du graal il existait une légende latine composée par un ermite breton, qui semble, dit Usserius, avoir été postérieur de peu d'années à Guillaume de Malmesbury, quoique Hélinand, moine de Cluny, écrivain du douzième siècle, le fasse vivre au hui-

tième[1]. « En ce temps-là, dit Hélinand, sous la date
de 720, un ermite breton eut, par l'entremise d'un
ange, une vision miraculeuse du bassin ou paro-
psydé dans lequel le Seigneur fit la cène avec ses
disciples, et il en écrivit l'histoire qu'on appelle le
Gradal [2]. »

Mais l'ermite lui-même, quel qu'il soit, a-t-il pris
quelque part l'idée de ce bassin? Je persiste à croire
qu'il l'a empruntée, non pas, comme on l'a prétendu,
à l'évangile apocryphe de Nicodème, qui n'en dit
mot, mais aux traditions des bardes gallois[3].

Les plus anciennes de ces traditions, celles qu'on peut
regarder comme mythologiques, parlent en effet d'un
vase qui a le nom et les propriétés du saint graal. Les
bardes du sixième siècle se servent, pour le désigner,
du mot per, qu'un vocabulaire breton du neuvième
siècle, dont nous avons une copie du douzième, traduit
par bassin [4], et qu'un dictionnaire gallois moderne dit
signifier « un ustensile de ménage où l'on sert, où l'on

---

[1] Author Guillelmo Malmesburiensi (1140) paulo videtur fuisse po-
sterior, licet ab Helinando Cluniacensi ad annum 720 referatur. (Usserius, Primordia, p. 16.)

[2] Hoc tempore in Britannia, cuidam eremitæ monstrata est mirabilis
quædam visio per angelum...... de catino illo vel paropsyde in quo Do-
minus cœnavit cum discipulis suis; de quo ab eodem eremita descripta
est historia quæ dicitur de Gradali. (Vincentius Bellovacensis, Speculum
historiale, t. II, p. 200, ed. Mantellin. Cf. Helinandi chronic., ap.
Tissier, Biblioth. PP. Circest., t. VII.)

[3] Baleus, Catalogus scriptor. majoris Britanniæ, 1559, in-fol., t. I,
p. 51.

[4] Vocabularium britannicum, ms. British Museum; Coton. Vesp.
A. 14 Cf. Zeuss, Grammatica celtica. On dit encore une pérée, en haute
Bretagne, pour : plein un bassin.

fait cuire des mets de toute espèce[1]. » Or, c'est justement la signification du mot *graal*. « On donne en
français, dit Hélinand, le nom de *gradal* ou *graal* à
un vase large et un peu profond dans lequel on sert aux
riches des mets avec leur jus[2]. » Graal est donc évidemment traduit du celtique.

Taliésin place le bassin bardique dans la grotte
d'une magicienne qu'il appelle la patronne des bardes :
« Ce vase, dit-il, inspire le génie poétique ; il donne
la sagesse, il découvre la science de l'avenir, les mystères du monde, le trésor entier des connaissances
humaines[3]. » Le graal procure quelques-uns de ces
avantages. Quant au bassin lui-même, ses bords sont
ornés, comme ceux du graal, d'une rangée de perles
et de diamants[4].

II. Après avoir été vénéré et chanté au sixième
siècle, le bassin des bardes devint le thème d'un grand
nombre de légendes populaires galloises. J'en ai noté
deux : l'une simplement merveilleuse et sans couleur
chevaleresque, l'autre chevaleresque et romanesque.

La première, évidemment la plus ancienne, a pour
sujet un personnage qui joue un rôle capital dans les
poëmes de Taliésin. Il se nomme Bran-le-Béni.

Un jour, étant à la chasse en Irlande, Bran arriva

---

[1] Ubi varii dapes apponuntur, coquuntur. (Walter, *Dict. cambro-brit.*)
[2] *Gradalis* vel *gradale* dicitur gallice scutella lata et aliquantulum
profunda in qua pretiosæ dapes cum suo jure divitibus solent apponi, et
dicitur vulgari nomine *graal*. (Helinandus, *loco citato.*)
[3] Myvyrian, t. I, p. 17, 18, 19, 20, 37, 45
[4] Myvyrian, t. I, p. 67.

au bord d'un lac appelé le lac du Bassin; il vit un
homme noir d'une taille gigantesque, d'un aspect hideux, accompagné d'une sorcière et d'un nain, sortir
tout à coup des eaux avec un bassin dans les bras.
L'homme noir et la sorcière l'ayant suivi en Cambrie,
il les logea dans son palais, et reçut d'eux le bassin pour
prix de l'hospitalité. Ce vase avait, comme le graal,
la propriété de guérir les blessures mortelles, et même
de ressusciter les morts; mais, de peur que la personne
ressuscitée ne révélât le secret de sa guérison, elle ne re-
couvrait la vie que sans l'usage de la parole : c'est la remarque expresse de l'auteur [1]. Veut-il par là donner à
entendre qu'il était défendu aux favoris du bassin magique d'en divulguer les mystères? Je suis porté à le
croire; car Taliésin, au moment où il vient d'être initié
aux mystères du bassin, s'écrie, dans son chant bardique : « J'ai perdu la parole [1]. » Le graal impose la
même discrétion.

Quoi qu'il en soit, un démêlé, suivi d'un banquet de
réconciliation, étant survenu entre Bran et Martholouc'h, prince d'Irlande, son gendre, le même dont il
a été question dans l'histoire de Tristan, Bran fit servir
à manger dans le bassin magique, et l'offrit ensuite
au chef irlandais. Depuis cette époque, de nouveaux
démêlés éclatèrent entre eux, et Bran envahit l'Irlande.
Mais, comme chaque soldat que perdait l'ennemi recou-
vrait la vie par la vertu du vase merveilleux, les Gallois
ne pouvaient les vaincre, et ils allaient prendre la fuite,

[1] Myvyrian, t. I, p. 18.

quand un chef ennemi, nommé l'Esprit-Mauvais, ayant
été tué et sa tête jetée dans le bassin, ce vase, dont les
méchants ne pouvaient s'approcher pas plus que du
saint graal, se brisa de lui-même[1].

Le bassin, que l'on compte parmi les treize merveilles de l'île de Bretagne emportées par Merdhyn dans
son vaisseau de cristal, doit également appartenir à la
donnée bardique primitive; car il est question d'un
vase tout semblable dans les traditions des paysans
d'Armorique. Un de leurs plus anciens contes populaires suppose l'existence d'un bassin merveilleux qui
se remplit, comme celui qu'emporta Merdhyn et comme
le saint graal, de toutes sortes de mets au gré de son
propriétaire, et qui disparaît un jour comme eux.

La seconde légende galloise roule sur les recherches
auxquelles donne lieu cette disparition, et sur la découverte du bassin. Elle a été composée dans les premières
années du douzième siècle, sinon plus tôt, et le héros
s'appelle Peredur, c'est-à-dire le *Compagnon du bassin*[2]. Le barde Aneurin, son ami, le désigne comme un
des chefs les plus fameux de l'île de Bretagne, et le fait
prendre part à une bataille célèbre où il meurt en héros, après avoir soutenu longtemps ses compatriotes
dans la mêlée[3].

---

[1] *Le livre rouge.* Col. 726 et suiv , ms. Cf. Lady Ch. Guest. Mabinogion, t. III, p. 81.

[2] De *per* et de *Këdur*, en construction, *ëdur.* Je maintiens cette
étymologie.

[3] Myvyrian, t. I. Cf. les *Poëmes des Bardes bretons du sixième
siècle;* le *Gododin*, p 298.)

Les *Annales cambriennes*, antérieures à l'année 945, mentionnent aussi sa mort[1]. La *Légende des Rois*, de même, et Geoffroi de Monmouth d'après elle ; l'auteur anonyme de la *Vie de Merlin* en fait le compagnon du barde et son consolateur[2]. Né à l'aurore de la chevalerie, le conteur populaire lui donne le même caractère, mais avec une teinte beaucoup plus romanesque. Il le range parmi les chevaliers d'Arthur, et le met aux prises, non-seulement avec des géants comme d'autres guerriers, mais encore avec des lions, des serpents, des dragons, des monstres marins d'une formidable espèce, qui jouent un grand rôle dans les traditions bardiques ; des sorcières enfin, portant cuirasse et bouclier. Les métamorphoses, les anneaux magiques, les *dolmen*, les *menhir*, tout le vieil attirail druidique décoloré l'entoure.

Le conteur altère de la même façon la nature mystique des objets dont Pérédur entreprend la découverte. Il n'en est pas question dans le poëme d'Aneurin. Dans la légende, c'est un bassin et une lance sanglante ; mais ce bassin n'est plus le vase mystérieux des bardes, et ses bords ne sont plus ornés de perles et de diamants. Cependant le conteur ne paraît pas s'éloigner autant de la tradition primitive quand il place dans le bassin une tête ensanglantée. Il est même tout à fait d'accord avec le barde lorsqu'il raconte les

---

[1] Peretur moritur. (Éd. de Petrie, p. 831.)
[2] Et venit ad bellum Merlinus cum Pereduro. (*Vita Merlini*, p. 2.) Solatur Peredurus eum.................. (*Ibidem.* p. 4.)

travaux qu'entreprit son héros pour le découvrir;
Taliésin y fait allusion en surnommant Pérédur « le
héros de la tête sanglante[1]. » Cette tête, à laquelle le
légendaire donne une origine banale, faute de connaître
la véritable, rappelle de la manière la plus frappante
un mythe bardique : « Ce n'est pas la tête d'un lâche,
dit encore Taliésin, que je porte dans mon bassin[2]. »

Quant à la lance, qui n'offre plus, comme le bassin,
qu'un caractère insignifiant, son histoire est curieuse.
Lorsque la guerre entra, par la force des choses, dans
l'institution religieuse et pacifique des bardes, peut-
être à l'époque de la grande lutte des Bretons contre
les Anglo-Saxons, le bassin cessa d'être leur unique
symbole; ils y joignirent une lance sanglante, image
de la guerre à mort qu'ils devaient faire aux étrangers.
Depuis lors, dit-on, l'initié bardique dut jurer sur la
lance une haine éternelle à la race des envahisseurs.
De là cette fameuse prédiction attribuée à Taliésin,
qui rappelle celles des anciens druides sur la chute de
l'empire romain : « Le royaume de Logres (l'Angleterre) périra par la lance sanglante[3]. » La prophétie
patriotique inspira une telle créance, non-seulement
aux Gallois, mais aux étrangers, que, plus de cinq
siècles après, un poëte français, parlant de la « lance
qui saigne, » comme en eût pu parler un poëte cambrien, disait expressément :

[1] Myvyrian, t. I, p. 80.
[2] Lyfr Taliésin, fol. 50, ms d'Hengwrt. Le texte diffère un peu de
celui du Myvyrian. — [3] Ibid., ibid.

Il est écrit qu'il est une heure,
Où tout le royaume de Logres,
Qui jadis fut la terre as Ogres,
Sera détruit par cette lance.

III. Ce poëte, c'est Chrestien de Troyes. La fable de
la Lance et du *Bassin magique* était destinée à subir sous
sa plume une métamorphose nouvelle. Il en élargit le
cadre, en rejeta quelques faits, en adopta un plus
grand nombre, rajeunit le héros qu'il appela Perceval,
synonyme de Pérédur[1], et renouvela toute son histoire
sous l'influence des idées chrétiennes. L'ermite breton, auteur de la première légende du graal, avait déjà
transformé de même le bassin de Bran-le-Béni; et Robert de Borron, en rimant la vieille légende, a consacré
la transformation. D'après lui, Bran (qu'il appelle
Bron, et le roman en prose *Ban-le-Benoît* ou le Béni)
est beau-frère de Joseph d'Arimathie; Joseph lui confie
la garde du graal, qui passe ensuite à Alain, fils de
Bron, surnommé le *Roi pêcheur*, puis d'Alain à *Pé-
trus*, son neveu, qui est le Pérédur gallois[2].

L'introduction du nom d'Alain dans la légende est
une flatterie à l'adresse d'Alain Fergent, duc de Bretagne, bienfaiteur connu de l'abbaye de Glastonbury,
aussi appelée l'île d'Avalon, où l'on prétendait que
Joseph d'Arimathie avait apporté le saint graal.

Cette péripétie singulière retrempa le type original,

[1] De *per*, bassin, et de *kéval* (aujourd'hui *cyfaill*), compagnon.
(Cf. plus haut, p. 144.)
[2] Le *Saint Graal*, éd. de F. Michel. 1841.

à deux sources différentes, dans l'élément religieux,
qui est l'âme du poëme chrétien comme il l'était de la
donnée primitive probablement païenne. Tout y subit
son action : tandis que le conte n'offre qu'une gradation profane dans le perfectionnement de Pérédur,
qui de stupide devient intelligent, d'ignorant instruit,
de batailleur brutal, assez bon chevalier, et parvient
d'initiation en initiation, de travaux en travaux, la
plupart magiques, au nombre marqué de triomphes,
au degré exigé d'élévation guerrière auquel est attachée la possession du bassin; tandis qu'il représente
bien l'homme des premiers temps de la chevalerie,
se développant peu à peu sous la seule influence de
l'honneur militaire : ainsi Perceval est d'abord l'expression du même personnage, et, comme lui, il se
dépouille insensiblement de son matérialisme primitif;
mais, arrivé, d'épreuve en épreuve, à l'apogée de l'héroïsme guerrier, il y joint l'héroïsme moral et chrétien, qui adoucit ses mœurs, tempère et dirige sa
fougue chevaleresque, purifie ses affections; de sorte
qu'au moment où il est jugé digne d'être initié aux
mystères du saint graal, il est devenu non-seulement
un parfait chevalier, mais encore un parfait chrétien.

Tels sont les rapports généraux du conte et du
poëme : progrès matériel dans l'un; dans l'autre, dé-
veloppement matériel et moral, résultat d'influences
chrétiennes. Quant aux rapports particuliers en dehors
de ces influences, comme le récit de la jeunesse stupide de Pérédur et de Perceval, qu'on trouve aussi

chantée par les poëtes populaires armoricains[1] sous
un nom fameux du continent, leur admission dans
l'ordre de la chevalerie, leurs premiers combats, celui
surtout où leur courage réfléchi et la sagesse éloquente
de Gauvain brillent aux dépens de l'orgueil ridicule du
sénéchal d'Arthur; quant aux coïncidences particulières qu'offrent ces points des deux ouvrages, je ne crois
pas nécessaire de m'y arrêter. Je me bornerai à une
simple observation. Le conteur, après avoir dit quels
avis la mère de Pérédur donne à son fils quand il la
quitte, ajoute : « Pérédur enfourcha son cheval, et,
prenant dans sa main une poignée de dards, il partit. » Chrestien de Troyes avoue le fait; mais, comme
il le trouve choquant, il assure que la mère de Perceval lui fit laisser tous les dards, à l'exception d'un
seul, *parce qu'il eût semblé trop Gallois!*

Le poëte se trahit là. Si donc il remanie les contes
populaires qu'il met en roman, s'il polit les mœurs
des personnages qu'il leur emprunte, s'il peint le
jeune Perceval plus galant que Pérédur, plus sensuel
et moins gourmand, plus naïf et moins sot, pleurant la mort de sa mère et non pas endurci et cherchant une excuse à son ingratitude; s'il civilise les
chevaliers de la Table Ronde, et leur fait recevoir l'enfant avec égard et non à coups de bâton, comme est
reçu Pérédur; s'il se borne à dire qu'un chevalier félon enleva la coupe d'Arthur, et en répandit la liqueur

[1] C'est un lieu commun de la poésie celtique. V. Pérénun, note II.

sur la robe de Genièvre, et non qu'il la lança toute
pleine au visage de la reine en lui donnant un grand
soufflet ; s'il corrige ainsi son modèle, c'est de peur de
paraître *trop Gallois* lui-même aux seigneurs bien élevés des cours de France de la fin du douzième siècle,
c'est-à-dire un mal-appris ; car les Gallois, dit-il,

> Les Gallois sont tous, par nature,
> Plus sots que bêtes en pâture.

Cependant il ne les trouve pas si sots, quand il s'agit
de leur dérober des traits de poésie d'une délicatesse
exquise, où l'amour chevaleresque entr'ouvre sa première fleur, comme, par exemple, celui des huppes
dorées dont le sang rougit la neige : « Pérédur vit de
la neige qui était tombée pendant la nuit, et une sarcelle qu'un faucon venait de tuer, et le bruit de son
cheval avait fait envoler le faucon, et un corbeau s'é-
tait abattu sur la sarcelle pour en dévorer la chair. Pérédur s'arrêta, comparant la noirceur du corbeau et la
blancheur de la neige, et la rougeur du sang de la sarcelle répandu sur la neige aux cheveux de sa bien-
aimée qui étaient plus noirs que jais, à sa peau qui
était plus blanche que neige, et aux pommettes de ses
joues qui étaient plus roses que le sang sur la neige. »
Chrestien de Troyes, ravi de cette rêverie amou-
reuse, n'y change presque rien :

> La huppe fut navrée au col ;
> Et saigna trois gouttes de sang

Qui s'espandirent sur le blanc...
Quand Perceval voit défolée
La noif (neige) sur quoi la huppe fut,
Et le sang qui encor parut,
Il s'appuya dessus sa lance
Pour regarder cette semblance
Que la noif et le sang ensemble
La fraîche couleur lui ressemble
Qui est en la face s'amie ;
Il pense tant que il s'oublie :
Autresi (ainsi) était en son vis (visage)
Le vermeil sur le blanc assis,
Comme les trois gouttes de sang furent
Qui sur la blanche noif parurent.

Mais je reviens à l'influence des idées chrétiennes sur l'histoire de Pérédur, et j'aborde quelques scènes correspondantes du conte et du poème. L'arrivée du chevalier au château des Merveilles, les moyens qu'il prend pour le retrouver, son retour, son initiation, la vengeance qu'il tire du meurtrier de son parent, me semblent les plus caractéristiques.

La description des merveilles du château où Pérédur reçoit l'hospitalité roule sur un fond commun aux deux ouvrages ; cependant le conte respire un génie plus rude et plus barbare.

« Tandis que Pérédur et son oncle discouraient ensemble, ils virent entrer dans la salle deux jeunes hommes portant une lance d'une longueur démesurée, de la pointe de laquelle coulaient à terre trois gouttes de sang ; et, quand la compagnie vit cela, elle se mit à pleurer et à se lamenter. Mais le vieillard n'en conti-

nua pas moins de causer avec Pérédur; et, comme il
n'apprit point à Pérédur la raison de ce qui se passait,
Pérédur n'osa la lui demander. Et quand les cris furent
un peu apaisés, on vit entrer deux jeunes filles avec un
bassin, dans lequel était une tête d'homme nageant
dans le sang. Et alors la compagnie poussa une clameur telle, qu'on ne pouvait l'entendre sans être effrayé; et, à la longue, elle se tut. »

Chrestien de Troyes n'a pas osé reproduire cette
teinte lugubre et fantastique : point de tête sanglante
dans le graal, une seule goutte de sang à la lance; point
de lamentation : mais en revanche une assiette d'argent dont le conteur ne dit mot; un luxe éblouissant
d'or, de pierreries et de flambeaux, dont il ne parle pas
davantage; une illumination soudaine qui fait pâlir les
cierges à l'apparition du graal, comme les étoiles devant le soleil; merveilleux qui s'accorde mieux avec le
symbole chrétien.

Le trouvère interprète dans le même sens la discrétion de Perceval, et lui donne pour cause non-seulement le silence du châtelain, comme fait le conteur populaire, mais il ajoute et met en avant l'état de péché où
l'a jeté son ingratitude envers sa mère. Le désespoir
de Perceval a la même origine; il y est amené par un
enchaînement de fautes. Pérédur ne se décourage point
de la sorte; il dit seulement : « Je ne dormirai pas
tranquille que je n'aie su l'histoire de la lance, et pourquoi elle saigne. » Son trouble n'est qu'indiqué. L'im-
piété dans laquelle tombe Perceval est de l'invention

des romanciers; l'idée de sa pénitence, au contraire,
a pu leur être suggérée par un passage de l'original.
La comparaison des deux morceaux fera toucher au doigt
les différences et les analogies morales du conte et du roman. Voici ce que dit le premier : « Pérédur parcourut
toute l'île de Bretagne, et il arriva dans un désert au milieu duquel était une vallée où coulait une rivière; et,
comme il cheminait dans la vallée, survint un cavalier vêtu d'habits de prêtre : et il lui demanda sa bénédiction.

« — Je ne te bénirai point, répondit l'autre; je n'o-
bligerai point un misérable qui porte les armes un jour
comme aujourd'hui.

« — Et quel jour est-ce donc ? demanda Pérédur.

« — C'est le vendredi saint.

« — Ne me blâme pas, je n'en savais rien; voilà un
an que je voyage loin de mon pays.

« Alors il descendit et prit son cheval par la bride.
Il n'était pas loin de la route quand il trouva un chemin de traverse; ce chemin de traverse passait par un
bois, et dans le fond du bois il vit une masure qui
semblait habitée. Il s'y rendit, et, à la porte de la masure, il trouva le prêtre, et lui demanda sa bénédiction.

« — Que le ciel te bénisse ! lui dit le prêtre, il est plus
convenable de voyager ainsi que de l'autre manière;
tu passeras cette nuit chez moi. »

« Et il y passa la nuit.

« Et le lendemain Pérédur voulut partir.

« — Il n'est point permis de voyager aujourd'hui, lui objecta le prêtre; tu resteras avec moi aujourd'hui, et demain et après demain, et je t'indiquerai de mon mieux la route du lieu que tu cherches.

« Et le quatrième jour, Pérédur, sur le point de partir, pria le prêtre de lui apprendre le moyen de trouver le Château des Merveilles.

« — Ce que j'en sais, je te le dirai; gravis cette montagne, et de l'autre côté de la montagne tu trouveras une rivière, et dans la vallée où coule la rivière, un chef tient sa cour à l'occasion des fêtes de Pâques. S'il t'est possible d'avoir des nouvelles du Château des Merveilles, tu en trouveras là. »

Le romancier rend le même passage de la manière suivante : « Comme Perceval traversait un désert, il rencontra trois chevaliers avec leurs dames, qui s'en allaient à pied, en chemise et déchaussés, faisant pénitence pour le salut de leurs âmes. Et un des trois chevaliers l'appela et lui dit : Beau doux ami, vous ne croyez donc pas en Jésus-Christ ? Certes ce n'est pas bien, mais très-mal au contraire de porter les armes le jour où Jésus-Christ est mort.

« — Quel jour est-ce donc ?

« — C'est le vendredi saint, le jour où l'on doit adorer la croix et pleurer ses péchés. »

Puis le chevalier lui raconte l'histoire du mystère de l'incarnation de Jésus et de la rédemption du monde. « Quiconque croit en Dieu, ajoute-t-il, doit faire aujourd'hui pénitence et se garder de porter les armes.

« — Et d'où venez-vous donc ainsi ?

« — De l'ermitage d'un saint homme qui habite cette forêt.

« — Pour Dieu, seigneur, qu'y fîtes-vous ?

« — Ce que nous fîmes ? dit une des dames, nous lui confessâmes nos péchés et lui demandâmes des conseils. C'est l'œuvre la plus méritoire que puisse faire un chrétien qui veut aller à Dieu.

« Ce que Perceval entendit le fit pleurer et le charma. Il s'en alla pleurant vers le bosquet, et, quand il arriva à l'ermitage, il se dépouilla de ses armes. Il trouva l'ermite, un prêtre et un clerc qui chantaient l'office dans une petite chapelle, et le prêtre l'appela et l'engagea à lui confesser ses péchés, disant qu'il en aurait rémission s'il s'en accusait et s'en repentait. » Perceval obéit. On sait le reste. Il reçoit le pardon de ses fautes, il jeûne, il fait pénitence, il prie, il pleure ses péchés, il communie le jour de Pâques, il est relevé moralement, et, en même temps, son éducation tend à se compléter : il apprend que le Roi Pêcheur est son oncle et que le prêtre lui-même est frère de sa mère; quelle est la sainteté du graal, quelles vertus il faut avoir, quelles secrètes oraisons il faut prononcer, pour le conquérir; il travaille à s'en rendre digne.

Ce qui frappe dans cette partie du roman, c'est la glorification de l'Église et son ascendant sur la chevalerie; le sentiment chrétien n'est qu'indiqué dans le conte gallois.

Nous savons avec quelle aisance le trouvère dénoue-

son poëme, parti qu'il est d'une idée religieuse et morale; le point de vue du conteur étant purement profane, le séjour de Pérédur chez le prêtre n'a aussi qu'un résultat profane : Pérédur le quitte, non pas meilleur, ni plus chrétien, ni repentant et converti, mais seulement plus éclairé sur les moyens humains de retrouver l'objet de ses recherches.

Au contraire, le progrès de Perceval dans la science profane est le complément de ses progrès dans la science divine. S'il parvient à retrouver le château Merveilleux, à résister à toutes les épreuves, à vaincre tous les obstacles, et même Blanche-Fleur, c'est que sa pénitence l'en a rendu digne. Aucune raison de ce genre dans le conte; à vrai dire, elles y eussent été déplacées. Quelle est, en effet, la nature de l'objet des recherches de Pérédur ? Un bassin confié à la garde d'une magicienne, une lance sanglante. Le bassin contient le sang et la tête d'un cousin de Pérédur, que neuf sorcières de Glocester ont tué; la lance est l'arme avec laquelle elles ont blessé son oncle, le roi malade; une antique prédiction porte qu'il doit le venger un jour. Voilà le secret du conte. A quoi bon ici des vertus morales, des larmes expiatrices sur la tombe d'une mère qu'on a fait mourir de chagrin, des confessions, des jeûnes, des mortifications, une préparation toute chrétienne ? Mais, dans le poëme, c'est bien différent : le vase que cherche Perceval est celui où Joseph d'Arimathie recueillit le sang de Jésus-Christ, la lance est celle avec laquelle Longus perça le flanc divin. On

conçoit qu'il faut, pour s'approcher de ces sacrées reli-
ques, une sainteté très-grande, qu'il faut traverser encore plus d'épreuves morales que d'épreuves merveilleuses et chevaleresques. Non toutefois que celles-ci
manquent dans le poëme, on a vu le contraire; elles sont
même empruntées en général à l'œuvre populaire; témoin l'histoire de l'échiquier merveilleux, de la chasse
du cerf, du noir chevalier du dolmen, du pilier de pierre
élevé sur le Mont des Douleurs, de l'épée brisée dont
Pérédur ressoude les fragments, et quelques autres;
mais ces épreuves matérielles ne sont placées qu'au second plan; les épreuves morales occupent le premier.

Même gradation, et plus marquée encore, dans la
dernière partie du poëme, car cette fois le diable s'en
mêle. On sait qu'après avoir tenté Perceval de plusieurs
manières il le tente par la volupté. Il prend la figure de
Blanche-Fleur, pour laquelle le chevalier n'a plus qu'un
amour platonique depuis la découverte du saint graal,
et va le porter au péché, quand Perceval, ayant jeté
par hasard les yeux sur la croix de son épée, se signe
et met le diable en fuite. Il est curieux de voir comment le trouvère, qui a déjà purifié tous les sentiments
de son héros, transforme en amour idéal ses affections
terrestres. L'amour de Pérédur pour la dame désignée
dans le poëme sous le nom de Blanche-Fleur, et que
le conteur ne nomme pas, n'a rien de mystique, rien
de chrétien, rien que de très-naturel. Ayant vaincu le
diable, Perceval triomphe aisément du chevalier qui
a tué son parent, et la prophétie est accomplie. Une pré-

diction semblable, on l'a vu plus haut, réservait à Pérédur une pareille vengeance; seulement le conteur gallois (peut-être parce qu'il ne lui a pas donné de diable
à combattre) oppose à son héros, au lieu d'un simple
chevalier, les neuf sorcières de Glocester. Leur défaite,
exploit fort peu digne d'un roi-chevalier, et un mariage,
comme dans toutes les comédies, couronnent son ouvrage. Le poëte, au contraire, élève encore de quelques
degrés Perceval, et le mène de l'apogée chevaleresque
à la royauté, de la perfection chrétienne au sacerdoce,
et du sacerdoce à la gloire du ciel. « Si bien, dit-il
en finissant, que, le jour où Dieu prit son âme, il ne se
trouva personne digne de veiller à la garde du saint
graal et de la lance, qui furent enlevés au paradis et
ne reparurent plus sur la terre. »

La progression mystique va croissant dans le poëme
allemand de *Parcival* [1] avec les développements de la
fable qui s'allonge mal à propos de l'histoire des ancêtres du héros, comprenant plus de trois mille vers, et
de celle de sa postérité. Ici, le graal devient un diamant
tombé de la couronne de Satan dans sa lutte contre saint
Michel, et que les anges ont gardé au ciel. Celui qui alla
consoler le Sauveur au Jardin des Oliviers en fit une
coupe où il donna à boire au Christ, et où Joseph d'Arimathie recueillit plus tard le sang de l'Homme-Dieu.

---

[1] M. G. A. Heinrich, ancien élève de l'école normale, en a fait le sujet
d'une thèse remarquable où il défend, avec les mêmes armes que
nous, l'origine celtique de la légende du Saint-Graal; mais il donne
aux Minnesinger allemands, sur nos trouvères français, une supério-
rité littéraire que rien ne justifie. (Paris, A. Franck. 1855.)

Descendants de Joseph, le Roi Pêcheur et Parcival voient
tous les ans, le vendredi saint, une colombe blanche dé-
poser dans cette espèce de ciboire une hostie consacrée
au ciel. Talisman souverain, panacée divine, symbole
terrestre de la manifestation des volontés célestes, source
féconde et inépuisable de faveurs toujours nouvelles, le
graal a un temple et des prêtres armés qui portent le nom
de Templistes et dont le chef prend le titre de roi du
graal. Parcival parvient à ce royal sacerdoce ; mais,
plus moral, plus pieux encore que son homonyme
français, surtout plus chaste, plus humble, plus vertueux, plus inflexible dans les épreuves, et toujours
vainqueur dans la lutte contre le mal, il semble appartenir moins à la chevalerie qu'à la Religion même,
grandes puissances, dont l'une n'a plus seulement de
l'ascendant sur l'autre, mais est au moment de la vaincre. Les romans français en prose proclament le triomphe définitif de l'Église. Ils vont jusqu'à distinguer
deux chevaleries, l'une de la terre, dont les chevaliers
sont en état de péché mortel; l'autre du ciel, dont les
membres, toujours en état de grâce, n'ont point perdu
leur fleur baptismale. Quant à la sainteté du graal, c'est
un mystère qui ne peut être expliqué en langue humaine sans que les quatre éléments soient boulever-
sés, le ciel fondu, l'air obscurci, la terre ébranlée, l'eau
noircie, car il est la vie de la vie.

Telle est l'histoire des métamorphoses de ce joyau
celtique, objet de la vénération des bardes. Le moyen
âge le trouva beau et s'en empara :

Qu'en fera, dit-il, mon ciseau ?
Sera-t-il dieu, table ou cuvette ?
Il sera dieu !

Ne l'était-il pas déjà dans l'origine, et les conteurs gallois n'avaient-ils pas reçu des anciens bardes une vieille tradition païenne qu'ils altérèrent, et transmirent, confondue avec le mystère de l'Eucharistie, aux romanciers de toute l'Europe, qui devaient la renouveler et la faire vivre éternellement ?

CONCLUSION

L'épisode de Perceval et du Saint-Graal clôt religieusement l'épopée dont le roi Arthur est le principal personnage.

J'ai examiné avec soin cette figure dominante ; j'ai montré comment, perdant peu à peu sa physionomie primitive sous des mains armoricaines et galloises, et comment, éclairée d'un rayon de chevalerie de plus en plus vif, elle s'est irrévocablement fixée sur la toile brillante de nos trouvères français. Son entourage poétique n'a pas été de ma part l'objet d'une étude moins attentive : j'ai recherché les noms, les caractères, les principales aventures des héros de la Table Ronde, à une époque fort antérieure à celle des trouvères, soit dans la province de France où les émigrés de l'île de Bretagne portèrent la gloire d'Arthur, soit

11.

dans la patrie même des héros de son cycle. Ayant
retrouvé, ici ou là, leur histoire, d'abord sous forme
de simples chants bardiques, puis de ballades populaires plus détaillées, et enfin de légendes d'une certaine
étendue, tout à fait romanesques, j'ai le droit de revendiquer pour les anciens Bretons, sans distinction de
branche, l'invention du cycle de la Table-Ronde. Il leur
appartient au même titre que l'épopée carlovingienne
appartient à la vieille France féodale : comme elle, il
repose sur un fond rude et primitif ; il respire, comme
elle, un rustique parfum d'antiquité, et l'on peut dire
des trouvères qui l'ont choisi pour texte de leurs ampli-
fications ce que M. P. Paris a dit avec tant de justesse
des poëtes carlovingiens, remaniant, au douzième siècle, les *Chansons de geste* du dixième, « qu'ils se sont
contentés de reprendre les œuvres anciennes et de les
modifier pour les rendre plus accessibles à l'intelligence
et au goût de leurs contemporains[1]. » La comparaison
des textes celtiques du cycle arthurien avec les textes
français a pleinement démontré ce fait, et il est
aujourd'hui reconnu de tous ceux qui ont étudié
scientifiquement la question.

D'accord pour admettre que la race bretonne a donné
au moyen âge un de ses cycles légendaires, on ne l'est
plus dès qu'il s'agit de déterminer la provenance du
système chevaleresque déjà organisé à un certain degré
dans les originaux, tant armoricains que gallois, des

---

[1] Les *Chansons de geste*, p. 4. Techner, 1859.

romans français. Les partisans de l'opinion, déjà un peu surannée, qui fait tout commencer en Provence, voudraient le réserver aux Méridionaux, dont les anciens Bretons l'auraient reçu : ils ont pour eux de grandes autorités, il est vrai, et beaucoup de conjectures ; mais les preuves sont moins abondantes.

D'autres critiques ont imaginé d'attribuer aux Gallois le système de la chevalerie : ils leur font honneur de ses éléments les plus caractéristiques, le respect exalté de la femme, la pureté et l'innocence du sentiment, l'esprit de sacrifice. L'amour chevaleresque serait une fleur éclose dans les vallées du pays de Galles : elle y serait née d'une certaine douceur féminine, naturelle à la branche kymrique, et nos troubadours du Midi, comme nos trouvères du Nord, l'auraient tour à tour cueillie sur cette branche.

Telle est l'hypothèse inventée, il y a peu d'années, et qu'avait adoptée mon savant confrère, M. Renan, qui ne l'admet plus toutefois qu'avec des réserves aujourd'hui ; elle est piquante et ingénieuse, mais malheureusement inadmissible pour quiconque a lu les Annales de la Cambrie, pour quiconque surtout a étudié sans préventions l'histoire de la révolution profonde opérée par le christianisme dans le monde. Si l'amour chevaleresque était une tradition d'origine celtique, pourquoi ne pas lui donner pour berceau soit l'Irlande, soit l'Écosse, soit la patrie de Du Guesclin, déjà en partie si française de sentiments, de mœurs et même de langage au moyen âge ? Les Gallois eux-mêmes,

nous le savons, assurent l'avoir reçu d'elle[1]; n'avons-
nous pas vu, d'ailleurs, qu'ils lui doivent la plus ancienne légende romanesque et chevaleresque où l'amour
soit érigé en vertu? La vérité, c'est que l'amour tel
qu'il est compris par la muse celtique des premiers
temps de la chevalerie ne lui appartient pas plus qu'il
n'appartient à d'autres muses épiques de la même
époque, et qu'il faut voir en lui le fruit idéal du dévouement à la femme mûri par un rayon de christianisme dans de nobles âmes, partout où lui en a offert
de semblables, en Europe, une société élégante et polie.

Le même rayon devait mûrir un fruit pareil au
cœur de Dante, et plus tard au cœur de Racine, le
plus chevaleresque de nos grands poëtes, le plus fidèle
à la tradition, non pas celtique, mais profondément
chrétienne, de l'amour désintéressé[2].

Un attrait contre lequel j'avais eu moi-même de la
peine à me défendre avait entraîné M. Renan; une
étude toute spéciale du sujet ne pouvait manquer de
ramener, dans une certaine mesure, un esprit aussi
peu dogmatique; elle ramènera ainsi, je l'espère, ceux
qui ont cru devoir appuyer leur hypothèse sur je ne
sais quel *mystère* prétendu druidique. Contentons-nous
donc pour la cour d'Arthur de l'honneur réel qui lui
revient d'avoir été le point de départ d'une chevalerie

---

[1] « RhysapTewdwr brought with him, from Britanny (1077), the
system of the Round Table. » (Iolo mss.; p. 630). Le très-savant, mais
très-sceptique M. Nash reconnaît l'autorité de ce texte important
(*Taliesin*, p. 29.)

[2] Voir la tragédie d'*Alexandre le Grand*.

idéale, armée par la foi et l'amour, c'est-à-dire de la
force militaire intelligente : les grandes choses qu'inspire un modèle, même transfiguré, appartiennent
encore à l'original.

Si les Gallois n'ont pas introduit dans le monde le
système chevaleresque, les trouvères doivent-ils du
moins à la race celtique le moule où ils ont jeté les
types qu'elle leur a fournis? Ceci est une grande question. L'histoire de l'origine du rhythme en Europe, et
de la rime en particulier, fera le sujet de bien des
livres avant de recevoir une solution satisfaisante, si
elle en reçoit jamais. Plusieurs critiques allemands,
Zeuss, entre autres, tiennent fortement pour la provenance celtique de la rime : en France, au contraire,
nous pensons généralement qu'elle est de source latine.
Quant au mécanisme épique employé par les poëtes de
la Table Ronde, quant à cette forme rhythmique, si
nouvelle dans les romans français, les textes des
chants populaires arthuriens, qui les ont précédés et
engendrés, peuvent seuls nous donner une réponse,
et personne, à ma connaissance, ne la leur a encore demandée : il est évident que, si le mètre des
uns est le même que celui des autres, il y a eu
imitation de forme comme de fond du côté des derniers venus. Le rhythme adopté par tous les trouvères du cycle de la Table Ronde est connu ; ils
écrivent en vers de huit syllabes, qu'ils font rimer
deux à deux, tout au rebours des poëtes du cycle carlovingien, qui se servaient de la tirade monorime géné-

ralement en vers de dix pieds : eh bien! ce n'est pas
avec les Chansons de geste que s'accordent les chants
populaires arthuriens, c'est avec les poëmes français
de la Table Ronde : je n'en ai pas trouvé un seul, soit
gallois, soit armoricain en d'autre mètre qu'en vers de
huit syllabes, rimant par couple, ou exceptionnel-
lement par tercet ; telle est la forme rhythmique des
Dialogues cambriens entre Arthur et Gwennivar, et
entre Tristan et Gwalhmaï ; celle de la Marche armoricaine d'Arthur, celle de la légende de Saint Efflamm
et d'Arthur ; celle de la ballade de Merlin, celle enfin
la plus usitée dans les ballades des Bretons du continent. Marie de France, auteur de plusieurs épisodes
en vers de la Table Ronde, l'a suivie elle-même en
traduisant quelques-unes des ballades armoricaines en
français, et notamment le *Rossignol*, dont j'ai retrouvé
l'original[1]. Les autres trouvères ont suivi, comme elle,
le rhythme primitif. Les Minnesinger l'adoptèrent
également dans leurs imitations allemandes, et, ce
qui est digne de remarque, en traduisant de nos jours
les *Chants populaires de la Bretagne*, les poëtes d'outre-
Rhin devaient aussi en prendre le mètre pour que la
mélodie armoricaine convînt à leur traduction[2]. La
même raison probablement a déterminé dans le principe les trouvères français du cycle arthurien.

[1] Pour tous ces textes en vers celtiques, voyez l'*Appendice* à la fin
de ce livre.
[2] Je saisis cette occasion de remercier MM. A. Keller, le baron de
Seckendorf et M. Hartman de l'honneur qu'ils ont fait à la muse bretonne.

Si maintenant l'on demande comment ce cycle est venu à leur connaissance et comment il s'est popularisé hors du pays où il est né, l'histoire nous répond aussi clairement que les textes l'ont fait à la question précédente.

Personne n'ignore que, plusieurs siècles avant que les belles langues des troubadours et des trouvères se fussent formées d'un latin corrompu, les Armoricains de la Gaule et les Bretons de l'île d'Albion avaient un idiome national et une poésie indigène de même origine. L'émigration des insulaires lors de l'invasion saxonne rendit leurs rapports encore plus intimes avec les hommes du continent, et, à la suite des émigrants, la hrôte des Bretons, comme leur nom, leur dialecte et leurs coutumes, traversa le détroit pour venir se marier à la harpe des Armoricains : « Ils s'entendent parler d'un rivage à l'autre, » dit énergiquement un ancien barde.

De la péninsule, la muse celtique s'avança jusque chez les Francs, parfois leurs alliés et leurs amis. C'était l'usage des rois de cette nation d'avoir à leur cour un grand nombre de poëtes et de musiciens. Ils les faisaient souvent venir des pays étrangers, et prenaient un plaisir mêlé d'orgueil barbare à les entendre chanter des vers qu'ils ne comprenaient pas toujours. On voyait autour d'eux, mêlés à des Italiens, à des Grecs même, des ménestrels bretons errants. Chassé de son pays par les Lombards, comme ces derniers par les Saxons, Fortunat nous

a conservé le souvenir des concerts de la cour des
Mérovingiens, où, la lyre à la main, il faisait sa partie,
tandis que « le Barbare jouait de la harpe, le Grec
de l'instrument d'Achille et le Breton de la hrote
celtique [1]. » Précisément dans le temps qu'il y était,
un jeune barde originaire de l'île de Bretagne se trouvait aussi à la cour de Childebert. Cet homme, appelé
Hyvarnion, « joignait à une grande facilité pour parler
les langues des barbares, observe un très-ancien auteur,
le talent le plus remarquable pour composer, sur des
sujets d'imagination, des poëmes rimés, qu'il chantait
lui-même sur des airs nouveaux de son invention. »
Ses chants et ses vers le rendirent très-agréable au roi,
qui le retint près de lui pendant quatre années (probablement de l'an 513 à l'an 517) au bout desquelles il
le renvoya comblé de présents en Armorique [2].

Un semblable accueil était bien fait pour attirer
d'autres chanteurs bretons; aussi les voyons-nous se
répandre dans les palais et les châteaux du continent,
du sixième au douzième siècle, de l'ouest au midi et
du nord à l'est, la harpe ou la hrote à la main, semant
partout les chansons et la joie. L'auteur d'un roman
carlovingien cité par M. Paulin Paris, et qui offre,

[1]   ...... Plaudat tibi barbarus harpa,
Græcus Achilliaca; chrotta britanna canat.
(L. VII, p. 170.)
[2] Hic magnæ industriæ, plurimarumque linguarum peritus, sed can-
tor figmentarius, novos enim fingebat cantus rythmicos compositionibus
quibus imponebat neumatum modos antea inauditos ac inter aulicos
jocundus jocularis. (Portefeuille des Blancs-Manteaux, manuscrit n° 38,
p. 859. Cf. ma *Légende celtique*, p. 251.)

selon le savant professeur, les sentiments et les goûts
du onzième, du dixième et même du neuvième siècle,
ne connaît rien au-dessus du plaisir que procure le
bon vin, le piment, le gibier, le poisson et la chasse, si
ce n'est celui d'entendre la harpe ou la viole,

> Ne les chants ne les jeux de Flamand ou Breton.

Du fond de la Provence l'écho répondait :

> Chansos, volta ni lais de Bretaihna [1].

Vers le même temps, Le Moine de Saint-Gall fait
suivre le grand empereur, dont il célèbre les exploits,
par un ménestrel ambulant de la Petite-Bretagne; on
sait d'une manière certaine que Rolland était gouverneur des Marches de ce pays.

Un autre poëte du cycle de Charlemagne, pour
charmer le paradis des fées, y place un Breton qui
doucement *harpe* un lai fameux chez les nations celtiques [2]. Leurs ménestrels, disent les trouvères du
douzième siècle, faisaient le plus bel ornement de la
cour d'Arthur, la joie de sa table et l'orgueil de ses
barons [3].

Comment les rois et les grands seigneurs des temps
féodaux n'auraient-ils pas suivi des exemples venus

[1] Le troubadour Fouques de Marseille.
[2]   ... Un Breton
       Qui doucement harpe le *lay Garmon.*
          (Le *Roman de Guillaume au court-nez*, ap. Michel.)
[3] Wace, le *Brut.* Chrestien de Troyes, le *Chevalier à l'épée.* (Méon,
liv. I, p. 127.)

de si haut ? C'était leur constante préoccupation, et elle marchait de pair avec leur avidité à écouter ces *lais* bretons si célèbres au moyen âge, dont ils aimaient surtout les plus tendres, les plus galants, consacrés aux douces faiblesses des chevaliers de la Table Ronde :

> Ces lais seulent as dames plaire,
> De joie les oyent et de gré,
> Car sont selon lor volenté [1].

On a souvent cité le goût qu'avait pour eux Henri II, d'Angleterre, qui allait jusqu'au fond du pays de Galles pour entendre chanter les vieilles légendes d'Arthur. Ce roi, en les mettant à la mode dans les cours et les châteaux de la Haute-Bretagne, si elles n'y étaient déjà en vogue ; dans la Normandie, le Maine, l'Anjou, la Touraine, le Poitou et l'Aquitaine, c'est-à-dire dans toute la France occidentale, acheva l'œuvre commencée autrefois par les ménestrels bretons errants, et hâtée par l'établissement sur le sol d'Angleterre d'une masse innombrable d'hommes du continent.

Que l'amour des récits romanesques et amusants fût une des principales causes de la faveur accordée par les Plantagenets aux ménestrels qui chantaient les prouesses d'Arthur, on n'en peut douter ; mais il y en avait une autre encore plus puissante : les chanteurs bretons les proclamaient les héritiers légitimes du trône de la Grande-Bretagne, du chef des anciens pos-

[1] Denys Pyramus, Musée brit., ms. bibl. coton. Domit. A., n° 11.

sesseurs expulsés, du chef du roi Arthur lui-même ;
ils les appelaient les libérateurs du pays ; ils les sa-
luaient avec enthousiasme comme les destructeurs de
la tyrannie anglo-saxonne; des prophéties, qu'ils attribuaient à Merlin, annonçaient l'arrivée des ducs de
Normandie, venant en aide aux émigrés bretons pour
reconquérir leur patrie sur les Saxons. Ces prophéties, volant des côtes d'Armorique à celles de
la Cornouailles et de la Cambrie, s'exprimaient
ainsi :

« De la Neustrie viendra un peuple, monté sur des
coursiers de bois et revêtu de fer, qui tirera vengeance
de l'iniquité des envahisseurs.

« Il rendra leurs demeures aux anciens habitants et
ruinera les étrangers.

« Les étrangers porteront le joug d'une éternelle
servitude, et avec la houe et le soc, ils déchireront le
sein de leur mère (la terre)..... Ce jour-là, les montagnes de la Cambrie tressailleront d'allégresse ; les
fontaines d'Armorique jailliront; les chênes de la Cornouailles reverdiront[1]. »

La politique des conquérants pouvait-elle ne pas
accueillir les poëtes et les musiciens bretons qui
leur prêtaient le prestige de la légitimité? Pouvait-
elle négliger de répandre les chants d'un prophète
qui faisaient d'eux les Cyrus d'un autre Israël opprimé?

---

[1] Cf. *Myrdhinn ou l'enchanteur Merlin*, p. 263 et 267

Ils n'y manquèrent pas. Un de leurs plus illustres prélats fit mettre en latin les prédictions bretonnes par l'écrivain gallois qui avait traduit de l'armoricain la vieille *Légende des Rois*, sur l'ordre de leurs princes. Puis, une reine célèbre de la Grande-Bretagne, à laquelle la Guyenne, le Languedoc et la Provence étaient aussi soumis, voulut que la langue et la poésie romane répandissent dans toute l'Europe l'épopée où sa race était représentée comme l'héritière du roi breton qui avait porté trente couronnes.

Les porteurs de ces couronnes, dont la plupart, d'après la légende, avaient été autrefois les vassaux du monarque immortel, et l'étaient bien réellement aujourd'hui de son prétendu successeur, se partagèrent les épisodes de l'épopée d'Arthur, comme ils s'étaient partagé les provinces de l'île sur laquelle il avait régné. Ici, la Flandre et la Champagne eurent le plus gros lot après la Normandie, mais heureusement sans qu'il en coûtât aux expropriés une goutte de sang ou une larme : tout se fit de poëte à poëte, c'est-à-dire d'ami à ami. Et rendant hommage à la muse celtique, à l'exemple du Normand Robert Wace, de l'Anglo-Normand Thomas de Bretagne, de Marie de France et de tant d'autres romanciers, le grand trouvère de Champagne et de Flandre, Chrestien de Troyes, put dire gracieusement à ceux qu'il dépouillait (heureux larcin !) pour l'honneur des lettres françaises : «Si je m'entends si bien avec vous, ô Bretons, avec vous dont le renom poétique durera toujours, c'est que vous conservez la mémoire

des bons chevaliers qui travaillèrent pour la gloire....
et qui surent aimer[1]. »

Les contemporains de Chrestien de Troyes répétèrent en chœur l'hommage du trouvère à la fidélité
bretonne, au patriotisme assez puissant pour avoir
donné un trône, à côté de celui du conquérant de
l'Asie et du fondateur du second empire d'Occident, au
petit chef d'un peuple vaincu; pour l'avoir fait vivre
d'une vie impérissable, sous la garde des bardes et
des ménestrels de sa race qui justifiaient, avec un bonheur vraiment fort étrange, ce cri audacieux de foi,
d'espérance et d'amour : *Arthur n'est pas mort !*

Arthur continua de vivre dans l'immortel cycle des
traditions chevaleresques, et les soins des trouvères
français remplacèrent ceux des fées, ses amies, de l'île
enchantée d'Avalon.

Qu'ai-je besoin de dire que le mouvement poétique,
commencé humblement dans les deux Bretagnes, continué d'une manière éclatante dans tous les pays de
langue française, s'étendit de proche en proche et
gagna les romanciers anglais, provençaux, italiens,
espagnols, allemands, suédois, norvégiens, danois;
qu'il se fit sentir jusqu'au fond de l'Islande, que
l'Orient lui-même en éprouva le contre-coup? On
trouve des versions de nos poëmes de la Table Ronde,
comme l'a montré M. le Clerc avec un juste orgueil, dans
toutes les langues du nord et de l'orient de l'Europe.

---

[1] Le *Chevalier au Lion*, éd. d'A. Keller, p. 1.

La France n'a jamais fait un pas, elle n'a jamais eu une idée sans que le monde en ait été ému.

Qui ne connaît aussi l'influence exercée, depuis le moyen âge jusqu'à nos jours, sur toutes les littératures, par les romans du cycle d'Arthur ?

Dante leur doit son charmant récit de *Paolo* et de *Francesca de Rimini*, c'est un souvenir, renouvelé avec génie, du roman de Lancelot et de Genièvre. Chaucer aime les chevaliers de la cour d'Arthur, et vante la grâce des vieilles légendes bretonnes. L'Arioste leur emprunte, en souriant, l'histoire de Merlin et de Viviane; le Tasse a trouvé dans la forêt de Brécilien le germe de la forêt d'Armide; Cervantes, Shakespeare, Spencer, Ronsard, Rabelais et La Fontaine laissent voir mille traces des lectures qu'ils ont faites dans les romans de la Table Ronde. Milton voulait les réunir en une vaste épopée : « Un jour, je célébrerai dans mes chants nos rois indigènes, Arthur surtout, et les combats qu'il livre jusque dans les mondes souterrains; je chanterai aussi les héros magnanimes, les compagnons fidèles de l'invincible Table Ronde, et je briserai (oh! puissé-je vivre assez longtemps!), je briserai les phalanges saxonnes sous le Mars des Bretons[1]. »

L'auteur du *Paradis perdu*, renonçant plus tard à

Si quando indigenas revocabo in carmine reges,
Arthurumque etiam sub terris bella moventem;
Et dicam invictæ, sociali fœdere, Mensæ
Magnanimos heroas; et (ô modo spiritus adsit!)
Frangam Saxonicas, Britonum sub Marte, phalanges.
                    (Milton's complete Works (*Mansus*, v, 80.)

ce poëme national, a mieux aimé foudroyer les légions
des anges révoltés sous l'*artillerie* des anges fidèles,
et je ne m'en plains pas : nos premiers parents méri-
taient naturellement de l'emporter sur nos anciens héros. D'ailleurs, le poëte lauréat Southey, et surtout
Tennysson, devaient essayer de réaliser de nos jours
le projet de leur illustre compatriote. Enfin, l'auteur
si regrettable de *Marie* et des *Bretons*, Auguste
Brizeux, reprenant l'idée de Milton, allait commencer
à l'exécuter lorsque la mort l'a arrêté au début de son
poëme, et il n'a pu que dire :

> Si la mort l'eût permis, Arthur, la Table Ronde
> Eût été le pavois et le centre du monde!

Telle a été l'action des légendes celtiques hors des
pays où elles sont nées; mais en même temps avait lieu
une réaction singulière dont il faut que je dise un mot
en finissant. Ces légendes, sous leur costume français,
parurent si belles aux Gallois, si supérieures à leurs
modèles, qu'ils en accueillirent quelques-unes, au mé-
pris des originaux. Voilà pourquoi on trouve une
triade qui parle de *Lawncelot di Lac*, dont les Gallois
dénaturent le nom français pour l'accommoder à leur
idiome; voilà pourquoi ils ont un roman du *Gréal* traduit de la prose française, comme l'indique l'auteur lui-
même, et qui en a gardé le titre; voilà pourquoi des
bardes même, descendants de ceux-là qui cherchaient
l'inspiration dans le bassin magique, pourquoi des
bardes de la fin du moyen âge, adoptent ce terme

français de *gréal*, dont ils ne connaissaient plus l'é-
quivalent celtique, et adoptent avec lui les idées modernes qu'il suggère. Ainsi, quand le pilier sacré
eut été changé en croix, les fils chrétiens des vieux
Bretons païens, oubliant le symbole antique et le nom
primitif, n'y virent plus que le nouveau symbole
désigné par le nom nouveau. Mais la triade qui fait
allusion aux romans français de la Table Ronde, et la
traduction du *Gréal* en langue cambrienne, sont pos-
térieures de trois cents ans pour le moins aux triades
rédigées dans la première moitié du douzième siècle,
et aux légendes originales du cycle breton d'Arthur,
avec lesquelles elles contrastent de la manière la
plus bizarre par le style, les noms, les mœurs, les
idées et les sentiments.

Prévenue trop tard de ce fait, lady Charlotte Guest,
qui avait commencé à traduire le *Gréal* gallois en anglais, a reconnu sa méprise, et vite abandonné, comme
le dauphin de la fable, ce qu'elle avait cru précieux et
voulu sauver des flots de l'oubli.

Reproduire intégralement celles des légendes cambriennes que notre trouvère Chrestien de Troyes a
prises pour thème de ses poëmes, que les Minnesinger
allemands et les Scaldes de la Scandinavie ont traduites
d'après lui, et qui justifient cette étude comparée des
*Romans de la Table Ronde et des contes des anciens
Bretons*, tel va être l'objet de la seconde partie de ce
livre.

—

CONTES

DES

ANCIENS BRETONS

OBSERVATION

SUR LE TEXTE DES CONTES.

A défaut des textes, dont il me paraît inutile de donner ici une nouvelle édition, je crois devoir rappeler les sources, tant manuscrites qu'imprimées, auxquelles on pourra recourir pour vérifier l'exactitude de la traduction des trois légendes qu'on va lire :

La première, OWENN, est tirée du *Livre rouge* d'Oxford, ms du quatorzième siècle ; elle commence colonne 627 et finit col. 655 de ce précieux manuscrit; le titre qu'elle porte est YARLLES Y FFYNNAUN, c'est-à-dire LA DAME DE LA FONTAINE. Elle débute ainsi : *Yr amheraudyr Arthur oed yg Kaerllion-arWysc. Sef ed oedd yn eisted divornaut yn y ystavell.*

Lady Charlotte Guest l'a imprimée et traduite en anglais dans son recueil des MABINOGION, t. I, p. 1 et suivantes. Londres, 1838 ; avec *fac-simile* du manuscrit rouge.

La seconde légende, GHÉRENT ou le CHEVALIER DU FAUCON, vient du même manuscrit (de la colonne 769 à la col. 809). Elle a pour titre : LLYMA MAL Y TREYTHIR O YSTORY A GHEREINT VAB ERBIN, c'est-à-dire *voici comment on raconte l'histoire de Ghérent, fils d'Erbin* (MABINOGION, t. II, p. 1 et suiv., 1840; avec un *fac-simile* d'un manuscrit du treizième siècle, de Hengwrt.)

Le troisième conte, celui de PEREDUR, occupe 42 colonnes du *Livre rouge* (de la colonne 655 à la col. 697) ; il commence par ces mots : *Efrauc iarl bioed iarllaeth y gogled* (cf. MABINOGION, t. I, p. 235 et suiv., 1839).

J'ai examiné les copies des contes et leur édition dans mes NOTICES DES PRINCIPAUX MANUSCRITS DES ANCIENS BRETONS, avec *fac-simile* (Paris, Franck, 1856).

CONTES

DES

ANCIENS BRETONS

I

OWENN

OU

LA DAME DE LA FONTAINE

PREMIÈRE BRANCHE

I

L'empereur Arthur était à Kerléon-sur-Osk[1].

Or, un jour il était assis dans sa chambre. Avec lui se trouvaient Owenn, fils d'Urien[2], et Kenon, fils de Kledno[3], et Kaï, fils de Kener[4], et Gwennivar[5]

[1] Voyez note I. — [2] V. note II. — [3] V. note III. — [4] V. note IV. — [5] V. note V.

et ses femmes travaillant à l'aiguille, près de la fenêtre.

Et l'on ne pouvait pas dire qu'il y eût un portier au palais d'Arthur, car il n'y en avait point : Gléouloued[1], le guerrier à la large main, en faisait l'office : c'était lui qui conduisait les hôtes et les étrangers, qui les recevait avec honneur, les informait des usages et coutumes de la cour, et introduisait quiconque voulait être admis dans la salle ou dans la chambre, et quiconque venait pour demander l'hospitalité. Or l'empereur Arthur était assis au milieu de la chambre dans un fauteuil de joncs verts, sur un tapis de drap aurore, et il s'accoudait sur un coussin de satin rouge[2]. Et il parla ainsi :

— Ne vous déplaise, seigneurs, je vais faire un somme en attendant l'heure du dîner ; pour vous, vous pouvez vous amuser à raconter des histoires et vous faire servir par Kaï une cruche d'hydromel et quelques viandes. —

Là-dessus l'empereur s'endormit.

Et Kenon, fils de Kledno, demanda à Kaï ce qu'Arthur leur avait promis.

— Moi, je veux d'abord entendre raconter une de ces belles histoires qu'il a annoncées, dit Kaï.

— Commence par obéir aux ordres d'Arthur, répondit Kenon ; et nous te conteror ensuite la plus belle histoire que nous sachions. —

[1] V. note VI. — [2] V. note VII.

Kaï se rendit donc à la cuisine et au cellier, puis revint avec une cruche d'hydromel et une coupe d'or,
et une poignée de brochettes de viandes rôties. Et ils
se mirent à manger les viandes et à boire l'hydromel.

— Maintenant, dit Kaï, conte-moi une histoire.

— Kenon, dit Owenn, conte une histoire à Kaï.

— Tu es vieux, répondit Kenon, tu racontes mieux
que moi, et tu as vu plus de choses extraordinaires,
conte toi-même une histoire à Kaï.

— Allons, commence donc, repartit Owenn, et dis-
nous l'histoire la plus merveilleuse que tu saches.

— Je commence, dit Kenon.

II

— Ma mère et mon père n'avaient d'autre enfant
que moi; j'étais plein d'ambition et de hardiesse; je ne
pensais pas qu'il y eût au monde des travaux au-dessus
de mes forces; et, ayant accompli tous ceux que m'offrait mon pays, je fis mes préparatifs et partis pour la
Terre étrangère et déserte[1].

Après avoir erré longtemps, j'arrivai dans la plus
belle vallée du monde; là s'élevaient des arbres, tous
de même hauteur[2], une rivière coulait dans la vallée, un sentier côtoyait la rivière; je suivis ce sentier jusqu'à midi; je le suivis encore jusqu'au soir;
et alors j'entrai dans une vaste plaine, et à l'extrémité

---

[1] C'est ainsi que les légendes galloises désignent souvent l'Armorique.
[2] Voyez note VIII.

de cette plaine il y avait un grand et beau château, et
autour du château une nappe d'eau considérable, et
je pris le chemin du château. Tout à coup, deux jeunes garçons s'offrirent à ma vue ; ils avaient des cheveux blonds et flottants ; et chacun d'eux portait autour du front un cercle d'or et était vêtu d'une robe de
satin jaune, et ils avaient des chaussures rattachées sur
le cou-de-pied par une boucle d'or ; et chacun tenait
à la main un arc d'ivoire, dont la corde était de nerf
de cerf, et leurs flèches avec leurs dards étaient en baleine, barbelées de plumes de paon, et dorées aux
extrémités [1] ; ils avaient aussi des dagues à lames d'or
et à manches en baleine, et ils s'amusaient à lancer
ces dagues.

A peu de distance, je vis debout un homme aux
blonds cheveux flottants, dans la force de l'âge ; il avait
la barbe fraîchement rasée, pour vêtements une robe
et un manteau de satin jaune garni d'une frange d'or,
et il portait aux pieds des chaussures de cuir bigarré,
attachées par deux boucles d'or.

Dès que je l'aperçus, j'allai au-devant de lui, et je le
saluai ; mais il était si poli, qu'il prévint mon salut, et
il me conduisit au château.

Or il n'y avait d'autre compagnie dans le château
que celle qui était dans une seule chambre, et cette
chambre était occupée par vingt-quatre jeunes filles
qui brodaient du satin dans l'embrasure de la fenêtre,

---

[1] V. note IX.

et je t'assure, Kaï, que la plus laide était plus belle
que la plus belle jeune fille que tu aies jamais vue dans
l'île de Bretagne; et la moins gracieuse était plus gracieuse que Gwennivar, l'épouse d'Arthur, quand elle
paraît ornée de toutes ses grâces, à la messe, le jour de
Noël ou de Pâques.

Et elles se levèrent à mon approche, et six d'entre
elles prirent mon cheval et me désarmèrent, et six autres prirent mes armes et les lavèrent dans un bassin,
jusqu'à ce qu'elles fussent plus brillantes que tout ce
qu'il y a de plus brillant, et six autres mirent la nappe
sur la table et préparèrent le repas, et les six dernières
prirent mes habits poudreux et m'en donnèrent d'autres, savoir : une chemise et des braies de toile fine,
une robe, une cotte, et un manteau de satin jaune bordé
d'une large frange d'or[1]; et elles tirèrent de grands tapis
et des coussins couverts de fines toiles rouges, qu'elles
étendirent sous moi et à l'entour; et je m'assis.

Or les six jeunes filles qui avaient pris mon cheval
le déharnachèrent aussi lestement que si elles eussent
été les meilleurs écuyers de l'île de Bretagne; puis
elles apportèrent des aiguières d'argent pour me laver
les mains, et des serviettes de toile, les unes vertes,
les autres blanches; et je me lavai.

Bientôt mon hôte alla s'asseoir à table, et moi près
de lui, et toutes les femmes au-dessous de moi, à l'exception de celles qui nous servaient.

[1] Voyez note X.

Et la table était d'argent, et la nappe de la plus fine toile, et il n'y avait pas un seul vase dont nous nous servissions qui ne fût d'or, d'argent, ou de corne de buffle.

Le dîner parut. A te dire vrai, Kaï, je ne vis là aucune espèce de mets et de liqueurs que je n'eusse déjà vue ailleurs; mais nulle part je n'ai vu de ma vie un service mieux ordonné.

Et nous dînâmes; mais jusqu'au milieu du repas, ni mon hôte, ni aucune des jeunes filles ne me dit un mot.

Quand mon hôte vit qu'il me serait plus agréable de causer que de manger, il me demanda qui j'étais.

Je lui témoignai ma satisfaction de trouver avec qui causer, et de voir qu'il n'était pas défendu de parler dans son château.

— Seigneur, me dit-il, nous t'aurions adressé la parole plus tôt, si nous n'avions craint de te détourner de ton repas; mais à présent causons.

Alors j'appris au châtelain qui j'étais et quel était le but de mon voyage, et je lui dis que je cherchais quelqu'un qui pût me vaincre, ou à savoir si je devais continuer à vaincre tout le monde. Mon hôte me regarda et sourit; puis il me dit :

— Si je ne craignais de te donner bien du mal, je te ferais connaître qui tu cherches.

Ces paroles me jetèrent dans le trouble et me firent changer de couleur : mon hôte s'en aperçut et me dit :

— Puisque tu aimes mieux que je te fasse éprouver

un désagrément qu'un agrément, je te satisferai : couche ici cette nuit, ajouta-t-il, et lève-toi demain de grand matin, et prends le chemin qui domine la vallée, jusqu'à ce que tu trouves le bois par lequel tu es venu; et à peu de distance dans le bois, tu verras un sentier à ta droite, et tu le suivras jusqu'à ce que tu arrives à une vaste clairière ombragée, au milieu de laquelle s'élève une butte; et un grand homme noir t'apparaîtra au sommet de la butte; il est deux fois aussi haut que les hommes de ce monde : il n'a qu'un pied, qu'un œil au milieu du front; il porte une massue de fer, que deux hommes ordinaires seuls, je t'assure, ne soulèveraient pas; il n'est pas beau, mais, au contraire, extrêmement laid; c'est lui le gardien du bois : tu verras mille bêtes sauvages paissant autour de lui : demande-lui le chemin qui mène hors de la clairière; il te répondra du ton d'une cloche mise en branle et il t'indiquera la route qui te conduira à ce que tu cherches. »

Cette nuit me parut bien longue; le lendemain matin je me levai, et m'habillai; et je montai à cheval, et suivis le chemin menant de la vallée au bois, et puis le sentier qui m'avait été indiqué, et j'arrivai à la clairière.

Quand j'y arrivai, je fus épouvanté à la vue des bêtes sauvages qui s'y trouvaient; et il y en avait trois fois plus que ne m'avait annoncé mon hôte.

L'homme noir était assis au sommet de la butte : on m'avait dit qu'il était grand, mais je le trouvai beaucoup plus grand qu'on me l'avait représenté; et la massue de fer où l'on m'avait dit qu'il y avait la charge de deux hommes, j'en suis bien sûr, Kaï, elle en eût chargé quatre, et l'homme noir la tenait d'une main. Et il ne me parla que pour me répondre du ton d'une cloche qu'on met en branle, quand je lui demandai quel pouvoir il avait sur ces animaux.

— Je vais te le montrer, petit homme, dit-il.

Et, balançant sa massue, il en donna un grand coup à un cerf, qui se mit à bramer d'une voix éclatante. Et à sa voix se rassembla un aussi grand nombre d'animaux qu'il y a d'étoiles au ciel, tellement que j'avais peine à trouver place dans la clairière; et au milieu d'eux je vis des serpents et des dragons, et toute espèce de bêtes. Il les contempla; puis il leur ordonna d'aller paître, et elles baissèrent la tête, et elles lui rendirent hommage, comme des vassaux à leur seigneur.

L'homme noir me dit :

— Tu vois, petit homme, quel pouvoir j'ai sur ces animaux.

Alors je l'interrogeai sur le chemin que je devais prendre, et il me demanda d'une voix de tonnerre où je voulais aller; et je lui dis qui j'étais et ce que je cherchais, et il me répondit : — Prends le sentier qui conduit au bout de la clairière, et gravis cette côte boisée jusqu'à ce que tu arrives au sommet; là, tu trouveras un espace découvert, une sorte de longue vallée[1], et au milieu de cette vallée un grand arbre dont les branches

---

[1] La vallée de Concoret, qui longe aujourd'hui la forêt de Brécilien.

sont plus vertes que le plus vert sapin; et sous l'arbre il y a une fontaine, et au bord de la fontaine [1] il y a un bloc de marbre, et sur ce bloc il y a un bassin d'argent attaché à une chaîne d'argent pour qu'on ne puisse point l'enlever. Prends le bassin et remplis-le d'eau, et verse l'eau sur le bloc, et alors tu entendras un grand coup de tonnerre, et il te semblera que le ciel et la terre tremblent de fureur; et une telle averse suivra le coup de tonnerre, qu'il te sera presque impossible de la supporter sans mourir, et l'averse sera mêlée de grêle; et après l'averse, le temps deviendra beau. Mais il n'y aura pas une seule feuille de l'arbre que l'averse n'aura enlevée. Et alors un essaim d'oiseaux descendra sur l'arbre; et tu n'auras jamais entendu dans ton pays de chant comparable au leur. Et pendant que tu prendras plaisir à écouter le chant des oiseaux, tu entendras un grand bruit et des plaintes dans la vallée; et tu verras paraître un chevalier monté sur un cheval noir, et habillé de satin noir, et portant au bout de sa lance une banderole de toile noire; et il accourra aussi vite qu'il pourra pour te combattre : si tu prends la fuite, il t'atteindra; et si tu l'attends, aussi vrai que tu es à cheval, il te mettra à pied. Et si tu sors sain et sauf de cette aventure, tu n'as pas besoin d'en chercher d'autres. —

Je me mis donc à cheminer, tant que j'arrivai au haut de la côte, et j'y trouvai tout ce que l'homme noir m'avait prédit. Et je m'avançai vers l'arbre : et je vis la fontaine dessous, et le bloc de marbre, et le bas-

---

[1] La fontaine de Baranton.

sin d'argent attaché à la chaîne; et je pris le bassin et
je le remplis d'eau, et je le versai sur le bloc de marbre : et voilà que le tonnerre gronda avec encore plus
de fureur que l'homme noir ne me l'avait annoncé, et
après le tonnerre l'averse; et en vérité, je te le dis, Kaï,
il n'y a ni homme ni bête qui puisse supporter une
pareille averse sans mourir, car il n'y a pas un seul de
ses grêlons qui ne traverse la chair et la peau jusqu'aux
os. Je tournai la croupe de mon cheval à l'orage, et je
couvris sa tête et son cou d'une partie de mon bouclier, tandis que je m'abritais moi-même sous l'autre ;
et de la sorte je soutins l'orage. Mais, quand je regardai
l'arbre, il n'y restait plus une seule feuille[1]. Enfin, le
ciel devint serein; et voici que des oiseaux descendirent sur l'arbre, et se mirent à chanter. Et en vérité,
je te le dis, Kaï, ni avant ni depuis, je n'ai entendu de
chant pareil au leur. Mais au moment où je prenais le
plus de plaisir à écouter les oiseaux, dans la vallée s'é-
leva une voix plaintive qui venait à moi.

— Chevalier, qui t'amène ici? quel mal t'ai-je fait
pour que tu agisses de la sorte envers moi et mes
propriétés? Ne sais-tu pas que l'orage n'a laissé aujour-
d'hui en vie dans mes domaines aucun des hommes ni
des animaux qu'il a surpris?

Et là-dessus, je vis paraître le chevalier au cheval
noir, et à l'habit de satin noir, et à la banderole de toile
noire[2]; et nous nous assaillîmes; et l'assaut fut si violent, que je ne tardai pas à être renversé.

[1] Voyez note XII. — [2] Le seigneur de Gaël-Montfort.

Alors le chevalier passa le fer de sa lance dans la bride de mon cheval, et il s'en alla avec les deux chevaux en me laissant là. Quant à ma personne, il y fit si peu d'attention, qu'il ne m'emmena pas prisonnier et ne se donna même pas la peine de me dépouiller.

Moi, je m'en retournai par où j'étais venu; et, quand j'arrivai à la clairière où était l'homme noir, je te l'avoue, Kaï, je pensai fondre en eau en entendant les plaisanteries qu'il me fit. Et je vins coucher au château où j'avais passé la nuit d'auparavant; et j'y trouvai un accueil encore plus aimable cette nuit que la nuit précédente, et je fus encore plus fêté, et je pus converser librement avec les hôtes du château; et personne ne me parla de mon expédition à la fontaine, comme je n'en parlai à personne; et je passai là cette nuit.

Quand je me levai le lendemain matin pour partir, on me présenta un cheval bai foncé, dont les naseaux étaient aussi rouges que l'écarlate; et, lorsqu'il fut enharnaché, et que j'eus moi-même revêtu mes armes et remercié mon hôte, je revins chez moi.

Le cheval dont je viens de parler, je le conserve encore dans mes écuries; et certes, Kaï, je ne l'échangerais pas contre le meilleur de l'île de Bretagne.

Dieu sait, Kaï, si jamais homme a raconté une aventure aussi peu honorable pour lui; mais, en vérité, je m'étonne de n'en avoir jamais entendu parler à personne, et que le théâtre de cette histoire existe dans les États de l'empereur Arthur sans qu'aucun autre l'ait visité l'épée à la main.

III

— Seigneurs, dit Owenn, ne serait-il pas convenable d'aller essayer de tirer l'épée dans ces lieux ?

— Par la droite de ce que j'aime! dit Kaï, toujours ta langue est plus prompte à parler que ton bras à exécuter !

— En vérité ! s'écria Gwennivar, tu mériterais d'être pendu pour tenir des propos aussi inconvenants à l'égard d'un homme tel qu'Owenn.

— Par la droite de ce que j'aime! bonne dame répondit Kaï, tu ne fais pas plus cas d'Owenn que moi-même !

Et là-dessus, Arthur s'éveilla en demandant s'il avait dormi longtemps.

— Oui, sire, un peu répondit Owenn.

— Est-il temps de dîner ?

— Il en est temps, sire, dit Owenn.

Alors le son du cor se fit entendre; et, après s'être lavé les mains, Arthur et sa cour se mirent à table.

Le repas fini, Owenn sortit et gagna ses appartements, puis il fit préparer son cheval et ses armes.

Et le lendemain, dès qu'il vit le jour, il s'arma et monta à cheval, et il se dirigea vers la Terre lointaine et les montagnes désertes, et il trouva la vallée décrite par Kenon, et il la reconnut; et il s'avança dans la vallée, en côtoyant la rivière, et elle le conduisit à la plaine, et dans la plaine il vit le château.

Comme il approchait, il aperçut les jeunes garçons qui jouaient à la dague dans le lieu où Kenon les avait vus, et, debout près d'eux, l'homme aux cheveux blonds, propriétaire du château.

Et comme Owenn allait saluer l'homme aux cheveux blonds, celui-ci le prévint, et le conduisit au château. Et Owenn, en entrant dans la salle du château, aperçut les jeunes filles qui brodaient du satin assises sur des fauteuils dorés; et il les trouva encore plus belles et plus gracieuses que Kenon ne le lui avait dit; et elles se levèrent pour servir Owenn comme elles avaient servi Kenon, et le service lui parut encore mieux ordonné qu'à Kenon.

Vers le milieu du repas, l'homme aux cheveux blonds demanda à Owenn le but de son voyage; et Owenn le lui fit connaître, et lui dit :

— Je cherche le chevalier qui garde la fontaine.

Alors l'homme aux cheveux blonds sourit; et il fit autant de difficultés pour guider Owenn qu'il en avait fait pour guider Kenon. Toutefois il satisfit Owenn, et ils allèrent se coucher.

Le lendemain matin, les jeunes filles équipèrent le cheval d'Owenn, qui partit et arriva à la clairière où était l'homme noir; et il le trouva plus grand qu'il n'avait paru à Kenon, et lui demanda sa route, et l'homme noir la lui enseigna.

Alors Owenn suivit le même chemin que Kenon jus-

qu'à l'arbre vert; et il vit la fontaine, et le bloc près
de la fontaine et le bassin dessus.

Et il prit ce bassin et le remplit d'eau, et le versa
sur le bloc : et voilà un coup de tonnerre affreux, et
après le coup de tonnerre une averse, plus violents
encore l'un et l'autre que ne l'avait dit Kenon. Et après
l'averse, le ciel devint serein; et, quand Owenn regarda
l'arbre, il n'y restait plus une seule feuille. Et aussitôt
les oiseaux descendirent sur l'arbre et chantèrent; et,
au moment où il était le plus charmé par le chant des
oiseaux, il vit venir un chevalier le long de la vallée, et
Owenn alla à sa rencontre.

Le choc fut rude; ils brisèrent leurs deux lances, et
ils s'assaillirent l'épée à la main; mais Owenn donna un
tel coup au chevalier, qu'il perça son heaume, son
couvre-chef et son cimier; et sa peau et sa chair et son
crâne jusqu'à la cervelle.

Le chevalier noir sentit qu'il était blessé à mort,
il fit tourner tête à son cheval, et s'enfuit; et Owenn
se mit à le poursuivre, mais il ne put jamais s'approcher d'assez près pour le frapper de son épée.

Comme il le poursuivait, il aperçut un vaste et superbe château[1]; et ils arrivèrent ensemble à la porte du
château, et le chevalier noir y put seul entrer : et on
laissa tomber la herse sur Owenn, et elle atteignit son
cheval au ras de la selle et le coupa en deux, et
enleva les molettes de ses éperons, et la herse descendit jusqu'à terre, et les molettes des éperons avec la

[1] Le château des seigneurs de Gaël, aujourd'hui la ville de Montfort

croupe du cheval restèrent dehors, et Owenn, avec
l'autre moitié, entre les deux portes. Et on ferma la
porte intérieure, si bien qu'Owenn ne put sortir, et il
restait là dans une grande perplexité.

Tandis qu'Owenn était ainsi pris, il regarda par une
fente de la porte, et vit une rue qui s'étendait devant
lui, avec une rangée de maisons de chaque côté, puis
il aperçut une jeune fille avec des cheveux blonds
flottants et un cercle d'or sur le front, et une robe de
satin jaune, et des brodequins de cuir bigarré, qui
s'approchait de la porte : et elle le pria d'ouvrir.

— Dieu sait, madame, dit Owenn, que je ne puis
pas plus t'ouvrir d'ici que tu ne peux me délivrer
de là.

— Il est bien fâcheux, dit la jeune fille, que je ne
puisse te délivrer ! toutes les dames devraient venir à
ton secours ; car Dieu sait si l'on vit jamais un serviteur
des dames plus dévoué que toi ! Pour tes amantes, tu
es le plus tendre amant ; pour tes amis, tu es le meilleur ami. Ainsi donc, ajouta-t-elle, je ferai tout ce
que je pourrai pour te délivrer. Prends cette bague et
mets-la à ton doigt, et tourne le chaton en dedans, et
ferme la main dessus, et, tant que tu le tiendras caché,
il te cachera.

Quand les gens du château auront tenu conseil, ils
viendront te chercher pour te mettre à mort, et ils
seront furieux de ne point te trouver ; moi, je t'atten-
drai alors sur le montoir que voilà, et tu me verras
quoique je ne te voie point, et tu viendras me trouver,

13

et tu mettras ta main sur mon épaule, et je te saurai ainsi près de moi, et tu me suivras par le chemin que je prendrai pour sortir. »

En disant cela elle quitta Owenn, et il fit tout ce que la jeune fille lui avait recommandé. Et les gens du château vinrent pour le chercher et le mettre à mort; mais, quand ils arrivèrent, ils ne trouvèrent que la moitié de son cheval, et ils furent très-déconcertés.

Or Owenn les laissa là, et il vint trouver la jeune fille, et il lui mit la main sur l'épaule, et elle marcha devant lui, et il la suivit, et ils arrivèrent à la porte d'une grande et belle chambre; et la jeune fille ouvrit cette porte, et ils y entrèrent, et ils s'enfermèrent.

Owenn regarda tout autour de la chambre, et il n'y avait pas une seule cheville dans la cloison qui ne fût peinte des plus riches couleurs, et pas un seul panneau qui ne fût couvert de peintures d'or.

Et la jeune fille alluma du feu; et elle prit un bassin d'argent rempli d'eau, et mit une serviette de toile blanche sur son épaule et présenta l'eau à Owenn pour qu'il se lavât[1]; puis elle plaça devant lui une table d'argent incrustée d'or, qu'elle couvrit d'une nappe de toile jaune, et elle lui servit à dîner, et Owenn ne vit jamais nulle part une aussi grande quantité de mets de toute espèce, et jamais il ne fit meilleure chère; et jamais il ne vit de table aussi bien pourvue

[1] Voyez note XIII.

en mets et en vins délicats. Et il n'y avait pas une
seule pièce du service qui ne fût d'or ou d'argent.

Owenn passa à table une grande partie de l'après-
midi ; et, comme il y était encore, un grand bruit se
fit entendre dans le château, et il dit à la jeune fille :

— Qu'est-ce que ce bruit?

— On porte l'extrême-onction au seigneur de céans,
dit la jeune fille.

Et Owenn alla se coucher.

Or le lit que lui avait préparé la jeune fille eût été
digne de recevoir Arthur lui-même : couverture d'é-
carlate, fourrures, satin, draps de toile fine.

Et à minuit ils entendirent des gémissements.

— Quels sont encore ces gémissements? demanda
Owenn.

— Le seigneur du château vient de mourir, répondit
la jeune fille.

Et au point du jour, ils entendirent des cris et des
plaintes ; et Owenn dit à la jeune fille :

— Que signifient ces plaintes?

— On porte à l'église le corps du seigneur du château.

Alors Owenn se leva et s'habilla, et ouvrit la fenêtre
de la chambre, et jeta les yeux sur l'esplanade du château, et telle était la multitude des gens de guerre qui
remplissait les rues, qu'il ne pouvait juger de leur
nombre ; et ils étaient tous armés ; et beaucoup de
femmes, à pied et à cheval, marchaient au milieu
d'eux ; et tous les prêtres de la ville chantaient ; et l'air

retentissait de leurs cris, du bruit des trompettes et
des chants ecclésiastiques.

Au milieu de la foule il aperçut la bière qui était
couverte d'un drap blanc, et tout autour brûlaient des
torches de cire en quantité, et il n'y avait pas un de
ceux qui portaient la bière qui ne fût un baron puissant. Et jamais Owenn n'avait vu une aussi fastueuse
profusion de satin, de soie et de toile fine.

A la suite du convoi venait une dame en deuil [1] ; sa
chevelure en désordre et ensanglantée flottait sur ses
épaules; elle portait une robe de satin jaune déchi-
rée, et avait les pieds chaussés de brodequins de cuir
bigarré; et il était étonnant qu'elle ne se brisât pas
les doigts, tant elle frappait avec violence ses mains
l'une contre l'autre; vraiment elle eût été la plus belle
femme qu'Owenn eût jamais vue, si elle eût été mise
comme à l'ordinaire : sa voix dominait le murmure des
hommes et même le son des trompettes.

Dès qu'Owenn l'aperçut, son cœur se remplit d'a-
mour, et il demanda à la jeune fille qui elle était.

— On peut bien dire, répliqua la jeune fille, et
Dieu en est témoin, que c'est la plus belle dame du
monde, et la plus chaste et la plus généreuse, et la
plus sage et la plus noble : c'est ma maîtresse, celle-là;
on l'appelle la *Dame de la fontaine* : elle est la femme
de l'homme que tu as tué hier.

---

[1] A la lettre, *en jaune*. Voyez note XIV.

— J'en prends Dieu à témoin, s'écria Owenn, c'est
la dame que j'aime le plus !

— Pour elle, certes, dit la jeune fille, elle ne t'aime
ni peu ni point.

En parlant ainsi, la jeune fille se leva et alluma du
feu de charbon, et remplit d'eau une bouilloire qu'elle
fit chauffer, et prit une serviette de toile blanche
qu'elle attacha autour du cou d'Owenn, puis un go-
belet d'ivoire, et une aiguière d'argent, où elle versa
de l'eau chaude et elle lava la tête d'Owenn ; elle ouvrit
ensuite une boîte et en tira un rasoir, dont le pied était
d'ivoire et la lame incrustée d'or ; et elle le rasa et lui
essuya la tête et le cou avec la serviette ; puis elle sortit
et revint lui porter à manger, et il trouva que jamais il
n'avait fait un meilleur repas et n'avait été si bien servi.

Après le repas, la jeune fille lui prépara son lit :

— Viens te coucher ici, dit-elle, tandis que j'irai
intercéder pour toi.

Owenn se coucha donc ; et la jeune fille ferma la
porte de la chambre, et entra dans le château ; et, quand
elle y vint, elle y trouva tout dans le deuil et la désolation ; la dame, livrée à sa douleur, était enfermée
seule dans sa chambre, et elle refusait de voir
personne. Et Luned [c'était le nom de sa suivante]
entra et salua la dame ; mais la dame ne répondit pas ;
et la jeune fille plia les genoux devant elle et dit :

— Que t'est-il arrivé, que tu ne réponds à personne
aujourd'hui ?

— Luned, dit la dame, quel changement s'est-il

fait en toi, que tu ne m'es point venue visiter dans ma douleur ? C'est bien mal à toi ! à toi que j'ai enrichie ! c'est bien mal à toi de n'être pas venue me voir dans ma désolation... oh ! c'est bien mal !

— Vraiment, répondit Luned, je te croyais plus raisonnable ! Est-il bien sage de pleurer ainsi ce digne homme ou tout autre bien dont tu ne peux plus jouir ?

— Hélas ! non, mon Dieu, dit la dame, je ne pourrai jamais trouver d'homme qui ressemble à mon seigneur !

— Il y en a certes plus d'un, répondit Luned, qui le vaut bien, ou mieux que lui.

— Par le ciel ! s'écria la dame, si tu ne mangeais pas mon pain, je te ferais couper la tête pour tenir un pareil langage ; mais je te chasse de chez moi.

— Je suis bien aise de n'être chassée, dit Luned, que pour avoir voulu te rendre service dans une occasion où tu ne savais pas ce qui était le plus à ton avantage. Désormais, quoi qu'il arrive, l'une de nous fera vers l'autre les premières avances vers la réconciliation : je te prierai ou tu me prieras.

Sur cela la jeune fille sortit ; et la dame se leva et la suivit jusqu'à la porte de la chambre ; et là elle se mit à tousser très-haut. Luned se détourna, et la dame lui fit un signe, et elle revint vers la dame.

— Vraiment, dit la dame, tu as un bien mauvais caractère ! Mais, puisque tu connais ce qui m'est le plus avantageux, dis-le-moi donc.

– Je te le dirai, répondit Luned : tu sais qu'il est impossible, sans soldats et sans armes, de défendre tes domaines ; hâte-toi donc de chercher quelqu'un qui puisse les protéger.

— Et comment le pourrai-je ? dit la dame.

— Je vais te l'apprendre, répondit Luned ; à moins que tu ne défendes ta fontaine, tu ne pourras conserver tes domaines, et nul ne pourra défendre ta fontaine, si ce n'est un chevalier de la cour d'Arthur ; et malheur à moi, si je reviens sans un homme de guerre qui puisse défendre ta fontaine aussi bien ou même mieux que celui qui l'a défendue jusqu'ici!

— Ce sera difficile, dit la dame ; va pourtant, et tiens ta promesse.

Luned sortit sous prétexte d'aller à la cour d'Arthur, mais elle retourna dans la chambre d'Owenn. Et elle resta près de lui autant de temps qu'elle en eût mis à se rendre à la cour d'Arthur.

Et, au bout de ce temps, elle s'habilla et vint trouver sa maîtresse. Et la dame fut enchantée de la revoir.

— Quelles nouvelles apportes-tu de la cour d'Arthur? dit-elle.

— Une nouvelle excellente, madame, répondit Luned : j'ai atteint le but de mon voyage. Quand veux-tu que je te présente le chevalier que j'ai amené?

— Viens me trouver avec lui, demain à midi, dit la dame : ma maison sera prête pour le recevoir.

Et Luned s'en retourna.

Le lendemain, à midi, Owenn se vêtit d'une robe et d'un manteau de satin jaune, bordé d'un large galon d'or ; et il mit à ses pieds des brodequins de cuir bigarré, attachés avec des boucles d'or en forme de griffes de lion, et Luned et lui se dirigèrent vers l'appartement de la dame.

La dame leur témoigna sa joie ; et, regardant fixement Owenn :

— Luned, dit-elle, ce chef ne m'a point l'air d'un voyageur.

— Qu'est-ce que cela fait, madame ? dit Luned.

— Je suis sûre, reprit la dame, que cet homme est celui qui a tué mon seigneur.

— Et c'est tant mieux pour vous, madame, répondit Luned ; car, s'il n'avait pas été plus fort que votre seigneur, il ne l'aurait pas tué. On ne peut rien, ajouta-t-elle, contre ce qui est arrivé.

— Retourne à ton logis, Luned, dit la dame ; je tiendrai conseil.

Le lendemain, la dame assembla ses barons, et leur montra que la terre était sans défense, et qu'elle manquait pour la protéger de chevaux, d'armes et de soldats.

— Ainsi je vous donne à choisir : qu'un de vous m'épouse, ou laissez-moi prendre un mari étranger qui puisse me défendre.

Ayant tenu conseil, ils lui permirent de prendre un mari étranger.

Et elle fit venir à la cour des évêques et des archevêques pour célébrer ses noces avec Owenn. Et les habitants du pays rendirent hommage à Owenn.

Et Owenn défendit la fontaine avec la lance et l'épée. Or voici comment il la défendait : Tout chevalier qui s'y présentait, il le battait, et il en exigeait une rançon plus ou moins forte, selon le mérite de l'agresseur, et il la partageait entre ses barons et ses chevaliers; si bien, qu'il n'y avait pas dans le monde entier un seigneur plus aimé de ses vassaux.

Et cela dura trois ans.

DEUXIÈME BRANCHE.

IV

Un jour que Gwalhmaï [1] se promenait avec l'empereur Arthur, il le vit triste et rêveur, et il s'affligea de le voir ainsi en peine, et il lui en demanda la cause.

— Sire, dit-il, qu'as-tu donc ?

— Gwalhmaï, dit Arthur, je regrette Owenn que j'ai perdu depuis trois ans; si cette quatrième année

[1] Voyez note XV.

s'écoule sans que je le revoie, j'en mourrai. C'est le récit de Kenon, je le sais bien, qui me l'a fait perdre.

— Sa disparition, dit Gwalhmaï, ne rend pas nécessaire l'appel aux armes de tous tes sujets : toi seul avec tes chevaliers peux venger Owenn, s'il a été tué, ou le délivrer, s'il est prisonnier, ou le ramener, s'il vit encore.

On suivit le conseil de Gwalhmaï.

Arthur et ses chevaliers se préparèrent donc à aller à la recherche d'Owenn; et ils étaient trois mille sans compter leurs gens, et Kenon, fils de Kledno, leur servait de guide.

Et Arthur arriva au château où Kenon avait séjourné ; et quand il arriva, il trouva les jeunes garçons qui s'exerçaient à tirer de l'arc à la même place, et l'homme aux cheveux blonds debout auprès d'eux.

Quand l'homme aux cheveux blonds aperçut Arthur, il lui souhaita le bonjour et l'invita à entrer. Arthur accepta l'invitation, et ils entrèrent au château; et, quelque considérable que fût la suite d'Arthur, elle y trouva place aisément ; et les jeunes filles se levèrent pour les servir, et jamais ils n'avaient été mieux servis qu'ils ne le furent par elles; et les écuyers du château eurent autant de soin de leurs chevaux cette nuit-là que les gens d'Arthur auraient pu en avoir de leur prince à sa propre cour.

Le lendemain matin, Arthur partit, toujours guidé par Kenon, et il vint au lieu où se tenait l'homme noir.

Arthur trouva l'homme noir beaucoup plus grand et beaucoup plus gros qu'il ne s'y attendait, d'après ce qu'on lui en avait dit.

Et ils gravirent le sentier escarpé du bois; puis ils descendirent à travers la vallée jusqu'à l'arbre vert, et là ils virent la fontaine et le bassin et le bloc de marbre.

Et alors Kaï vint trouver Arthur, et lui dit :

— Sire, je sais bien, moi, la cause de tout ce que tu vois ; et je viens te prier de permettre que je verse de l'eau sur la pierre, et que j'affronte le premier l'assaut.

Arthur le lui permit.

Kaï versa donc un bassin d'eau sur la pierre, et aussitôt le tonnerre gronda et la grêle suivit; et l'on n'entendit jamais un tonnerre pareil, et la grêle tua un grand nombre des hommes de la suite d'Arthur. Et l'orage ayant cessé, le ciel devint serein, et, quand on regarda l'arbre, il n'y restait plus une seule feuille ; et les oiseaux descendirent sur l'arbre, et leur chant était le plus doux qu'on eût jamais entendu. Alors vit accourir un chevalier monté sur un cheval noir, et vêtu d'un habit de satin noir ; et Kaï l'affronta, et il se battit avec lui ; mais le combat ne fut pas long : Kaï fut renversé.

Alors le chevalier campa, et Arthur et sa suite campèrent aussi cette nuit-là.

Et quand ils se levèrent le lendemain matin, déjà

l'étendard du combat flottait à lance du chevalier; et
Kaï vint trouver Arthur, et lui parla ainsi :

— Sire, j'ai eu hier le malheur d'être renversé par
le chevalier; mais, si tu le trouves bon, je prendrai
aujourd'hui ma revanche.

— J'y consens, dit Arthur.

Et Kaï alla à la rencontre du chevalier; et celui-ci
le renversa sur la place, et le frappa si violemment
au front avec le fer de sa lance, qu'il lui brisa son
heaume, et lui perça la peau et la chair jusqu'à l'os, de
manière à lui faire une blessure de la largeur d'un fer
de lance.

Et Kaï revint vers ses compagnons.

V

Toutes les personnes de la cour d'Arthur vinrent
tour à tour combattre le chevalier, et il n'y en avait
pas un seul qu'il n'eût renversé, excepté Arthur et
Gwalhmaï.

Alors Arthur s'arma pour aller combattre le chevalier.

— Sire, dit Gwalhmaï, permets que je combatte le
premier.

Arthur le lui permit.

Il s'avança donc contre le chevalier; et il portait,
comme son cheval, une robe de satin, présent de la
fille du comte d'Anjou, et personne ne le reconnaissait sous ce costume.

Et ils se chargèrent mutuellement, et ils se battirent durant tout le jour jusqu'au soir, et aucun d'eux ne pouvait démonter l'autre.

Le lendemain, ils se battirent armés de fortes lances, et aucun d'eux ne put obtenir l'avantage.

Le troisième jour, ils se battirent armés de lances encore plus fortes et plus longues, et ils étaient pleins de rage, et ils combattirent avec fureur jusqu'à midi ; et ils s'entre-choquèrent avec une telle violence, que les sangles de leurs chevaux se rompirent, et qu'ils se démontèrent l'un l'autre. Mais ils se relevèrent promptement, et ils tirèrent leurs épées, et ils recommencèrent le combat.

Et les spectateurs du combat assuraient qu'ils n'avaient jamais vu deux hommes aussi vaillants et aussi forts ; la nuit noire eût été illuminée par les étincelles qui jaillissaient de leurs armes.

Enfin Owenn donna à Gwalhmaï un coup qui, détournant son heaume, mit son visage à découvert, et le lui fit reconnaître.

Et Owenn dit :

— Seigneur Gwalhmaï, je ne te reconnaissais pas sous ce costume. Tu es mon cousin ; prends mon épée et mes armes.

— Owenn, dit Gwalhmaï, c'est toi le vainqueur ; prends toi-même mon épée.

Arthur, voyant qu'ils causaient ensemble, s'avança vers eux.

— Monseigneur Arthur, dit Gwalhmaï, voici

Owenn qui m'a vaincu, et il ne veut pas prendre mes armes.

— Monseigneur, dit Owenn, c'est lui qui m'a vaincu, et il ne veut pas recevoir mon épée.

— Donnez-moi vos épées, dit Arthur, et qu'aucun de vous deux n'ait été vaincu par l'autre!

Alors Owenn jeta ses deux bras autour du cou d'Arthur, et ils s'embrassèrent; et toute la suite d'Arthur se précipita pour voir Owenn et pour l'embrasser aussi. Et il y avait danger pour la vie, tant la presse était grande.

Ils passèrent la nuit sous leurs tentes; et le lendemain, Arthur voulut partir.

— Sire, dit Owenn, cela n'est pas dans l'ordre; car il y a trois ans que je t'ai quitté, et depuis lors je suis occupé à te préparer un festin dans cette terre qui m'appartient, sachant bien que tu viendrais m'y chercher. Viens te reposer et te baigner chez moi avec tes chevaliers.

Ils vinrent donc tous au château de la Dame de la fontaine.

Et le festin qu'on avait préparé pendant trois ans fut dévoré en trois mois; et jamais on ne leur en servit de meilleur ni de plus délicat.

Arthur désira partir enfin, et il fit demander à la dame qu'elle voulût bien permettre qu'Owenn allât passer trois mois avec lui dans l'île de Bretagne, pour en revoir les seigneurs et les nobles dames; elle y consentit, mais cela lui fit bien de la peine.

Owenn retourna donc avec Arthur dans l'île de
Bretagne ; et, lorsqu'il s'y trouva au milieu de sa famille et de ses amis, il y resta trois ans au lieu de
trois mois.

TROISIÈME BRANCHE.

VI

Un jour qu'Owenn était assis à table à Kerléon-sur-
Osk, voici venir une demoiselle vêtue d'une robe de
satin jaune, et montée sur un cheval bai à crinière
flottante et couvert d'écume, et la bride et la partie
découverte de la selle étaient d'or ; et elle s'avança
vers Owenn, et elle lui arracha du doigt son anneau
nuptial, et dit :

— Ainsi mérite d'être traité un trompeur, un fourbe,
un infidèle, un valet, un imberbe !

Et elle fit tourner brusquement la tête à son cheval,
et sortit.

Alors la mémoire revint à Owenn, et il tomba
dans la tristesse.

Et, après le dîner, il se rendit chez lui, et fit ses
préparatifs de départ ; et s'étant levé de bonne heure

lé lendemain, au lieu d'aller à la cour, il partit pour la Terre étrangère, et se mit à en parcourir les déserts et les montagnes.

Et tandis qu'il errait ainsi, ses vêtements s'usèrent, son corps dépérit, se couvrit de longs poils, et il vivait familièrement au milieu des bêtes sauvages, se nourrissant comme elles ; mais il finit par devenir si faible, qu'il lui fut impossible de faire plus longtemps société avec elles.

Alors il descendit de la montagne dans la vallée, et entra dans un parc qui était le plus beau du monde ; ce parc était la propriété d'une dame veuve.

Or, un jour que la dame et ses suivantes se promenaient au bord d'un lac qui s'étendait vers le milieu du parc, elles aperçurent une forme humaine, et furent saisies d'épouvante ; elles s'en approchèrent cependant, et elles touchèrent Owenn et le considérèrent, et elles virent qu'il vivait encore, quoique le soleil l'eût enflé.

Et la dame retourna au château, et elle prit un flacon de baume d'un grand prix qu'elle remit à une de ses suivantes.

— Prends ceci, dit elle, et monte sur le cheval que voilà, et porte ces vêtements à l'homme que nous venons de voir, et frotte-le autour du cœur avec ce baume, et, s'il lui reste de la vie, ce baume le ravivera. Alors éloigne-toi un peu, et prends garde à ce qu'il fera.

La jeune fille partit, et elle versa le flacon tout entier sur le corps d'Owenn, et laissa près de lui le

cheval et les vêtements ; puis, s'éloignant de quelques
pas, elle se cacha pour l'observer.

Et au bout de quelques instants, elle le vit remuer
les bras ; puis il se leva sur son séant, et se regarda, et
rougit en se voyant dans cet affreux état ; et alors il
aperçut près de lui le cheval et les vêtements.

Et il se traîna vers le cheval, et tira à lui avec effort
les habits qui étaient attachés à la selle et s'en revêtit ;
puis il monta à cheval, mais non sans peine.

Dans ce moment, la jeune fille se montra, et elle le
salua ; et il se réjouit à la vue de la jeune fille, et il
lui demanda en quel pays et en quel lieu il était.

— Ce château, dit la jeune fille, appartient à une
dame veuve ; son mari en mourant lui laissa deux
terres, et aujourd'hui il ne lui reste plus que cette
seule maison, dont ne l'a pas encore dépossédée un
jeune comte voisin qu'elle refuse d'épouser.

— C'est fort triste, dit Owenn.

Et il se rendit au château avec la jeune fille, et il y
descendit de cheval ; et la jeune fille le mena dans une
belle chambre, lui alluma du feu et le laissa seul.

Puis elle revint trouver la dame et lui rendit le flacon

— Jeune fille, dit la dame, où est mon baume ?

— Ne l'ai-je point tout employé ? répondit l'autre.

— Avoir dépensé pour sept vingts livres de baume
d'un grand prix en faveur d'un homme que je ne connais pas ! s'écria la dame ; c'est impardonnable ! Toutefois, ajouta-t-elle, soigne-le jusqu'à ce qu'il soit
parfaitement guéri.

14

Et la jeune fille fournit à Owenn à boire et à manger, et du feu et un lit, et des médicaments jusqu'à ce qu'il eût recouvré la santé. Et les poils qui couvraient tout son corps tombèrent, et il passa là trois mois, et sa peau devint plus blanche qu'elle n'était auparavant.

VII

Or, un jour, Owenn entendit un grand bruit dans le château et un cliquetis d'armures, et il demanda à la jeune fille ce que voulait dire ce bruit.

— C'est le comte dont je t'ai parlé qui vient avec une grande troupe pour assiéger le château et soumettre ma dame.

Et Owenn lui demanda si la dame avait un cheval et des armes.

— Oui, répondit la jeune fille, et les meilleurs du monde.

— Eh bien, dit Owenn, veux-tu aller m'emprunter un cheval et des armes, que je puisse observer de près cette troupe.

— J'y vais, repartit la jeune fille.

Et elle vint trouver la dame, et lui répéta toute la conversation, et la dame se mit à rire.

— Je lui fais don du cheval et des armes, dit-elle; il n'en aura jamais eu de tels; et je suis bien aise qu'il les tienne de moi, car, demain, il pourrait les recevoir de mes ennemis. Mais je ne sais ce qu'il en veut faire.

La dame fit donc amener un beau coursier noir de Gascogne, portant une selle de hêtre, et apporter une armure complète d'homme et de cheval.

Et Owenn s'habilla et monta à cheval, puis il sortit suivi de deux écuyers armés et montés comme lui.

Et quand ils furent en présence de l'armée du comte, ils n'en purent mesurer des yeux ni l'étendue ni la profondeur.

Et Owenn demanda à ses écuyers dans quel corps était le comte.

— Dans le corps où flottent quatre étendards jaunes, dont deux sont devant et deux derrière, dirent-ils.

— Bien! dit Owenn; retournez maintenant, et allez m'attendre près de la porte du château.

Et ils y allèrent; et Owenn s'avança au-devant du seigneur, et, l'ayant poussé de manière à lui faire perdre l'équilibre, il l'enleva de selle, et, tournant bride, il le conduisit, bon gré mal gré, jusqu'à la porte du château gardé par ses écuyers.

Et ils y entrèrent ensemble; et Owenn offrit le comte en don à la dame, et lui dit :

— Voici le prix de ton baume.

Or l'armée campa autour du château. Et le comte, pour racheter sa vie, rendit à la dame les deux terres qu'il lui avait enlevées; et, pour sa liberté, il donna la moitié de ses domaines, et tout son or, et son argent, et ses diamants, indépendamment des otages,

Puis Owenn se disposa à partir, et la dame et tous les siens le conjurèrent de rester; mais Owenn aimait mieux errer par la solitude et le Pays désert.

VIII

Comme Owenn cheminait dans un bois, il entendit un long rugissement, puis un second, puis un troisième.

Et il se dirigea vers l'endroit d'où venait le bruit; et, quand il y arriva, il vit une vaste caverne au milieu du bois; elle était fermée d'un côté par une roche grise; et dans cette roche il y avait une fente, et dans cette fente un serpent, et près de la fente un lion noir; et, chaque fois que le lion cherchait à passer, le serpent s'élançait contre lui.

Owenn tira son épée, s'approcha de la roche; et, comme le serpent s'élançait hors du trou, il le coupa en deux; puis il essuya son épée, et il se remit à cheminer comme auparavant.

Mais voilà qu'il aperçut le lion qui le suivait en jouant autour de lui, comme un lévrier qu'il aurait élevé.

Ils cheminèrent ainsi pendant tout le jour jusqu'au soir; et, l'heure étant venue de se reposer, Owenn descendit, et lâcha son cheval dans un vallon uni et ombragé, et alluma du feu; et, quand le feu fut pris, le lion lui apporta assez de bois pour l'alimenter durant trois nuits, puis il disparut ; et il revint bientôt avec un beau chevreuil, qu'il jeta aux pieds d'Owenn.

Et Owenn porta le chevreuil près du feu, et il l'écorcha, et il en fit rôtir en broche quelques tranches, donnant le reste à dévorer au lion.

IX

Or, comme Owenn préparait son dîner, il entendit un profond soupir, puis un second, puis un troisième, à peu de distance de lui, et il demanda :

— Es-tu la voix d'un être humain ?

— Oui, vraiment, dit la voix.

— Qui es-tu ?

— Je suis Luned, la servante de la Dame de la fontaine.

— Et que fais-tu ici ?

— Je suis emprisonnée à cause d'un chevalier de la cour d'Arthur qui est venu épouser ma dame, qui est demeuré quelque temps près d'elle, puis est retourné à la cour d'Arthur et n'en est plus revenu ; c'était l'ami que j'aimais le plus au monde. Or deux des valets de ma dame l'ont accusé et appelé trompeur, et je leur ai dit qu'à eux deux ils ne le valaient pas ; et pour cela ils m'ont emprisonnée dans ce cachot, et ils ont juré qu'ils me feraient mourir, à moins que le chevalier vienne lui-même me délivrer à un jour fixé ; et ce jour est celui d'après-demain, et

je n'ai personne pour l'envoyer chercher; et ce chevalier est Owenn, fils d'Urien.

— Mais es-tu sûre que, s'il le savait, il viendrait te
défendre?

— Oh! bien sûre! dit-elle.

Quand les viandes furent assez cuites, Owenn en
fit deux parts, l'une pour lui et l'autre pour la jeune
fille; et ils mangèrent, et puis ils causèrent jusqu'au
lendemain.

Et le lendemain, Owenn demanda à la jeune fille où
il pourrait trouver à manger, et une habitation pour
passer la nuit.

— Seigneur, dit-elle, prends ce chemin, puis côtoie
la rivière, et bientôt tu apercevras un beau château
avec des tours; le châtelain est l'homme le plus hospitalier du monde, il t'hébergera cette nuit.

Jamais gardien ne veilla mieux son maître que le
lion d'Owenn cette nuit-là.

X

Le lendemain, Owenn sella son cheval, passa le gué,
et vint en vue du château; et il y entra, et il y fut
accueilli avec honneur; et son cheval fut bien soigné,
et trouva un râtelier abondamment fourni; et son lion
alla se coucher dans l'écurie, de sorte qu'aucun habitant du château n'osait s'approcher du cheval.

Mais Owenn n'avait jamais reçu un accueil pareil,

car toutes les personnes qu'il voyait étaient aussi tristes que la mort.

On se mit à table ; et le seigneur s'assit à gauche d'Owenn, et sa fille à droite. Et, en vérité, Owenn n'avait vu de sa vie une jeune fille plus charmante. Et le lion vint se coucher aux pieds de son maître, et Owenn lui offrit de tous les mets qu'on lui servit à lui-même, et il ne revenait pas de la tristesse de tout le monde.

Au milieu du repas, le seigneur devint aimable.

— Il était temps que tu te déridasses, dit Owenn.

— Dieu sait, répondit le seigneur, que ce n'est point toi qui nous attristes ; nous avons un tout autre sujet de tristesse et de chagrin.

— Quel est-il? demanda Owenn.

— J'avais deux fils, et ils sont allés chasser sur la montagne : or elle est habitée par un monstre qui tue les hommes et les dévore ; et il a pris mes fils, et demain je dois lui livrer ma fille que voilà, ou bien il tuera mes enfants. Sa figure est celle d'un homme, mais sa taille est celle d'un géant.

— C'est fort triste, dit Owenn. Et que comptes-tu faire ?

— Certes, dit le seigneur, j'aime mieux le voir tuer mes fils malgré moi que de livrer de plein gré ma fille au déshonneur et à la mort.

Ensuite ils parlèrent d'autres choses ; et Owenn passa la nuit au château.

Le lendemain matin, ils entendirent des cris épouvantables : c'était le géant qui arrivait avec les deux jeunes gens. Et le seigneur cherchait comment il pourrait défendre son château et délivrer ses deux fils, quand Owenn prit ses armes, et sortit pour combattre le géant : et son lion le suivit.

Lorsque le géant vit Owenn armé, il s'avança au-devant de lui, et il l'attaqua ; mais le lion assaillit le géant avec encore plus de fureur que ne le fit Owenn.

— Par ma foi! dit le géant à Owenn, je me battrais plus commodément avec toi sans cet animal.

Là-dessus, Owenn ramena le lion au château, et en ferma la porte sur lui ; puis il revint combattre le géant.

Or le lion rugissait en entendant les coups qui pleuvaient sur Owenn, et il monta dans la salle du seigneur, et de la salle sur le toit du château, et du haut du toit il s'élança pour rejoindre Owenn.

Et le lion donna un tel coup de griffe au géant, qu'il lui fit une balafre de l'épaule à la cuisse, et mit ses entrailles à découvert.

Alors le géant tomba mort, et Owenn rendit au seigneur ses deux fils.

XI

Le seigneur supplia Owenn de rester au château ; mais Owenn refusa, et revint à la prairie où il avait laissé Luned.

Un grand feu y était allumé, et deux jeunes gens
aux cheveux bruns flottants menaient la jeune fille
pour la brûler; Owenn leur demanda quel reproche
ils avaient à faire à Luned.

Les jeunes gens lui répétèrent les conventions que
la jeune fille lui avait fait connaître la nuit précédente :

— Owenn lui a manqué de parole, voilà pourquoi
nous allons la brûler.

— Vraiment! dit-il; Owenn est pourtant un loyal
chevalier; et je m'étonnerais que, sachant cette jeune
fille en péril, il ne vînt pas à son secours. Mais, si vous
le voulez, je le remplacerai, et je me battrai contre
vous deux.

— Volontiers! dirent les jeunes gens.

Et ils assaillirent Owenn ; et il commençait à avoir
le dessous, quand le lion vint à son secours et lui
donna le dessus.

Alors les jeunes gens lui dirent :

— Seigneur, nous ne devions nous battre que contre
toi seul ; cette bête est plus difficile à vaincre que tu
ne l'es.

Là-dessus, Owenn enferma son lion dans le cachot
où avait été mise la jeune fille, et il en boucha la porte
avec des pierres.

Et il revint se battre ; mais il avait perdu ses forces,
et les deux jeunes gens l'emportaient.

Cependant le lion rugissait, sachant son maître en
peine, et il se mit à gratter la muraille tant qu'il se

fraya une issue; et d'un seul bond il abattit un des
jeunes gens, et le second d'un autre bond.

Ainsi Luned fut sauvée des flammes.

Et Owenn retourna avec elle au château de la dame
de la fontaine. Et il conduisit la dame à la cour d'Arthur, et elle fut sa femme tant qu'elle vécut.

XII

En se rendant à la cour d'Arthur, Owenn traversa
les domaines du noir Batailleur; et il le combattit, et
le lion ne quitta son maître que lorsqu'il eut vaincu.

A son arrivée à la cour du noir Batailleur, il était
entré dans la salle, et il y avait trouvé vingt-quatre
dames, les plus belles qu'il eût jamais vues, et les
vêtements qu'elles portaient ne valaient pas vingt-
quatre blancs, et elles étaient aussi tristes que la mort;
Owenn leur avait demandé la cause de leur tristesse,
et elles lui avaient dit qu'elles étaient filles de comtes,
et qu'elles étaient venues là chacune avec son chevalier.

— A notre arrivée, nous avons été accueillies hono-
rablement et joyeusement; puis nous avons été eni-
vrées; et pendant notre ivresse est venu l'homme noir
à qui appartient ce château; et il a tué tous nos chevaliers, et il nous a enlevé nos chevaux, et nos habits et
notre or et notre argent; les cadavres de nos chevaliers
sont encore en monceau dans la maison, et il y en a
beaucoup d'autres avec eux.

Telle est, seigneur, la cause de notre tristesse; et nous sommes fâchées que tu sois venu ici, car il t'arrivera malheur.

Owenn prit part à leur peine; et, comme il sortait, il aperçut un guerrier qui venait à lui, et qui le salua comme un frère, d'un air joyeux et amical : or, c'était le noir Batailleur.

— Dieu sait, lui dit Owenn, que je ne suis point venu ici pour te demander ton amitié.

— Aussi, répondit l'autre, ne l'auras-tu pas.

Là-dessus, ils s'attaquèrent et se battirent avec fureur; mais Owenn ne tarda pas à démonter son adversaire, et il lui lia les mains derrière le dos, et le noir Batailleur cria merci, et dit :

— Seigneur Owenn, il était prédit que tu viendrais ici et que je serais vaincu par toi, et tu es venu et tu m'as vaincu. J'étais un brigand, et ma maison un repaire de brigandage; mais accorde-moi la vie, et je me fais hospitalier et je convertis cette maison en un hospice que je tiendrai ouvert au faible et au fort tant que je vivrai, pour le salut de ton âme [1].

Owenn accepta la proposition, et il passa la nuit au château.

Et le lendemain, il prit avec lui les vingt-quatre dames, leurs chevaux, leurs vêtements et tout ce qu'elles possédaient d'argent et de bijoux, et il se rendit à la cour d'Arthur.

[1] Voyez note XVI.

Et si Arthur fut joyeux en le revoyant après l'avoir perdu pour la première fois, il le fut encore plus maintenant.

Et celles des dames qui voulurent rester à la cour d'Arthur y restèrent, et celles qui préférèrent s'en aller partirent.

Depuis ce moment, Owenn demeura à la cour d'Arthur avec la charge de préfet du palais [1], et l'amitié de tous, jusqu'à ce qu'il s'en allât avec ses propres chevaliers, à savoir les trois cents corbeaux dont Kenverhenn lui avait fait présent; et partout où Owenn combattit avec eux, il fut vainqueur.

On appelle cette histoire : *La Dame de la fontaine.*

[1] Voyez note XVII.

NOTES ET ÉCLAIRCISSEMENTS

I

KERLÉON, CAPITALE D'ARTHUR

Kerléon, ou mieux Kaérléon, était la capitale du pays des Silures (maintenant le comté de Monmouth) à l'époque où les Romains occupaient l'île de Bretagne; peut-être même doit-elle sa naissance et son nom à la légion qui y était en garnison. Elle avait un préteur et une cour de justice; elle était le dépôt des Aigles, le point central d'où l'on promulguait les décrets impériaux, le chef-lieu des quinze stations militaires de la Cambrie méridionale. Lors de l'établissement du christianisme, elle en devint la métropole, et eut pour archevêques, aux cinquième et sixième siècles, saint Samson, saint Dubris et saint Davy. Au douzième, elle tombait en ruine. « Cependant on y voit encore de nombreux vestiges de sa grandeur passée, disait alors Giraud le Gallois : on y voit des palais immenses, dont les toits, autrefois dorés, rappellent le luxe des empereurs romains qui les ont bâtis; une tour gigantesque, des thermes remarquables, des ruines de temples, des théâtres, et une enceinte de fortes murailles, dont une partie existe encore. On y trouve çà et là, tant à l'intérieur qu'en dehors des murs, des constructions souterraines, des aqueducs, des hypogées; mais ce qui m'a surtout paru

curieux, un grand nombre de secrets tuyaux de chaleur en maçon-
nerie d'un travail merveilleux[1]. » Aujourd'hui il ne reste plus de
la ville romaine que des pans de murailles, dont l'épaisseur est de
dix pieds, et l'élévation de quatorze ; mais ils ont dû être bien
plus élevés. Quant à son enceinte elle-même, si elle n'a guère
plus d'un tiers de lieue de circonférence, les fondations qu'on
découvre dans la campagne, à plusieurs lieues à la ronde, prouvent
que ses faubourgs s'étendaient fort loin.

J'ai vu sous les murs, au bord de la rivière, les ruines d'un
amphithéâtre : il a deux cent vingt-deux pieds de long, cent
quatre-vingt-douze de large, dix-huit de profondeur, et est garni de
bancs de pierre recouverts de gazon ; le peuple l'appelle la *Table
Ronde d'Arthur*, et prétend que ce prince avait placé à Kerléon
la capitale de son royaume. C'est possible ; et Nennius semble le
donner à entendre quand il affirme qu'Arthur chassa loin de la
ville de Kerléon les Saxons qui la lui disputaient. La *Légende* armoricaine *des Rois* est du même avis ; mais, d'après les plus anciens contes gallois, d'accord avec les poëmes des bardes du premier âge, c'est à Kelliwig, dans le Devonshire, que le roi Arthur
tient ordinairement sa cour.

II

OWENN, PRÉFET DU PALAIS D'ARTHUR.

Owenn a laissé dans les poëmes des bardes ses contemporains un
nom aussi fameux que dans les récits des conteurs gallois du
moyen âge. Urien, son père, qui gouvernait le pays de Rhéghed,
actuellement compris dans le Cumberland et les cantons voisins,
gagna plusieurs victoires contre les Saxons du Northumberland,
entre autres celle d'Argoad-Louéfenn, chantée par Taliésin, son
barde domestique. Nennius le cite comme un des princes du Nord

[1] Itinerarium Cambriæ.

qui opposèrent la résistance la plus vive aux envahissements de Theu-
drik, fils d'Ida. Owenn accompagna Urien dans plusieurs de ses expéditions, et eut la plus grande part à ses succès. Lorsqu'un héraut
d'armes, au moment du combat dont je viens de parler, s'avança
hors des rangs saxons pour demander aux Cambriens s'ils voulaient
consentir à livrer des otages et si ces otages étaient prêts, « Owenn,
dit Taliésin, leur répliqua en tirant son épée : Nous ne livrerons
pas d'otages ; ils ne sont pas prêts, ils ne le seront jamais[1] ! Lorsqu'à la bataille de Murien, dit ailleurs le même poëte, les guerriers bretons s'enfuirent en désordre, le bouclier d'Owenn ne se
détourna point ; son bouclier rétablit l'ordre dans la mêlée[2]. »

Dans un autre poëme intitulé : *Élégie d'Owenn, fils d'Urien*, le
barde nous le montre au milieu des Saxons comme un loup affamé
au milieu d'un troupeau de moutons. Voici quelques fragments
qui nous restent de cette pièce curieuse :

« Ame d'Owenn, fils d'Urien ! que le Seigneur voie ses besoins ! un tertre vert couvre le prince de Réghed.

« Nulle entrave n'arrêtait son ardeur secourable : elle avait des
ailes son épée rapide et glorieuse ; il avait des ailes le fer de sa
lance affilée.

« Qu'on ne cherche point d'égal au chef de l'Ouest ; brillant esprit, cœur aimant, vrai fils de son père et de son aïeul !

« Quand Owenn tua l'*Homme de feu* (Ida ?), aucun obstacle ne
s'offrit : l'homme de feu dormait.

« Il dort le grand pays des Loegriens (l'Angleterre) avec un flambeau sur les yeux !

« Et ceux qui n'étaient point alertes ne purent échapper.

« Owenn les égorgea comme une bande de loups égorge un
troupeau de moutons.

« Le généreux guerrier aux harnais de diverses couleurs fit don
de leurs chevaux à qui lui en demanda.

« Tant qu'il porta la couronne, le dur tribut ne fut point payé
devant sa face ;

[1] Myvyrian, t. I, p. 53.
[2] Myvyrian, t. I, p. 39, cf. mes *Poëmes des Bardes Bretons* du
sixième siècle, p. 401.

« Il ne fut point payé devant Owenn, fils d'Urien, dont le Créa-
teur voie les besoins! devant le prince de Réghed qu'un tertre vert
recouvre[1]. »

En énumérant les tombes des guerriers de l'île de Bretagne,
parmi lesquelles il ne manque pas de compter celle d'Owenn, un
poëte nous apprend que le tertre en question s'élève à Lanmor-
vael, dans le nord du pays de Galles, et que le tombeau du héros
a la forme quadrangulaire des monuments celtiques qu'on découvre parfois dans l'intérieur des *tumulus*[2].

III

KENON LE VIEUX, CHEVALIER D'ARTHUR.

« Quelle est la tombe cachée sous la colline? C'est la tombe
d'un guerrier vaillant dans les combats, la tombe de Kenon, fils de
Kledno; la tombe d'un guerrier de renom[3]. »

Telle est l'épitaphe que le barde Taliésin a composée pour
Kenon ou Kynon. Aneurin, dans un passage de son poëme de Gododin, le donne pour compagnon aux nobles Bretons tués à Kat-
traez, où il le fait échapper à la mort; dans un autre, il le peint
foulant aux pieds les Saxons comme les joncs du rivage, et, plein
d'admiration, il s'écrie : « O fils de Kledno! mes chants te prédisent une gloire immortelle[4]! »

Les triades le mettent au nombre des chevaliers de la cour
d'Arthur, et assurent qu'il était un de ses trois conseillers; les
deux autres étaient Aéron, fils de Kenvarh, qui avait échappé,
comme lui, au fer des Saxons, et le barde-roi Llywarh-Hen.
« Toutes les fois, ajoutent-elles, qu'Arthur suivit leurs avis, il fut
heureux; et toutes les fois qu'il les dédaigna, il essuya des re-
vers[5]. »

[1] Myvyrian, t. I, p. 59, et les *Poëmes des Bardes Bretons*, p. 442.
— [2] Myvyr., t. I, p. 79. — [3] Ibid., ibid. — [4] Myvyrian, t. I, p. 7. —
[5] Ibid., t. II, p. 174.

IV

KAÏ, MAITRE D'HOTEL D'ARTHUR.

Selon les plus anciens bardes gallois, Kaï, surnommé le Long, était tout à la fois le compagnon de guerre d'Arthur et son maître d'hôtel; il a laissé dans leurs écrits un nom aussi distingué comme guerrier que comme intendant des cuisines royales. L'un d'eux, qui vivait avant le douzième siècle, nous le peint sous ce double aspect; sa pièce, consacrée au récit de ses exploits et de ceux d'Arthur, débute de la manière suivante :

« Qui est là? — C'est Arthur et Kaï, le chef du cellier.

« Qu'apportes-tu? — Le meilleur vin du monde. »

Puis, venant à l'objet du poëme, le barde résume ainsi le caractère de son héros :

« A table, il buvait comme quatre; en guerre, il tuait comme cent[1]. »

L'intendant des cuisines occupait un rang élevé près des chefs cambriens. Les lois d'Houel-da le placent immédiatement après le préfet et l'aumônier, les deux premiers officiers de la cour. Il y remplissait à peu près les mêmes fonctions que le sénéchal dans le palais des princes étrangers; aussi les romanciers français n'ont-ils pas fait difficulté de donner ce titre à Kaï, dont ils changent e nom en *Keu* ou *Keux*, qui était celui de tous les maîtres d'hôtel du monde, et répondait au latin *coquus*. Dès l'année 1155, le trouvère Wace disait en décrivant les fêtes du couronnement d'Arthur :

Li sénéchal (*Keux* avait nom)
Vestu d'un hermin péliçon
Servoit à son mangier le roi[2]?

[1] Myvyrian, t. I, p. 167. — [2] Cf. *le Roman du Brut*, t. II, p. 107

V

GWENNIVAR, ÉPOUSE D'ARTHUR.

Arthur, disent les triades, eut trois femmes qui portèrent toutes les trois le nom de Gwennivar ou Gwennhwyvar : l'une était fille de Gouezer-ap-Greidiol, l'autre de Goured-Kent, la troisième de Gogbervan le Géant [1]. Cette dernière, que la tradition romanesque paraît avoir adoptée, est mise au nombre des trois plus belles dames de la cour d'Arthur, les deux autres étaient Énid et Tégaf au sein d'or. Lewis Glen Cothy, barde du quinzième siècle, célèbre sa beauté comme ses prédécesseurs; pour donner une idée des charmes d'Anna, fille de John, seigneur gallois qui habitait la ville de Kerléon-sur-Osk, il insinue qu'elle réunissait en sa personne les agréments de Gwennivar, d'Énid et de Tégaf :

« La belle et généreuse Anna vit où vivait Tégaf, où vivait Gwennivar, qui possédait toutes les grâces ; où l'on voyait Énid à la robe d'azur; où s'élèvent encore les créneaux du château d'Arthur aux exploits fameux [2]. »

VI

GLÉOULOUED, PORTIER D'ARTHUR.

Gléouloued ou Glewlwyd à la Large-main est mentionné dans un poëme gallois du dixième ou du onzième siècle, comme un des portiers de la cour d'Arthur.

« — Qui fait, dit le barde, l'office de portier?

« — C'est Gléouloued à la Large-main. »

[1] Myvyrian, t. II, p. 74. — [2] *Gwaith Lewis Glen Cothy*, t. I, p. 105.

Les triades rapportent qu'il se trouvait avec Arthur à la fatale bataille de Camlan, où il dut son salut à sa force prodigieuse.

« Trois guerriers seulement échappèrent à la mort au combat de Camlan : Sandlé à la figure angélique, auquel personne n'osait faire de mal tant il était beau ; Morvran, fils de Téghid, que personne ne pouvait regarder en face tant il était laid, et Gléouloued à la Large-main, que personne ne pouvait vaincre tant il était fort[1]. »

Le portier du palais des chefs cambriens, à l'époque où le conte a été rédigé, n'occupait pas à leur cour un rang subalterne. Cette charge était généralement remplie par un homme de race noble, et quelquefois par un personnage éminent. Gwalhmaï, selon les triades, se faisait honneur de recevoir et d'introduire les hôtes à la cour d'Arthur dans certaines occasions solennelles ; le portier en titre se retirait alors, et son absence était la plus grande marque d'hospitalité que le prince pût donner.

Probablement, Gléouloued n'était que portier honoraire et par *intérim*. L'usage exista durant tout le moyen âge ; de là vient que les bardes de cette époque répètent si souvent en décrivant la cour des petits chefs gallois :

« Il n'y a point de portier à la porte d'honneur, et l'habitation est ouverte à tous les honnêtes gens[2]. »

Ou bien encore :

« Aucun officier ne manque au palais, si ce n'est un portier[3]. »

VII

LE FAUTEUIL DE JONCS VERTS ET LES COUSSINS DE SATIN ROUGE D'ARTHUR.

Ces fauteuils de joncs recouverts de tapis et ces coussins pour s'accouder étaient des meubles en usage chez les chefs gallois au

---

[1] Myvyrian, t. II, p. 73. — [2] Mabinogion, t. I, p. 99.
[3] Poésies de Lewis Glen Cothy, t. I, p. 139.

douzième siècle. Un personnage du temps de Daviz-ap-Owenn, che.
cambrien du Nord, qui monta sur le trône en 1169, les met au
nombre des objets de luxe d'alors. « Je voudrais, dit-il, avoir pour
siége un fauteuil couvert d'un tapis, et deux coussins pour m'accouder [1]. »

A en juger par les lois d'Houel, ces meubles étaient encore plus
rares au dixième siècle : elles déterminent la valeur de l'un en le
disant aussi indispensable que l'est une épouse fidèle et une harpe
pour un Gallois, et montrent tout le prix des autres en les faisant
servir seulement à l'usage du chef suprême du pays [2].

VIII

PAYSAGES BRETONS.

Le barde Merlin ne voit rien de comparable à un paysage où
tous les arbres sont d'une même venue :

« Fut-il jamais fait à l'homme un présent pareil à celui que l'on
fit à Merlin avant sa vieillesse? Cent quarante-sept pommiers de
même âge, de même hauteur, de même étendue, de même grandeur... Beaux arbres qui croissez dans la vallée au bord du ruis-
seau, ô vous dont les pommes sont jaunes et le feuillage charmant!... ceux qui m'aimaient ne m'aiment plus [3]! »

Le barde Griffiz ap Adda, tué, en 1370, à la bataille de Dol-
gellau, fait une description semblable dans un de ses ouvrages
inédits :

« A l'extrémité de la forêt, on voyait une vallée unie et verte, où
s'élevaient des arbres de hauteur égale [4]! »

[1] Y *Paun bac'h*, ap. Lady Charlotte Guest, Mabinogion, t. I, p. 101.
— [2] Lois d'Houel-da, ch. xvi, § 3, — [3] Myvyrian, t. I, p. 150.— [4] Mabinogion, t. I, p. 102.

IX

L'ARC ET LES FLÈCHES DES ANCIENS BRETONS.

L'arc et les flèches avaient leur législation, comme les autres armes offensives, chez les anciens Bretons.

« Il y a trois espèces d'armes dont la loi s'occupe : l'épée, la lance, et l'arc avec ses douze flèches dans le carquois. Tout chef de famille doit les tenir prêts en cas d'attaque d'une armée ennemie, des étrangers et autres pillards. »

Les archers gallois étaient célèbres au moyen âge pour leur adresse et l'art avec lequel ils travaillaient leurs armes. L'un d'eux, attaché à la cour d'un prince du douzième siècle, nous en a laissé une description où nous trouvons réunies toutes les qualités qu'elles devaient avoir.

« Que le voleur vienne à passer dans le bois, et que je sois en face de lui, tenant à la main mon arc d'if rouge, à la corde sèche et roide, et ma flèche, droite et faite au tour, à la coche arrondie, aux longues plumes fines, retenues par un fil de soie verte, au dard d'acier, épais et lourd, large d'un pouce en travers, et d'une couleur bleuâtre, qui tirerait du sang à une girouette; que j'aie le pied sur une butte, et un chêne derrière moi, et le vent au dos, et le soleil de côté, et ma maîtresse sur le sentier, tout près de moi, me regardant, et que je la sache là : — et je décocherai au voleur une flèche si roide et si bien ajustée, et si résonnante et si perçante, que quand même il porterait une cotte de fer ou un haubert de Milan, il n'en serait pas plus protégé que par un torchis de fougère, un paillasson ou un filet[1]. »

[1] Y Paun bac'h, ap. Lady Ch. Guest, notes, *loc. cit.*

X

LE COSTUME DE COUR

Toutes les parties de ce costume, sauf peut-être celle que j'ai rendue par le mot *cotte*, à défaut d'un nom plus exact, étaient en usage en Cambrie dès le dixième siècle, comme l'attestent les lois d'Houel-da : la chemise, les braies, la tunique, le manteau long ou la robe y sont expressément mentionnés ; elles y ajoutent les guêtres, dont le conteur ne parle point, probablement parce qu'on ne les portait pas dans l'intérieur de la maison, et qu'il ne décrit que le costume de cour.

L'usage des braies remonte, comme on le sait, à une haute antiquité : c'était le vêtement d'une portion des Gaulois, qui lui devaient leur surnom d'*hommes aux larges braies*. Les paysans d'Armorique les portent encore aujourd'hui, en y joignant les guêtres dont parlent les lois galloises, et la cotte mentionnée dans le conte. Quant à la robe, un tableau, peint au seizième siècle d'après une vignette du douzième, en donne à Alain Fergent, duc de Bretagne, bien connu des Cambriens, une toute pareille à celle que l'auteur gallois contemporain fait porter au seigneur *armoricain* qui reçoit le guerrier Kenon [1].

XI

L'ACCUEIL A LA COUR.

Il était d'usage dans le pays de Galles, au douzième siècle, qu'à l'arrivée d'un étranger, les jeunes filles vinssent le recevoir et le servir ; les lois de l'hospitalité leur en faisaient un devoir.

« Les hôtes qui arrivent le matin, disait à cette époque Giraud le

---

[1] Dom Taillandier l'a fait graver et publié dans le premier volume de *l'Histoire de Bretagne* de D. Morice.

Gallois, dans son *Itinéraire de la Cambrie*, sont reçus par les jeunes filles, dont l'aimable conversation leur fait passer agréablement la journée[1]. »

Sainte-Palaye croit que cette coutume exista dans toute l'Europe au moyen âge :

« Les jeunes demoiselles prévenaient de civilité les chevaliers qui arrivaient dans les châteaux. Suivant nos romanciers, elles les désarmaient au retour des tournois et des expéditions de guerre, leur donnaient de nouveaux habits, et les servaient à table. Les exemples en sont trop souvent et trop uniformément répétés pour nous permettre de révoquer en doute la réalité de cet usage[2]. »

XII

LA FORÊT DE BRÉCILIEN ET LA FONTAINE DE BARANTON.

L'idée des forêts enchantées et des fontaines merveilleuses appartient en propre, comme je l'ai déjà dit, aux peuples de race celtique. On se rappelle la forêt de Marseille, où coulaient mille fontaines dont les eaux noirâtres étaient placées sous l'invocation des dieux; où le sol tremblait, où les cavernes mugissaient; où les arbres, sur les rameaux desquels les oiseaux craignaient de se poser, s'inclinaient et se relevaient soudain; où l'on voyait souvent briller au milieu de la nuit les lueurs d'un incendie : cette opinion, répandue parmi les Gaulois antérieurement à l'ère chrétienne[3], se perpétua sous diverses formes parmi les Bretons d'Armorique et du pays de Galles. Nous venons de l'entendre, racontée par un auteur cambrien antérieur au douzième siècle : les montagnards du Snowdon la racontent aujourd'hui de la manière suivante :

« Il y a, disent-ils, dans les montagnes, un lac appelé Dulenn,

[1] Itinerarium Cambriæ, c. x.
[2] *Mémoires sur l'ancienne chevalerie*, t. I, p. 10.
[3] Lucain, *Pharsale*, liv. III, v. 398.

qu'encaisse une vallée sauvage, dominée par un amphithéâtre de
rochers escarpés. Ses eaux sont noires; ses poissons difformes et
hideux ont la tête énorme et le corps fluet. Ni les cygnes, si
communs sur tous les lacs des montagnes; ni les ducs, ni aucun
autre oiseau, ne le fréquentent. Une chaussée en pierres le borde.
Si quelqu'un en agite l'eau de manière à la faire rejaillir sur un
bloc de granit voisin, appelé l'*Autel rouge*, un orage éclate avant
la fin du jour[1]. »

La même tradition avait cours parmi les Bretons d'Armorique
avant le douzième siècle; comme les Gallois au lac Dulenn, ils
l'appliquaient à la fontaine de Baranton et à la forêt de Brécilien,
situées dans l'ancien évêché de Saint-Malo, et qui faisaient partie
de la seigneurie de Gaël.

Robert Wace, né vers l'an 1096, rapporte que les Bretons des
environs de *Bréchéliant*, comme il l'appelle, qui suivirent à la
conquête d'Angleterre Raoul de Gaël, leur seigneur, s'en allaient
souvent fablant de leur forêt merveilleuse:

> Ki en Bretaigne est moult louée.
> La fontaine de Barenton, — poursuit-il, —
> Sourd d'une part lès le perron.
> Aler souloient vénéor (les chasseurs)
> A Barenton, par grant chalor,
> Et o (avec) leur cor l'eve (l'eau) puisier;
> Pour ce souloient pluie avoir:
> Issi souloit jadis pleuvoir.
> En la forest tout environ;
> Mais je ne sais par kel raison,
> Là soule-l'en les fées véoir,
> Si les Bretons nous disent voir (vrai),
> Et altres merveilles plusors.

Le trouvère ajoute, avec une naïveté charmante, qu'il fit le
voyage de Bretagne pour s'assurer de la vérité de ces merveilles
et pour voir les fées.

Au même siècle, Guillaume le Breton, chapelain de Philippe Auguste, confirme le témoignage du poëte normand.

[1] Y Gréal, *Welsh Magazine* t. I 1805 Cf. Lady Ch. Guest, *loc. cit.*

« Quelles causes, dit-il, produisent la merveille de la fontaine de Bréchéliant? Quiconque y puise de l'eau et en répand quelques gouttes sur le bord, rassemble soudain les nues chargées de grêle, fait gronder le tonnerre, et voit l'air obscurci par d'épaisses ténèbres ; et ceux qui sont présents et souhaitaient de l'être voudraient bien alors n'avoir jamais rien vu, tant leur stupeur est grande, tant l'épouvante les glace d'effroi. La chose est merveilleuse, je l'avoue, cependant elle est vraie ; plusieurs en sont garants[1]. »

Peu d'années après, Chrestien de Troyes, remaniant la description de Wace, de Guillaume et même de l'auteur gallois, son principal modèle, fait ainsi parler l'homme sauvage du bois à Calogrenant, le Kenon du conte populaire :

> La fontaine verras qui bout,
> S'est-elle plus froide que marbre ;
> Ombre li fait li plus biaux arbres
> Ke onques peust faire nature ;
> En tout temps sa feuille si (tant) dure,
> Qu'il ne la perd par nul hiver.
> Et si pend un bassin de fer
> A une si longue chaënne,
> Qui dure jusqu'à la fontaine.
> A la fontaine trouveras
> Un perron tel com' tu verras ;
> Et d'autre part une chapèle
> Petite, mais elle est moult belle.
> S'au bassin vels (tu veux) de l'eve (eau) prendre
> Et dessus le perron espandre,
> Là verras un tel' tempeste,
> Qu'en ce bois ne remaindra (restera) beste,
> Chevrel ne daim, beste ne porcs,
> Nes (même) li oisel, en istront (s'élanceront) hors :
> Car tu verras si (tant) foudroyer,
> Venter, et arbres péçoyer,
> Pleuvoir verras et espartir,
> Que si tu t'en peux départir
> Sanz grant mal et sanz grant pesance,
> Tu seras de meillor chaance
> Que chevalier qui y fust onques.

[1] Guillelmus Brito, *Philippis*, lib. VI, v. 415.

Calogrenant trouve que la réalité surpasse beaucoup le tableau de l'homme sauvage :

> A l'arbre vis un bassin pendre
> Del plus fin or qui fust à vendre
> Oncques encore en nule foire.
> De la fontaine poez croire
> Qu'elle boloit comme eve chaude.
> Li perron est d'une esmeraude
> Ainsi perciez comme un bohors (bouclier);
> Si ot un rubi par dehors
> Plus flamboyant et plus vermeil
> Que n'est au matin le soleil...

Au treizième siècle, Huon de Méry [1]; et l'auteur de l'*Image du monde* au suivant, copient Chrestien de Troyes. Mais le quinzième siècle nous offre un titre curieux qui n'a pas subi l'influence du roman, et qui constate un usage d'une haute antiquité.

On lit dans les ordonnances manuscrites du comte de Laval, sous le titre d'*Usements et coustumes de la forest de Brécilien* :

« Joignant à la fontaine de Belenton y a une grosse pierre que on nomme le *perron de Belenton* : et toutes foiz que le seigneur de Montfort [2] vient à ladite fontaine, et de l'eau d'icelle arouse et mouille ledit perron, quelque chaleur temps [qu'il fasse]; il pleut au pays si abondamment, que la terre et les biens estant en icelle en sont arousez, et moult leur proufitte. »

Ce titre nous offre de nouvelles lumières ; en décomposant le nom celtique *Belenton*, nous le trouvons formé de *ton*, montagne, et de *Belen*, nom sous lequel les Gaulois adoraient Apollon. Il s'ensuivrait que la fontaine aurait été dédiée autrefois à ce dieu, comme toute la montagne où s'élève la forêt de Brécilien.

Peut-être en était-il de même du bloc de granit voisin de la source, et qu'il servait aux mêmes rites que l'*Autel rouge* des bords du lac Dulenn, avec lequel il a un rapport si frappant; la tradition, que j'ai consultée sur les lieux, en fait le tombeau de

---

[1] *Tournoiement de l'Antechrist*, Bibl. imp., manuscrit, fol. 72.
[2] Jean, seigneur de Montfort et de Gaël, époux d'Anne de Laval, était le propriétaire de la forêt.

Merlin, dont les romanciers placent aussi la tombe dans la forêt
de Brécilien.

Il est curieux d'observer comment les usages se perpétuent à
travers les siècles : la coutume d'aller à la fontaine dans les grandes
sécheresses existe aujourd'hui comme du temps du seigneur de
Montfort. Au mois d'août 1835, tous les habitants de la paroisse
de Kon-kored (la vallée des fées), qui tire son nom du vallon qu'ar-
rose la fontaine, s'y rendirent processionnellement, bannières et
croix en tête, au chant des hymnes et au son des cloches, pour
demander de la pluie au ciel. En y arrivant, le curé du canton bé-
nit l'eau, y trempa l'aspersoir, et, au défaut du seigneur de la
terre, moins jaloux aujourd'hui de son droit qu'à l'époque où vivait
Montfort, en versa quelques gouttes sur les pierres d'alentour...
Mais on ne m'a point dit s'il parvint à rassembler les orages.

La fontaine de Baranton a pu devoir, dans l'origine, sa réputation
à ses eaux, qui jouissent d'une vertu particulière. Comme plusieurs sources semblables, elle entre en ébullition quand on y
laisse tomber un morceau de métal quelconque. Les enfants s'a-
musent à y jeter des épingles en disant : « Ris donc, fontaine de
Baranton, et je te donnerai une épingle. »

Peut-être le trouvère s'appuie-t-il sur quelque autorité quand
il affirme qu'une chapelle s'élevait auprès : il n'y a guère de fontaine célèbre en Bretagne qui n'ait été consacrée par un monument religieux ; et, il y a peu d'années, une vieille croix de bois,
dont j'ai vu les débris, dominait encore celle de Baranton.

« Pieux et sincère Breton, dit Chateaubriand qui l'a aussi vue,
j'ai puisé de l'eau avec ma main dans la fontaine (le bassin d'or
m'a toujours manqué). » Brizeux n'a pas trouvé davantage le bassin d'or.

> Est-ce vous, Baranton ? — Terre morne et sans voix,
> Qui vous reconnaîtrait sous vos noms d'autrefois ?

XIII

LES ABLUTIONS AVANT LE REPAS.

L'usage de se laver les mains avant de se mettre à table remonte, dans le pays de Galles, au delà du douzième siècle. Au mo-

ment de dîner, les valets apportaient à chacun des convives une aiguière d'eau tiède, et une serviette blanche pour s'essuyer. Chez les grands, cette aiguière était souvent d'or ou d'argent; chez les personnes moins riches, on faisait quelquefois usage de larges conques marines, ou tout simplement de vases de terre vernis. Déjà du temps d'Houel-da, l'usage des ablutions était général à la cour des princes, car il est mentionné dans un article des Lois domestiques : « L'étiquette prescrivait à l'aumônier du palais de présenter l'aiguière au roi, et de tenir ses gants pendant qu'il se lavait les mains[1]. »

XIV

LA ROBE DE DEUIL EN ARMORIQUE.

Il paraît que le jaune était la couleur portée par les femmes en deuil chez les anciens Bretons. Les paysannes galloises, qui ont conservé plusieurs vieux usages abandonnés de la haute classe du pays, ont pourtant perdu celui-ci, et portent du noir aujourd'hui, comme les Anglaises leurs voisines; mais il subsiste en Basse-Bretagne. On y voit avec étonnement, dans les campagnes, des femmes qui suivent le convoi de leur mari en coiffes passées au safran ; quand leur deuil cesse, elles reprennent la coiffe blanche, comme les autres paysannes bretonnes. C'est peut-être par la seule raison qu'on ne fabrique point d'étoffes jaunes en Bretagne qu'elles ne portent point de robes de cette couleur. De même, l'usage des souliers de cuir bigarré, pour les femmes du peuple, y existe encore dans certains cantons. C'est d'une suprême élégance. On les appelle *boutou-ler-marellet*.

XV

GWALHMAI, CONSEILLER D'ARTHUR

Gwalhmaï, ou Gwalc'hmaï, selon l'orthographe régulière, est célébré par différents bardes antérieurs au dixième siècle, comme

[1] Lois d'Houel-da, c. xvii.

un des neveux et des officiers d'Arthur [1]. Ces poëtes lui font jouer
près du chef breton le rôle de messager [2], et vantent son éloquence persuasive. Taliésin place sa tombe parmi celles des plus
illustres hommes de guerre dont l'île de Bretagne s'honorait au
sixième siècle, et indique le lieu où il a été enterré :

« La tombe de Gwalhmaï, dit-il, s'élève à Piton, dans l'endroit
où les flots s'abîment [3]. »

Des fouilles faites, en 1086, sur un point de la côte du Pem-
brokshire, qui porte encore aujourd'hui le nom de Picton, comme
le pays circonvoisin porte celui de Gwalhmaï, sont venues prouver
l'assertion du barde : selon Guillaume de Malmesbury, on y décou-
vrit un squelette [4].

XVI

LES FRÈRES HOSPITALIERS.

Ces exemples n'étaient point rares du temps de la chevalerie,
non-seulement dans les romans, mais même dans la vie réelle. On
voyait souvent des brigands fameux faire et tenir le vœu de consa-
crer au service des voyageurs la seconde moitié d'une vie dont la
première avait été occupée à les dépouiller. J'en pourrais offrir
mille preuves ; je me contenterai d'une seule : elle atteste l'existence des hospices chez les Bretons bien antérieurement à l'époque
où le conte a été mis en écrit, et où l'on a coutume d'en placer
l'origine. En l'année 857, un seigneur breton, nommé Leuheu-
mel, avait converti son château en un hôpital pour les pèlerins et
les pauvres, et l'administrait lui-même [5].

[1] Myvyrian, t. I, p. 178. — [2] Ibid., p. 179. — [3] Ibid., t. I, p. 79.
— [4] De Gestis regum Anglor., lib. II. — [5] Cartularium Rhedonense,
ap. D. Morice, t. III, col. 308.

XVII

LA CHARGE DE PRÉFET DU PALAIS.

C'était la première dignité de la cour des anciens chefs bretons; elle ne pouvait être conférée, d'après la loi, qu'à un homme de race royale, frère, fils ou neveu d'un prince : Owenn y est appelé à ce dernier titre; toutes les généalogies galloises s'accordent à lui donner pour père Urien Réghed, chef des Cambriens septentrionaux, cousin germain d'Arthur. « En l'absence du prince, dit la loi, le préfet siégera à sa place, et recevra les mêmes honneurs que lui. » Cette clause détermine bien son importance; l'amende payée pour le mal qu'on lui fait la précise encore davantage : « La compensation pour le meurtre du préfet du palais et pour l'injure qu'il recevra sera le tiers de celle exigée pour le meurtre du prince ou l'injure qui lui est faite. »

Quant à ses appointements, il recevait vingt deniers pour livre sur le revenu annuel du prince, et pour honoraires, avec le tiers des amendes payées dans la partie basse du palais, vingt-quatre deniers de chaque officier de la cour la première fois qu'il montait à cheval. De plus, aux trois principales fêtes de l'année, la reine lui donnait des vêtements de laine, le prince des vêtements de lin, et veillait en tout temps à ce que sa table fût bien servie, son écurie pourvue de chevaux, son chenil garni de bons chiens de chasse, sa vénerie de faucons à l'œil vif, et à ce qu'on lui rendît tous les honneurs dus à son rang.

Le conteur ne pouvait trouver de dignité plus en rapport avec le mérite du héros gallois.

GHÉRENT

LE CHEVALIER AU FAUCON

———

PREMIÈRE BRANCHE.

I

Voici comment on raconte l'histoire de Ghérent, fils d'Erbin.

Arthur avait coutume de tenir sa cour à Kerléon-sur-Osk; et il l'y tint sept fois à Pâques, et cinq fois à Noël.

Une fois, il y tenait sa cour à la Pentecôte, Kerléon étant la ville de son royaume la plus abordable par terre et par eau [1].

Et neuf rois couronnés, qui lui rendaient hommage, y étaient venus avec une suite nombreuse de comtes et de barons; ces rois étaient toujours invités aux

[1] Voyez note I.

grandes fêtes d'Arthur, et il ne fallait rien moins qu'un obstacle invincible pour les empêcher de s'y trouver.

Et tandis qu'Arthur tenait sa cour à Kerléon, il y avait dans la ville treize églises où l'on disait la messe : la première était pour lui et les autres rois, et pour ses hôtes ; la seconde, pour Gwennivar et ses dames ; la troisième, pour le majordome du palais et ses aides ; la quatrième, pour les serviteurs et les autres officiers ; et les neuf dernières, pour les neuf préfets du palais, et principalement pour Gwalhmaï, car sa grande renommée de guerrier et la noblesse de sa race le plaçaient à leur tête. La destination de chacune des églises était telle que nous venons de le dire.

Gléouloued à la large main était le portier en chef d'Arthur ; mais il n'en remplissait lui-même les fonctions qu'à une des trois grandes fêtes : il avait pour aides sept jeunes gens, qui se partageaient les jours de l'année : c'était Grenn, Penn-Pigon, Laez-Kémenn, Goghéfoulh, Gourdneï aux yeux de chat, qui voyait la nuit aussi bien que le jour ; Drem, fils de Dremhitid, et Klust, fils de Klustveined. Tous sept faisaient partie des chevaliers d'Arthur [1].

II

Or, le jeudi de la Pentecôte, comme l'empereur était assis à table, on vit venir un grand jeune homme aux cheveux châtains, vêtu d'une robe et d'un man-

[1] Voyez note II.

teau de satin à ramages, portant au cou une épée à
pommeau d'or, et aux pieds de fines chaussures de
cuir.

Et il s'avança vers Arthur.

— Je te salue, seigneur, dit-il.

— Que Dieu te comble de biens, répondit Arthur,
et sois le bienvenu, au nom de Dieu. Nous apportes-tu
quelque bonne nouvelle?

— Oui, seigneur, répondit-il.

— Je ne te connais pas, dit Arthur.

— Je m'étonne que tu ne me connaisses pas, seigneur; je suis ton forestier de la forêt de Déna, et je
m'appelle Madok, fils de Tourgadarn.

— Raconte tes nouvelles, dit Arthur.

— Voici, repartit le jeune homme : j'ai vu dans la
forêt un cerf comme je n'en ai jamais vu de ma vie.

— Qu'a-t-il donc de si remarquable, demanda Arthur, que tu n'as jamais vu son pareil?

— Il est tout blanc, seigneur, et si fier de son port
royal, qu'il dédaigne la compagnie des autres animaux
du bois. Je suis donc venu pour prendre tes ordres;
que conseilles-tu?

— J'ordonne, dit Arthur, que demain, au point du
jour, on parte pour la chasse, et qu'on le fasse annoncer dès ce soir dans tous les quartiers de la cour.

Or, le grand veneur d'Arthur était Arréfuériz [1], et
le chef de ses chambellans Arélivri; et la nouvelle leur

[1] Voyez note III.

16

fut annoncée, et ils l'annoncèrent aux autres personnes de la cour ; et le jeune forestier fut envoyé en éclaireur.

Alors Gwennivar dit à Arthur :

— Seigneur, veux-tu que j'assiste demain à la chasse du cerf dont vient de parler le jeune forestier ?

— Je le veux bien, répondit Arthur.

— Alors j'y assisterai, dit-elle.

Gwalhmaï, à son tour, adressa la parole au prince :

— Seigneur, trouverais-tu bon d'ordonner que le chasseur qui forcera le cerf, qu'il soit chevalier ou non, lui coupât la tête, et en fît don à qui lui plaira, soit à sa dame, soit à celle de son ami ?

— Je l'ordonne bien volontiers, dit Arthur. Et que le majordome du palais soit honni si tout n'est pas prêt demain pour la chasse !

La cour passa la nuit à faire de la musique, à causer, à jouer, à se divertir de mille manières ; et quand vint l'heure d'aller se coucher, chacun se retira.

III

Dès le point du jour, tout le monde était debout ; et Arthur appela les gardes qui veillaient à la porte de sa chambre : c'étaient quatre jeunes gens dont l'un s'appelait Kadernerz, et était fils du portier Gandoui ; l'autre Ambreu, et était fils de Béduer : le troisième,

Amhar, et était fils d'Arthur lui-même; le dernier, Goreu, et était fils de Kustennin.[1].

Ils entrèrent tous quatre dans la chambre d'Arthur, ils le saluèrent, et ils l'habillèrent.

Or, le prince s'étonnait de ce que Gwennivar ne s'éveillait pas et ne quittait pas son lit; et les gardes voulurent l'éveiller.

— Ne la réveillez pas, dit Arthur, puisqu'elle aime mieux dormir que venir voir la chasse.

Puis Arthur sortit; et il entendit deux cors sonner, l'un du côté de la demeure du grand veneur, l'autre du côté de celle du chef des écuyers; et toute la troupe des chasseurs se réunit à lui, et ils partirent pour la forêt.

Ils venaient de partir, quand Gwennivar s'éveilla, et elle appela ses femmes, et elle s'habilla.

— Femmes, dit-elle, on m'a permis hier soir d'assister à la chasse; allez donc une de vous à l'écurie, et faites-y préparer un cheval qu'une dame puisse monter.

Une d'elles s'y rendit, et n'y trouva que deux chevaux; et Gwennivar et une de ses femmes les montèrent, et elles passèrent la rivière d'Osk, et elles suivirent la trace des chevaux des chasseurs.

IV

Comme elles chevauchaient ainsi, elles entendirent un grand bruit; et elles détournèrent la tête,

[1] Voyez note IV.

et virent un chevalier monté sur un jeune coursier de
chasse d'une haute taille; c'était un jeune homme
à l'air noble, aux cheveux longs, aux jambes nues,
portant au flanc une épée à garde d'or, vêtu d'une
robe et d'un manteau de satin, chaussé de fins souliers de cuir, et ceint d'une écharpe de velours bleu,
aux deux bouts de laquelle pendaient deux pommes
d'or. Et son coursier marchait d'un pas relevé, vif et
fier.

Il joignit Gwennivar, et lui souhaita le bonjour.

— Bonjour, Ghérent, dit-elle; je t'ai reconnu dès
que je t'ai aperçu : que Dieu te garde! Mais pourquoi
ne suis-tu pas la chasse avec ton seigneur?

— Parce que j'ai ignoré l'heure de son départ, répondit-il.

— Moi, je m'étonne, reprit-elle, qu'il ait pu partir
sans me le faire savoir.

— C'est en effet surprenant, madame.

— Je dormais, et n'ai point su quand il est parti.
Mais tu es, ô jeune homme! le compagnon le plus
agréable que je puisse trouver dans tout le royaume;
et la chasse me procurera plus de plaisir qu'à eux, car
nous entendrons les sons du cor quand les piqueurs
sonneront, et les aboiements des chiens quand on les
découplera.

Discourant ainsi, ils arrivèrent à l'entrée de la forêt,
et s'y arrêtèrent.

— D'ici, dit la reine, nous saurons quand les chiens
seront découplés.

V

Et voilà qu'ils entendirent un grand bruit, et ils re-
gardèrent du côté d'où venait le bruit ; et ils virent un
petit nain grimpé sur un grand cheval écumant, caracolant, vigoureux, plein d'ardeur, et le nain tenait un
fouet à la main ; et près du nain chevauchait une dame
sur un beau cheval blanc, au pied superbe et sûr, et
elle portait une robe de brocart d'or ; et près de la
dame, sur un grand cheval de bataille, un guerrier
couvert, ainsi que sa monture, d'une lourde et brillante armure : vraiment on n'avait jamais vu ni cheval, ni cavalier, ni armure d'une grandeur si prodigieuse.

Ils ne tardèrent pas à se trouver près les uns des
autres.

— Ghérent, dis Gwennivar, connais-tu ce grand
chevalier ?

— Je ne le connais pas, répondit-il ; la coiffure étrange
qu'il porte m'empêche de distinguer ses traits.

— Jeune fille, dit Gwennivar à sa suivante, va demander au nain le nom de ce chevalier.

La jeune fille vint vers le nain, et le nain attendit la
jeune fille quand il la vit venir à lui, et elle lui demanda le nom du chevalier.

— Je ne te le dirai pas, fit-il.

— Eh bien ! puisque tu es assez mal élevé pour ne

pas me l'apprendre, je vais le lui demander à lui-même.

— Sur mon âme ! tu n'en feras rien, dit-il.

— Pourquoi donc ? demanda-t-elle.

— Parce que tu n'es pas d'un rang assez élevé pour avoir l'honneur de parler à mon maître.

Et comme la jeune fille, sans l'écouter, s'avançait vers le chevalier, le nain lui appliqua au travers du visage et des yeux un tel coup du fouet qu'il tenait à la main, que le sang jaillit.

Et la jeune fille, cruellement blessée par le coup, revint en pleurant vers la reine.

— Le brutal de nain ! dit Ghérent. Je vais moi-même savoir quel est ce chevalier.

— Va, dit Gwennivar.

Ghérent alla trouver le nain.

— Comment s'appelle ce chevalier ? demanda Ghérent.

— Je ne te le dirai pas, fit le nain.

— Alors je vais le lui demander à lui-même, dit Ghérent.

— Tu n'iras certes pas, dit le nain; tu n'es pas digne de parler à mon maître.

Ghérent reprit :

— J'ai parlé à des gens aussi distingués que ton maître.

Et il piqua vers le chevalier ; mais le nain lui barra le passage, et lui porta, comme à la jeune fille, un coup si violent, qu'il rougit de sang l'écharpe de Ghérent. Ghérent mit la main sur la garde de son épée ; puis, faisant réflexion qu'il serait peu vengé par la mort du nain, et que, étant sans armes, la partie ne pouvait être égale entre le chevalier et lui, il revint vers la reine.

— Tu t'es conduit en homme sage et prudent, lui dit-elle.

— Madame, répondit Ghérent, si vous le permettez, je suivrai le chevalier; et dans le premier château que nous trouverons, je louerai où j'emprunterai des armes, et je me battrai avec lui.

— Va, dit-elle, et ne l'attaque pas sans être bien armé; je serai bien inquiète jusqu'à ce que j'apprenne de tes nouvelles.

— Si je vis, reprit-il, tu auras de mes nouvelles demain après-midi.

Là-dessus, il s'éloigna.

VI

Cependant le chevalier, le nain et la demoiselle que suivait Ghérent, passèrent au-dessous du palais de Kerléon, et ayant traversé l'Osk à gué et gravi une belle colline unie, ils se trouvèrent en face d'une ville, à l'extrémité de laquelle ils aperçurent une citadelle et un château.

Ils entrèrent dans la ville; et comme le chevalier passait, tout le peuple se leva, et le salua, en lui souhaitant la bienvenue.

Et Ghérent, en passant par la ville, regardait à toutes les maisons pour voir s'il ne rencontrerait pas quelque figure de connaissance ; mais il ne reconnut personne, et personne ne le reconnut, et ne fut assez bon pour lui donner des armes, soit en prêt, soit en gage. Et toutes les maisons qu'il voyait étaient remplies d'hommes, d'armes et de chevaux ; et chacun fourbissait son écu, frottait son épée, lavait son armure, et ferrait son cheval.

Cependant le chevalier et la dame et le nain montèrent au château de la ville, où leur arrivée répandit la joie ; et l'empressement à les recevoir fut tel, qu'on faillit s'étouffer entre les portes et les créneaux.

Ghérent s'arrêta pour voir si le chevalier demeurait dans le château, et quand il en fut sûr, il regarda autour de lui : et à peu de distance de la ville, il aperçut un vieux palais en ruine, et dans ce palais une salle dont les murs menaçaient de s'écrouler ; et comme il ne connaissait personne dans la ville, il se dirigea vers le vieux palais, et, quand il y fut rendu, il n'y trouva qu'un seul appartement où conduisait un escalier de marbre.

Or, un vieillard aux cheveux blancs et couvert de haillons était assis sur les degrés, et Ghérent le considéra longtemps en silence ; à la fin, le vieillard lui adressa la parole :

— Jeune homme, lui dit-il, qui te rend soucieux ?

— C'est, répondit Ghérent, l'idée de ne savoir où passer la nuit.

— Veux-tu me suivre, ô chef! dit-il; et je te procurerai le logement le plus agréable qu'il te soit possible de trouver.

Ghérent le suivit, et le vieillard aux cheveux blancs le conduisit dans la salle, et Ghérent y mit pied à terre et laissa son cheval à la porte; puis il monta dans l'appartement supérieur avec le vieillard aux cheveux blancs.

Là, sur un coussin, était assise une dame d'un âge avancé, vêtue d'une robe de satin en lambeaux, et il crut n'avoir jamais vu de femme qui dût avoir été plus belle dans sa jeunesse; à côté d'elle se tenait une jeune fille portant une vieille robe et un vieux voile qui commençaient à se trouer, et il n'avait vu de sa vie de fille plus charmante, plus gracieuse et plus belle.

Le vieillard aux cheveux blancs dit à la jeune fille:

— Il faudra que tu aies soin toi-même du cheval de ce jeune homme, car nous n'avons pas de valets.

— J'aurai, répondit-elle, tout le soin possible de sa personne et de son cheval.

Et la jeune fille désarma le jeune homme, puis elle porta au cheval du grain et de la paille, et revint dans la salle, et rentra dans la chambre.

Et le vieillard aux cheveux blancs lui dit:

— Va à la ville, et fais provision des vivres et des vins les plus délicats.

— Volontiers, seigneur, dit-elle.

VII

Et la jeune fille se rendit à la ville ; et elle revint suivie d'un jeune homme portant sur l'épaule une cruche remplie du meilleur hydromel et un quartier de jeune bœuf, et tenant elle-même un panier de pains blancs dans une main, et dans l'autre une serviette pleine de gâteaux.

Et elle entra dans la chambre.

— Je n'ai pu rien trouver de meilleur, dit-elle ; on n'a pas voulu me faire crédit pour autre chose.

— Cela suffit, dit Ghérent.

On fit cuire la viande ; et, quand le repas fut prêt, on se mit à table : Ghérent prit place entre le vieillard aux cheveux blancs et sa femme, et la jeune fille les servit. Et ils burent et mangèrent.

Quand le repas fut fini, Ghérent adressa la parole au vieillard, et lui demanda à qui appartenait le palais où il se trouvait.

— C'est moi qui l'ai bâti, répondit le vieillard ; et la ville m'appartenait aussi, comme le château que tu as vu.

— Et par quel malheur les as-tu perdus ? dit Ghérent.

— Je possédais encore un vaste comté que j'ai perdu de même, dit le vieillard, et voici comment : J'avais un jeune neveu, fils de mon frère, et je m'emparai de ses biens; et quand l'âge lui vint, il me les réclama, mais je refusai de les lui rendre : il me déclara donc la guerre, et me dépouilla de tous mes biens.

— Maintenant, seigneur, dit Ghérent, veux-tu me dire quel motif amène le chevalier et la dame et le nain qui m'ont précédé dans la ville, et que signifient les apprêts guerriers dont je viens d'être témoin ?

— Je vais te l'apprendre, répondit le vieillard. On dispose tout pour les jeux que donne demain le jeune comte. Au milieu de la prairie que tu vois, on dressera deux fourches, et sur ces deux fourches une baguette d'argent, et sur cette baguette d'argent on placera un faucon; et il y aura des joutes dont le faucon sera le prix. Tous les hommes, et tous les chevaux, et toutes les armures que tu as vus dans la ville seront aux joutes; et chacun des guerriers doit emmener avec lui la dame qu'il aime le plus : cette condition est indispensable pour entrer en lice et gagner le faucon. Or, le chevalier que tu as vu l'a gagné ces deux dernières années, et s'il le gagne encore cette troisième fois, on le lui enverra tous les ans; et il ne reparaîtra plus ici, et il sera surnommé le *Chevalier au faucon*.

— Seigneur, dit Ghérent, quelle conduite m'engages-tu à tenir à l'égard du chevalier pour venger l'insulte que son nain m'a faite, ainsi qu'à la suivante de Gwennivar, l'épouse d'Arthur ?

Et Ghérent apprit au vieillard quelle injure il avait reçue.

— Il n'est pas facile de te donner un conseil, car tu n'as avec toi ni dame ni demoiselle en l'honneur de laquelle tu puisses jouter; cependant j'ai ici des armes que tu pourras prendre, et un cheval dont tu pourras te servir, si tu le trouves meilleur que le tien.

— Seigneur, dit Ghérent, que Dieu te récompense! je me contenterai de tes armes, et monterai mon propre cheval, auquel je suis habitué. Mais si les joutes ont lieu demain, permets-moi, seigneur, de combattre pour l'honneur de ta fille, de cette jeune demoiselle : dans le cas où je sortirais sain et sauf du combat, je veux l'aimer toute ma vie, je le jure! dans le cas contraire, elle restera aussi pure qu'elle l'est maintenant.

— J'y consens de grand cœur, dit le vieillard. Et puisque ton parti est pris, il faut que ton cheval et tes armes soient prêts demain au point du jour ; car c'est alors que le chevalier au faucon fera sa proclamation; puis il priera la dame qu'il aime le plus de mettre la main sur l'oiseau, en lui adressant ces paroles :

« Tu es la plus belle des femmes, et tu as gagné le faucon l'an dernier et l'année d'avant : si quelqu'un te le dispute aujourd'hui par la force, je te le conserverai. »

Il est donc nécessaire, poursuivit le vieillard, que tu sois là quand il sera jour, et nous t'accompagnerons tous trois.

Cela fut convenu.

Et quand vint la nuit, ils s'allèrent coucher.

VIII

Ils se levèrent avant l'aube, et ils s'habillèrent ; et quand le jour parut, ils étaient rendus tous quatre dans la prairie. Et déjà le chevalier du faucon faisait sa proclamation, et appelait sa dame pour tenir l'oiseau.

— Un moment, dit Ghérent : voici une jeune fille qui est plus belle et plus noble et plus gracieuse, et plus digne de cet honneur.

— Si tu prétends qu'elle a droit au faucon, entre en lice avec moi.

Et Ghérent entra dans la lice ouverte au bout de la prairie, vêtu, ainsi que son cheval, d'une armure pesante, rouillée, sans prix, d'une forme passée de mode; et les champions s'attaquèrent, et ils brisèrent chacun une lance, et puis deux autres, et puis trois : et cela se renouvela à chaque nouvel assaut, et ils brisèrent autant de lances qu'on leur en apporta.

Et comme le chevalier du faucon prenait le dessus, le comte et sa suite applaudirent en jetant des cris de joie : et le vieillard et sa femme et sa fille devinrent soucieux.

Cependant le vieillard offrait à Ghérent autant de lances qu'il en brisait, et le nain en offrait de même au chevalier du faucon.

Et le vieillard s'approcha de Ghérent :

— O jeune chef, dit-il, puisqu'aucune lance ne ré-

siste dans tes mains, voici celle que je portais quand je
fus fait chevalier ; je n'ai jamais pu la briser, et le fer
en est bien trempé.

Ghérent prit la lance, et remercia le vieillard.

Mais voilà qu'à son tour le nain porte une lance à son
seigneur.

— Prends cette lance qui vaut bien la sienne, dit-il;
et rappelle-toi qu'aucun chevalier ne t'a jamais résisté
aussi longtemps que celui-ci.

— Par le ciel ! s'écria Ghérent, à moins que la mort
ne m'emporte, elle ne te servira pas !

Et, tournant bride en criant « en garde! » à son adversaire, il revint avec une telle impétuosité sur lui, et
lui porta un coup si furieux, si rude, si violent, qu'il
fendit son bouclier en deux, et mit ses armes en pièces,
et rompit les sangles de son cheval, et fit rouler sur
l'herbe la selle et le cavalier.

Et il descendit lui-même à l'instant ; et la fureur le
transportait, et il tira son épée, et il s'élança sur son
rival.

Le chevalier s'était relevé, et attendait Ghérent
l'épée à la main; et ils se battirent à pied; et leurs
armures, sous leurs coups redoublés, jetaient des étincelles pareilles à des étoiles : et ils continuèrent à se
battre jusqu'à ce que le sang et la sueur obscurcirent à
leurs yeux la lumière du jour.

Et quand Ghérent avait l'avantage, le vieillard aux
cheveux blancs et sa femme et leur fille se réjouissaient;

et quand l'avantage était au chevalier, se réjouissaient le comte et sa suite.

Mais voilà que Ghérent reçoit un coup terrible : le vieillard aux cheveux blancs le voit, et il court à lui, et lui dit :

— O jeune chef, souviens-toi de la manière dont le nain t'a traité ! laisseras-tu impunie l'injure qu'il t'a faite, comme à Gwennivar, l'épouse d'Arthur ?

Ces paroles ranimèrent l'ardeur de Ghérent : et il réunit toutes ses forces, et il leva son épée, et il frappa le chevalier au sommet de la tête avec une telle vigueur qu'il lui fendit le casque, et la peau, et la chair, et le crâne jusqu'à la cervelle.

Alors le chevalier tomba sur ses genoux, et sa main laissa échapper son épée, et il cria grâce !

— En vérité, dit-il, en implorant ta pitié, je perds ma fierté et mon audace ; mais si je n'ai pas le temps de recommander mon âme à Dieu, et de parler à un prêtre, ta pitié ne me profitera guère.

— Je te fais grâce, dit Ghérent, à condition que tu iras trouver Gwennivar, l'épouse d'Arthur, et que tu lui donneras satisfaction de l'insulte que sa suivante a reçue de ton nain ; quant à celle que j'ai reçue de vous deux, je suis satisfait. Ne descends donc pas de cheval d'ici au jour où tu te présenteras devant la reine Gwennivar, pour subir telle peine qui te sera imposée à la cour d'Arthur.

— J'y consens volontiers ; mais qui es-tu ? dit-il.

— Je suis Ghérent, fils d'Erbin ; et toi-même ?

— Je suis Edeirn, fils de Nuz[1].

Alors Edeirn monta à cheval, et partit pour la cour d'Arthur avec sa dame et son nain, qui se lamentaient. L'histoire n'en dit pas plus long à son sujet pour le moment.

IX

Le jeune comte, avec sa suite, vint trouver Ghérent, et l'ayant salué, il le pria de l'accompagner au château.

— Je ne le puis, répondit Ghérent : je passerai cette nuit où j'ai passé la dernière.

— Puisqu'il en est ainsi, tu trouveras à profusion, dans la maison où tu as passé la nuit dernière, tout ce que j'aurais pu t'offrir dans la mienne; et je vais te faire préparer un baume qui te rendra les forces que tu as perdues par la fatigue.

— Dieu te récompense! dit Ghérent; je retourne à mon logement.

Ghérent revint donc avec le comte Énioul et sa femme et sa fille. Et quand ils arrivèrent, la maison était pleine des serviteurs et des officiers du jeune comte qui étaient occupés à tout préparer pour le recevoir, jonchant de paille les parquets, et allumant du feu dans les chambres; bientôt aussi le baume fut prêt, et Ghérent vint pour s'en faire laver la tête.

Alors le jeune comte arriva avec quarante nobles chevaliers de sa suite, et les invités des joutes.

[1] Voyez la note V.

Et Ghérent vint le trouver ; et le comte l'engagea à se rendre dans la salle pour prendre quelque nourriture.

— Où est le comte Énioul, sa femme et sa fille ? dit Ghérent.

— Dans cet appartement, dit le chambellan du jeune comte ; ils mettent les habits que mon seigneur leur a fait porter.

— Que la jeune fille ne s'habille pas, dit Ghérent ; qu'elle ne prenne que sa jupe et son voile : quand elle sera à la cour d'Arthur, Gwennivar l'habillera elle-même aussi magnifiquement qu'elle le souhaitera.

La jeune fille ne s'habilla donc pas.

Et ils entrèrent tous deux dans la salle, et ils se lavèrent, et ils vinrent s'asseoir à table; or, ils étaient assis dans l'ordre suivant :

A droite de Ghérent se trouvait le jeune comte, et près de lui le comte Énioul; à sa gauche, la jeune fille et sa mère ; enfin les autres convives selon leur mérite.

Le repas fut copieux, excellent et varié; et l'on causa; et le jeune comte invita Ghérent à le venir voir le lendemain dans son château.

— Je n'y mettrai point le pied, dit Ghérent, tant que le comte Énioul sera pauvre et malheureux ; je pars demain avec cette jeune fille pour la cour d'Arthur, où je vais surtout dans le dessein d'améliorer le sort de son père.

— Ah ! jeune chef, si le comte Énioul est dépossédé, ce n'est pas ma faute.

17

— Il ne le sera pas longtemps, s'écria Ghérent, ou la mort m'emporte !

— O chef, répondit le comte, je te prends pour arbitre dans le différend qui s'est élevé entre Énioul et moi ; je veux suivre ton opinion, et souscrire à ton jugement.

— Je ne te demande qu'une chose, dit Ghérent, c'est de lui rendre ce qui lui appartient, et de lui en payer l'intérêt depuis le jour où tu en jouis.

— J'y consens volontiers pour te faire plaisir, répondit le jeune comte.

— Eh bien, dit Ghérent, que tous ceux qui rendaient hommage à Énioul viennent maintenant le reconnaître pour leur suzerain !

Et tous les vassaux d'Énioul s'approchèrent, et ils souscrivirent à l'accord ; et le comte recouvra son château et sa ville, et tous ses domaines ; et on lui rendit tout ce qu'il avait perdu, jusqu'au moindre bijou.

Alors Énioul dit à Ghérent :

— O chef ! cette jeune fille en l'honneur de laquelle tu as jouté, je te la donne.

— Je vais la mener à la cour d'Arthur, dit Ghérent ; et Arthur et Gwennivar en disposeront selon leur bon plaisir.

Et le lendemain ils partirent pour la cour d'Arthur.

Ici s'arrête l'histoire de Ghérent.

DEUXIÈME BRANCHE.

X

Or, voici comment Arthur chassa le cerf :

Les hommes et les chiens furent divisés en deux bandes, et on lâcha les chiens contre le cerf, et le dernier qu'on lâcha était le limier favori d'Arthur appelé Kaval ; et il laissa tous les autres chiens bien loin derrière lui, et il détourna le cerf une seconde fois, et la seconde fois le cerf vint donner dans la troupe des chasseurs d'Arthur, et Arthur l'atteignit, et avant qu'aucun autre arrivât, il lui coupa la tête, et les cors sonnèrent la mort du cerf, et tous les chasseurs se rassemblèrent alentour [1].

Alors Kaderiez s'approcha d'Arthur et lui dit :

— Sire, voilà Gwennivar qui n'est accompagnée que d'une de ses femmes [2].

— Donne ordre à Gildas, fils de Kaou [3], et à tous les savants de la cour de lui servir d'escorte, dit Arthur.

Ce qui fut fait.

Et les chasseurs se mirent en marche, devisant au sujet de la tête du cerf et de la personne qui devait l'obtenir : l'un prétendait qu'elle devait être offerte à sa dame, l'autre que son amie la méritait, et tous ceux

[1] Voyez note VI. — [2] Voyez note VII. — [3] Voyez note VIII.

de la cour et tous les chevaliers disputaient vivement à
propos de la tête du cerf; et tout en disputant, ils arrivèrent au palais.

Quand Arthur et Gwennivar apprirent le sujet de
leur contestation, Gwennivar dit à Arthur :

— Monseigneur, voici mon avis : que la tête du cerf
ne soit livrée à personne avant que Ghérent, fils d'Erbin,
soit de retour de sa mission.

Et Gwennivar lui fit connaître l'objet de cette mission.

— Rien de plus juste, dit Arthur.

Et cela fut convenu.

XI

Le lendemain Gwennivar fit placer des sentinelles
sur les remparts pour guetter le retour de Ghérent.

Et, dans l'après-midi, on vit arriver un petit être
difforme grimpé sur un grand cheval, et suivi d'une
dame ou demoiselle, aussi à cheval, suivie elle-même
d'un chevalier de haute taille, courbé en deux plis,
baissant tristement la tête, et portant une armure en
loques et misérable.

Et, avant qu'ils entrassent dans la cour un des gardes vint trouver Gwennivar, et lui dit quelles gens il
voyait venir, et quelle tournure ils avaient :

— Je ne sais qui ce peut être, dit-elle, mais je suppose que c'est le chevalier à la poursuite duquel est

allé Ghérent; sans doute il ne vient pas ici de son plein
gré; Ghérent l'aura battu, et il aura vengé l'injure faite
à ma suivante.

Là-dessus, voilà que le portier survient, et dit à
Gwennivar :

— Madame, il y a à la porte un chevalier, et je n'ai
jamais vu d'homme qui ait l'air plus misérable; son
armure est en loques; elle fait pitié à voir, et l'on n'en
peut plus distinguer la couleur sous le sang dont elle
est couverte.

— Sais-tu son nom? demanda la reine.

— Oui, madame, il m'a dit s'appeler Édeirn, fils de
Nuz.

— Je ne le connais pas, répliqua-t-elle.

Et Gwennivar alla le recevoir à la porte, et il entra;
et elle eut pitié de lui en le voyant dans un si misérable
état, bien qu'il fût suivi du nain mal-appris.

Alors Édeirn salua Gwennivar.

— Dieu te garde, répondit-elle.

— Dame, dit-il, Ghérent, le fils d'Erbin, ton meilleur et ton plus brave chevalier te salue.

— L'as-tu rencontré? demanda-t-elle.

— Oui, madame, dit-il, mais ce n'est pas à mon
avantage; toutefois, la faute n'en a point été à lui, mais
à moi-même; Ghérent te présente ses hommages; il
m'a forcé de venir ici pour te donner réparation de
l'injure que mon nain a faite à ta suivante; quant à lui,
il oublie celle qu'il a reçue, en pensant qu'il m'a mis
en danger de perdre la vie; mais, en homme d'hon-

neur et de cœur, il m'a imposé la condition de venir
me livrer à ta justice.

— Et où t'a-t-il battu?

— Aux lieux où on joutait pour gagner le faucon,
dans la ville de Kardiff. Il n'était accompagné que de
trois personnes de pauvre et misérable condition : l'un
était un vieillard aux cheveux blancs, l'autre une femme
avancée en âge, la dernière une charmante jeune fille,
vêtue d'une robe tombant en lambeaux. Et c'est pour
l'amour d'elle que Ghérent a disputé le faucon des
joutes ; elle méritait mieux de l'obtenir, disait-il, que
la jeune fille dont j'étais suivi ; nous nous sommes
donc battus, madame, et il m'a mis dans l'état où tu
me vois.

— Seigneur, dit-elle, quand penses-tu que Ghérent
revienne ici?

— Demain, madame, et je suppose que la jeune
fille l'accompagnera.

Arthur, alors, s'approcha d'Édeirn, et le chevalier le
salua, et le prince le regarda fixement longtemps, et il
était surpris de le voir en cet état ; et croyant le reconnaître, il lui dit :

— N'es-tu pas Édeirn, fils de Nuz ?

— Oui, seigneur, répondit le chevalier, et si je suis
méconnaissable, c'est que j'ai soutenu un assaut et
reçu des blessures terribles.

Et il fit au prince le récit de ses aventures.

— Bien, dit Arthur, je vois par ce que j'apprends
que Gwennivar doit te pardonner.

— Je lui pardonnerai, sire, puisque tu le veux ; car l'insulte qu'on m'a faite rejaillit sur toi.

— C'est pour le mieux, dit Arthur : ainsi qu'un médecin prenne soin de cet homme et tâche de lui rendre la santé ; s'il guérit, il te donnera telle satisfaction qui sera jugée convenable par les seigneurs de la cour ; prends-en des gages ; s'il meurt, la mort d'un homme tel que lui payera beaucoup trop cher l'insulte faite à une servante.

— Cela suffit, dit Gwennivar.

Arthur voulut servir lui-même de caution à Édeirn, fils de Nuz, et Karadok, fils de Lyr, et Gwallok, fils de Lennok, et Owenn, et Gwalhmaï et beaucoup d'autres l'imitèrent.

Et Arthur manda Morgan-hud, son médecin en chef[1].

— Emmène avec toi, lui dit-il, Édeirn, fils de Nuz, et fais-lui préparer une chambre, et prends autant de soin de lui que tu en pourrais prendre de moi-même si j'étais blessé ; et que personne n'entre dans sa chambre et ne trouble son repos, excepté toi et tes élèves pour le traiter.

— Sire, j'exécuterai fidèlement tes ordres, répond Morgan-hud.

Alors le maître d'hôtel du palais vint demander :

— Sire, où faut-il conduire la jeune fille

---

[1] Voyez note IX.

— A Gwennivar et à ses femmes, répondit Arthur.

Et le maître d'hôtel la conduisit à Gwennivar.

L'histoire n'en dit pas davantage à leur sujet.

XII

Le lendemain Ghérent prenait la route de la cour d'Arthur, et Gwennivar avait placé des sentinelles sur les remparts afin qu'il n'arrivât pas à l'improviste. Or, une des sentinelles vint trouver la reine.

— Madame, je crois apercevoir Ghérent suivi de la jeune fille : il est à cheval; mais il a un habit de voyage, et la jeune fille paraît vêtue de blanc : on dirait qu'elle porte une robe de toile.

— Assemble toutes mes femmes, dit Gwennivar, et allons recevoir Ghérent, et lui faire fête.

Gwennivar alla donc au-devant de Ghérent et de la jeune fille ; et arrivé près de Gwennivar il la salua.

— Dieu te garde, dit-elle, et sois le bienvenu : ton entreprise a réussi; tu as renversé les obstacles, tu t'es couvert de gloire. Dieu te récompense aussi ! car tu m'as bien vengée !

— Madame, répondit-il, j'avais tant à cœur de remplir tes vœux ! mais voici la jeune fille qui t'a fait prendre ta revanche.

— Dieu la bénisse ! dit Gwennivar, elle mérite d'être bien reçue.

Ils entrèrent et mirent pied à terre.

Et Ghérent vint trouver Arthur; et il le salua.

— Que Dieu te garde et sois le bienvenu, dit Arthur; tu as acquis beaucoup de gloire en battant et blessant Édeirn, fils de Nuz.

— Ce n'est pas ma faute, répondit Ghérent, si nous n'avons pas été bons amis; son arrogance m'a poussé à bout; je n'ai pas voulu le quitter avant de savoir son nom et que l'un de nous eût vaincu l'autre.

— Mais où est la jeune fille pour laquelle, dit-on, tu as combattu?

— Elle est allée dans sa chambre avec Gwennivar.

Arthur vint rendre visite à la jeune fille; et tous ses compagnons, et toute sa cour, se réjouirent comme lui à sa vue; et ils pensèrent que si sa parure eût répondu à sa beauté ils n'eussent jamais vu une plus charmante fille.

Et Arthur la donna à Ghérent, et Ghérent l'épousa selon les formes ordinaires, et Gwennivar fit don à la jeune fille de sa plus belle toilette, et, ainsi vêtue, elle parut gracieuse et charmante à tous ceux qui la virent.

Et le jour et la nuit se passèrent à faire de la musique, à boire et à jouer: et quand vint l'heure d'aller se coucher, chacun se retira; et l'on fit le lit de Ghérent et d'Énit dans la chambre d'Arthur et de Gwennivar, et dès ce jour-là elle fut sa femme.

Le lendemain Arthur distribua de riches présents en l'honneur de Ghérent; et la jeune femme s'établit dans le palais, où elle trouva une suite nombreuse, en seigneurs et en demoiselles, et il n'y avait pas dans toute l'île de Bretagne de dame plus considérée.

XIII

Or, Gwennivar disait :

— J'ai prudemment agi, en demandant qu'on attendît le retour de Ghérent pour livrer la tête du cerf ; car voici une belle occasion de l'offrir : qu'on en fasse hommage à Énit, fille d'Énioul, la plus considérée des dames ; personne, je suppose, ne la lui disputera, car tout le monde l'aime ici.

Ce discours fut fort applaudi, et Arthur le goûta de même ; la tête du cerf fut donc offerte à Énit. Sa réputation en grandit, et le nombre de ses amis s'accrut.

Et Ghérent, depuis ce moment, aima le cerf de préférence à tous les autres animaux, et il suivit les joutes et les rudes assauts, et toujours il fut vainqueur.

Un an, deux ans, trois ans se passèrent ainsi, de sorte que sa renommée s'étendit dans tout le royaume.

TROISIÈME BRANCHE.

XIV

Un jour qu'Arthur tenait sa cour à la Pentecôte, à Kerléon-sur-Osk, arrivèrent des ambassadeurs pleins de sagesse et de prudence, et d'éloquence et de savoir, et ils le saluèrent :

— Dieu vous soit en aide, et soyez les bienvenus. D'où venez-vous? dit Arthur.

— Seigneur, nous venons de Cornouailles, et nous sommes ambassadeurs d'Erbin, fils de Kustennin, ton oncle, qui nous a chargés d'un message pour toi : il te salue, comme un oncle doit saluer son neveu, et comme un vassal son seigneur : il te fait connaître qu'il devient lourd et faible, qu'il avance en âge, et que les chefs de son voisinage profitent de sa faiblesse pour l'insulter et convoiter sa terre et ses biens ; il te supplie donc, seigneur, de laisser revenir près de lui son fils Ghérent, qui puisse défendre ses domaines et en connaître les limites; quant à Ghérent, il lui représente qu'il vaudrait mieux pour lui employer les forces de sa jeunesse à défendre ses frontières que la perdre dans les tournois qui peuvent rapporter de la gloire, mais dont le profit est nul.

— Seigneurs, dit Arthur, allez changer d'habits, et prendre quelque nourriture, et reposez-vous de vos fatigues. Avant que vous vous en retourniez, je vous rendrai réponse.

Et ils allèrent se mettre à table.

Arthur réfléchit qu'il lui serait pénible de voir Ghérent s'éloigner de lui et de sa cour, et que néanmoins il ne pouvait pas convenablement l'empêcher d'aller défendre ses domaines et ses frontières, quand son père n'était plus capable de les protéger. La crainte de voir s'éloigner Énit ne donnait pas moins de soucis à Gwennivar et à ses femmes.

Cependant la nuit se passa en fêtes, et Arthur apprit à Ghérent l'objet de l'ambassade et la cause de l'arrivée des ambassadeurs cornouaillais.

— Seigneur, répondit Ghérent, que ce soit ou non à mon avantage, j'en passerai, je le jure, par ce que tu décideras.

— Eh bien ! dit Arthur, quoiqu'il m'en coûte de me séparer de toi, mon avis est que tu t'en retournes dans tes domaines pour défendre tes frontières, et que tu prennes pour compagnons de voyage un aussi grand nombre que tu voudras de ceux que tu aimes le plus parmi mes fidèles chevaliers, tes amis et tes frères d'armes.

— Que Dieu te récompense, dit Ghérent ; je suivrai ton avis.

— De quoi parlez-vous là ? demanda Gwennivar, n'est-ce pas de l'escorte qui doit reconduire Ghérent en son pays ?

— Oui, dit Arthur.

— Alors il faut aussi que je songe aux compagnes et aux provisions de voyage de la dame qui habite chez moi.

— C'est convenable, répondit Arthur.

XV

La nuit venue, on alla se coucher ; et le lendemain Arthur donna congé aux ambassades en leur apprenant que Ghérent les accompagnerait.

Et le troisième jour Ghérent partit, et beaucoup de guerriers le suivirent : ce furent Gwalhmaï, fils de Guiar ; Riogonez, fils du roi d'Irlande ; Ondiaou, fils du chef des Bourguignons : Guillaume fils du roi de France : Hoël, fils du prince d'Armorique[1] ; Élivry et Naokerd ; Gwenn, fils de Tringad ; Goreu fils de Kustennin ; Goueir Goured Vaour ; Garannaou, fils de Golizmer ; Pérédur, fils d'Évrok ; Gwennloghel ; Gwir, juge de la cour d'Arthur ; Dever, fils d'Alun de Devet ; Gourei Gwalstaoud Ïeizoed ; Beduir, fils de Bedraoud, sommelier de la cour d'Arthur[2] ; Hadouri, fils de Gouriou ; Kaï, fils de Kiner ; Odi le Frank ; enfin Édeirn, fils de Nuz.

Ghérent parla :

— Je pense que j'aurai assez de chevaliers avec moi

— Oui, dit Arthur, mais il n'est pas à propos que

---

[1] Voyez note X. — [2] Voyez note XI.

tu emmènes Édeirn, quoiqu'il soit rétabli, avant qu'il ait fait sa paix avec Gwennivar.

— Gwennivar peut lui permettre de me suivre, s'il donne caution.

— Elle pourrait le laisser aller sans caution ; car il a souffert assez de peines et de chagrins pour l'insulte que le nain a faite à la suivante.

— Si cela vous paraît convenable de même qu'à Ghérent, j'y consens volontiers dit la reine.

Et elle rendit sa liberté à Édeirn.

Or, les compagnons de Ghérent étaient nombreux ; et jamais plus belle chevauchée ne voyagea vers la Saverne.

Et sur l'autre rive du fleuve arrivèrent les nobles d'Erbin, fils de Kustennin, leur père nourricier à leur tête pour recevoir et fêter Ghérent : et plusieurs dames de la cour, sa mère avec elles, vinrent au-devant d'Énit, fille d'Énioul, sa femme. Et la joie qu'eurent la cour et tous les habitants du pays en revoyant Ghérent fut proportionnée à l'amour qu'ils avaient pour lui, à la réputation qu'il s'était faite depuis son départ, et au service qu'il leur rendait en revenant dans ses domaines pour défendre ses frontières.

Et ils arrivèrent à la cour ; et ils y trouvèrent une table somptueuse, et de nombreux présents, et des vins de toute espèce, et un service convenable, et une foule de musiciens et de jeux.

Et pour faire honneur à Ghérent, on invita tous les

chefs du pays à venir le soir lui rendre visite ; et le jour
et la nuit se passèrent en fêtes.

XVI

Le lendemain matin, Erbin se leva, et il fit venir
Ghérent et les nobles hommes qui l'avaient accompagné, et il dit à Ghérent :

— Voici que je suis vieux et faible : tant que j'ai pu
garder mes domaines pour toi et pour moi, je l'ai fait :
tu es dans la fleur de la jeunesse et de la force, à ton
tour de les protéger !

— Si cela dépend de moi, dit Ghérent, tu ne te dé-
mettras pas encore de ton autorité en ma faveur, et tu
ne me feras pas quitter la cour d'Arthur.

— Je m'en démettrai en ta faveur, répondit Erbin ;
et aujourd'hui même tu vas recevoir l'hommage de tes
sujets.

Alors Gwalhmaï dit :

— Il serait mieux de satisfaire aujourd'hui les personnes qui ont quelque grâce à demander, et de re-
mettre à demain l'hommage qu'on doit rendre à
Ghérent.

Tous ceux qui avaient quelque grâce à demander
furent donc réunis, et Kaderiez vint à eux, et s'informa
de leurs requêtes : et chacun demanda ce qui lui plut ;
et les compagnons d'Arthur commencèrent à donner
des présents, et aussitôt les hommes de Cornouailles en

offrirent de même. Mais l'empressement était si grand,
que la distribution ne dura pas longtemps ; et de toutes
les personnes qui sollicitèrent des faveurs, pas une ne
partit sans être satisfaite.

Et le jour et la nuit se passèrent en fêtes.

Et le lendemain, dès l'aube, Erbin pria Ghérent
d'envoyer une députation à ses vassaux pour leur demander s'ils voulaient bien qu'il allât recevoir leur
hommage, ou s'ils avaient quelque objection à faire.
Et Ghérent envoya des messagers aux hommes de
Cornouailles ; et ils répondirent tous qu'ils seraient au
comble de la joie et de l'honneur si Ghérent venait
recevoir leur hommage. Tous ceux qui étaient là lui
rendirent donc hommage, et restèrent près de lui
jusqu'à la troisième nuit ; et le lendemain, les compagnons d'Arthur songèrent au départ.

— C'est trop tôt partir, dit Ghérent ; demeurez
avec moi jusqu'à ce que j'aie fini de recevoir l'hommage
de mes principaux vassaux qui ont consenti à venir me
trouver.

Et ils restèrent près de lui jusqu'à la fin ; alors ils
regagnèrent la cour d'Arthur, et Ghérent les accompagna avec Énit jusqu'à Déganvy, où ils se séparèrent.

Alors Ondiaou, fils du chef des Bourguignons, dit
à Ghérent :

— Avant tout, va explorer les parties les plus recu-
lées de tes domaines, et remarque bien tes frontières ;

et si tu éprouves quelque contrariété à leur égard,
fais-le savoir à tes compagnons.

— Merci, dit Ghérent, je le ferai.

Ghérent se rendit donc dans la partie la plus éloignée
de ses domaines, conduit par des guides, et les chefs
du pays l'accompagnèrent ; et la pointe la plus reculée
qu'ils lui indiquèrent, il en prit possession.

QUATRIÈME BRANCHE.

XVII

Ghérent continua de suivre les joutes en Cornouailles comme à la cour d'Arthur ; et il fut connu de grands
et vaillants guerriers ; et il acquit autant de réputation
qu'il en avait eu précédemment. Et il enrichit sa cour
et ses compagnons, et ses nobles des meilleurs chevaux, et des meilleures armes, et des joyaux les plus
chers et les plus précieux ; et il se conduisit de telle
sorte que sa renommée s'étendit d'un bout du royaume
à l'autre.

Et quand il vit cela, il commença d'aimer le bien-être
et le plaisir, n'ayant plus de rival à craindre ; et il se
livra tout entier à l'amour de sa femme, de la musique
et du jeu. Et il ne quitta pas son palais de longtemps ;

et il finit par s'enfermer dans la chambre de sa femme, et il ne trouva plus de plaisir qu'avec elle : si bien qu'il perdit, avec le goût de la chasse et des distractions guerrières, l'affection de ses nobles et de toutes les personnes de sa cour. Et les habitants du palais murmuraient et plaisantaient de ce qu'il abandonnait ainsi leur société pour l'amour de sa femme ; et ces murmures parvinrent aux oreilles d'Erbin, et il en parla à Énit, et lui demanda si c'était elle qui avait changé Ghérent, et qui le faisait délaisser son peuple et ses chevaliers.

— Non, par le ciel ! dit-elle ; rien, au contraire, ne m'afflige plus.

Et elle ne savait quelle conduite tenir ; car si elle ne pouvait se décider à avouer la chose à Ghérent, elle ne pouvait pas davantage écouter les murmures sans lui en donner avis : et elle était bien affligée.

Or, un matin, un jour d'été, ils étaient couchés : Ghérent reposait sur le bord du lit, Énit était éveillée ; et le soleil venait par les vitres de l'appartement éclairer leur lit de ses rayons ; et la couverture, qui s'était écartée, laissait voir les bras et la poitrine de Ghérent, et il dormait. Énit le contemplait, admirant sa merveilleuse beauté, et elle dit :

— Hélas ! c'est donc moi qui suis cause que ces bras et ce cœur ont perdu la renommée guerrière qu'ils avaient si bien acquise !

Comme elle disait ces mots, des larmes roulèrent de ses yeux sur la poitrine de Ghérent, et il s'éveilla.

Mais les larmes et les paroles d'Énit ne furent pas la seule cause du réveil de Ghérent, l'idée que ce n'était pas de lui qu'elle voulait parler, mais d'un autre chevalier qu'elle lui préférait et dont elle eût aimé la société, y contribua aussi; cette idée le troubla, et appelant son écuyer :

— Va vite, dit-il, m'apprêter mon cheval et mes armes; toi, Énit, lève-toi et habille-toi, et fais seller ton cheval, et mets ton meilleur habit de voyage : malheur à moi, si tu reviens dans ce palais sans savoir si j'ai aussi complétement perdu mes forces que tu veux bien le dire : alors tu pourras cultiver la société de l'homme à qui tu pensais.

Elle se leva donc, et se revêtit de ses habits les plus simples.

— Je ne comprends rien, dit-elle, seigneur à ta conduite.

— C'est que tu n'y veux rien comprendre, répondit-il.

Alors il vint trouver Erbin :

— Seigneur, dit-il, je pars pour une recherche, et je ne sais au juste quand je reviendrai; prends donc soin du gouvernement de tes domaines jusqu'à mon retour.

— J'y conséns, répondit Erbin; mais il me paraît singulier que tu partes si précipitamment. Et qui doit t'accompagner? car tu n'es pas de force à traverser seul le pays des Loégriens [1].

—————

[1] L'Angleterre.

— Une seule personne, dit Ghérent.

— Que Dieu te conseille, mon fils : et puisses-tu trouver de nombreux compagnons chez les Loégriens !

Alors Ghérent alla chercher son cheval, et il était vêtu d'une armure étrangère, lourde et brillante ; et il fit monter Énit à cheval, en lui ordonnant de prendre les devants.

— Quoi que tu voies, lui dit-il, quoi que tu entendes à mon sujet ne détourne pas la tête, et, à moins que je ne te parle, ne m'adresse pas un mot.

XVIII

Ghérent partit avec Énit; et il ne prit pas le chemin le plus agréable et le plus fréquenté, mais le plus désert et le plus hanté par les voleurs, les brigands et les bêtes venimeuses.

Et ils trouvèrent une grande route qu'ils suivirent et qui les conduisit à une vaste forêt, où ils entrèrent; et ils aperçurent quatre cavaliers armés sortant de la forêt ; et quand les cavaliers les virent, ils se dirent l'un à l'autre :

— Voici une belle occasion de prendre deux chevaux et une armure, sans compter une dame ; car nous n'aurons pas grand'peine à vaincre ce chevalier qui est seul et penche la tête d'un air si triste et si dolent.

Énit entendit ces paroles, et elle ne savait que faire de peur de Ghérent, qui lui avait ordonné de se taire.

— Que la vengeance céleste tombe sur moi, dit-elle, si je n'aime pas mieux mourir de sa main que de celle d'un autre ; quand il devrait me tuer, je lui adresserai la parole pour ne pas avoir le malheur d'être témoin de sa mort.

— Seigneur, dit-elle, as-tu entendu les propos que viennent de tenir ces gens à ton sujet?

Ghérent leva les yeux sur elle et la regarda d'un air furieux.

— Tu n'as, dit-il, qu'une chose à faire : c'est ce que je t'ai ordonné : je veux du silence, et non des avis; quoique tu souhaites de me voir battu et tué par ces hommes, je n'ai point peur d'eux.

Comme il parlait ainsi, le chef des brigands mit sa lance en arrêt et fondit sur Ghérent : et Ghérent soutint le choc de pied ferme ; puis, prenant sa revanche, il porta un tel coup au cavalier au milieu de son écu, qu'il le fendit en deux et brisa son armure, et lui fit passer au travers du corps une coudée de sa lance, et le jeta à terre par-dessus la croupe de son cheval à une longueur de lance.

Et le second cavalier l'assaillit, furieux et irrité de la mort de son compagnon : mais d'un seul coup Ghérent le renversa de même, et le tua comme l'autre : le troisième se présenta, et il fut tué pareillement; le quatrième eut le même sort.

Voyant cela, la jeune femme restait triste et pensive; quant à Ghérent, il mit pied à terre, et prit les armes des hommes qu'il venait de tuer, et les attacha aux pommeaux des selles, et, liant ensemble les rênes des chevaux, il remonta à cheval.

— Voici ce que tu vas faire, dit-il alors à Énit; tu vas t'occuper de ces quatre chevaux et les chasser devant toi, et cheminer en silence comme je te l'ai ordonné : garde-toi de rien dire, à moins que je ne te parle ; je prends Dieu à témoin que s'il en est autrement, ce sera pour ton malheur.

— Monseigneur, dit-elle, je me conformerai autant que je pourrai à tes désirs.

XIX

Et ils pénétrèrent plus avant dans la forêt, et en la quittant ils entrèrent dans une grande plaine, et au milieu de cette plaine il y avait un épais bois taillis, et ils en virent sortir trois cavaliers bien armés comme leurs chevaux, qui se dirigèrent vers eux. Et la jeune femme avait les yeux attachés sur eux, et quand ils furent à portée de la voix, elle les entendit se dire l'un à l'autre :

— Voici une bonne rencontre pour nous : quatre chevaux chargés de quatre armures : nous n'aurons pas de peine à les enlever à ce dôlent chevalier, et la jeune femme aussi, nous la prendrons.

— Cela n'est que trop probable, se dit Énit, car mon mari est épuisé par la lutte qu'il vient de soutenir. Que

la colère de Dieu tombe sur moi si je ne le préviens
pas!

Et la jeune femme attendit que Ghérent la rejoignît.

— Monseigneur, dit-elle, as-tu entendu les propos
de ces gens à ton sujet?

— Qu'est-ce? demanda-t-il.

— Ils se disaient l'un à l'autre qu'ils gagneraient
aisément les dépouilles que voilà.

— Par le ciel! s'écria Ghérent, leurs paroles m'en-
nuient moins que ton bavardage, et ton insistance à me
désobéir.

— Monseigneur, répondit-elle, je craignais qu'ils ne
te surprissent.

— Tais-toi! dit-il; ne t'ai-je pas ordonné de te
taire?

Là-dessus, un des cavaliers mit sa lance en arrêt,
assaillit Ghérent, et lui porta un coup qu'il espérait
bien devoir être efficace; toutefois Ghérent n'y prit pas
garde, et le coup porta à faux. Mais attaquant à son
tour son adversaire, il le visa au milieu du corps, et il
le frappa si violemment que son épaisse armure ne put
le protéger, et que le fer et une partie du fût de la lance
le traversèrent de part en part, et le jetèrent à terre,
par-dessus la croupe du cheval, à la longueur d'un bras
et d'une lance. Les deux autres cavaliers s'approchèrent à leur tour, mais ils n'eurent pas plus de succès que leur compagnon.

Et la jeune femme se tenait près de là, regardant ce
qui se passait; et si d'une part elle craignait que Ghé-

rent ne fût blessé dans l'assaut des cavaliers, de
l'autre elle se réjouissait de le voir vainqueur.

Et Ghérent mit pied à terre, et attacha les trois armures sur les trois selles, et lia ensemble les trois rênes
des chevaux; si bien que maintenant il en avait sept.
Et il remonta sur son cheval, et ordonna à sa femme
de chasser devant elle les autres.

— Je ferais mieux de me taire que de te parler,
ajouta-t-il, quand tu ne suis pas mes avis.

— Je les suivrai autant que je pourrai, monseigneur,
dit-elle; mais je ne puis te cacher les paroles violentes
et menaçantes que j'entends proférer contre toi aux
étranges personnes qui hantent ce désert.

— Je prends Dieu à témoin que je ne te demande
que du silence; ainsi donc tais-toi.

— Monseigneur, je me tairai autant que je pourrai,
dit-elle.

Et la jeune femme cheminait en chassant les chevaux
devant elle; et elle gagnait du terrain.

XX

En quittant le bois taillis dont il a été question, ils
entrèrent dans une vaste et affreuse plaine, et à une
grande distance ils aperçurent une forêt; et ils ne pouvaient en voir ni l'extrémité ni les bornes, mais seulement les parties qui étaient le plus près d'eux;
quand cinq cavaliers en sortirent, impétueux, hardis,

grands et forts, montés sur des chevaux vigoureux et membrus, hauts de taille et ardents, hennissant d'un air superbe, et aussi bien armés que ceux qui les montaient.

Et quand ils furent à portée de la voix, Énit les entendit dire :

— Voici une belle capture ; nous la ferons sans beaucoup de peine : car il nous sera facile d'enlever à ce chevalier qui est seul, et a l'air si triste et si dolent, ses chevaux, et ses armes, et sa belle aussi.

Énit souffrait cruellement de les entendre parler de la sorte, et elle ne savait au monde ce qu'elle avait à faire ; enfin elle se détermina à prévenir Ghérent. Elle se retourna donc vers lui :

— Monseigneur, dit-elle, si tu avais entendu comme moi les propos qu'ont tenus ces gens à ton sujet, tu serais plus circonspect que tu ne l'es.

Ghérent sourit avec l'amertume d'une colère concentrée, et lui répondit :

— Tu es donc décidée à faire tout le contraire de ce que je t'ai ordonné ! mais tu vas t'en repentir.

Et les cavaliers les ayant joints, Ghérent les battit tous cinq ; puis il plaça leurs cinq armures sur leurs cinq selles, et lia ensemble les brides des douze chevaux, et en confia le soin à Énit.

— J'ai perdu jusqu'ici mon temps, dit-il, à te donner des ordres ; mais cette fois c'est bien sérieusement que je te parle.

Et la jeune femme se dirigea vers le bois, prenant

les devants sur Ghérent, comme il le lui avait ordonné.
Et il souffrait, autant que sa colère pouvait le lui permettre, de voir une femme comme elle conduisant des
chevaux.

Et ils entrèrent dans le bois, qui était vaste et profond, où la nuit les surprit.

— Jeune femme, dit Ghérent, il est inutile de
songer à poursuivre notre route.

— Monseigneur, dit-elle, je ferai tout ce que tu
voudras.

— Il serait mieux de sortir du bois pour dormir et
attendre le jour, alors nous nous remettrons en route.

— J'y consens volontiers, répondit-elle.

Et ils sortirent du bois; et Ghérent descendit de
cheval, et Énit l'aida à descendre.

— Je ne puis m'empêcher de dormir, tant je suis
fatigué, dit-il; veille donc à la garde des chevaux, et ne
t'endors pas.

— Oui, monseigneur, répondit Énit.

Et il se mit à dormir tout armé; et il passa ainsi la
nuit, qui n'était pas longue dans cette saison de
l'année.

XXI

Quand parut l'aurore, Énit regarda autour d'elle
pour voir si Ghérent dormait encore, et il s'éveilla.

— Monseigneur, dit-elle, voilà quelque temps que
je voulais te réveiller.

Ghérent ne lui parla point de la fatigue qu'elle éprouvait, lui ayant ordonné de se taire; mais il lui dit en se levant :

— Prends les chevaux, et chevauche tout droit devant toi, comme hier.

Et ils quittèrent bientôt le bois, et ils entrèrent dans un pays ouvert, où s'étendaient, à main droite, des prairies dans lesquelles on faisait les foins ; et ils trouvèrent une rivière où leurs chevaux descendirent pour boire.

En sortant de la rivière, et gravissant la rive escarpée, ils rencontrèrent un jeune garçon portant un panier au cou : et ils virent qu'il avait quelque chose dans son panier; mais ils ne surent ce que c'était; il avait en outre à la main une petite cruche bleue, au goulot de laquelle était attaché un vase à boire.

Le jeune homme salua Ghérent.

— Dieu te garde, dit Ghérent; et d'où viens-tu?

— Je viens de la ville, dit-il; puis il ajouta :

— Seigneur, puis-je, sans indiscrétion, te demander aussi d'où tu viens?

— Oui, sûrement, répondit Ghérent : je viens de ce bois que tu vois.

— Mais tu n'as pas traversé tout le bois aujourd'hui?

— Non, nous y avons passé la nuit.

— Je gage, dit le jeune homme, que tu n'as point passé une trop bonne nuit, et que tu t'es couché sans souper?

— C'est vrai, dit Ghérent.

— Si tu veux m'en croire, fit le jeune homme, tu prendras quelque nourriture.

— Et qu'as-tu avec toi? demanda Ghérent.

— Du pain, de la viande et du vin : c'est le déjeuner des faucheurs; si tu veux l'accepter, seigneur, je ne le leur porterai pas.

— Je l'accepte, dit Ghérent, et que Dieu te le rende!

Ghérent mit donc pied à terre, et le jeune homme fit descendre Énit; et ils se lavèrent les mains, et ils commencèrent à manger.

Et le jeune homme coupa le pain, leur donna à boire, et les servit.

Et quand le repas fut achevé, il se leva, et dit à Ghérent :

— Seigneur, avec ta permission, je vais maintenant aller chercher à manger pour les faucheurs.

— Va d'abord à la ville, dit Ghérent, et fais préparer pour moi un logement dans le meilleur quartier, et une écurie commode pour mes chevaux; mais commence par choisir, entre ces chevaux et ces armures, le cheval et l'armure qui te conviendra, pour prix de tes services et de ton déjeuner.

— Merci, dit le jeune homme : il y aurait de quoi payer des services bien plus considérables que les miens.

Et il se rendit à la ville, et il loua pour Ghérent le logement le meilleur et le plus agréable qu'il put trouver; après quoi il alla au château avec le cheval et l'ar-

mure, et vint trouver le comte son maître, et lui apprit
ce qui lui était arrivé.

— A présent, dit-il, je retourne chercher le jeune
homme pour le conduire à son logement.

— Va, répondit le comte; et dis-lui que je serai bien
aise de le recevoir dans mon château.

Et le jeune homme alla rejoindre Ghérent, et lui
apprit que le comte voulait le recevoir dans sa propre
demeure; mais Ghérent préféra le logement qu'on lui
avait loué : et il y trouva une belle chambre bien jonchée
de nattes et tapissée, et pour ses chevaux une écurie
spacieuse et commode, où le jeune homme avait pris
soin de faire porter des fourrages en abondance.

Quand Ghérent et Énit eurent changé de vêtements,
le chevalier dit à sa femme :

— Tu vas aller habiter un autre appartement, et
tu n'approcheras pas de celui-ci; tu pourras te faire
servir dans le tien par les femmes de la maison, si cela
te convient.

— Oui, monseigneur, dit-elle.

Alors l'hôtelier vint trouver Ghérent, et lui souhaiter
la bienvenue.

— O chef, lui demanda-t-il, as-tu pris ton repas?

— Je l'ai pris, répondit Ghérent.

Le jeune homme lui demanda, à son tour, s'il ne
boirait pas volontiers avant l'arrivée du comte.

— Oui, vraiment, dit-il.

Le jeune homme alla donc leur chercher à boire
dans la ville; et ils se mirent à boire.

— J'ai envie de dormir, dit Ghérent.

— Bien, répondit le jeune homme; pendant que tu dormiras, je vais retourner près du comte.

— Va, dit Ghérent, et reviens quand je te ferai appeler.

Et Ghérent alla se reposer; Énit en fit autant.

XXII

Le jeune homme vint trouver le comte, et le comte lui demanda où habitait le chevalier, et le jeune homme le lui apprit; puis il ajouta :

— Voici le soir; il faut que j'aille le servir.

— Va, dit le comte; et salue-le de ma part, et dis-lui que j'irai lui rendre visite dans la soirée.

— Je vous obéirai, répondit le jeune homme.

Il se rendit donc près des époux, quand vint l'heure du réveil; et ils se levèrent et sortirent.

Et quand vint l'heure du repas, ils se mirent à table, et le jeune homme les servit.

Et Ghérent demanda à son hôte s'il n'avait pas quelques amis dont la compagnie pût lui être agréable; et sur sa réponse, il lui dit :

— Fais-les venir, et régale-les à mes frais des meilleurs mets qu'on puisse trouver à acheter en ville.

Et l'hôtelier en choisit un certain nombre, et les régala aux frais de Ghérent.

Cependant le comte vint rendre visite à Ghérent,

suivi de ses douze principaux chevaliers, et Ghérent se leva pour le recevoir.

— Que Dieu te garde, dit le comte.

Alors ils s'assirent, selon leur dignité; et le comte entra en conversation avec Ghérent, et lui demanda quel était l'objet de son voyage.

— Je n'en ai point, répondit-il; je cherche des aventures, et suis mon caprice.

Alors le comte jeta les yeux sur Énit, et la regarda attentivement : et il pensa en lui-même qu'il n'avait jamais vu une jeune femme plus belle et plus gracieuse, et toutes ses pensées et ses affections se concentrèrent en elle. Et il dit à Ghérent :

— Veux-tu me permettre d'aller causer en particulier avec cette jeune femme que je vois là-bas?

— Avec plaisir, répondit Ghérent.

Le comte alla donc causer avec Énit.

— Jeune femme, dit-il, tu ne dois guère trouver de plaisir à voyager ainsi avec cet homme?

— Il ne m'est point désagréable, dit-elle, de faire le même chemin que lui.

— Mais tu n'as ni page ni suivante pour te servir, dit-il.

— En vérité! répondit-elle, j'aime mieux servir ce chevalier que d'être servie par des pages et des suivantes.

— Écoute-moi bien, dit-il : je te donne tout mon comté, si tu veux rester vivre avec moi.

— Par le ciel! je n'en ferai rien, s'écria-t-elle : cet

homme est le premier qui ait reçu ma foi, et je lui serais infidèle!

— Tu raisonnes mal, répondit le comte : si je tue ce chevalier, je puis te prendre et te garder aussi longtemps que je voudrai, et, quand tu ne me plairas plus, te congédier; mais si tu te donnes à moi de ton plein gré, je jure que notre union durera autant que ma vie.

Énit pesa ces paroles, et jugea qu'il serait prudent de lui laisser concevoir des espérances.

— Eh bien! chef, lui dit-elle, tire-moi d'embarras, et mets mon honneur à couvert en venant m'enlever demain.

— C'est convenu! s'écria-t-il; puis il se leva et sortit avec sa suite.

La jeune femme ne dit rien alors à Ghérent de sa conversation avec le comte, de peur de le mettre en colère, et de lui donner de l'inquiétude et des soucis.

Et à l'heure ordinaire, ils s'allèrent coucher. Et au commencement de la nuit, Énit dormit un peu; mais à minuit elle se leva, et réunit toutes les pièces de l'armure de Ghérent, afin qu'il les trouvât sous sa main; et elle traversa en tremblant la partie de la maison qui la séparait de la chambre à coucher de Ghérent, et elle s'approcha de son lit, et l'appela d'une petite voix douce :

— Monseigneur, dit-elle, lève-toi, car voici les paroles du comte et ses intentions à mon égard.

Et elle apprit à Ghérent ce qui s'était passé; et Ghérent, quoique toujours irrité contre Énit, tint

compte de son avis, et s'habilla; et elle alluma un
flambeau pour qu'il pût y voir clair.

— Laisse là ce flambeau, dit-il, et va me chercher
l'hôtelier.

Elle alla donc chercher l'hôtelier, et il vint trouver
Ghérent.

— Combien te dois-je? demanda Ghérent.

— Peu de chose, je crois.

— Prends les onze chevaux et les onze armures.

— Merci, seigneur, dit-il ; mais tu n'as pas dépensé
la valeur d'une seule armure.

— Tu n'en seras que plus riche, répondit Ghérent.
Mais, à présent, veux-tu me guider hors de la ville?

— Avec plaisir, dit l'hôtelier ; et quelle direction
veux-tu prendre?

— Une direction différente de celle qui m'a conduit
ici.

L'hôtelier lui servit donc de guide aussi longtemps
qu'il voulut ; puis Ghérent fit prendre les devants à
Énit, et elle obéit, et elle gagna du terrain ; et l'hôtelier revint chez lui.

A peine y était-il arrivé, qu'il entendit au dehors le
plus grand tumulte qu'on eût jamais entendu ; et, en regardant par la fenêtre, il vit quatre-vingts chevaliers
armés de toutes pièces qui cernaient la maison ; le
comte, impatient, était à leur tête.

— Où est le chevalier? dit le comte.

— Il est parti depuis quelque temps.

19

— Pourquoi, misérable, l'as-tu laissé partir sans m'en informer?

— Mon seigneur, tu ne me l'avais pas prescrit, autrement je ne l'aurais pas laissé partir.

— Quel chemin crois-tu qu'il a pris?

— La grand'route.

Et le comte et sa suite chevauchèrent de ce côté, et, trouvant des traces de chevaux, ils les suivirent.

Et, quand la jeune femme vit paraître le jour, elle regarda derrière elle, et vit s'élever un épais nuage de poussière, qui s'approchait de plus en plus, de moment en moment; et elle s'en inquiéta, ne doutant pas que ce fût le comte et sa suite qui les poursuivaient. Et voilà qu'elle vit briller l'armure d'un chevalier à travers la poussière du chemin.

— Par ma foi, se dit-elle, quand mon mari devrait me tuer, j'aime mieux recevoir la mort de sa main, que de le voir périr parce que je ne l'aurai pas prévenu.

— Mon seigneur, fit-elle, vois-tu cet homme qui accourt vers toi, suivi de beaucoup d'autres?

— Je le vois! s'écria-t-il; mais je vois aussi que, malgré mes ordres, tu ne peux garder le silence.

En parlant ainsi, il fit volte-face, et du premier coup il étendit mort le chevalier aux pieds de son cheval. Et il abattit de même du premier coup, l'un après l'autre, les quatre-vingts chevaliers qui, depuis le plus faible jusqu'au plus fort, l'attaquèrent tour à tour, à l'exception du comte. Le comte se présenta le dernier pour le combattre, et il brisa une première lance, puis une seconde; et Ghérent, prenant bien ses mesures, lui porta un tel coup de lance au milieu du bouclier, qu'il n'en fallut pas un second pour fendre et rompre son armure, et le jeter à terre par-dessus la croupe de son cheval, et le mettre en danger de mort.

Ghérent se rapprocha de lui; et, au bruit de l'armure du cheval, le comte rouvrit les yeux :

— Grâce! seigneur, dit-il.

Ghérent lui fit grâce. Mais le lieu du combat était si rocailleux, et l'assaut fut si violent, qu'il n'y eut pas un seul des chevaliers du comte qui n'eût reçu de la main de Ghérent un coup terrible, désespéré, mortel.

XXIII

Ghérent prit la grand'route qui s'ouvrait devant lui, et la jeune femme le précéda. Ils ne tardèrent pas à trouver une des plus belles vallées qu'ils eussent jamais vues : une rivière y coulait, et sur cette rivière s'élevait un pont, et la grand'route conduisait au pont; et sur la rive opposée, au-dessus du pont, ils aperçurent une ville fortifiée, la plus belle du monde. Et comme ils approchaient du pont, Ghérent vit sortir d'un épais taillis un chevalier monté sur un grand cheval qui marchait d'un pas relevé, et qui semblait vif, mais docile.

— Chevalier, dit Ghérent, d'où viens-tu?

— Je viens, répondit l'autre, de la vallée que voilà.

— Peux-tu m'apprendre, dit Ghérent, quel est le seigneur de cette vallée charmante et de cette ville fortifiée?

— Oui, sûrement, seigneur : les Français l'appellent *Guiffert-le-Petit*, les Gallois *yr-Brenin-Bychan* [1].

— Puis-je traverser ce pont, dit Ghérent, et passer par le grand chemin qui est au-dessous de la ville?

Le chevalier lui répondit :

— Tu ne peux passer au pied de la tour qui s'élève à l'autre extrémité du pont, sans être tout d'abord résolu à combattre Guiffert, car il a coutume d'attaquer tout chevalier qui traverse ses terres.

— Par le ciel! s'écria Ghérent, je n'en poursuivrai pas moins ma route.

— Si cela t'arrive, dit le chevalier, tu ne recueilleras probablement que de la honte et du déshonneur pour prix de ton audace.

Alors Ghérent, prenant le chemin qu'il avait l'intention de prendre, évita le pont qui menait à la ville, et ce chemin le conduisit à un tertre raboteux, rocailleux, élevé, d'un accès difficile; et, comme il gravissait le tertre, il vit venir derrière lui un chevalier monté sur un cheval de bataille plein de vigueur, d'une haute taille, d'une allure fière, aux larges sabots et au large poitrail; et Ghérent n'avait jamais vu d'homme plus petit que le cavalier, qui était armé de toutes pièces, comme sa monture.

[1] C'est-à-dire le Petit Roi. Voyez note XII.

Et en abordant Ghérent, il lui dit :

— Est-ce par ignorance, ô chef, ou par présomp-
tion que tu viens m'insulter et enfreindre mes lois?

— Je ne savais pas, répondit Ghérent, que cette
route fût interdite aux voyageurs.

— Tu le savais, répondit l'autre; et tu vas me
suivre à ma cour pour me rendre raison.

— Non, par ma foi! dit Ghérent; je ne te suivrais
pas même à la cour de ton suzerain, à moins que ce
ne soit Arthur.

— Par la droite d'Arthur lui même! s'écria le chevalier, tu me rendras raison ou tu me battras.

Et aussitôt ils s'attaquèrent; et l'écuyer du chevalier présentait à son maître autant de lances qu'il en
brisait; et ils se portèrent l'un à l'autre des coups si
rudes et si terribles, que leurs boucliers en changèrent
de couleur. Mais Ghérent avait beaucoup de difficulté
à combattre son adversaire, dont la petite taille l'em-
pêchait de lui porter un coup décisif, quelque effort
qu'il fît pour y réussir. Et ils se battirent de la sorte
jusqu'à ce que leurs chevaux tombèrent à genoux, et
que Ghérent démonta le chevalier : alors ils combattirent à pied, et ils s'assaillirent avec tant de force, de
fureur, et de violence, que leur heaume fut percé, et
leur cimier coupé, et leur armure brisée, et leur vue
obscurcie par la sueur et le sang. A la fin, Ghérent
s'emporta, et, réunissant toutes ses forces, furieux,
prompt comme l'éclair, plein de colère et de résolution, il leva son épée, en assena sur la tête du

chevalier un coup si terrible, si affreux et si pénétrant, qu'il lui fendit le casque, et la peau, et la chair, et le crâne, et qu'il envoya l'épée du Petit-Roi voler à l'extrémité de la plaine : et le Petit-Roi cria grâce.

— Quoique tu n'aies été ni courtois ni juste, je te ferai grâce, dit Ghérent, à condition que tu deviendras mon compagnon d'armes, et que tu jureras de ne plus te battre à l'avenir avec moi, mais au contraire de me venir en aide toutes les fois que tu apprendras que je suis en danger.

— J'y consens avec joie, dit-il; et il lui en donna sa parole.

— Maintenant, seigneur, ajouta-t-il, viens à ma cour pour te délasser de tes fatigues.

— Je ne le puis pas, répondit Ghérent.

Alors Guiffert-le-Petit aperçut Énit qui se tenait à l'écart; et il s'affligea de voir une jeune femme de si noble apparence si profondément triste, et il dit à Ghérent :

— Seigneur, tu as tort de ne pas vouloir prendre du repos et te délasser un peu; car, si tu rencontres quelque obstacle, dans l'état où te voilà, il ne te sera pas facile de le surmonter.

Mais Ghérent voulut absolument poursuivre sa route, et il remonta à cheval, épuisé de fatigue et tout couvert de sang; et la jeune femme prit les devants, et ils gagnèrent un bois qu'ils voyaient devant eux.

XXIV

Le soleil était au milieu de sa course ; et l'armure de Ghérent, trempée de sang et de sueur, s'attachait à sa peau ; et, quand ils arrivèrent au bois, il s'assit sous un arbre pour se mettre à l'abri du soleil, et ses blessures le faisaient plus souffrir qu'au moment où il les reçut. Et la jeune femme s'assit sous un autre arbre.

Or voici que le son du cor se fit entendre ; puis un grand cliquetis d'armures : c'était Arthur et sa suite qui venaient d'entrer dans le bois. Et, tandis que Ghérent se demandait comment il pourrait les éviter, il fut aperçu par un valet de pied du majordome de la cour, et ce valet vint trouver son maître, et lui dit qui il venait de voir dans le bois.

Le majordome aussitôt fit seller son cheval, prit sa lance et son bouclier, et se dirigea vers l'endroit où était Ghérent.

— Chevalier, lui dit-il, que fais-tu là ?

— Je m'abrite des rayons du soleil à l'ombre de cet arbre.

— Pourquoi voyages-tu, et qui es-tu ?

— Je cherche des aventures, et je vais où je veux.

— Vraiment ! dit Kaï ; alors viens avec moi trouver Arthur qui est ici près.

— Non, par Dieu ! répondit Ghérent.

— On te forcera bien de venir ! s'écria le major-dome.

Alors Ghérent reconnut Kaï ; mais Kaï ne reconnut pas Ghérent, et l'attaqua vigoureusement : et Ghérent s'emporta et il frappa le majordome du fût de sa lance, et il le renversa la tête la première; mais il ne voulut pas pousser plus loin la correction.

Kaï se releva étourdi et meurtri, et il remonta à cheval, et regagna sa tente; puis il se rendit à celle de Gwalhmaï :

— Seigneur, lui dit-il, un de mes valets de pied m'a dit avoir vu dans le bois un chevalier blessé, portant une armure en loques; tu ferais bien d'aller t'en assurer.

— Pourquoi pas? dit Gwalhmaï.

— Alors prends ton cheval, tes armes, dit Kaï; car on m'a dit qu'il n'était pas très-courtois envers les personnes qui s'approchent de lui.

Gwalhmaï prit donc son épée et son bouclier, et monta à cheval, et se rendit à l'endroit où était Ghérent.

— Chevalier, pourquoi voyages-tu?

— Pour mes affaires, et pour chercher des aventures.

— Veux-tu me dire qui tu es, ou bien veux-tu venir saluer Arthur qui se tient près d'ici?

— Je ne veux ni faire amitié avec toi, ni aller saluer Arthur, répondit Ghérent.

Et il reconnut Gwalhmaï; mais Gwalhmaï ne le reconnut pas.

— Je ne te quitterai pas, dit Gwalhmaï, que je ne sache qui tu es.

Et il frappa d'une telle force du fer de sa lance sur le bouclier de Ghérent, que le bois vola en éclats; et comme leurs chevaux se trouvaient front contre front, Gwalhmaï regarda attentivement Ghérent et le reconnut.

— Ah! Ghérent, s'écria-t-il, est-ce bien toi?

— Je ne suis pas Ghérent, répondit le chevalier.

— Tu es Ghérent, de par Dieu! s'écria Gwalhmaï; nous sommes deux insensés, deux misérables, de nous battre ainsi.

Alors il regarda autour de lui, et, apercevant Enit, il la salua courtoisement; puis il dit au chevalier :

— Ghérent, viens rendre visite à Arthur; il est ton seigneur et ton cousin.

— Je ne le puis, répondit Ghérent; car je ne suis pas dans un costume à faire des visites.

Sur ces entrefaites, un jeune homme vint parler à Gwalhmaï, et Gwalhmaï l'envoya dire à Arthur que Ghérent était là, blessé, qu'il ne pouvait point venir lui rendre visite, et qu'il faisait pitié à voir; cet ordre fut donné en secret au jeune homme de sorte que Ghérent ne s'en aperçut pas.

— Prie Arthur, dit Gwalhmaï, de faire transporter sa tente au bord du chemin; car Ghérent est décidé à ne pas le prévenir, et il n'est point facile de l'y contraindre de l'humeur qu'il est.

Le jeune homme se rendit donc auprès d'Arthur et

lui donna connaissance du message de Gwalhmaï, et Arthur fit transporter sa tente au bord du chemin; et la jeune femme se réjouit dans son cœur; et Gwalhmaï conduisit Ghérent plus avant sur la route, si bien qu'ils arrivèrent aux lieux où campait Arthur, dont les officiers étaient occupés à dresser sa tente au bord du chemin.

— Sire, dit Ghérent, je te salue.

— Dieu te soit en aide! mais qui es-tu? demanda Arthur.

— C'est Ghérent, répondit Gwalhmaï; il ne serait point venu te trouver de lui-même.

— Vraiment! dit Arthur; il a donc perdu la raison.

Alors arriva Énit, et elle salua Arthur.

— Dieu te garde, répondit-il.

Et il donna ordre à un de ses officiers d'aider la jeune femme à descendre de cheval.

— Énit, dit Arthur, quelle chevauchée avez-vous entreprise?

— Je n'en sais rien, dit-elle; mais je ne le suis pas moins partout où il va.

— Sire, dit Ghérent, avec ta permission, nous allons partir.

— Où veux-tu aller? fit Arthur; maintenant tu ne peux plus voyager sans risquer ta vie.

— Il ne veut point écouter mes conseils, dit Gwalh-maï.

— Mais il écoutera les miens, dit Arthur, et il ne nous quittera pas avant d'être guéri.

— Laisse-moi poursuivre ma route, répondit Ghérent.

— Non, par le ciel! s'écria le prince; et aussitôt il ordonna à une demoiselle de conduire Énit dans la tente de Gwennivar; et Gwennivar et toutes ses femmes se réjouirent de son arrivée, et elles la dépouillèrent de ses habits de voyage, et lui en donnèrent d'autres.

Arthur fit venir aussi Kaderiez, à qui il ordonna de dresser une tente pour Ghérent, et les médecins qui devaient le soigner reçurent ordre de ne le laisser manquer de rien.

Kaderiez obéit; et Morgan-hud et ses élèves furent mandés près de Ghéraint.

Arthur et sa suite passèrent près d'un mois en ces lieux, attendant la guérison de Ghérent, et, quand il eut tout à fait recouvré la santé, il vint trouver Arthur, et lui demanda la permission de partir.

— Je ne sais si tu es parfaitement guéri, dit Arthur.

— Parfaitement, sire, répondit Ghérent.

— Ce n'est pas toi, mais les médecins qui seront juges de cela.

Arthur fit donc venir les médecins et leur demanda s'il disait vrai.

— Il dit vrai, répondit Morgan-hud.

Arthur alors lui permit de partir, et Ghérent continua sa route : et le même jour Arthur partit lui-même.

XXV

Ghérent fit prendre les devants à Énit comme précédemment; et ils chevauchaient sur la grand'route; et, tandis qu'ils cheminaient ainsi, ils entendirent de longs gémissements à peu de distance.

— Reste ici, dit Ghérent; je vais voir quelle est la cause de ces gémissements.

— Volontiers, répondit Énit.

Et Ghérent se dirigea vers une clairière qui avoisinait la route; et dans la clairière il vit deux chevaux, dont l'un portait une selle d'homme et l'autre une selle de femme, et tout près un chevalier étendu mort dans son armure, et à ses côtés une jeune femme en habit de voyage qui poussait des cris déchirants.

— Madame, lui demanda Ghérent, que t'est-il donc arrivé?

— Je voyageais, répondit-elle, avec mon époux bien-aimé, quand trois géants nous ont attaqués et l'ont tué sans aucun motif.

— Quel chemin ont-ils pris? dit Ghérent.

— Cette grand'route, répondit-elle.

Alors Ghérent revint vers Énit :

— Va rejoindre cette dame qui est là-bas, lui dit-il, et attends mon retour.

Cet ordre affligea Énit; pourtant elle alla rejoindre la dame qui faisait peine à entendre, mais en pensant bien qu'elle ne reverrait plus Ghérent.

Quant à lui, il poursuivit les géants et les atteignit;

et chacun d'eux était trois fois plus grand qu'un homme ordinaire, et portait sur l'épaule une massue énorme. Et il attaqua l'un d'eux, et lui passa sa lance au travers du corps, et, la retirant toute sanglante, il en perça un autre de la même manière; mais le troisième l'évita et lui porta un coup de massue qui fendit son écu et brisa son épaule, et rouvrit ses blessures, et en fit jaillir des flots de sang; mais Ghérent, tirant l'épée, assaillit le géant, et lui en asséna sur le crâne à son tour un coup si rude, si violent, si terrible, qu'il lui fendit la tête et le cou jusqu'aux épaules, et l'étendit roide mort.

Et il le laissa là et revint vers Énit; mais, dès qu'il l'aperçut, il tomba sans connaissance de son cheval, Énit poussa un cri déchirant, accourut, et se jeta sur lui.

Or, le seigneur de Limour[1], qui passait près de là avec sa suite, entendant des cris, se détourna de sa route, et vint trouver Énit; et il lui dit :

— Quel malheur t'est-il arrivé, madame?

— Ah! cher seigneur, répondit-elle, le seul homme que j'aie aimé de ma vie, le seul homme que j'aimerai jamais est mort.

— Et toi, demanda le seigneur à l'autre dame, quel motif de chagrin as-tu?

— Ils ont tué aussi mon mari!

— Et qui les a tués?

---

[1] Le texte gallois porte *Limuris*, le poëme français *Limors*; c'est probablement Limur, commune de Rieux, en Bretagne : aucun nom pareil en Galles.

— Des géants, dit-elle; ils ont assassiné mon ami,
et ce chevalier qui les a poursuivis vient de revenir
dans l'état où tu le vois, perdant tout son sang; mais
je crois bien qu'il n'a point quitté les géants sans en
avoir tué quelques-uns, sinon tous.

Le seigneur fit enterrer le mort; mais, pensant que
Ghérent n'était pas encore trépassé et qu'on pourrait le
rappeler à la vie, il le fit placer dans l'envers d'un bouclier et porter sur un brancard.

Et les deux dames se rendirent à la cour, et, quand
elles y arrivèrent, Ghérent fut couché sur un lit funèbre dressé au bout de la table de la salle; et tout le
monde changea de vêtements; et le seigneur engagea
Énit à en faire autant.

— Je n'en ferai rien, répondit-elle.

— Madame, lui dit-il, ne t'afflige donc pas comme cela!

— Il serait bien difficile de me le persuader, dit-elle.

— Je veux me conduire à ton égard de manière à te
rendre indifférente à la vie comme à la mort de ce chevalier; j'ai ici un riche domaine; je te l'offre avec ma
personne; sois donc désormais heureuse et joyeuse.

— Je prends Dieu à témoin, dit-elle, que, tant que
je vivrai, je ne serai plus heureuse.

— Viens toujours te mettre à table.

— Non, par le ciel, je ne m'y mettrai point!

— Par le ciel, tu t'y mettras! dit-il.

Et il la porta de force à table, et il l'invita longtemps
à manger.

— Dieu m'est témoin, dit-elle, que je ne mangerai que lorsque mangera le chevalier que voilà sur ce lit funèbre.

— Tu ne tiendras point ce serment, dit le seigneur, car cet homme est déjà mort.

— Je te prouverai le contraire, répondit-elle.

Alors il lui offrit une coupe remplie de vin.

— Bois ce vin, dit-il, il changera ton cœur.

— Honte à moi, répondit-elle, si je bois sans qu'il boive lui-même.

— Vraiment, s'écria le seigneur, je ne gagne pas plus à te traiter avec bonté qu'à te traiter avec rigueur.

Et il lui donna un soufflet. Énit alors poussa un cri perçant, et se mit à gémir encore plus fort qu'elle n'avait fait précédemment; car elle pensait dans son cœur que, si Ghérent eût été en vie, le seigneur n'eût pas osé la souffleter ainsi.

Mais voilà qu'au son de la voix d'Énit Ghérent, qui n'était qu'évanoui, se réveille et se redresse, et, trouvant son épée dans le creux de son écu, il s'élance sur le seigneur et lui porte un coup si furieux, si pénétrant, si rude, si envenimé, si épouvantable sur la tête, qu'il le fend en deux jusqu'à la ceinture, et que son épée s'enfonce dans la table. Tous les convives alors se lèvent et prennent la fuite; mais ce fut moins par la crainte du vivant que par la peur qui les saisit en voyant le mort ressusciter pour les tuer.

Ghérent regarda Énit; et il se repentit pour deux

raisons : la première, c'est qu'Énit avait perdu ses belles
couleurs et sa beauté ; la seconde, parce qu'il voyait
qu'elle n'était point coupable.

— Madame, dit-il, sais-tu où sont nos chevaux ?

— Je sais, répondit-elle, où est ton cheval ; mais je
ne sais ce qu'est devenu le mien : ton cheval est ici
dans l'écurie.

Il entra donc dans l'écurie, en fit sortir son cheval,
monta dessus, et, prenant Énit dans ses bras, il l'assit
devant lui, et s'éloigna.

XXVI

Le chemin que suivait Ghérent et sa compagne était
bordé de deux haies vives, et la nuit s'avançait ; et
voilà qu'ils virent briller derrière eux dans l'air des
fers de lance, et qu'ils entendirent des pas de chevaux,
et le bruit d'une troupe armée qui s'approchait.

— J'entends des hommes qui nous suivent, dit
Ghérent ; je vais te mettre à l'abri derrière cette haie.

Ce qu'il fit ; et aussitôt un chevalier piqua des deux
vers lui, en mettant sa lance en arrêt. Quand Énit vit
cela, elle s'écria :

— O chef, qui que tu sois, quelle gloire gagneras-tu
en tuant un homme mort ?

— Mon Dieu ! s'écria le chevalier, c'est Ghérent !

— Oui, vraiment ! dit Énit ; et qui es-tu toi-même ?

— Je suis le Petit-Roi, répondit-il, qui viens à ton
secours, ayant appris que tu étais en danger. Si tu avais

suivi mes avis, aucune de ces contrariétés ne te serait arrivée.

— Si les conseils ont leur utilité, rien n'arrive pourtant, dit Ghérent, sans la permission de Dieu.

— Oui, répondit le Petit-Roi; suis donc le bon avis que je vais te donner : viens avec moi à la cour d'un gendre de ma sœur qui habite près d'ici, et tu y recevras tous les soins possibles, et les meilleurs médicaments du royaume.

— J'y consens volontiers, dit Ghérent.

Et l'on fit monter Énit sur le cheval d'un des écuyers du Petit-Roi, et on se rendit au palais du baron. Et Ghérent et sa femme y furent accueillis avec joie, et ils y trouvèrent tous les égards de l'hospitalité. Et le lendemain on envoya chercher des médecins qui ne tardèrent pas à arriver, et ils soignèrent Ghérent jusqu'à ce qu'il fût parfaitement rétabli. Et tandis qu'ils donnaient leurs soins à Ghérent, le Petit-Roi fit réparer l'armure du chevalier : on la rendit aussi bonne qu'elle avait jamais été, et Ghérent passa six semaines au château.

Alors le Petit-Roi lui dit :

— Maintenant nous allons nous rendre à ma cour pour nous reposer et nous distraire.

— Si tu veux, répondit Ghérent, nous voyagerons d'abord pendant un jour, et puis nous nous y rendrons.

— Avec plaisir, dit le Petit-Roi; partons donc.

20

XXVII

Le lendemain, ils partirent de grand matin; et ce jour-là Énit eut plus de plaisir et de joie que jamais en chevauchant avec eux.

Et ils gagnèrent la grand'route, et ils trouvèrent un endroit où elle se divisait en deux; et ils aperçurent un homme à pied qui suivait, en venant à eux, une des deux routes, et Guiffert lui demanda d'où il venait.

— Je reviens, dit-il, d'un message dans ce pays.

— Dis-moi, fit Ghérent, laquelle de ces deux routes dois-je prendre?

— Celle-ci est préférable, répondit l'autre; car, si tu prends celle-là, tu ne reviendras plus. Au-dessous de nous, ajouta-t-il, il y a une enceinte formée par des brouillards, et dans cette enceinte on joue à des jeux enchantés, et personne, après y être entré, n'en est jamais sorti; cette cour est celle du comte Owenn, et il ne permet de loger dans la ville qu'aux voyageurs qui veulent bien lui rendre visite dans son palais.

— Par Dieu! dit Ghérent, nous allons prendre le bas chemin.

Et ils arrivèrent à la ville, et ils y choisirent le logement le plus commode et le plus beau.

Sur ces entrefaites, un jeune homme se présenta à eux et les salua.

— Dieu te soit en aide! répondirent-ils.

— Chers seigneurs, dit-il, quels apprêts faites-vous ici?

— Nous préparons notre logement pour cette nuit.

— Le seigneur de cette ville, répondit-il, n'a point l'habitude de permettre aux personnes nobles de demeurer ici, à moins qu'elles ne viennent à sa cour ; venez-y donc.

— Volontiers, dit Ghérent.

Ils suivirent donc le serviteur du comte; et ils furent accueillis avec joie, et le comte vint lui-même dans la salle au-devant d'eux; et il fit dresser les tables, puis on se lava, et l'on se mit à table; or voici dans quel ordre : Ghérent fut placé à droite du comte, Énit à gauche, et près d'Énit le Petit-Roi, et la comtesse près de Ghérent, et puis toutes les autres personnes de la cour selon leur qualité.

Ghérent alors se souvint des jeux, et pensa qu'il ne pourrait point y jouer; et cette idée lui ôta l'appétit. Et le comte le regarda; et il comprit que, s'il ne mangeait pas, c'est qu'il pensait aux jeux, et il regretta d'avoir établi des jeux qui devaient coûter la vie à un jeune homme tel que Ghérent : et, si Ghérent lui avait demandé de les abolir, il les eût abolis de grand cœur. Il lui dit donc :

— Quelle pensée te préoccupe que tu ne manges pas? Si tu hésites à aller aux jeux, n'y va pas, et personne de ton rang ne s'y rendra jamais.

— Merci, répondit Ghérent; mais je ne souhaite rien tant que d'aller aux jeux, et que d'en savoir le chemin.

— Si tu préfères y aller, on te l'apprendra bien volontiers.

— Oui sûrement, je préfère y aller, dit Ghérent.

Et ils dînèrent, et furent abondamment servis, et on leur présenta les mets les plus variés, et des liqueurs de toute espèce.

Le repas fini, on se leva de table.

Et Ghérent fit préparer son cheval et ses armes, et il s'arma et arma son cheval ; et toutes les troupes du comte l'accompagnèrent jusqu'au bord de l'enceinte : et la palissade était si haute, qu'elle s'élevait dans l'air à une hauteur égale à celle que l'œil pouvait atteindre; et chacun des pieux qui la formaient, excepté deux, portait une tête d'homme, et le nombre des pieux était considérable. Et le Petit-Roi dit :

— Ne peut-il entrer personne avec mon seigneur?

— Personne, répondit le comte Owenn.

— Par où puis-je entrer ? demanda Ghérent.

— Je n'en sais rien, répliqua Owenn ; entre par l'endroit qui te conviendra, ou qui te semblera le plus facile.

Ghérent alors, sans crainte et sans broncher, s'élança à travers le brouillard ; et, quand il l'eut passé, il entra dans un grand verger, et dans ce verger il y avait un espace vide où s'élevait une tente de satin rouge. La porte de la tente était ouverte ; un pommier l'ombrageait, et à une des branches du pommier était suspendu un grand cor.

Et Ghérent mit pied à terre, et il entra dans la tente, et il n'y trouva qu'une jeune fille assise sur une chaise d'or ; et une autre chaise, mais vide, était placée devant elle. Et Ghérent prit la chaise vide, et s'y installa.

— O chef, dit la jeune fille, ne t'assieds pas sur cette chaise.

— Pourquoi cela ? demanda Ghérent.

— L'homme auquel appartient cette chaise n'a jamais souffert qu'elle servît à d'autre qu'à lui-même.

— Peu m'importe, dit Ghérent, s'il trouve mauvais que je m'en serve.

Et voilà qu'ils entendirent un grand bruit au dehors, et Ghérent sortit pour voir quelle en était la cause : et il vit un chevalier monté sur un cheval de guerre aux naseaux fumants, à la taille élevée, à l'air vif et aux larges os; et le cavalier portait un double manteau qui couvrait aussi son cheval, et sous son manteau une armure complète.

— Dis-moi chef, demanda-t-il à Ghérent, qui t'a permis de t'asseoir sur cette chaise ?

— Moi-même, répondit Ghérent.

— Tu te repentiras de m'avoir fait cet affront. Lève-toi, et rends-moi raison de ton insolence !

Et Ghérent se leva, et ils s'attaquèrent aussitôt ; et ils rompirent une paire de lances, et une seconde, et une troisième, et ils se donnèrent des coups furieux et multipliés ; et à la fin Ghérent s'emporta, et, enfonçant ses éperons dans le ventre de son cheval, il fondit

sur son adversaire, et lui porta un tel coup au milieu
du bouclier, qu'il le fendit, et que le fer de sa lance
traversa l'armure du chevalier, et qu'il en rompit les
courroies, et que, lui faisant faire la culbute par-dessus
la croupe de son cheval, il l'envoya mesurer la terre
à la longueur d'une lance et d'un bras.

— Grâce, monseigneur ! s'écria-t-il, et je t'accorderai tout ce que tu voudras.

— Je ne veux qu'une chose, dit Ghérent, c'est que
ce jeu n'existe pas plus longtemps ici, et qu'il en soit
de même de l'enceinte, et des brouillards, et de la
magie, et des enchantements.

— Tu seras obéi, seigneur.

— Dissipe donc à l'instant le brouillard.

— Sonne du cor que voilà, dit le chevalier, et, aussitôt que tu en sonneras, le brouillard se dissipera de lui-
même; car il ne doit se dissiper que lorsque mon vainqueur aura sonné du cor.

Cependant Énit, triste et inquiète, attendait impatiemment Ghérent, quand il sonna du cor; et au premier son le brouillard s'évanouit, et les gens du pays
s'attroupèrent, et ils se félicitèrent les uns les autres.

Et le comte invita Ghérent et le Petit-Roi à passer
la nuit près de lui; et, le lendemain, ils se séparèrent.

Puis Ghérent retourna dans ses États, où désormais
il régna heureux; et ses exploits et ses hauts faits per-
pétuèrent la gloire de son nom comme celle d'Énit.

NOTES ET ÉCLAIRCISSEMENTS

I

LES COURS PLÉNIÈRES D'ARTHUR.

« Le prince tient sa cour, disent les lois d'Houel-Da (c'est-à-dire reçoit ses vassaux en grande cérémonie), aux trois principales fêtes de l'année, savoir : à Noël, à Pâques et à la Pentecôte[1]. » Le lieu variait à son gré : c'était presque toujours dans une ville ou un château fort. Le même usage existait en Armorique à la même date. Ainsi nous voyons qu'en l'année 1082, époque très-rapprochée de celle où vivait le rédacteur de l'histoire de Ghérent, Hoël, comte de Cornouaille, tint cour avec ses barons dans la ville d'Auray[2]. On était invité par ban longtemps d'avance; l'affluence était souvent considérable. La cour demeurait assemblée pendant plusieurs jours, qui se passaient en banquets, en tournois, en divertissements de tous genres; les invités ne se séparaient jamais sans avoir été comblés des largesses du prince.

[1] *The Myvyrian archaiology of Wales*, t. III, p. 363.
[2] Apud castrum Alrae, Hoelo comite ibi curiam tenente cum multis baronibus. (*Cartular. Kimperleg.* D. Morice, t. III, col. 456.)

II

LES AIDES DU PORTIER D'ARTHUR.

Nous connaissons déjà Gléouloued à la large-main, le portier en chef de la cour d'Arthur; nous l'avons vu figurer dans *la Dame de la fontaine*. Les conteurs gallois nous font connaître maintenant ses principaux aides; les deux plus célèbres sont : Drem, fils de Dremhitid; et Klust, fils de Klustveined ; leurs noms conviennent parfaitement à l'office qu'ils remplissent : celui du premier signifie *Vue*, et celui du second *Oreille*. Un barde gallois de la fin du quatorzième siècle, nommé Iolo Gor'h, les cite l'un et l'autre dans un de ses poëmes; parlant d'un événement presque impossible, il dit :

« Quand cela arrivera-t-il?

« Lorsque Blezin-Rabi-Rhol aura la vue aussi perçante que Drem, fils de Dremhitid, qui distinguait un atome dans un rayon de soleil, aux quatre coins du monde;

« Lorsque Fongam aura l'oreille aussi fine que Klust, fils de Klustveined, qui entendait, au mois de juin, tomber une goutte de rosée d'un brin d'herbe, aux quatre coins du monde [1]..»

III

LE GRAND VENEUR D'ARTHUR.

Le grand veneur était le dixième officier de la cour des anciens chefs bretons.

« Ses terres, disent les lois d'Houel-Da, seront quittes d'imposition; il habitera la maison du fournier; il recevra, chaque jour, pour breuvage, trois cornes d'hydromel, et, pour nourriture, un plat de viande; il ne jurera que par ses chiens, ses cors et ses laisses.

[1] *Mabinogion*, t. II, p. 144.

« Depuis Noël jusqu'au mois de février, il sera toujours aux ordres du prince. La première semaine de février passée, il ira chasser les biches avec ses chiens et ses laisses; ses cors sonneront au moment du départ. La chasse des biches durera jusqu'à la Saint-Jean d'été; dans cet intervalle, personne n'aura droit de le citer en jugement, excepté les autres officiers du palais.

« Le lendemain de la Saint-Jean d'été, il ira chasser le cerf; ce jour-là, s'il n'a pas reçu une assignation avant d'ôtre levé et d'avoir mis ses guêtres, il aura le droit de ne point comparoir.

« Aux ides de novembre, il ira chasser le sanglier, qu'on peut chasser jusqu'aux calendes de décembre; à cette époque, il fera trois parts des peaux des animaux tués dans l'année : les deux premières appartiendront aux chasseurs, et la troisième au prince. Puis il montrera au prince ses chiens, ses laisses et ses cors, et ira habiter chez les fermiers royaux, qui le nourriront, lui et ses piqueurs, jusqu'à Noël, où il reviendra à la cour pour jouir des dignités et privilèges attachés à son rang [1]. »

IV

LES CHAMBELLANS D'ARTHUR.

D'après les lois galloises, les chambellans des anciens chefs bretons veillaient à la porte de leur chambre à coucher, faisaient leur lit, gardaient leur trésor, qui consistait en coupes de prix, en cornes de buffle, en anneaux d'or ou d'argent, et leur servaient habituellement d'échanson, excepté aux trois grandes fêtes de Noël, de Pâques et de la Pentecôte [2].

Goreu, fils de Kustennin ou Constantin, et Kaderiez, dont je parlerai bientôt, sont les deux plus célèbres dans les traditions galloises du cycle d'Arthur. Une triade mythologique nous apprend que le premier délivra trois fois Arthur de prison :

[1] *Myvyrian*, t. III, p. 368. — [2] Lois d'Houel-Da, *ibid.*, *ibid.*, p. 367.

« Le plus fameux des trois prisonniers de l'île de Bretagne fut
Arthur, enfermé trois nuits dans le fort du *Connu* et de l'*Inconnu*,
et trois nuits dans le cachot de Gwenn à la Tête-de-Dragon, et trois
nuits dans le caveau noir sous le rocher ; et un de ses jeunes officiers le fit sortir de ces trois prisons, et cet officier était Goreu,
fils de son cousin Kustennin[1]. »

V

ÉDEIRN, FILS DE NUZ.

La *Légende des Rois*, traduite en latin par Geoffroi de Monmouth, met Édeirn au nombre des plus braves compagnons d'Arthur[2]. Guillaume de Malmesbury, comme nous l'avons vu (p. 123),
est d'accord avec lui en ce point ; mais il attribue au chevalier des
faits qui ne se trouvent pas dans la chronique bretonne. Son témoignage en est d'autant plus important : il prouve qu'en 1140
Édeirn ou Ider, comme il l'appelle, était déjà pour les Bretons le
sujet de plusieurs écrits différents ; le voici tout entier :

« On lit, dans les Gestes du fameux roi Arthur, qu'ayant
conféré l'ordre de chevalerie à un vaillant jeune homme, appelé
Ider, fils du roi Nuth, un jour qu'il tenait sa cour à Kaerléon, aux
fêtes de Noël, il l'envoya faire ses premières armes contre trois
géants des plus redoutables qui habitaient sur le mont Brentenol.
Ider, devançant les autres chevaliers, attaqua vaillamment les
géants et les tua ; mais, lorsque Arthur arriva, il trouva le jeune
homme épuisé de fatigue. Alors il se reprocha d'avoir été la cause
de sa mort par la lenteur qu'il avait mise à lui venir en aide ; il se
rendit donc à Glastonbury, et chargea vingt-quatre moines de dire
des messes pour le repos de l'âme du défunt ; et leur fit don, en son
honneur, de terres considérables, de vases d'or et d'argent, et
d'ornements d'église[1]. »

[1] *Myvyrian*, t. II, p. 12. — [2] Ibid., t. II, p. 340.
[2] De antiquitate ecclesiæ Glastonbury. (Gale, t. III, p. 296.)

VI

LA CHASSE AU CERF.

On trouve dans un traité inédit de la chasse, écrit en français par Guillaume de Tuisi, grand veneur d'Édouard II, roi d'Angleterre, des détails curieux sur la chasse au cerf au commencement du moyen âge. En voici un extrait donné par Lady Ch. Guest, d'après une ancienne traduction anglaise.

« Quand le roi juge à propos d'aller chasser le cerf dans ses forêts, le forestier en est informé, et il veille à ce que tout soit prêt pour cela. Le seigneur du comté où la chasse a lieu doit préparer des écuries pour recevoir les chevaux du roi, et des chariots pour transporter le gibier tué. Les piqueurs et les officiers du forestier, ainsi que leurs valets, dressent à l'avance, en nombre suffisant, des tentes pour la famille royale et sa suite, lesquelles tentes sont recouvertes de feuillage, afin de mettre les chasseurs et les chiens à l'abri du soleil ou du mauvais temps.

« Le jour de la chasse, dès le lever de l'aurore, le grand veneur et ses officiers font en sorte que les lévriers soient convenablement placés, ainsi que les piqueurs chargés de sonner du cor et d'informer les chasseurs, par leur manière d'en sonner, de l'espèce de gibier qui est délogé, afin qu'ils se tiennent prêts à le recevoir au moment où il quitte le gîte. On place alors des gardes à différents points de l'enclos pour tenir le peuple à distance ; les archers du roi et les valets de ses lévriers sont chargés de garder son poste, et d'empêcher qu'on fasse aucun bruit de nature à effaroucher le gibier avant son arrivée.

« Quand la famille royale et les seigneurs arrivent au lieu préparé pour leur réception, le grand veneur ou son premier officier sonne trois fois, afin qu'on découple les chiens. Alors le gibier est délogé, et lancé, par les chasseurs et les lévriers, vers l'endroit où se tiennent le roi et la reine, et les seigneurs de leur suite, qui peuvent ou le percer de leurs flèches, ou le poursuivre avec leurs lévriers, selon leur bon plaisir. Les chasseurs et leurs piqueurs ne doivent point prétendre au gibier que le roi ou la reine, les princes ou les princesses ont tué de leurs flèches ou fait épargner; mais le grand veneur partage entre eux, conformément à l'ancienne coutume, toutes les autres pièces qui ont été abattues [1]. »

VII

KADÉRIEZ, LE COURTOIS CHEVALIER.

Kadériez formait, avec Goronoui et Fleizour-Flamm, la triade des trois chefs bretons qui aimaient mieux rester à la cour d'Arthur comme simples chevaliers, ce titre valant à leurs yeux tous les autres, que d'aller gouverner leurs États [2]; le même guerrier formait, avec Gwalhmaï et Gadoui, fils de Ghérent, celle des trois chevaliers courtois et bien élevés [3]. Ce caractère d'urbanité lui est fidèlement maintenu dans le conte : choqué de l'inconvenance qu'il y a à ce que Gwennivar chevauche sans suite, il prévient Arthur, et fait donner un écuyer à la reine.

VIII

GILDAS LE SAGE.

Gildas le Sage, dont il est ici question, était frère du barde Aneurin, et barde comme lui. Avant son entrée dans l'état monastique, si nous en croyons un poëme gallois probablement du dixième siècle [4], il aurait même porté les armes, et ses compagnons de guerre ne lui auraient jamais pardonné de les avoir quittés.

[1] Mabinogion, notes, t. II, p. 155. — [2] Myvyrian, t. II, p. 74. — [3] Ibid., ibid.

[4] Sharon Turner, *Vindication of the ancient British poems*, p. 37. —

« As-tu entendu, dit l'auteur du poëme dont je parle, ce que
chante Gildas, le fils de Kaou, le guerrier odieux [1] ? »

Lilius Giraldus, écrivain postérieur de quelques siècles, citant la
triade galloise des « trois bardes les plus fameux de l'île de Bretagne, substitue le nom de Gildas à l'un de ceux que mentionne la triade. L'*Épître* pleine de verve du moine cambrien *sur
les malheurs de la Bretagne*, écrite pendant son séjour au couvent de la presqu'île de Rhuis, en Armorique, justifierait seule,
quoique en prose, l'interpolation, s'il y en avait. Caradoc de Lancarvan, dans la vie qu'il nous a laissée de Gildas, le met, comme
notre conteur, en rapport avec Arthur et la reine Gwennivar [2].

IX

MORGAN, LE MÉDECIN D'ARTHUR.

Morgant-Hud et mieux Morgan-Hud, ou simplement Morgan,
personnage dont les traditions celtiques, et, d'après elles,
tous les romanciers de l'Europe, au moyen âge, ont raconté
l'histoire sur tous les tons, semble apparaître ici sous son jour véritable. Son nom, qui peut s'appliquer aux êtres des deux sexes,
aide à comprendre par quelle méprise les chanteurs populaires
bretons, et leurs imitateurs, en ont fait une femme : le sobriquet
de Hud (*industrieux*, par extension *enchanteur* et *enchante-
resse* [3]), qui répond exactement au mot *faé*, fée, dans la langue
romane [4], joint à sa qualité de médecin, explique l'origine de sa
renommée fabuleuse.

La tradition vulgaire du pays de Galles, au douzième siècle, lui
donne le titre de « reine des fées habiles à guérir toutes sortes de

[1] Myvyrian, t. I, p. 174. — [2] Voy. plus haut, p. 62.
[3] Voyez Walter et Davies, *Dictionnaires gallois*. — [4] En celuy temps
estoit appelé *faé* cil qui *s'entremettoit d'enchantements*... et moult en
estoient pour lors principalement en la Grand'Bretaigne. (Roman de
Lancelot du Lac.)

blessures; » et lorsque Arthur a reçu le coup mortel à la bataille de Camlan, elle le fait soigner par Morgan[1].

Giraud le Gallois, nous l'avons vu[2], confirme, d'après les anciens chanteurs populaires bretons, la vérité de cette assertion. Chrestien de Troyes et tous les poëtes français disent *Morgan la fée* ou la fée *Morgane*.

Aujourd'hui enfin les paysans d'Armorique, chez lesquels la renommée de Morgan est restée aussi populaire qu'elle l'était autrefois en Galles, donnent le nom de *Mari-Morgan* à un esprit des eaux.

X

HOËL, PRINCE D'ARMORIQUE.

Toutes les autorités galloises, poésies, triades, chroniques, cartulaires et histoires, s'accordent à distinguer ce chef des princes cambriens du même nom en l'appelant *Ab-Emyr-Lydau*, c'est-à-dire « fils du chef suprême de la Bretagne armoricaine. »

Il avait pour père Budik, comte de Cornouaille, à qui, selon l'historien Procope[3], Clovis disputa vainement la possession de l'Armorique, et dont Taliésin a gardé la mémoire dans le poëme où il énumère les tombes des guerriers fameux de l'île de Bretagne[4].

Budik étant mort vers l'an 509, et les Frisons ayant envahi l'Armorique, Hoël aurait cherché un refuge en Cambrie, d'où il serait revenu, quelques années après, aidé d'un secours considérable de Bretons insulaires, pour reconquérir ses États. Les chroniques le représentent comme un prince courageux, libéral et pieux; elles parlent d'une entrevue qu'il eut avec Chloter, de son séjour à la cour du roi de Paris, des riches présents qu'il lui of-

[1] Vita Merlini Caledoniensis, p. 42. — [2] A l'art. d'Arthur, p. 20. [3] De bello gothico, lib. I, c. 121. — [4] Myvyrian, t. I, p. 81.

frit et en reçut, et de l'alliance qu'ils contractèrent. Mais ses rapports, vrais ou supposés, avec le roi Arthur sont devenus bien autrement célèbres. Les triades le font habiter à la cour de ce prince. « C'était, disent-elles, un des trois guerriers de race royale de la cour d'Arthur ; et il joignait à cette qualité des manières si affables, si engageantes, si courtoises, qu'il était difficile de ne pas se rendre à ses vœux [1]. »

La Légende armoricaine des Rois, suivie par les chroniqueurs gallois, enchérissant sur ces éloges, prétend qu'il était venu d'Armorique avec une « suite tellement brillante, un tel luxe d'ha-
« bits et d'équipages, une telle quantité de mules et de chevaux,
« que toute l'île était dans l'admiration, et qu'on n'y vit jamais un
« prince plus accompli [2] ; » la Légende ajoute qu'il commença de s'illustrer en combattant pour les Bretons insulaires, ce qui est plus probable, car on lit dans un barde contemporain :

« Il nous est arrivé à propos du secours d'Armorique, des guerriers vaillants, bien montés, qui comptent pour rien la vie [3]. »

Les romanciers français ont emprunté leur roi Houel aux traditions bretonnes ; il est surtout question de lui dans le poëme de *Tristan*, qui demanda en mariage sa fille Iseult aux blanches mains, l'obtint, et vint mourir à sa cour, sur le continent.

XI

BEDUER, LE SOMMELIER D'ARTHUR.

Béduer, ou Béduyr, primitivement *Bedguir*, est mis par les anciens bardes au nombre des guerriers bretons morts en défendant leur patrie [4].

D'autres poëtes gallois antérieurs au douzième siècle le font suivre Arthur dans ses entreprises belliqueuses [5]. Les triades le citent comme le chef de guerre le plus indomptable qu'ait produit l'île

---

[1] Myvyrian, t II, p. 74. — [2] Ibid., p. 320. — [3] Ibid., t. I, p. 158. — [4] Ibid., p. 79. — [5] Ibid., p. 167.

de Bretagne; elles le représentent comme supérieur, par son opi-
niâtreté dans les batailles, non-seulement à Kaï, mais à Tristan
lui-même, et, d'accord avec les bardes, elles lui donnent part aux
expéditions d'Arthur [1].

De même, Caradoc de Lancarvan, Geoffroi de Monmouth, et
tous les écrivains gallois du moyen âge, ne le montrent guère, en
dehors de ses fonctions de sommelier, qu'engagé, avec son prince
et le majordome royal, dans quelque affaire importante, d'où il
sort toujours vainqueur.

XII

GUIFFERT LE PETIT ROI.

Cet intéressant personnage romanesque figure avec honneur
dans la *Légende des Rois* : il régnait, selon elle, en Poitou et
descendait d'un vaillant prince du même nom qui opposa une vive
résistance à la conquête de la France par les Troyens. Quand Arthur
vint à son tour sur le continent, il n'éprouva pas moins de résistance de la part du nouveau souverain de Poitiers que ses ancêtres,
les Troyens, n'en avaient éprouvé autrefois des Poitevins; mais enfin il l'emporta, comme eux, et s'attacha même le petit roi français [2]. Chrestien de Troyes l'appelle tantôt *Givrès li Pitiers*
(probablement *de Poitiers*), tantôt *Givret le Petit*, tantôt
Guivret, et, dans son roman de Perceval, *Giflet le Filz*. On voit
qu'il ne sait à quel nom s'arrêter, et qu'il n'a pas la même assu-
rance que le conteur breton, son modèle. M. le Roux de Lincy
trouve dans Guiffert (autrement écrit Goffart et Guitart) un souvenir du *roi Gondicaire* [3]. Giffart est un très-ancien nom noble
de la Haute-Bretagne [4].

[1] Myvyrian, t. II, p. 5 et 73. — [2] Ibid., p. 106, 317, 320.
[3] *Le roman de Brut*, t. I, p. 59, et t. II, p. 90, 91. — [4] P. de Courcy,
Nobiliaire, p. 143. Cf. D. Lobineau.

III

PÉRÉDUR

ou

LE BASSIN MAGIQUE.

———

PREMIÈRE BRANCHE

I

Le comte Évrok possédait un comté dans le Nord,
et il avait sept fils; et il vivait moins de son revenu
que de ce qu'il gagnait dans les tournois, les combats
et les expéditions guerrières. Mais, comme il arrive à
ceux qui suivent les hasards de la guerre, il fut tué
avec six de ses fils[1].

Le septième se nommait Pérédur[2], et il était le plus
jeune; et il n'était point en âge d'aller à la guerre et

———

[1] Voyez note I. — [2] Voyez note II.

aux combats, autrement il eût été tué comme son père et ses frères.

Sa mère était une femme très-prudente, et remplie de sollicitude pour son fils unique et ses biens. Elle prit donc la résolution de quitter le monde pour la solitude et les déserts, et ne s'y fit suivre que par des femmes, des enfants, et des gens faibles, qui n'entendaient rien à la guerre.

Et personne n'osait manier ni chevaux ni armes devant son fils, de peur qu'il n'apprît à en connaître l'usage.

Le plaisir de l'enfant était d'aller tous les jours dans la forêt lancer des bâtons et des pieux.

Or, une fois, il vit deux biches près des troupeaux de sa mère, et, dans sa simplicité, il s'étonnait beaucoup qu'elles fussent sans cornes, tandis que les chèvres en avaient; s'imaginant donc que c'étaient des chèvres du manoir, égarées depuis longtemps qui, avaient ainsi perdu leurs cornes, il les chassa vivement avec le troupeau vers l'étable, située au bout de la forêt; et il revint vers sa mère.

— Ma mère, dit-il, j'ai vu une chose bien extraordinaire dans le bois : deux de tes chèvres sont devenues sauvages, et ont perdu leurs cornes tandis qu'elles étaient égarées; et personne n'a jamais eu plus de mal que je n'en ai eu à les réunir au troupeau.

Sur cela, les gens du manoir accoururent, et à la vue des biches ils restèrent tout émerveillés.

II

Or, un jour, on aperçut trois guerriers chevauchant
par le chemin charretier le long de la forêt ; et ces
trois guerriers étaient : Gwalhmaï, fils de Guiar, et
Ghénéir-Gwestel; et Owenn, fils d'Urien. Et Owenn
était à la recherche du chevalier qui avait partagé les
pommes à la cour d'Arthur [1].

— Mère, demanda Pérédur, qu'est-ce que ceux-ci ?

— Ce sont des anges, mon fils, dit-elle.

— Par ma foi ! dit Pérédur, je veux devenir ange
comme eux.

Et Pérédur se dirigea vers eux, et il les joignit.

— Dis-moi, mon cœur, demanda Owenn, as-tu vu
passer un chevalier aujourd'hui ou hier ?

— Je ne sais, répondit Pérédur, ce que c'est qu'un
chevalier.

— Quelqu'un comme moi, répondit Owenn.

— Si tu veux répondre à la question que je vais te
faire, je répondrai à celle que tu m'as faite.

— Très-volontiers, dit Owenn.

— Qu'est-ce que ceci ? demanda Pérédur en montrant la selle.

— C'est une selle, dit Owenn.

Alors Pérédur l'interrogea sur chaque partie de

[1] Voyez note III.

l'armure des chevaliers et des chevaux, et sur l'usage
qu'on en faisait, et sur la manière de s'en servir. Et
quand Owenn lui eut tout montré, et qu'il lui eut bien
expliqué à quoi servait chaque objet :

— Va toujours, lui dit Pérédur : j'ai vu quelqu'un
comme tu en cherches un; et je veux te suivre.

Alors Pérédur revint vers sa mère et ses gens, et
lui dit :

— Mère, ce n'étaient point des anges, mais d'hono-
rables chevaliers.

A ces mots, sa mère tomba pâmée comme morte.

Et Pérédur se rendit à l'écurie, où étaient les chevaux qui charriaient le bois de chauffage et qui portaient les vivres de la ville en ces lieux déserts ; et il y
prit un cheval baï décharné, le meilleur qu'il trouva,
et d'un sac il se fit une selle, et avec des branches tor-
dues il imita les harnais qu'il avait vus sur les chevaux
des chevaliers; puis il retourna vers sa mère.

Cependant la dame avait recouvré l'usage de ses
sens.

— Quoi! mon fils, lui dit-elle, est-ce que tu voudrais
t'en aller?

— Oui, avec votre permission, ma mère.

— Alors il faut que je te donne des conseils avant
que tu partes.

— Volontiers, dit-il, mais donne-les vite.

— Eh bien, rends-toi, mon fils, à la cour d'Arthur, où se trouvent les meilleurs, les plus généreux
et les plus vaillants chevaliers.

Si tu rencontres une église, dis tes prières;

Si tu trouves à boire et à manger et que tu aies faim ou soif, et que personne n'ait l'attention et la bonté de te rien offrir, sers-toi toi-même;

Si tu entends une voix gémir, dirige-toi vers elle, surtout si cette voix est celle d'une femme;

Si tu trouves quelque beau diamant, prends-le, et fais-en cadeau, car c'est ainsi que tu mériteras la louange;

Si tu vois une jolie femme, fais-lui la cour avant même qu'elle te l'ait permis : ainsi tu deviendras meilleur et plus estimé. »

Quand elle eut fini de parler, Pérédur monta sur son cheval, et, prenant dans sa main une poignée de javelots à pointe affilée, il partit[1].

III

Après avoir erré deux jours et deux nuits par les déserts et les forêts, sans boire ni manger, Pérédur entra dans un grand bois sauvage, et dans le bois, au loin, il vit une belle clairière unie, et au milieu de la clairière une tente, et, la prenant pour une église, il se mit à dire ses prières.

Et il se dirigea vers la tente; et la porte de la tente était ouverte, et près de la porte il y avait un fauteuil d'or, et sur ce fauteuil était assise une belle jeune femme aux cheveux châtains, avec un cercle d'or étin-

---

[1] Voyez note IV.

celant de pierreries sur le front, et un anneau d'or au doigt.

Pérédur descendit de cheval, et entra dans la tente. Et la jeune femme se réjouit à sa vue, et elle le salua.

Et au fond de la tente il vit de la nourriture : deux flacons pleins de vin, et deux tourtes de pain blanc, et des tranches de viande de porc.

— Ma mère, dit Pérédur, m'a recommandé de boire et de manger partout où j'en trouverais l'occasion.

— Mange autant qu'il te plaira, jeune chef, et sois le bienvenu.

Pérédur mangea donc la moitié des vivres, et vida l'un des flacons à lui tout seul, et laissa l'autre à la jeune fille.

Et quand il eut fini de manger, il se mit à genoux devant elle :

— Ma mère m'a dit que, partout où je trouverais un beau joyau, je pourrais le prendre.

— Prends-le, mon cœur, répondit la jeune femme.

Pérédur prit donc l'anneau de la jeune femme; et, remontant à cheval, il se remit en route[1].

Or, le chevalier à qui appartenait la tente ne tarda pas à revenir : c'était le seigneur de la clairière; et il vit les traces du cheval, et il dit à la jeune femme :

— Qui a été ici depuis mon départ ?

— Un personnage à manières fort extraordinaires, seigneur, dit-elle.

[1] Voyez note V.

Et elle lui fit le portrait de Pérédur en lui racontant ce qui s'était passé.

— Dis-moi, demanda-t-il, ne s'est-il rendu coupable d'aucune offense envers toi?

— Non, en vérité, répondit la jeune femme, il ne m'a point offensée.

— En vérité! je ne te crois pas; et, jusqu'à ce que je l'aie rencontré, que j'aie vengé l'insulte qu'il m'a faite, et que j'aie apaisé ma colère sur sa personne, tu ne passeras pas deux nuits sous le même toit!

Sur cela, le chevalier se leva et se mit à la poursuite de Pérédur.

IV

Cependant Pérédur se dirigeait vers la cour d'Arthur.

Et avant qu'il y arrivât, un autre chevalier y avait passé, et il avait donné un anneau d'or d'un grand prix au portier pour tenir son cheval, et il était entré dans la salle où étaient réunis Arthur et sa cour, et Gwennivar et ses dames; et, comme un jeune serviteur présentait à Gwennivar une coupe d'or, il avait lancé la liqueur qu'elle contenait à la face de la reine et sur son giron, et lui avait donné un grand soufflet, en disant :

— Si quelqu'un ose me disputer cette coupe, et venger l'insulte faite à Gwennivar, qu'il me suive dans la prairie; je l'y attends.

Là-dessus, il était remonté à cheval, et s'était rendu dans la prairie.

Toutes les personnes de la cour penchaient la tête,

tremblant qu'on ne les priât d'aller venger l'insulte faite à Gwennivar; car elles s'imaginaient qu'aucun chevalier n'eût osé commettre un affront pareil, sans être doué de pouvoirs magiques qui l'eussent mis à l'abri de toute représaille.

Or voici Pérédur qui entre dans la salle, monté sur son cheval bai décharné, dans son étrange équipage, et qui la traverse dans toute sa longueur.

Au milieu de la salle Kaï était debout.

— Dis-moi, grand homme, fit Pérédur, où est Arthur?

— Que lui veux-tu? demanda Kaï.

— Ma mère m'a dit d'aller trouver Arthur pour qu'il m'ordonne chevalier.

— Par ma foi! répondit Kaï, tu es équipé et armé trop à la légère!

En ce moment, toute la cour avait les yeux sur Pérédur, et chacun lui lançait des traits.

Mais voilà qu'un Nain parut : il avait déjà passé, avec la Naine sa femme, un an à la cour d'Arthur, où il était venu pour implorer la protection du prince, et l'avait obtenue; et pendant toute l'année ni lui ni sa femme n'avait adressé la parole à qui que ce fût[1]. Or, à la vue de Pérédur :

— Ah! ah! que Dieu te garde, s'écria-t-il, beau Pérédur, fils d'Évrok, chef des guerriers et fleur des chevaliers!

— Quoi! s'écria Kaï, tu as été assez mal appris pour

---

[1] On verra plus loin qui étaient ces deux êtres mystérieux.

passer un an à la cour d'Arthur sans dire mot, quand
tu avais assez de gens à qui parler; et maintenant, à
la face d'Arthur et de sa Maison, voilà que tu prends
la parole pour proclamer cet individu le chef des guerriers et la fleur des chevaliers!

Et il lui donna un tel coup de poing sur l'oreille,
qu'il le fit tomber à la renverse sans connaissance.

Là-dessus, voilà la Naine qui s'écrie :

— Ah! ah! beau Pérédur, fils d'Évrok, que Dieu
te garde, fleur des guerriers et lumière des chevaliers!

— Comment! femme, dit Kaï, tu as été assez mal
élevée pour demeurer muette une année entière à la
cour d'Arthur, et voilà que tu ouvres la bouche pour
louer un pareil personnage!

Et il lui lança un tel coup de pied, qu'elle tomba
sans connaissance.

— Grand homme, dit Pérédur, montre-moi donc
Arthur; où est-il?

— Tais-toi! répondit Kaï; et cours après le chevalier
qui vient de sortir d'ici et de se rendre dans la prairie,
et prends-lui la coupe, et bats-le, et empare-toi de son
cheval et de ses armes, et après cela tu seras ordonné
chevalier.

— J'y vais, grand homme, dit Pérédur.

Et, tournant bride, il sortit, et se rendit dans la
prairie.

V

Quand Pérédur entra dans la prairie, le chevalier

chevauchait en long et en large, fier de sa force, de son courage et de sa bonne mine.

— Dis-moi, fit le chevalier, n'as-tu vu personne de la cour me suivre?

— Le grand homme qui est là, dit Pérédur, m'a engagé à te battre, et à te prendre la coupe, et à m'emparer de ton cheval et de ton armure.

— Tais-toi! répliqua le chevalier : retourne à la cour, et dis à Arthur, de ma part, qu'il vienne lui-même, ou qu'il envoie quelque autre me combattre; s'il ne se hâte pas, je ne resterai pas plus longtemps ici.

— Par ma foi! dit Pérédur, que tu le veuilles ou non, j'aurai ton cheval, et tes armes, et la coupe!

Le chevalier, l'entendant parler de la sorte, courut sur lui furieux, et le frappa violemment du fer de sa lance entre le cou et l'épaule.

— Diable! garçon, dit Pérédur, les serviteurs de ma mère ne jouaient pas ainsi avec moi, mais j'accepte le jeu!

Et il le frappa de la pointe aiguë de son javelot, qui l'atteignit à l'œil et ressortit par la nuque; et il le renversa mort.

VI

— Oui, vraiment, disait alors Owenn, fils d'Urien, à Kaï, tu as mal agi en envoyant ce fou à la poursuite du chevalier, car de deux choses l'une, ou il sera vaincu, ou il sera tué : s'il est vaincu, le chevalier se vantera d'avoir battu un des bons guerriers de cette cour, et

ce sera pour Arthur et ses chevaliers un éternel
déshonneur; s'il est tué, le déshonneur sera le même,
et de plus il aura été puni de son imprudence. Je veux
aller voir ce qui est arrivé.

Owenn se rendit donc dans la prairie, et y trouva
Pérédur qui tirait sur l'armure du guerrier.

— Que fais-tu là? lui dit Owenn.

— Je ne puis venir à bout de lui ôter cet habit de
fer, dit Pérédur; j'ai beau y mettre toutes mes forces,
je perds ma peine.

Owenn dépouilla le chevalier de ses armes et de ses
vêtements, et il dit :

— Voici, bonne âme, un cheval et une armure
meilleurs que les tiens; prends-les, et viens avec moi
trouver Arthur pour qu'il t'ordonne chevalier, car tu
es digne de l'être.

— Puissé-je plutôt ne jamais montrer mon visage!
dit Pérédur. Mais rapporte la coupe à Gwennivar; et
dis à Arthur que, quelque part que j'aille, je veux
demeurer son vassal, et lui rendre tous les bons offices
et tous les services dont je serai capable; et que je ne
veux point retourner à sa cour avant de m'être battu
avec le grand homme qui est là, et d'avoir vengé l'insulte qu'il a faite au Nain et à la Naine.

Et Owenn revint à la cour, et il s'acquitta de son
message près d'Arthur, et de Gwennivar, et de tous
les gens de la maison; et il fit part à Kaï de la menace
de Pérédur.

VII

Et Pérédur se remit en route et comme il chevauchait, il vit venir à sa rencontre un chevalier.

— D'où viens-tu? lui dit le chevalier.

— De la cour d'Arthur, répondit Pérédur.

— Serais-tu un de ses vassaux?

— Oui, vraiment.

— Un beau vasselage que celui d'Arthur!

— Pourquoi parles-tu ainsi? demanda Pérédur.

— Je vais te l'apprendre, répondit l'autre : j'ai toujours [détesté[1]] Arthur, et n'ai jamais combattu aucun
de ses chevaliers que je ne l'aie tué.

Sans perdre de temps à discourir, ils se battirent, et
Pérédur ne tarda pas à le désarçonner, et à lui faire
faire la culbute par-dessus la croupe de son cheval. Et
le chevalier cria grâce.

— Je te fais grâce, dit Pérédur ; mais tu vas me
jurer d'aller trouver Arthur : et tu lui diras que je t'ai
vaincu pour lui faire honneur, et que je ne retournerai
à sa cour qu'après avoir vengé le Nain et la Naine.

Le chevalier le promit; et il se rendit à la cour
d'Arthur, où il tint parole, et rapporta la menace faite
à Kaï.

Cependant Pérédur poursuivit sa route; et, dans la
semaine, il combattit seize chevaliers, et les vainquit

---

[1] Ce mot est effacé dans le manuscrit.

tous. Et il les envoya porter à la cour d'Arthur le même message dont Pérédur avait chargé le premier chevalier, et la même menace pour Kaï : et Kaï encourut ainsi la censure d'Arthur, ce qui l'affligea beaucoup.

VIII

Pérédur poursuivait sa route : et il entra dans une grande forêt déserte, à l'extrémité de laquelle il y avait un lac d'un côté, et de l'autre un beau château; et sur le bord du lac un vieillard vénérable aux cheveux blancs, vêtu d'une robe de satin, était assis sur un coussin de satin, et les personnes qui l'accompagnaient s'occupaient à pêcher dans le lac.

Quand le vieillard aux cheveux blancs vit Pérédur, il se leva, et se dirigea vers le château; or le vieillard était boiteux. Pérédur gagna le palais dont la porte était ouverte, et entra dans la salle, où le vieillard était assis sur un coussin devant un grand feu; et les gens de la maison et la compagnie se levèrent pour recevoir Pérédur et le désarmer.

Le vieillard engagea le jeune homme à s'asseoir près de lui sur le coussin. Pérédur s'assit, et ils discoururent ensemble ; et, quand l'heure du repas fut venue, on dressa les tables, et ils se mirent à dîner.

Le repas fini, le vieillard demanda à Pérédur s'il savait se battre à l'épée.

— Je ne sais pas, dit Pérédur; mais, quand on m'aura appris, je saurai.

— Quiconque, dit le vieillard, sait jouer du bâton et de l'écu sait aussi jouer de l'épée.

Le vieillard avait deux fils, l'un aux cheveux blonds, l'autre aux cheveux bruns.

— Levez-vous, enfants, et jouez du bâton et de l'écu.

Et ils jouèrent du bâton [1].

— Dis-moi, mon cœur, demanda le vieillard à Pérédur, quel est celui des deux jeunes gens qui te semble le plus fort au jeu ?

— Il me semble, répondit Pérédur, que le jeune homme aux cheveux blonds tirerait du sang à l'autre, s'il le voulait.

— A ton tour, mon cœur ! Prends le bâton et l'écu des mains du jeune homme aux cheveux bruns, et tire du sang, si tu le peux, au jeune homme à la chevelure blonde.

Pérédur se leva ; et il commença à se battre avec le jeune homme aux cheveux blonds, et, haussant le bras, il lui fit une telle blessure, qu'un de ses sourcils tomba sur son œil, et que le sang jaillit.

— Bien ! mon cœur, dit le vieillard ; reviens t'asseoir près de moi, car tu seras un jour le premier combattant à l'épée des guerriers de cette île. Je suis ton oncle, le frère de ta mère. Et tu resteras chez moi quelque temps pour apprendre les usages et les coutumes des différents pays, et la civilité, et la politesse,

[1] Voyez note VI.

et les belles manières. Oublie donc les façons d'agir et
de parler de ta mère; je veux faire ton éducation, et
je t'ordonnerai chevalier.

Désormais tu te conduiras de cette manière :

Si tu vois quelque chose qui te cause de l'étonnement, ne demande pas d'explication ; si personne n'a
l'attention de t'en donner, que le blâme en retombe
non sur toi, mais sur moi, car je suis ton maître.

Et ils furent honorés et servis à souhait; et, quand
vint l'heure, ils s'allèrent coucher.

IX

Au point du jour, Pérédur se leva, et monta à cheval ; et, prenant congé de son oncle, il partit.

Et il entra dans une grande forêt solitaire ; et au
bout de la forêt il y avait une prairie, et d'un côté de
cette prairie un grand château. Il en prit le chemin,
et il trouva la porte ouverte, et il s'avança vers la
salle; et il vit un homme noble à tête blanche assis
dans un coin de la salle, et plusieurs jeunes serviteurs alentour, qui se levèrent pour le recevoir et lui
rendre honneur. Et ils le firent asseoir à côté du seigneur du palais; et ils se mirent à causer.

Au dîner, ils placèrent Pérédur à table près du
vieillard noble. Et lorsqu'ils eurent assez bu et mangé,
le vieillard demanda à Pérédur s'il savait se battre
à l'épée.

— Quand on m'aura appris, je saurai, je pense, répondit Pérédur.

Or il y avait là, fixé au pavé de la salle, un énorme crampon de fer, tel qu'un guerrier seul aurait pu l'empoigner[1].

— Prends cette épée, dit le vieillard à Pérédur, et frappe le crampon de fer.

Pérédur se leva ; et il frappa le crampon d'une telle force, qu'il en fit deux pièces, ainsi que de l'épée.

— Prends ces pièces, et raboute-les.

Pérédur les prit, et les rabouta.

Et il frappa une seconde fois le crampon d'une telle force, qu'il en fit encore deux pièces, ainsi que de l'épée ; et, comme la première fois, il les ressouda.

Et il frappa un troisième coup ; mais cette fois il ne put rejoindre les fragments ni du crampon ni de l'épée.

— Enfant, dit alors le vieillard, viens t'asseoir près de moi, que je te bénisse : tu sais mieux te servir de l'épée qu'aucun des guerriers du royaume. Tu as atteint les deux tiers de ta force, mais pas encore l'autre tiers ; quand tu seras dans toute ta force, personne ne pourra entrer en lutte avec toi. Je suis ton oncle, le frère de ta mère, et le frère du vieillard qui t'a hébergé la nuit dernière.

Pérédur et son oncle discouraient ensemble, lorsqu'ils virent entrer dans la salle deux jeunes hommes

---

[1] Voyez note VII

qui se dirigeaient vers la chambre, et ils portaient une lance d'une longueur démesurée, de la pointe de laquelle coulaient à terre trois gouttes de sang.

Quand la compagnie vit cela, elle se mit à pleurer et à se lamenter; mais le vieillard n'en continua pas moins de causer avec Pérédur : et, comme il n'apprit point à Pérédur la raison de ce qui se passait, Pérédur n'osa la lui demander.

Et quand les cris furent un peu apaisés, on vit venir deux jeunes filles avec un bassin, dans lequel était une tête d'homme nageant dans le sang.

Et alors la compagnie poussa une clameur telle, qu'on ne pouvait l'entendre sans être effrayé; et, à la longue, elle se tut. Et, quand vint l'heure de s'aller coucher, Pérédur fut conduit dans une belle chambre.

X

Le lendemain, Pérédur prit congé de son oncle, et partit.

Et il entra dans un bois, et il entendit des gémissements au loin, et il vit une belle femme aux cheveux bruns, et un coursier sellé près d'elle, et un cadavre à ses côtés; et, comme elle s'efforçait de placer le cadavre sur le cheval, le cadavre retombait à terre, et elle se lamentait.

— Dis-moi, ma sœur, demanda Pérédur, pourquoi pleures-tu?

22

— Et que t'importe! excommunié de Pérédur! as-tu jamais eu pitié de moi?

— Et pourquoi donc suis-je excommunié? dit Pérédur.

— Parce que tu as été la cause de la mort de ta mère. Quand tu l'as quittée malgré elle, le chagrin s'est emparé de son cœur, et elle en est morte : voilà pourquoi tu es excommunié. Et le Nain et la Naine que tu as vus à la cour d'Arthur sont les bons génies de ta famille. Moi, je suis ta sœur de lait; et celui-ci était mon mari, et il a été tué par le chevalier qui est dans la clairière du bois. Mais garde-toi bien de l'approcher, car il te tuerait aussi.

— Ma sœur, répondit Pérédur, tu me fais des reproches injustes : car, si je n'étais pas demeuré si long-temps à la maison parmi vous, je le vaincrais bientôt; et, quand j'étais avec vous, il m'eût été difficile de le vaincre. Cesse donc de pleurer, c'est inutile. Je vais enterrer le corps; après quoi j'irai à la recherche du chevalier, et voir si je puis en tirer vengeance.

Quand il eut enterré le corps, ils se rendirent à l'endroit où était le chevalier, et ils le trouvèrent qui se promenait fièrement de long en large dans la clairière, et il demanda à Pérédur d'où il venait.

— Je viens de la cour d'Arthur.

— Es-tu un des vassaux d'Arthur?

— Oui, par ma foi!

— Belle suzeraineté, vraiment, que celle d'Arthur!

Et aussitôt ils fondirent l'un sur l'autre; mais Pérédur abattit le chevalier qui lui demanda grâce.

— Je te ferai grâce, dit Pérédur, à une condition : tu prendras cette femme en mariage, et tu lui rendras tout l'honneur et le respect que tu lui dois, ayant tué son mari sans raison ; et tu iras à la cour d'Arthur lui dire que je t'ai vaincu en son honneur et pour sa gloire, et que je ne reparaîtrai pas dans son palais avant d'avoir rencontré le grand homme qui s'y trouve, et vengé l'insulte qu'il a faite au Nain et à la Naine.

Le chevalier accepta les conditions : il pourvut la dame d'un cheval et de tout ce qui lui était nécessaire, et la mena avec lui à la cour d'Arthur ; et il apprit au prince ce qui s'était passé, et porta le défi à Kaï. Et Arthur et toute sa maison blâmèrent Kaï pour avoir éloigné de la cour un jeune homme tel que Pérédur.

Owenn, fils d'Urien, dit alors :

— Ce jeune homme ne reviendra à la cour que lorsqu'on n'y verra plus Kaï.

— Par ma foi ! dit Arthur, je visiterai tous les déserts de l'île de Bretagne, jusqu'à ce que j'aie trouvé Pérédur, et vu par mes yeux qui est le plus fort de lui ou de Kaï.

XI

Pérédur poursuivait sa route. Et il entra dans une forêt solitaire, où l'on ne voyait de trace ni d'hommes ni de bêtes, et où il n'y avait que des buissons et des

plantes sauvages; et tout au fond du bois il vit
un grand château avec de fortes tours, et, quand il
vint à la porte, il y trouva les herbes plus hautes
qu'elles n'étaient ailleurs; et il frappa à la porte
avec le pied de sa lance, et vit un jeune homme
maigre, aux cheveux bruns, qui faisait le guet sur les
créneaux.

— Veux-tu, ô chef, que j'ouvre la porte, dit le
jeune homme, ou bien que j'aille annoncer à mes maîtres que tu es là?

— Dis que je suis ici, repartit Pérédur; et, si l'on
veut que j'entre, j'entrerai.

Le jeune homme descendit, et ouvrit à Pérédur.
Et quand Pérédur entra dans la salle, il vit dix-huit
jeunes gens maigres et [aux cheveux] rouges, de même
taille et de même figure, et de même costume, et de
même âge que celui qui lui avait ouvert la porte; ils
étaient avenants et polis, et le désarmèrent; puis ils
s'assirent pour causer.

Et voilà que cinq jeunes filles passèrent de la chambre dans la salle; et Pérédur n'en avait jamais vu de
plus charmante que leur maîtresse. Elle était vêtue
d'une vieille robe de satin qui avait été belle autrefois,
mais qui était maintenant si usée, qu'on voyait sa peau
au travers: et sa peau était plus transparente que le
cristal poli, et ses cheveux et ses sourcils plus noirs que
du jais, et les pommettes de ses joues plus roses que
la rose. La jeune fille accueillit gracieusement Pérédur,

et, passant un de ses bras autour de son cou, elle le fit asseoir près d'elle.

Il n'y avait pas longtemps qu'il était là, quand il vit entrer deux religieuses, dont l'une portait un flacon de vin, et l'autre six tourtes de pain blanc.

— Madame, dirent-elles, Dieu est témoin qu'il ne reste plus que cela de pain et de vin dans le couvent, cette nuit.

Alors on se mit à table : et Pérédur remarqua que la jeune fille voulait le servir mieux que les autres.

—Ma sœur, dit Pérédur, je vais distribuer moi-même les mets et le vin.

— Non pas, dit-elle, mon cœur.

— Je le veux !

Pérédur prit donc le pain, et il le partagea également entre tous ; il prit aussi le vin, et il en versa une mesure égale à chacun.

Et quand vint l'heure de se coucher, on lui prépara une chambre, et il s'y rendit.

— Ma sœur, dit alors le jeune homme aux cheveux bruns à la plus belle et la plus distinguée des jeunes filles, nous avons un conseil à te donner.

— Quel est-il ? demanda-t-elle.

— C'est d'aller trouver le chevalier qui est dans la chambre haute, et de lui proposer de devenir sa femme, ou son amie, comme il lui plaira.

— Ce serait inconvenant, dit-elle. Je n'ai jamais été l'amie d'aucun chevalier ; et lui faire une pareille proposition avant qu'il m'en ait priée, je ne le puis, en vérité.

— Par Dieu ! si tu refuses, nous t'abandonnerons à tes ennemis, et ils agiront avec toi selon leur bon plaisir.

La jeune fille céda à la peur, et, versant des larmes, elle se dirigea vers la chambre de Pérédur. Le chevalier, entendant la porte s'ouvrir, s'éveilla. La jeune fille pleurait et se lamentait.

— Dis-moi, ma sœur, lui demanda Pérédur, pourquoi pleures-tu?

— Je vais te le dire, monseigneur, répondit-elle :

Mon père possédait ces domaines, et en était seul chef, et ce château était aussi à lui; et, de plus, il gouvernait le meilleur comté du royaume. Or le fils d'un autre comte me demanda en mariage; et mon père ne voulut pas me donner à lui malgré moi, pas plus qu'à nul autre comte du monde. Et mon père n'avait d'autre enfant que moi; et, à la mort de mon père, ces domaines passèrent dans mes mains. Et je souhaitais encore moins alors d'épouser le comte qu'auparavant : il me déclara donc la guerre, et conquit tous mes domaines, à l'exception de ce seul manoir. Et par la valeur des gens que tu as vus, qui sont mes frères de lait, et par la force de ce manoir, il n'a jamais pu me prendre, tant que nous avons eu à boire et à manger: Mais à présent nos provisions sont épuisées; et, comme tu l'as vu, nous avons été nourris par les religieuses du pays : mais enfin voilà que les vivres

leur manquent à elles-mêmes. Et, pas plus tard que
demain, le comte assiégera ce manoir avec toutes ses
forces; et, si je tombe entre ses mains, je serai livrée
à ses valets d'écurie. Ainsi, seigneur, je viens me con-
fier à toi pour que tu me défendes, soit en me retirant
d'ici, soit en me protégeant ici, comme il te conviendra.

— Retourne te coucher, ma sœur, dit Pérédur : je
ne te quitterai pas avant d'avoir fait ce que tu désires,
et vu s'il m'est possible ou non de te venir en aide.

La jeune fille retourna donc se coucher; et, le lendemain matin, elle vint trouver Pérédur et le saluer.

— Que Dieu te protége, mon cœur! Quelles nouvelles apportes-tu?

— Pas d'autres, sinon que le comte et toutes ses
forces sont descendus à la porte, et que je n'ai jamais
vu de place plus couverte de tentes, et une plus grande
foule de chevaliers s'excitant au combat.

— Vraiment! dit Pérédur; alors fais préparer mon
cheval.

Et son cheval fut préparé, et il monta dessus, et se
rendit dans la prairie.

Là chevauchait fièrement un chevalier qui venait
de donner le signal de l'assaut. Et ils s'assaillirent, et
Pérédur lui fit faire la culbute par-dessus la croupe de
son cheval. Et à la chute du jour, un des principaux
chevaliers vint pour se battre avec Pérédur; et Pérédur
le renversa aussi, et le força à demander grâce.

— Qui es-tu? dit Pérédur.

— Je suis, répondit-il, le préfet du palais du comte.

— Et quelle part as-tu des biens de la comtesse ?

— Le tiers.

— Eh bien, dit Pérédur, rends-lui le tiers de ses biens, plus l'intérêt que tu en as retiré ; et fais porter ce soir à la cour à boire et à manger pour cent personnes et cent chevaux, et des armes ; et tu vas rester prisonnier de la dame du château, à moins·qu'elle ne veuille ta vie.

Ce qui fut fait tout de suite. Et cette nuit, la jeune fille fut bien joyeuse, et ils eurent des provisions en abondance.

Et le jour suivant Pérédur se rendit de nouveau dans la prairie ; et ce jour-là il vainquit une foule de guerriers de l'armée ; et vers le soir se présenta un chevalier noble et fier, et Pérédur le renversa, et lui fit crier grâce.

— Qui es tu? dit Pérédur.

— Je suis le maître d'hôtel du palais.

— Et quelle part régis-tu des biens de la comtesse ?

— Le tiers.

— Eh bien, dit Pérédur, tu vas rendre tous ses biens à la dame du château, et, de plus, tu lui donneras à boire et à manger pour deux cents hommes et deux cents chevaux, et des armes ; quant à toi, tu seras son prisonnier.

Ce qui fut aussitôt fait.

Et le troisième jour Pérédur se rendit de nouveau dans la prairie. Et il vainquit encore plus de guerriers ce jour-là que les jours précédents, et vers le soir un chef se présenta pour le combattre, et Pérédur le renversa, et il le força de demander grâce.

— Qui es-tu ? dit Pérédur.

— Je suis le comte, répondit-il ; je ne veux pas te le cacher.

— Bien ! dit Pérédur, tu vas rendre à la dame du château son comté, et tu y joindras le tien, et à boire et à manger pour trois cents hommes et trois cents chevaux, et des armes.

Et il fut fait ainsi.

Et Pérédur passa trois semaines dans le pays ; et il fit rendre hommage et payer tribut à la dame du château ; et il la rétablit dans sa puissance.

— Avec ta permission, dit alors Pérédur, je vais partir.

— En vérité, mon frère, le voudrais-tu ?

— Oui, vraiment ; et, sans l'amour que j'ai pour toi, je n'aurais point passé autant de temps ici.

— Mon cœur, dit-elle, qui es-tu ?

— Je suis Pérédur, fils d'Évrok du Nord ; si tu te trouves jamais en peine ou en danger, fais-le-moi savoir ; si je puis, je viendrai à ton aide.

XII

Pérédur partit ; et bien loin de là il fut rejoint par une dame ; et cette dame montait un cheval maigre et excédé de fatigue. Et elle salua le jeune homme.

— D'où viens-tu, ma sœur?

Et elle lui apprit la cause de son voyage; c'était la
femme du seigneur de la clairière [1].

— Tu le vois, dit-il, je suis le chevalier qui est l'auteur de tes peines; mais il s'en repentira bien, celui
qui t'a traitée de la sorte.

Là-dessus, il vit venir un guerrier qui demanda
à Pérédur s'il avait vu passer certain chevalier qu'il
cherchait.

— Paix! dit Pérédur, je suis celui que tu cherches,
et par ma foi, tu as démérité de ta famille pour avoir
traité de la sorte cette jeune femme; car elle est innocente.

Et ils s'assaillirent; mais ils ne se battirent pas
longtemps; car Pérédur renversa son adversaire, et le
força à demander grâce.

— Je te ferai grâce, dit Pérédur, si tu veux retourner par le chemin qui t'a conduit ici, et déclarer que
tu tiens cette jeune femme pour innocente, et penser à
son égard le contraire de ce que tu as soutenu.

Le chevalier le lui jura.

Et Pérédur poursuivit sa route; et il vit un château
sur une hauteur, et il se dirigea de ce côté; et il frappa
à la porte avec le pied de sa lance; et voici qu'un beau
jeune homme aux cheveux bruns ouvrit la porte, et il
était de la taille d'un guerrier et de l'âge d'un enfant.

Quand Pérédur entra dans la salle, il y avait là
une noble dame, d'une taille élevée, assise dans un

[1] Voy. p. 326

fauteuil, et des demoiselles autour d'elle, et la dame se réjouit en le voyant. Et, à l'heure du dîner, on se mit à table. Le repas fini :

— Il vaudrait mieux pour toi, ô chef, dit-elle, que tu allasses coucher ailleurs.

— Pourquoi ne puis-je pas coucher ici? demanda Pérédur.

— Il y a dans ce château neuf sorcières, mon cœur ; ce sont les sorcières de Kerloiou[1], et leur père et mère sont avec elles, et, si nous ne pouvons parvenir à nous échapper avant le point du jour, nous sommes perdues ; déjà elles ont conquis et dévasté tout le pays, excepté cette seule habitation.

— Écoute, dit Pérédur, je veux passer ici la nuit, et, s'il vous arrive quelque peine, je vous viendrai en aide, selon mon pouvoir, loin de vous être inutile.

Et ils allèrent se coucher.

Au point du jour, Pérédur entendit un grand cri ; et il se leva en toute hâte, et, ayant passé sa veste et son pourpoint, et pris son épée, il sortit : et il vit une sorcière attaquer une des sentinelles qui poussait des cris affreux ; et il fondit sur la sorcière, et la frappa à la tête d'une telle force, qu'il aplatit son heaume et son cimier comme une assiette.

— Pardonne-moi, Pérédur, beau fils d'Évrok, et que Dieu me pardonne aussi !

— Comment sais-tu, sorcière, que je suis Pérédur?

[1] Voy. note VIII.

— Je sais, par la connaissance que j'ai de l'avenir, que j'étais destinée à endurer du mal de toi. Prends mon cheval et mon armure, et viens avec moi : je t'enseignerai la chevalerie et le maniement des armes.

Pérédur répondit :

— Je te pardonnerai, si tu veux jurer de ne jamais plus faire de mal à la comtesse.

Pérédur reçut des garants ; et, avec la permission de la comtesse, il suivit la sorcière au palais des sorcières, y séjourna trois semaines, y fit choix d'un cheval et d'une armure, et se remit à voyager.

XIII

Or, un matin, il entra dans une vallée ; et, à l'extrémité de cette vallée, il trouva un ermitage, et l'ermite l'accueillit bien, et il passa la nuit chez l'ermite. Le lendemain, il se leva ; et en sortant il vit de la neige qui était tombée pendant la nuit, et devant l'ermitage une sarcelle qu'un faucon venait de tuer, et le bruit du cheval avait fait fuir le faucon ; et un corbeau s'était abattu sur la sarcelle pour en dévorer la chair. Pérédur s'arrêta, comparant la noirceur du corbeau, et la blancheur de la neige, et la rougeur du sang, aux cheveux de sa bien-aimée, qui étaient plus noirs que jais ; à sa peau, qui était plus blanche que neige, et aux deux pommettes roses de ses joues, qui étaient plus roses que le sang sur la neige.

Cependant Arthur et sa Maison étaient à la recherche de Pérédur.

— Savez-vous, dit Arthur, quel est ce chevalier à la longue lance qui se tient là-bas sur le bord de la rivière?

— Seigneur, répondit un jeune homme, je vais savoir qui il est.

Et il vint trouver Pérédur, et lui demanda ce qu'il faisait là, et qui il était.

Et comme la pensée de sa bien-aimée tenait Pérédur dans une profonde rêverie, il ne répondit pas. Et le jeune homme frappa Pérédur de sa lance; et Pérédur, se détournant, lui fit faire la culbute par-dessus la croupe de son cheval.

Vingt-quatre autres jeunes gens s'approchèrent tour à tour, et Pérédur ne répondit pas plus à l'un qu'à l'autre; mais il les reçut tous de la même manière, et les mit d'un seul coup à terre.

Alors Kaï se présenta, et apostropha Pérédur d'un ton rude et irrité. Le chevalier, pour toute réponse, le saisit avec le fer de sa lance par-dessous la mâchoire, l'enleva dans l'air, et le jeta si violemment contre terre, qu'il lui cassa le bras et l'os de l'épaule; puis il le foula vingt et une fois sous les pieds de son cheval. Et comme le majordome restait étendu sans connaissance par l'effet de la douleur, son cheval, effarouché, s'enfuit en se cabrant.

Quand les gens de la suite du roi virent le cheval revenir sans cavalier, ils coururent en toute hâte vers le

lieu du combat; et, lorsqu'ils y arrivèrent, ils crurent
Kaï tué, mais ils reconnurent bientôt qu'avec le secours
d'un habile chirurgien il pourrait revenir à la vie.

Cependant Pérédur ne sortit point de sa rêverie,
malgré le concours des personnes qui entouraient le
majordome. Et Arthur fit porter Kaï dans sa tente, et
il fit venir d'habiles chirurgiens; et il s'affligea de la
mésaventure de son majordome, car il l'aimait beaucoup.

XIV

Alors Gwalhmaï parla :

— Il ne convient pas de détourner en mal avisé un
honorable chevalier de sa rêverie; car de deux choses
l'une : ou il pèse quelque insulte qu'on lui a faite, ou
il pense à sa bien-aimée. Celui qui l'a attaqué le dernier
doit peut-être sa mésaventure à ses mauvais procédés.
Vous paraît-il convenable, sire, que j'aille voir si le
chevalier est sorti de sa rêverie? Dans ce cas, je lui
demanderai poliment de venir vous rendre visite.

Or le majordome était furieux, et il prononça des
paroles de colère et de dépit :

— Gwalhmaï, dit-il, je sais bien que tu veux profi-
ter de la fatigue du chevalier pour le vaincre; mais tu
acquerras peu de gloire et d'éloges en vainquant un
homme épuisé dans la lutte qu'il vient de soutenir
contre moi : c'est ainsi, du reste, que tu as souvent
gagné la victoire. Mais un beau parleur comme toi

n'a pas besoin d'armure pour se battre; une cotte de
fine toile te conviendrait bien mieux. D'ailleurs tu
n'auras occasion de rompre ni épée ni lance avec le
chevalier dans l'état où je l'ai mis.

Gwalhmaï répondit à Kaï :

— Tu pourrais te servir d'expressions plus courtoises, puisque tu prends la peine de les calculer; ce
n'est pas à moi, c'est à toi-même de calmer ta colère
et ton dépit; j'aime à croire que j'amènerai ici le chevalier sans me faire casser ni bras ni épaule.

Alors Arthur dit à Gwalhmaï :

— Tu parles en homme sage et sensé; va te revêtir
de tes armes, et monte à cheval.

Gwalhmaï s'arma, et se rendit à cheval en toute
hâte vers le lieu où se trouvait Pérédur.

Pérédur, appuyé sur le fer de sa lance, restait toujours plongé dans la même pensée; Gwalhmaï vint à
lui sans aucun signe d'hostilité, et lui dit :

— Si je pensais que la chose pût te faire autant
de plaisir qu'à moi-même, j'entrerais en conversation avec toi; j'ai d'ailleurs pour toi un message
d'Arthur, qui te prie de venir lui rendre visite :
déjà deux personnes sont venues te trouver pour
cela.

— C'est vrai, dit Pérédur, mais elles se sont pré-
sentées malhonnêtement; elles m'ont attaqué, et j'ai été
offensé de leur procédé, car il n'était pas agréable pour
moi d'être tiré de la rêverie où j'étais : je rêvais à ma
bien-aimée, dont le souvenir s'offrit ainsi à mon

esprit : je regardais la neige et un corbeau et des gouttes de sang versées sur la neige par une sarcelle qu'un faucon avait tuée ; et je faisais réflexion que la blancheur de ma bien-aimée était comparable à la blancheur de la neige, la noirceur de ses cheveux et de ses sourcils à la noirceur du corbeau, et que les deux pommettes de ses joues étaient roses comme les deux gouttes de sang.

Gwalhmaï répondit :

— Ce n'était point une vilaine rêverie que celle-là, et il me paraîtrait étonnant qu'il t'eût convenu d'en être tiré !

Pérédur dit :

— Kaï est-il à la cour d'Arthur ?

— Il y est, répondit Gwalhmaï, et c'est le chevalier qui s'est battu avec toi le dernier ; mais il eût mieux valu pour lui de ne s'être point battu, car il s'est cassé le bras droit et l'os de l'épaule dans la chute que lui a fait faire ta lance.

— Vraiment ! dit Pérédur ; eh bien, je suis enchanté d'avoir commencé de la sorte à venger l'insulte faite au Nain et à la Naine de ma famille.

Et Gwalhmaï s'étonna de l'entendre parler du Nain et de la Naine, et il s'approcha de lui, et, lui passant le bras autour du cou, il lui demanda comment il se nommait.

— Je me nomme Pérédur, fils d'Évrok ; et toi, qui es-tu ?

— Je suis Gwalhmaï.

— Je suis bien aise de te voir, dit Pérédur; car, dans tous les pays que j'ai parcourus, j'ai entendu vanter ta valeur et ta sagesse. Accorde-moi ton amitié.

— Tu l'auras, par ma foi! mais accorde-moi la tienne en retour, dit-il.

— Très-volontiers, répondit Pérédur.

Et ils se dirigèrent tous deux gaiement vers l'endroit où était Arthur; et, lorsque Kaï les vit venir, il dit :

— Je savais bien que Gwalhmaï n'aurait pas eu besoin de combattre le chevalier; il n'est pas étonnant qu'il acquière tant de gloire : il fait plus par ses belles paroles que moi par ma force.

Pérédur se rendit dans la tente de Gwalhmaï, et ils s'y désarmèrent, et Pérédur prit un costume semblable à celui de Gwalhmaï; et ils vinrent ensemble trouver Arthur, et ils le saluèrent.

— Voici, seigneur, dit Gwalhmaï, celui que tu as cherché si longtemps.

— Sois le bienvenu, ô chef, dit Arthur. Désormais tu resteras avec moi; si je t'avais connu, tu ne m'aurais pas quitté comme tu l'as fait. Le Nain et la Naine qui furent maltraités par Kaï avaient bien prédit que tu les vengerais.

Alors on vit venir la reine et ses femmes; et Pérédur les salua, et elles furent charmées de le voir, et elles l'accueillirent gracieusement. Et Arthur lui fit rendre tous les respects et tous les honneurs qu'il méritait; puis ils retournèrent à Kerlëon.

25

Et la première nuit que Pérédur passa à Kerléon à la cour d'Arthur, comme il se promenait après dîner, voilà qu'il rencontra Angarad à la Main-d'Or.

— Par ma foi! ma sœur, dit Pérédur, tu es une belle et aimable fille; s'il te plaisait, je t'aimerais par-dessus toutes les autres femmes.

— Par ma foi! dit-elle, moi je ne t'aime point, et ne t'aimerai jamais[1]!

— Eh bien! j'en prends Dieu à témoin, s'écria Pérédur, je ne parlerai à âme chrétienne que tu ne sois venue à m'aimer par-dessus tous les hommes!

XV

Le lendemain, Pérédur sortit; et, en suivant la route tracée au sommet de la montagne, il vit une vallée de forme circulaire, dont l'extrémité était pleine de rochers et de bois; et le fond de la vallée était une prairie, et il y avait des champs entre la prairie et le bois; et au fond du bois il vit de grandes maisons noires, grossièrement bâties.

Il descendit, laissant son cheval à l'entrée du bois; et un peu avant dans le bois il trouva une chaîne de rochers, le long de laquelle s'étendait un chemin; et sur ces rochers dormait un lion enchaîné; et au-dessous du lion, il vit un abîme profond, d'une largeur immense, plein d'ossements d'hommes et d'animaux : et,

[1] Voyez note IX.

tirant son épée, il en frappa le lion, et le fit rouler au
bord de l'abîme, où l'animal resta suspendu par sa
chaîne; et d'un second coup, il brisa la chaîne, et le
lion tomba dans l'abîme.

Et Pérédur, laissant son cheval sur les rochers, descendit dans la vallée.

Et au milieu de la vallée, il vit un beau château, et
il s'y rendit; et dans la prairie du château était assis
un grand homme gris, d'une taille plus élevée que tous
ceux qu'il avait vus jusque-là. Et deux jeunes garçons
jouaient près de lui avec des dagues à poignée en baleine, et l'un des deux garçons était brun, et l'autre
blond; et ils se présentèrent devant lui dans le lieu où
était l'homme gris. Et Pérédur le salua, et l'homme
gris dit :

— Maudite soit la barbe de mon portier !

Pérédur comprit que ce portier était le lion.

Et l'homme gris et les deux jeunes gens se rendirent
ensemble au château, et Pérédur les accompagna; et il
trouva là une belle et noble demeure. Et ils entrèrent
dans la salle, où déjà les tables étaient dressées, et couvertes de mets et de liqueurs.

Alors il vit une femme âgée et une jeune fille sortir de la chambre; et c'étaient les plus nobles dames
qu'il eût jamais vues.

Elles se lavèrent les mains, et se mirent à table;
et l'homme gris prit place sur le siége le plus élevé au
bout de la table, et la femme âgée près de lui; et Pérédur et la jeune fille furent mis à côté l'un de l'autre :

et les deux jeunes gens les servirent. Et, comme la jeune fille regardait tristement Pérédur, il lui demanda pourquoi elle était triste.

— A cause de toi, mon cœur : car, dès l'instant où je t'ai vu, je t'ai aimé par-dessus tous les hommes; et j'ai du chagrin de savoir qu'un jeune homme aussi gentil que tu l'es doit éprouver demain un si triste sort. As-tu vu ces nombreuses maisons noires dans le fond de la vallée? elles appartiennent toutes aux vassaux de cet homme gris, qui est mon père; et ces vassaux sont des géants, et demain ils doivent t'attaquer et te tuer. La vallée se nomme la Vallée-Ronde.

— Écoute, belle jeune fille, veux-tu faire en sorte que mon cheval et mes armes soient placés dans le même appartement que moi cette nuit?

— Bien volontiers, si cela m'est possible.

Quand vint l'heure de dormir, plutôt que de boire, ils allèrent se coucher. Et la jeune fille fit placer le cheval et les armes de Pérédur dans le même appartement que lui.

Et le matin Pérédur entendit un grand bruit d'hommes et de chevaux autour du château; et il se leva, et il s'arma et arma son cheval, et il se rendit dans la prairie.

Alors la femme âgée et la jeune fille vinrent trouver l'homme gris :

— Seigneur, dirent-elles, fais jurer au jeune homme qu'il ne révélera jamais ce qu'il a vu dans ce palais; nous sommes sûres qu'il tiendra parole.

— Non, par ma foi ! répondit l'homme gris.

Pérédur se battit donc avec l'armée ; et vers le soir il en avait tué un tiers, sans avoir reçu une seule blessure. Alors la femme âgée parla :

— Tu vois, un grand nombre de tes guerriers ont été tués par le jeune homme; fais-lui donc grâce.

— Par ma foi ! je n'en ferai rien, dit l'homme gris.

Et la femme âgée et la jeune fille se tenaient sur les créneaux, regardant au dehors : et dans ce moment Pérédur en venait aux mains avec le jeune homme aux cheveux blonds, et le tuait.

— Seigneur, dit la jeune fille, pardonne au chevalier.

— Je ne lui pardonnerai pas, répondit le vieillard.

Un moment après, Pérédur attaquait le jeune homme aux cheveux châtains, et le tuait comme l'autre.

— Il eût mieux valu, mon père, que tu eusses fait grâce au chevalier avant qu'il eût tué tes deux fils, car maintenant tu auras de la peine à lui échapper toi-même.

— Ma fille, va le prier de nous pardonner, et lui dire que nous nous mettons à sa discrétion.

La jeune fille vint donc trouver Pérédur, et demanda grâce pour son père et pour tous ceux de ses vassaux qui étaient restés vivants.

— Je t'accorde leur grâce, à condition que ton père et tous ceux qui dependent de lui iront rendre hommage à l'empereur Arthur, et lui apprendre que cet honneur lui est fait par son vassal Pérédur.

— Ils y consentiront avec plaisir.

— Et, de plus, vous vous ferez tous baptiser; et j'enverrai quelqu'un à Arthur pour le prier, jeune fille, de te donner cette vallée en propriété, à toi et à tes héritiers, à tout jamais.

Alors ils entrèrent : et l'homme gris et la vieille femme saluèrent Pérédur; et l'homme gris lui dit :

— Depuis que je possède cette vallée, je n'ai vu aucun chrétien en sortir vivant, hormis toi; nous allons partir pour rendre hommage à Arthur, embrasser la foi chrétienne, et nous faire baptiser.

Alors Pérédur se dit en lui-même :

— Je rends grâces à Dieu de ce que je n'ai point violé le serment que j'ai fait à ma bien-aimée de ne parler à aucun chrétien.

Ils passèrent la nuit au château. Et le lendemain l'homme gris et ses compagnons partirent pour la cour d'Arthur : et ils lui rendirent hommage, et il les fit baptiser, et l'homme gris dit à l'empereur que Pérédur les avait vaincus. Et Arthur donna la vallée à l'homme gris et à ses compagnons, comme Pérédur l'avait demandé. Et avec l'agrément d'Arthur, l'homme gris retourna à la Vallée-Ronde.

XVI

Pérédur poursuivit sa route le jour suivant; et il traversa un vaste désert où il n'y avait aucune habitation, et enfin il trouva une petite maison toute basse : et il

-apprit qu'il y avait là un serpent roulé autour d'un anneau d'or, qui ne souffrait pas d'habitant dans le pays
à sept milles à la ronde. Pérédur se rendit au lieu
où se trouvait le serpent : il se battit contre lui, plein
de fureur, de colère et de désespoir, le tua, et prit
l'anneau.

Et il passa longtemps ainsi sans parler à âme chrétienne; et il perdit ses couleurs et sa beauté pour avoir
été trop longtemps éloigné de la cour d'Arthur, de
sa bien-aimée, et de ses compagnons. Et comme il
s'empressait de se rendre à la cour d'Arthur, dans son
chemin il rencontra la suite de l'empereur qui remplissait certain message, Kaï à leur tête; et Pérédur les
reconnut tous, mais aucun d'eux ne le reconnut.

— D'où viens-tu, chef? dit Kaï.

Le majordome lui adressa cette demande une fois,
deux fois, trois fois, sans obtenir de réponse; et Kaï
le frappa de sa lance à la cuisse. Mais, de peur d'être
forcé de parler et de violer son serment, Pérédur passa
sans s'arrêter.

Alors Gwalhmaï parla :

— Je prends Dieu à témoin, Kaï, que tu as fait une
mauvaise action en outrageant de la sorte ce jeune
muet.

Et Gwalhmaï s'en retourna à la cour d'Arthur.

— Madame, dit-il à Gwennivar, sais-tu quel indigne
traitement Kaï a fait éprouver à un jeune muet? Pour
l'amour de Dieu et de moi, ordonne qu'un chirurgien
prenne soin de lui, et je te rembourserai la dépense.

XVII

Avant que les messagers fussent revenus, un chevalier se présenta dans la prairie en face du palais d'Arthur, défiant tout le monde au combat.

Son défi fut accepté; Pérédur se battit contre lui,
et le vainquit; et pendant toute une semaine, il vainquit chaque jour un nouveau champion.

Et comme Arthur et sa Maison se rendaient à l'é-
glise, ils virent un chevalier qui élevait le signal du
combat.

— Par la vaillance humaine! dit Arthur, je ne par-
tirai pas d'ici que je n'aie eu mon cheval et mes armes
pour châtier ce rustre!

Et les compagnons d'Arthur allèrent lui chercher
son cheval et ses armes; et Pérédur les rencontra
comme ils revenaient, et il leur prit le cheval et les
armes; et se rendit dans la prairie : et tous ceux qui
le virent s'avancer pour combattre le chevalier montèrent sur le toit des maisons, et sur les collines et les
hauts lieux, afin de voir le combat.

Pérédur fit signe de la main au chevalier de commencer la lutte; et le chevalier le frappa; mais Pérédur ne bougea pas. Et Pérédur donna de l'éperon à
son cheval, et courut à lui plein de colère, de fureur,
d'emportement, de désespoir et de rage, et lui porta
un coup mortel, violent, furieux, adroit et vigoureux,

sous la mâchoire, et, l'enlevant de la selle, il le lança
au loin.

Puis il s'en retourna, et laissa le cheval et les
armes aux compagnons d'Arthur, et vint au palais
pour dîner.

Alors Pérédur fut surnommé le Jeune-Muet.

Et voilà qu'Angarad à la Main-d'Or le rencontra.

— J'en prends Dieu à témoin, ô chef, dit-elle, il
est triste que tu ne puisses parler, car si tu parlais, je
t'aimerais de préférence à tous les autres hommes ; et,
en vérité, quoique tu ne le puisses faire, je t'aime par-
dessus tous !

— Que Dieu te récompense, ma sœur, répondit
Pérédur ; par ma foi, moi je t'aime aussi.

On sut de la sorte que c'était Pérédur. Et alors il
renouvela amitié avec Gwalhmai, et avec Owenn, fils
d'Urien, et avec tous les autres chevaliers ; et il demeura à la cour d'Arthur.

DEUXIÈME BRANCHE.

XVIII

Arthur était à Kerléon-sur-Osk ; et il partit pour la
chasse, et Pérédur l'accompagna. Et Pérédur lâcha •

son chien sur un cerf, et son chien tua le cerf dans un lieu écarté ; et, à peu de distance de là, il aperçut des indices d'habitations, et il se dirigea vers elles ; et il vit une salle, et à la porte de la salle il trouva des jeunes gens chauves et basanés, jouant aux échecs. Et quand il entra, il vit trois jeunes filles assises sur un banc ; et elles étaient toutes vêtues de la même manière, comme il convient à des personnes de distinction. Et il s'approcha, et il s'assit près d'elles sur le banc ; et une des jeunes filles le regarda tristement et se mit à pleurer. Pérédur lui demanda pourquoi elle pleurait.

— De chagrin de penser qu'on va tuer un beau jeune homme comme toi.

— Qui me tuera ? demanda Pérédur.

— Si tu es assez hardi pour passer ici la nuit, je te l'apprendrai.

— Quel est donc le danger si grand que je cours en restant ici ?

— Ce palais appartient à mon père, dit la jeune fille, et il tue quiconque y vient sans sa permission.

— Quel homme est donc ton père, pour tuer ainsi les gens ?

— Un homme qui vexe et tyrannise ses voisins, et ne rend justice à personne, répondit-elle.

Là-dessus, il vit les jeunes gens se lever, et débarrasser l'échiquier des échecs, et il entendit un grand bruit, et après ce bruit arriva un grand homme noir qui n'avait qu'un œil ; et les jeunes filles se levèrent

pour le recevoir; et elles le désarmèrent, et il s'assit;
et, après un moment de réflexion et de calcul, il regarda Pérédur et demanda qui était ce chevalier.

— Seigneur, dit une des jeunes filles, c'est le plus
beau et le plus noble jeune homme que tu aies vu de
ta vie. Par égard pour Dieu et pour ton propre honneur, agis en homme sage envers lui.

— Par égard pour toi-même, j'agirai ainsi, et lui
accorderai la vie pour cette nuit.

Alors Pérédur vint les rejoindre autour du feu, et
prendre sa part des mets et des liqueurs, et il se mit à
causer avec les dames; et, excité par le vin, il dit à
l'homme noir :

— Je m'étonne d'une chose : puissant, comme tu
dis l'être, qui a pu te crever un œil ?

— Quiconque m'adresse cette question, répondit
l'homme noir, ne s'en va pas de chez moi la vie sauve,
à moins qu'il me fasse librement un don, ou qu'il me
paye une rançon : c'est une de mes lois.

— Seigneur, dit la jeune fille à l'homme noir, quelque chose qu'il puisse te dire en plaisantant et excité par
le vin, tiens-moi la promesse que tu viens de me faire.

— J'y consens avec plaisir par égard pour toi, répondit-il, je lui accorde volontiers la vie pour cette
nuit.

Et ils passèrent ainsi la nuit.

Et le lendemain l'homme noir se leva, et revêtit ses
armes, et dit à Pérédur :

— Debout, jeune homme, et prépare-toi à mourir.

Pérédur lui répondit :

— De deux choses l'une, homme noir : si tu veux te battre avec moi, dépouille-toi de ton armure ou donne-moi des armes, afin que la partie soit égale entre nous.

— Ah ! jeune homme, dit-il, te battrais-tu, si tu avais des armes ? Alors prends les armes que tu voudras.

Et là-dessus la jeune fille porta à Pérédur les armes qu'il désirait, et il se battit avec l'homme noir, et il le força à crier grâce.

— Homme noir, je te fais grâce, à condition que tu me dises qui tu es et qui t'a crevé l'œil.

— Seigneur, je te l'apprendrai : J'ai perdu mon œil en combattant le dragon noir du Karn[1]. Il existe une montagne appelée le Mont-des-Douleurs ; et sur cette montagne il y a un Karn, et dans l'intérieur du Karn, il y a un dragon[2], et à la queue du dragon est attachée une pierre précieuse ; et la vertu de cette pierre est telle, que quiconque la prend dans une main, a dans l'autre, à l'instant même, autant d'or qu'il en peut souhaiter : c'est en combattant ce monstre que j'ai perdu l'œil. Et l'on m'appelle le *Noir-Tyran* : et la raison pour laquelle on m'appelle le Noir-Tyran, c'est qu'il n'y a pas un seul homme aux environs qui n'ait été tyrannisé par moi, et que je n'ai jamais rendu justice à personne.

[1] Rocher. — [2] Voyez note X.

— Bien! dit Pérédur. Et la montagne dont tu parles est-elle loin d'ici?

— Le jour où tu nous quitteras, tu arriveras au palais des fils du Roi des Tortures.

— Pourquoi les nomme-t-on ainsi?

— C'est que l'Avank[1] du Lac lui tue chaque jour ses fils. Quand tu sortiras de là, tu arriveras à la cour de la Dame des Exploits.

— Quels exploits fait-elle? demanda Pérédur.

— Elle a trois cents hommes dans son palais, et à chaque étranger qui se présente, on raconte les exploits des guerriers de la cour. Et cela se pratique ainsi : les trois cents hommes du palais prennent place à table auprès de la dame, non par manque d'égard pour les hôtes, mais afin de pouvoir leur raconter les exploits de la cour. Et le jour où tu partiras de là, tu arriveras au Mont-des-Douleurs; et tout autour du mont habitent, dans trois cents tentes, les gardiens du dragon.

— Tu as été trop longtemps le fléau du monde, dit Pérédur, je vais faire en sorte que tu ne le sois plus.

Et il le tua.

Alors la jeune fille entra, et se mit à causer avec Pérédur.

— Si tu étais pauvre en venant ici, lui dit-elle, désormais tu seras riche avec le trésor de l'homme noir que tu viens de tuer. Tu as vu toutes les aimables filles

---

[1] Monstre que l'on croit de l'espèce des crocodiles.

qui sont dans cette cour, eh bien! tu auras celle que tu
voudras pour femme.

— Madame, je ne suis pas venu ici de mon pays pour
me marier; mais épouse toi-même qui te plaira des
aimables jeunes gens que je vois ici; je ne désire point
vos biens, je n'en ai que faire.

XIX

Alors Pérédur s'éloigna; et il se dirigea vers le palais
des fils du Roi des Tortures; et, quand il entra dans le
palais, il ne vit que des femmes, et elles se levèrent, et
elles l'accueillirent d'un air joyeux; et, comme elles
causaient avec lui, il vit venir un cheval de bataille avec
une selle sur le dos et un cadavre sur la selle.

Et une des femmes se leva, et débarrassa la selle du
cadavre, et le baigna dans un bassin d'eau chaude placé
près de la porte, et l'oignit avec un baume de prix; et
l'homme ressuscita, et vint trouver Pérédur, et le salua,
et parut joyeux de le voir.

Et deux autres hommes arrivèrent de la sorte en
selle, et la jeune fille les traita de la même manière que
le premier.

Alors Pérédur demanda aux chefs l'explication de
cela. Et ils lui répondirent qu'il y avait dans une caverne un Avank qui les tuait tous les jours.

Et ils passèrent ainsi la nuit.

Le lendemain matin, les jeunes gens se levèrent pour

sortir, et Pérédur les pria, par l'amour de leurs dames,
de lui permettre de les suivre ; mais ils refusèrent, disant :

— Si tu étais tué, tu n'aurais personne pour te
ressusciter. Et ils s'éloignèrent, et Pérédur les suivit ;
et quand ils furent hors de la portée de sa vue, il gravit
la montagne. Or, au sommet de la montagne était assise
une dame, la plus belle qu'il eût jamais vue.

— Je sais ce que tu cherches, dit-elle ; tu vas
combattre l'Avank, et il te tuera, non par force,
mais par ruse. Il habite une grotte ; et, à l'entrée
de cette grotte, il y a un pilier de pierre, et il voit tous
ceux qui entrent, et personne ne le voit, et, caché derrière le pilier, il tue les gens avec un dard empoisonné. Si tu veux me promettre de m'aimer par-dessus
toutes les femmes, je te donnerai une pierre précieuse,
au moyen de laquelle tu pourras le voir, et lui ne te
voir pas [1].

— J'y consens de bon cœur, dit Pérédur ; car dès
que je t'ai vue, je t'ai aimée. Mais où te retrouverai-je?

— Quand tu voudras me retrouver, cherche-moi du
côté de l'Inde.

Et la dame disparut, après avoir mis la pierre précieuse dans la main de Pérédur.

---

[1] Voyez note XI.

XX

Pérédur entra dans une vallée où coulait une rivière, et les confins de la vallée étaient boisés, et la rivière était bordée de prés unis.

Et sur un des bords de la rivière, il vit un troupeau de moutons blancs, et de l'autre, un troupeau de moutons noirs; et toutes les fois qu'un des moutons blancs bêlait, un des moutons noirs passait l'eau, et devenait blanc; et toutes les fois qu'un des moutons noirs bêlait, un des moutons blancs passait l'eau, et devenait noir.

Et il vit un grand arbre d'un côté de la rivière, et une partie de cet arbre brûlait depuis la racine jusqu'à la tête, et l'autre partie était couverte de feuilles.

Et près de là, il vit un jeune homme assis au sommet de la montagne; deux lévriers à poitrine blanche et à fourrure tachetée, qu'il tenait en laisse, étaient couchés près de lui; et Pérédur était sûr de n'avoir jamais vu un jeune homme d'un port aussi noble. Et, dans le bois en face de lui, il entendit des chiens qui chassaient une troupe de daims.

Il salua le jeune homme, et le jeune homme lui rendit son salut.

Et il y avait trois chemins qui partaient du pied de la montagne; deux de ces chemins étaient larges, et le troisième étroit.

Pérédur demanda où conduisaient les trois chemins.

— L'un conduit à mon palais, dit le jeune homme;
et je t'engage à faire de deux choses l'une : à te rendre
chez moi, où tu trouveras ma femme, ou à rester ici
pour voir les chiens chasser les daims qu'on a lancés
du bois vers la plaine; et tu les verras tuer au bord de
l'eau, près de nous, par les meilleurs lévriers que tu
aies jamais vus de la vie, et les plus ardents à la chasse.
Et quand il sera temps d'aller dîner, mon jeune serviteur viendra m'amener mon cheval, et tu passeras la
nuit dans mon palais.

— Je te remercie, répondit Pérédur; je ne puis m'arrêter, il faut que j'avance.

— La seconde route mène à la ville, qui est près
d'ici, et où l'on peut acheter des vivres et du vin,
continua le jeune homme; la route qui est plus étroite
que les deux autres mène à la grotte de l'Avank.

— Avec ton agrément, jeune homme, je prendrai ce
chemin.

XXI

Et Pérédur se rendit à la grotte de l'Avank; et il prit
la pierre précieuse dans sa main gauche et sa lance dans
sa main droite; et comme il approchait, il vit l'Avank,
et il le transperça de sa lance, et il lui coupa la tête.

Et quand il sortit de la caverne, il trouva les trois
compagnons à l'entrée; et ils saluèrent Pérédur, et lui
24

dirent qu'il avait été prédit qu'il tuerait le monstre. Et
Pérédur en donna la tête aux jeunes gens; et ils lui
offrirent en mariage celle de leurs trois sœurs qu'il
voudrait, et la moitié de leur royaume en sus.

— Je ne suis point venu ici pour me marier, dit
Pérédur; mais si jamais je me marie, je prendrai une
de vos sœurs.

Et Pérédur s'en alla, et il entendit du bruit derrière
lui; et il se détourna, et il vit un homme sur un cheval
rouge, avec des armes rouges; et l'homme s'avançait
côte à côte avec lui; et il le salua, et il lui souhaita la
bénédiction de Dieu et des hommes, et Pérédur remercia
poliment le jeune homme.

— Seigneur, je viens te faire une demande.

— Laquelle? dit Pérédur.

— C'est que tu me prennes pour compagnon

— Et qui aurai-je en toi pour compagnon?

— Je ne te cacherai point de quelle race je suis; je
m'appelle Etlim Rouge-Épée, comte d'Orient.

— Je m'étonne que tu veuilles devenir le compagnon
d'un homme dont les domaines ne sont pas plus éten-
dus que les tiens; car je n'ai qu'un comté comme toi;
mais, puisque tu veux être mon compagnon, je t'accepte avec plaisir.

Et ils se rendirent à la cour de la Dame des Exploits;
et toutes les personnes de la cour furent joyeuses de
leur arrivée; et on leur dit que ce n'était point par
manque d'égard qu'on les plaçait à table au-dessous
des gens de la maison, mais parce que tel était l'usage

de la cour ; que, du reste, quiconque battrait les trois
cents hommes de la maison serait placé à table près
de la dame, et qu'elle l'aimerait par-dessus tous les
autres hommes.

Et Pérédur, ayant battu les trois cents hommes de
la maison, s'assit près d'elle ; et elle lui dit :

— Je rends grâces à Dieu d'avoir près de moi un jeune
homme aussi beau et aussi brave que toi, quand je n'ai
pas encore trouvé celui que je préfère.

— Quel est donc celui que tu préfères ?

— Par ma foi ! Etlim Rouge-Épée est celui que je
préfère, et je ne l'ai jamais vu.

— Vraiment ! dit-il. Eh bien, Etlim Rouge-Épée
est mon compagnon : le voici. C'est par amour pour
lui que je me suis battu avec tes gens ; et il se fût encore mieux battu que moi, s'il eût voulu ; et je te
donne à lui.

— Que Dieu te récompense, beau jeune homme ; j'é-
pouserai donc celui que je préfère.

Et cette nuit la dame épousa Etlim.

XXII

Et le lendemain Pérédur partit pour le Mont-des-
Douleurs.

— Par ta droite, seigneur, j'irai avec toi, dit Etlim.

Et ils se mirent à chevaucher, tant qu'ils arrivèrent
en vue de la montagne et des tentes.

— Va trouver ces gens, dit Pérédur à Etlim, et engage-les à venir me rendre hommage.

Et Etlim alla les trouver, et leur parla ainsi :

— Venez rendre hommage à mon seigneur.

— Qui est ton seigneur ? demandèrent-ils.

— Pérédur à la longue lance est mon seigneur, répondit Etlim.

— S'il était permis de tuer un héraut, dirent-ils, tu ne retournerais pas sain et sauf vers ton maître, pour t'apprendre à venir demander à des rois, à des comtes et à des barons comme nous, de rendre hommage à ton seigneur.

Pérédur l'engagea à retourner vers eux, et à leur proposer ou de rendre hommage ou le combat.

Ils préférèrent le combat.

Et ce jour-là Pérédur vainquit les maîtres de cent tentes ; et le lendemain il vainquit les maîtres de cent autres ; et le troisième jour les cent derniers se déterminèrent à rendre hommage à Pérédur, qui leur demanda pourquoi ils étaient là : et ils lui apprirent qu'ils devaient garder le dragon jusqu'à sa mort.

— Alors, nous nous battrons ensemble pour avoir la pierre, et le vainqueur aura le pierre.

— Demeurez ici, dit Pérédur, et je vais combattre le dragon.

— Non pas, seigneur, dirent-ils ; nous irons ensemble.

— Certes, dit Pérédur, je ne le souffrirai point ; car

si le dragon est tué, je n'en tirerai pas plus de gloire
que chacun de vous.

Alors il se rendit au lieu où était le monstre, le tua,
revint vers eux, et leur dit :

— Calculez quelle somme vous avez dépensée depuis que vous êtes ici, et je vous la rembourserai tout
entière.

Et il paya à chacun d'eux ce qu'ils dirent leur être
dû. Et il ne leur demanda que de lui rendre hommage;
puis il dit à Etlim :

— Retourne vers la femme que tu aimes le plus;
quant à moi, je poursuis ma route, mais je veux te ré-
compenser d'avoir été mon compagnon.

Et il lui donna la pierre merveilleuse.

— Dieu te récompense et te soit propice! dit Etlim.

XXIII

Pérédur partit, et il arriva sur les bords de la plus
charmante rivière qu'il eût jamais vue : une multitude
de tentes de diverses couleurs y étaient dressées; mais
le nombre des moulins à eau et des moulins à vent l'é-
tonnait davantage.

Et il fut joint par un grand homme brun, en habit
d'ouvrier, et Pérédur lui demanda qui il était.

— Je suis le maître meunier de tous ces moulins,
dit-il.

— Veux-tu me donner l'hospitalité? dit Péredur.

— Très-volontiers, répondit le meunier.

Pérédur entra donc dans la maison du meunier, qui était charmante.

Et il le pria de lui prêter de l'argent, afin d'acheter de la nourriture et du vin pour lui-même et pour les gens de la maison, lui promettant qu'il le payerait à son retour ; puis il lui demanda pourquoi une si grande multitude était rassemblée en ce lieu.

Le meunier dit à Pérédur :

— Es-tu étranger ou es-tu du pays? L'impératrice de Kristinobil-la-Grande est ici; et elle ne veut épouser que le plus vaillant, car pour des riches, elle n'en veut pas : et comme il était impossible d'apporter des vivres pour tant de milliers de personnes, on a bâti ces moulins.

La nuit venue, Pérédur alla se reposer. Et le lendemain il se leva, et il s'arma et arma son cheval pour les joutes; et parmi les tentes, il en distingua une plus élégante que les autres : une charmante jeune fille, vêtue d'une robe de satin, peignait ses cheveux à l'entrée; et il n'avait jamais vu de femme plus belle. Et il se mit à la regarder, et il en devint passionnément amoureux.

Et il resta là, regardant la jeune fille, depuis le matin jusqu'à midi, et depuis midi jusqu'au soir ; et alors les joutes finirent, et il regagna son logis, et il se désarma. Et il demanda de l'argent en prêt au meunier, ce qui fâcha la meunière : toutefois le meunier lui en prêta.

Et le second jour, il fit comme la veille, et le soir il
regagna son logis, et emprunta encore de l'argent au
meunier.

Et le troisième jour, comme il était toujours à la
même place, il reçut, entre le cou et l'épaule, un violent coup de massue; et en se détournant il vit le
meunier, et le meunier lui dit :

— De deux choses l'une : ou tu vas détourner la
tête, ou tu vas te rendre aux joutes.

Pérédur sourit au meunier, et il se rendit aux joutes.
Et tous ceux qui l'assaillirent ce jour-là, il les battit. Et
il envoya tous les vaincus en présent à l'impératrice, et
leurs chevaux et leurs armes à la meunière, en remboursement de l'argent qu'elle lui avait prêté.

Pérédur jouta jusqu'à ce qu'il eût battu tous les guerriers; et il envoya tous les hommes dans la prison de
l'impératrice, et les chevaux et les armes à la meunière,
en remboursement de son argent.

XXIV

L'impératrice fit prier le chevalier du moulin de venir la voir, et Pérédur dédaigna son premier et son second message; alors elle envoya cent chevaliers pour
le prendre de force, et ils vinrent à lui et lui apprirent
quelle mission leur avait donnée l'impératrice. Et Pérédur les chargea vaillamment; il les traita comme un

troupeau de cerfs, et finit par les jeter dans l'étang du
moulin.

Et l'impératrice prit l'avis d'un Sage de son conseil, qui lui dit :

— Si tu le permets, je vais aller le trouver moi-même.

Et il vint trouver Pérédur, et il le salua, et il le
pria, par l'amour de la dame qu'il aimait le plus, de
venir rendre visite à l'impératrice.

Pérédur vint avec lui, suivi du meunier ; et il entra,
et s'assit dans un appartement extérieur de la tente ; et
l'impératrice vint s'asseoir à sa gauche : mais ils parlèrent peu.

Ensuite Pérédur prit congé d'elle, et retourna au
logis.

Le lendemain, il vint lui rendre visite ; et quand il
entra dans la tente il n'y avait pas une chambre qui ne
fût aussi bien décorée que l'autre, car on ne savait où
il irait s'asseoir. Et Pérédur vint s'asseoir à gauche
de l'impératrice, et ils se mirent à causer tendrement.

Et, tandis qu'ils causaient ainsi, ils virent entrer un
homme noir, tenant à la main une coupe d'or pleine
de vin ; et il se mit à genoux devant l'impératrice, et il
la pria de ne la point donner à quiconque refuserait de
se battre avec lui.

Et elle regarda Pérédur.

— Madame, dit-il, donne-moi la coupe.

Et Pérédur but le vin et offrit la coupe à la meunière.

Sur ces entrefaites, on vit venir un homme noir d'une plus haute taille que le premier, une corne de dragon à la main, travaillée en forme de coupe et remplie de vin ; et il la présenta à l'impératrice, en la priant de ne la donner qu'à celui qui voudrait se battre avec lui.

— Madame, dit Pérédur, donne-la-moi.

Et elle la lui donna ; et Pérédur but le vin, et fit présent de la coupe à la meunière.

Alors parut un homme noir à l'air rude, aux cheveux bouclés, plus grand qu'aucun des deux autres, avec une cruche pleine de vin à la main ; et il s'agenouilla, et la remit à l'impératrice, et la pria de ne la donner qu'à celui qui voudrait la lui disputer.

Et elle la donna à Pérédur, et il l'envoya à la meunière.

Et la nuit venue, Pérédur retourna au logis ; et le lendemain il s'arma et arma son cheval, et il se rendit dans la prairie, et il tua les trois hommes noirs.

Et alors Pérédur se rendit dans la tente, et l'impératrice lui dit :

— Beau Pérédur, souviens-toi de ce que tu m'as juré, lorsque je t'ai donné la pierre merveilleuse, et que tu as tué l'Avank.

— Madame, répondit-il, je m'en souviens bien.

Et Pérédur régna pendant quatorze ans avec l'impératrice, à ce que dit l'histoire.

XXV

Arthur était à Kerléon-sur-Osk, sa principale cour ; et au milieu de la salle quatre guerriers étaient assis par terre sur un tapis de velours : c'était Owenn, fils d'Urien, et Gwalhmaï, fils de Guiar, et Hoël, fils du prince de l'Armorique, et Pérédur à la longue lance.

Et voilà qu'ils virent entrer une jeune fille aux cheveux noirs bouclés, montée sur une mule fauve, et tenant à la main des courroies cordées en guise de fouet. Son aspect était repoussant ; son visage et ses deux mains plus noirs que le fer le plus noir enduit de goudron ; sa forme encore plus hideuse que sa couleur : ses joues pendantes, son visage allongé, son nez petit, ses narines larges ; un de ses yeux gris clair, à fleur de tête ; l'autre enfoncé, noir comme du jais ; ses dents longues et jaunes, plus jaunes que la fleur du genêt ; sa poitrine plus haute que son menton, son dos arqué, ses jambes longues et osseuses ; et tout en elle extrêmement maigre, hormis ses pieds et ses genoux, qui étaient énormes.

Elle salua Arthur et toutes les personnes du palais, à l'exception de Pérédur ; quant à lui, elle lui tint ce discours plein de colère et d'aigreur :

— Pérédur, je ne te salue point, parce que tu ne le

mérites pas. Bien aveugle était le destin lorsqu'il te
donna gloire et faveurs, à toi qui es venu à la cour du
roi Loiteux, qui y as vu le jeune homme portant la
lance, de la pointe de laquelle ruisselaient sur sa main
des gouttes de sang, et plusieurs autres merveilles,
sans en demander ni l'explication ni la cause. Si tu
avais parlé, le roi eût été rendu à la santé, et son
royaume à la paix, tandis que maintenant il aura à
souffrir des combats et des assauts ; et ses chevaliers
périront, et les femmes de ses États deviendront veuves,
et les jeunes filles resteront sans dot : et tout cela à
cause de toi!

Puis elle adressa la parole à Arthur :

— Pardon, seigneur; je demeure loin d'ici, dans un
château superbe dont tu as entendu parler. Or, il y a là
cinq cent soixante-cinq chevaliers, et chacun d'eux a
près de lui la femme qu'il aime le plus ; et quiconque
voudra acquérir de la gloire par les armes, dans les
combats et les batailles, en trouvera-là, s'il en est
digne. Quant à celui qui voudra atteindre le faîte de
la renommée et de l'honneur, je sais où cela lui sera
possible. Il y a un château sur une haute montagne, et
dans ce château une jeune fille, et elle y est retenue
prisonnière : or, quiconque la délivrera atteindra le
faîte de la renommée humaine.

Et là-dessus elle sortit.

XXVI

Gwalhmaï dit :

— Par ma foi ! je ne dormirai pas tranquille que je n'aie vu si je puis délivrer la jeune fille.

Et plusieurs chevaliers de la cour d'Arthur se joignirent à lui.

Alors Pérédur dit aussi :

— Par ma foi ! je ne dormirai pas tranquille que je ne sache l'histoire et l'explication de la lance dont la fille noire a parlé.

Et, tandis qu'ils s'équipaient, on vit paraître à la porte un chevalier : il avait la taille et la force d'un guerrier, et il était revêtu d'armes et d'habits ; et il entra, et il salua tout le monde, excepté Gwalhmaï. Et le chevalier avait sur l'épaule un bouclier à grains d'or, retenu par une courroie bleue ; et toute son armure était de la même couleur :

Et il dit à Gwalhmaï :

— Tu as tué mon seigneur par trahison et par ruse ; je le vengerai sur toi !

Alors Gwalhmaï se leva :

— Je m'engage, répondit-il, à te prouver, soit ici, soit partout où tu voudras, que je ne suis ni fourbe ni traître.

— C'est en présence du roi mon maître que je veux me battre avec toi, dit le chevalier

— J'y consens, répliqua Gwalhmaï ; marche donc, je te suis.

Et le chevalier sortit ; et Gwalhmaï s'équipa : et on lui apporta un grand nombre d'armures, mais il ne voulut revêtir que la sienne.

Et quand Gwalhmaï et Pérédur furent prêts, ils partirent ensemble pour suivre le chevalier, car ils étaient frères d'armes, et ils s'aimaient beaucoup ; mais ils ne se mirent pas à le suivre de compagnie ; ils prirent chacun une route opposée.

Gwalhmaï, à l'aube du jour, entra dans une vallée ; et dans la vallée il vit un château fort, et dans le château fort un vaste palais enceint de hautes tours ; et, de l'autre côté, un chevalier qui sortait pour chasser, monté sur un coursier noir comme du charbon, plein d'ardeur et frémissant, qui s'avançait en caracolant, d'un air fier, d'une allure légère et d'un pied sûr. Le chevalier était le propriétaire du palais ; Gwalhmaï le salua.

— Dieu te soit propice, ô chef ! Et d'où viens-tu ?

— Je viens de la cour d'Arthur.

— Es-tu un des gens d'Arthur ?

— Oui, par ma foi ! répondit Gwalhmaï.

— Alors, je vais te donner un bon conseil, dit le chevalier : je vois que tu es fatigué et épuisé ; va au palais, si tu veux, et passes-y la nuit.

— Volontiers, seigneur, répondit Gwalhmaï, et que Dieu te récompense !

— Prends cet anneau pour te faire reconnaître

par le portier; et rends-toi à la tour que voilà, et
tu y trouveras ma sœur.

Et Gwalhmaï se présenta à la porte, et montra l'anneau, et se rendit à la tour.

Et en entrant, il vit un grand feu, brillant, sans
fumée, d'où s'élevaient des flammes éclatantes; et
une belle et noble jeune fille était assise dans un fauteuil près du feu. Et la jeune fille fut joyeuse de sa
venue, et elle l'accueillit, et s'avança au-devant de lui;
et il vint s'asseoir à la gauche de la jeune fille. Et ils
se mirent à table; et après le repas, ils devisèrent doucement.

Et tandis qu'ils devisaient ainsi, entra un vénérable
vieillard aux cheveux blancs.

— Ah!....[1] fille perdue, dit-il, si tu savais quel est
l'homme avec qui tu te divertis et près de qui tu es
assise, tu ne te serais point assise là et tu ne te diverti-
rais pas ainsi!

Et, tournant la tête, il sortit.

— Ah! chef, dit la jeune fille, si tu veux suivre mon
conseil, tu fermeras la porte, de peur que cet homme
ne trame un complot contre toi.

Gwalhmaï se leva; et quand il se présenta à la porte,
il vit le vieillard, accompagné de..... gens armés, qui
montait à la tour.....

Gwalhmaï se défendit contre..... eux avec un éch[

---

[1] Ces points indiquent qu'il y a, comme précédemment, des mots
effacés dans le manuscrit.

quier..... jusqu'à ce que le seigneur revînt de la chasse.

Lorsque le comte arriva :

— Qu'est ce qu'il y a? demanda-t-il.

— Rien de bon, dit l'homme aux cheveux blancs : cette jeune fille s'est assise et a mangé avec le meurtrier de ton père, avec Gwalhmaï, fils de Guiar qui est là.

— Taisez-vous, dit le comte, je vais entrer.

Et le comte fut bien aise de faire connaissance avec Gwalhmaï.

— Ah! chef, dit-il, as-tu pu avoir la méchanceté... [de tuer] notre père! Si nous ne pouvons le venger, Dieu le vengéra!

— Mon cœur, dit Gwalhmaï, je ne suis venu ici ni pour reconnaître ni pour nier que j'ai tué ton père : je suis chargé d'un message d'Arthur, et il faut que tu m'accordes un an pour remplir ma mission. Mais alors, sur ma parole, je reviendrai dans ce palais, et de deux choses l'une, où je reconnaîtrai le fait, ou je le nierai.

Et on lui accorda volontiers le terme qu'il demandait ; et il passa la nuit dans le château, et le lendemain matin il partit. Et l'histoire n'en dit pas plus long sur cette aventure de Gwalhmaï.

XXVII

Or, Pérédur poursuivait sa route; et il parcourut l'île, cherchant des nouvelles de la fille noire, et il n'en trouva pas.

Et il arriva dans un lieu désert, au milieu d'une vallée où coulait une rivière ; et comme il cheminait dans la vallée, il vit venir à sa rencontre un cavalier vêtu d'habits de prêtre, et il lui demanda sa bénédiction.

— Je ne bénirai point, répondit l'autre, je n'obligerai point un misérable qui porte les armes un jour comme aujourd'hui.

— Et quel jour est-ce donc? demanda Pérédur.

— C'est aujourd'hui le vendredi saint.

— Ne me blâme pas, je l'ignorais ; voilà un an que je voyage loin de mon pays.

Et là-dessus, il descendit et prit son cheval par la bride. Et, s'étant un peu écarté de la grand'route, il trouva un chemin de traverse, et ce chemin de traverse passait par un bois ; et dans le fond du bois il vit une masure qui semblait habitée, et il s'y rendit, et à la porte de cette masure il retrouva le prêtre, et il lui demanda sa bénédiction :

— Que Dieu te bénisse, répondit le prêtre ; il est plus convenable de voyager ainsi que de l'autre manière. Tu passeras cette nuit chez moi.

Et Pérédur y passa la nuit.

Le lendemain, Pérédur voulut partir :

— Il n'est pas permis de voyager aujourd'hui : tu passeras avec moi la journée d'aujourd'hui, et celle de demain et la suivante ; et je te mettrai de mon mieux sur la voie de ce que tu cherches.

Et le quatrième jour, Pérédur prit congé du prêtre, et lui demanda le chemin du château des Merveilles.

— Ce que j'en sais, je te l'apprendrai : gravis cette montagne ; de l'autre côté tu trouveras une rivière ; dans la vallée un prince tient sa cour à l'occasion des fêtes de Pâques : s'il t'est possible d'avoir des nouvelles du château des Merveilles, tu en auras là.

XXVIII

Pérédur se mit donc en route, et il arriva dans la vallée où coulait la rivière, et il rencontra une troupe de chasseurs, et remarquant au milieu d'eux un homme de distinction, il le salua.

— Veux-tu, seigneur, te rendre à ma cour, ou aimes-tu mieux venir chasser avec moi ? Dans le premier cas, j'enverrai quelqu'un de ma suite prévenir ma fille, et tu prendras quelque nourriture en attendant que je revienne de la chasse ; et quel que soit l'objet qui t'amène, je ferai mon possible pour te satisfaire.

Et le roi lui donna pour guide un nain jaune.

Et quand ils arrivèrent à la cour, la princesse allait se laver avant de se mettre à table, et Pérédur se présenta devant elle ; et elle fit à Pérédur un accueil charmant, et elle le mit à table à sa gauche, et ils soupèrent. Et à chaque parole que lui adressait Pérédur elle riait aux éclats, de manière à être entendue de toutes les personnes de la cour.

Et voilà que le nain jaune vint trouver la princesse :

— Par ma foi, dit-il, ce jeune homme est déjà ton

25

amant, ou, s'il ne l'est pas, tu souhaites qu'il le devienne.

Et le nain jaune alla rejoindre le roi, et il lui dit qu'il soupçonnait le jeune homme d'être l'amant de sa fille : « S'il ne l'est pas encore, il ne tardera pas à le devenir, à moins qu'on n'y prenne garde. »

— Que me conseilles-tu? lui demanda le roi.

— Je te conseille de le faire prendre par des hommes vigoureux, et tenir en prison jusqu'à ce que tu saches la vérité [1].

Il envoya donc des hommes vigoureux qui se saisirent de Pérédur et le jetèrent en prison.

Et la jeune fille vint trouver son père et lui demanda pour quelle raison il retenait prisonnier un chevalier de la cour d'Arthur.

— Par ma foi, dit-il, il ne sera délivré ni ce soir, ni demain, ni après-demain, et il ne sortira pas du lieu où il se trouve.

Elle ne répondit pas au roi, mais elle se rendit près du jeune homme.

— Il est bien dur pour toi d'être ici, dit-elle

— Peu m'importe le gîte.

— Mais tu seras couché et servi aussi bien que le roi lui-même, et tu jouiras de tous les agréments que cette cour peut offrir; et si tu veux que je porte ici

---

[1] Voyez note XII.

mon lit, afin de pouvoir causer avec toi plus commodément, je le porterai volontiers[1].

Je n'ai garde de refuser, répondit Pérédur.

Et il passa la nuit en prison ; et la jeune fille lui tint
parole.

XXIX

Le lendemain Pérédur entendit un grand bruit dans
le fort.

— Dis-moi, belle jeune fille, quel est ce bruit? demanda Pérédur.

— C'est l'armée et toutes les troupes du roi qui se
réunissent aujourd'hui dans le fort.

— Et quel motif les rassemble?

— Ici près, habite un comte qui possède deux comtés ; et il est aussi puissant qu'un roi, et mon père et
lui doivent se battre aujourd'hui.

— Je te supplie, dit Pérédur, de me procurer un
cheval et des armes, que j'aille assister à leur rencontre ; je te jure de revenir en prison.

— Ce sera avec plaisir, dit-elle, que je te procurerai
des armes et un cheval.

Et elle lui fournit des armes et un cheval, et un
manteau d'un rouge éclatant à mettre par-dessus son
armure, et un bouclier jaune à porter au bras.

---

[1] C'était l'usage au moyen âge de causer assis sur des lits. (Voy. le
Lai de Gradlon-meur, dans Marie de France, t. I, p. 491.)

Et il vint assister au combat ; et tous les gens de la suite du comte qui eurent affaire à lui furent vaincus.

Et il retourna en prison.

Et la jeune fille demanda des nouvelles à Pérédur, et il ne lui en donna aucune.

Et elle alla en demander à son père, et voulut savoir quel était celui de ses chevaliers qui avait le mieux fait son devoir ; et il lui répondit qu'il ne le connaissait pas ; que c'était un guerrier dont l'armure était couverte d'un manteau rouge, et qui portait au bras un bouclier jaune.

Et elle sourit, et revint trouver Pérédur, et le félicita.

Et pendant trois jours, Pérédur tua les gens du comte, et, avant que personne pût le reconnaître, il retournait dans sa prison.

Et le quatrième jour Pérédur tua le comte lui-même.

Et la jeune fille vint au-devant de son père, en lui demandant quelles nouvelles il y avait :

— D'excellentes, répondit le roi : le comte est tué, et les deux comtés m'appartiennent.

— Sais-tu qui l'a tué, seigneur ?

— Oui, dit le roi ; c'est le chevalier au manteau rouge et au bouclier jaune.

— Sire, dit-elle, je le connais.

— Au nom de Dieu, demanda-t-il, qui est-ce donc ?

— Seigneur, c'est le chevalier que tu retiens prisonnier.

Alors le roi vint trouver Pérédur, et il lui souhaita

le bonjour, et lui dit de mettre tel prix qu'il voudrait aux services qu'il venait de lui rendre.

Et quand on se mit à table, Pérédur fut placé à la gauche du roi, et la jeune fille auprès de lui.

— Je te donne ma fille pour femme, avec la moitié de mon royaume, dit le roi, et te fais présent des deux comtés.

— Dieu te le rende, répondit Pérédur ; mais je ne suis pas venu ici pour me marier.

— Que cherches-tu donc, seigneur?

— Je cherche des nouvelles du château des Merveilles.

— L'ambition du chef passe souvent ses forces, dit la jeune fille : tu auras pourtant des nouvelles de ce château et un guide au travers du royaume de mon père, et des vivres suffisants pour ton voyage ; car tu es, seigneur, l'homme que j'aime le plus.

Et elle ajouta :

— Gravis cette montagne, et de l'autre côté tu verras un lac, et au milieu du lac un château qui se nomme le Château des Merveilles ; quant aux merveilles, je n'en sais rien ; mais il se nomme ainsi.

XXX

Pérédur prit la route du château du lac, et la porte en était ouverte ; et quand il se dirigea vers la salle, la porte en était pareillement ouverte.

Et lorsqu'il y fut entré, il y vit un échiquier ; et les échecs des deux camps opposés jouaient d'eux-mêmes les uns contre les autres ; et celui du côté duquel il se mit perdit la partie, et l'autre poussa un cri de joie, comme s'il eût été composé d'êtres vivants [1]. Pérédur en colère prit l'échiquier et le lança dans le lac.

Dans ce moment il vit entrer la jeune fille noire. Et elle lui dit :

— Dieu ne te bénira pas, toi qui fais le mal et fuis le bien.

— Qu'as-tu à me reprocher, jeune fille ? dit Pérédur.

— D'avoir occasionné la perte de l'échiquier de l'impératrice, qu'elle n'eût pas donné pour un empire. Or, le chemin qui te fera recouvrer l'échiquier te conduira au château d'Isbidinonghil où habite un homme noir qui porte la désolation dans les États de l'impératrice ; si tu viens à bout de le tuer, tu recouvreras l'échiquier ; mais si tu y vas, tu n'en reviendras pas en vie.

— Veux-tu m'y conduire ? demanda Pérédur.

— Volontiers, dit-elle.

Il se rendit donc au château d'Isbidinonghil, et il combattit l'homme noir, et l'homme noir cria grâce.

—Je te ferai grâce, dit Pérédur, à condition que tu replaceras l'échiquier dans l'endroit où je l'ai vu en entrant dans la salle.

[1] Voyez note XIII.

Alors la jeune fille survint, et dit à Pérédur :

— Que le ciel te confonde, pour avoir laissé vivre un monstre qui désole les États de l'impératrice.

— Je lui ai accordé la vie, dit Pérédur, afin qu'il rétablisse l'échiquier.

— Mais l'échiquier n'est-il pas revenu dans l'endroit où tu l'as trouvé? Retourne donc et tue l'homme noir.

Pérédur retourna donc et tua l'homme noir.

Et quand il revint à la cour, la jeune fille noire y était.

— Jeune fille, dit-il, où est l'impératrice?

— Je prends Dieu à témoin que tu ne la verras pas avant d'avoir tué le monstre qui habite la forêt prochaine.

— Quel monstre?

— C'est un cerf aussi léger que l'oiseau ; il porte au front une corne aussi longue que le fer de ta lance et aussi effilée que la pointe la plus aigüe, et il détruit les branches des plus beaux arbres de la forêt, et il tue tous les animaux qu'il y rencontre; et ceux qu'il laisse en vie meurent de faim; mais, ce qu'il y a de pis, c'est qu'il vient chaque nuit boire toute l'eau du lac, et met à sec les poissons, de sorte que la plupart sont morts avant que l'eau soit revenue.

— Jeune fille, dit Pérédur, veux-tu venir me le montrer?

— Je ne le puis ; car il est défendu à toute âme vivante d'entrer dans la forêt avant un an ; mais voici un petit chien appartenant à madame qui lancera le cerf[1] et te l'amènera, et le cerf t'attaquera.

Le petit chien servit donc de guide à Pérédur, et lança le cerf, qui prit sa course vers l'endroit où était Pérédur; et il attaqua Pérédur; et, comme il passait, Pérédur lui coupa la tête avec son épée.

Et, tandis qu'il considérait la tête du cerf, il vit venir une dame à cheval qui prit le petit chien dans un pan de son manteau, et plaça devant elle la tête du cerf qui portait au cou un collier d'or, et elle dit à Pérédur :

— Seigneur, tu as commis une bien vilaine action en tuant le plus bel ornement de mon empire.

— On l'avait exigé de moi. Mais n'est-il aucun moyen de recouvrer tes bonnes grâces?

— Si fait; gravis cette montagne, et tu trouveras un bois, et dans ce bois il y a un *Ler'h*[2] : appelle trois fois au combat le guerrier qui dort sous ce *Ler'h*, et tu regagneras mes bonnes grâces.

XXXI

Pérédur se mit en route, et il arriva sur la lisière du bois, et il jeta le cri d'appel au combat.

Et aussitôt un guerrier noir, monté sur un squelette de cheval, dont l'armure, comme celle de son cavalier,

---

[1] Voyez note XIV.
[2] Une pierre.

était toute rouillée, sortit de dessous de *Ler'h*; et
l'assaut commença.

Et autant de fois que Pérédur désarçonnait le guerrier noir, autant de fois celui-ci se remettait en selle.

Alors Pérédur descendit et tira son épée; mais déjà
le guerrier noir avait disparu avec le cheval de son adversaire, et Pérédur ne le revit plus[1].

Et Pérédur tourna la montagne, et, de l'autre côté
de la montagne, il aperçut un château dans une vallée
au bord d'une rivière. Et il se dirigea vers le château,
et il y entra, et il vit une salle dont la porte était ouverte, et il en franchit le seuil. Au fond de la salle, à
gauche, était assis un vieillard boiteux, aux cheveux
gris, et son cheval qu'avait emmené le guerrier noir
était dans l'écurie avec le cheval de Gwalhmaï, et les
deux chevaux hennirent de joie à sa vue.

Et Pérédur alla s'asseoir en face du vieillard aux
cheveux gris.

Alors parut un jeune homme aux cheveux blonds qui
s'agenouilla devant Pérédur, en lui demandant ses
bonnes grâces.

— Seigneur, dit-il, c'est moi qui ai paru sous la figure de la jeune fille noire à la cour d'Arthur; et quand
tu as jeté l'échiquier à l'eau, et quand tu as tué
l'homme noir d'Isbidmonghil et le cerf, et quand tu es
allé combattre le guerrier du *Ler'h*; c'est moi qui ai
paru avec la lance, d'où coulait du sang de la pointe à

---

[1] Voyez note XV.

la poignée et tout le long du fer; et cette tête est celle
de ton cousin, et ce sont les sorcières de Kerloiou qui
l'ont tué et qui ont estropié ton oncle, et je suis ton
cousin; et il a été prédit que tu serais notre vengeur.

Et Pérédur et Gwalhmaï se déterminèrent à envoyer
prier Arthur et ses chevaliers de venir combattre avec
eux les sorcières de Kerloiou.

Et ils allèrent combattre les sorcières [1].

Et une d'elles tua un des chevaliers d'Arthur sous
les yeux de Pérédur, et Pérédur l'épargna; et la même
sorcière tua un second chevalier sous les yeux de Pérédur, et Pérédur l'épargna une seconde fois; et la
sorcière tua un troisième chevalier sous les yeux de
Pérédur; mais cette fois, tirant son épée, Pérédur lui
en assena un tel coup sur le cimier, qu'il fendit le casque et la tête de la sorcière.

Et elle jeta un grand cri, et engagea les autres sorcières à fuir, leur disant que c'était Pérédur, ce guerrier auquel elles avaient appris le maniement des armes,
et qui devait les mettre à mort, selon les prophéties.

Alors Arthur et ses chevaliers attaquèrent les sorcières de Kerloiou, et ils les tuèrent toutes.

Voilà ce qu'on raconte au sujet du château des
Merveilles.

[1] Voyez note XVI.

NOTES ET ÉCLAIRCISSEMENTS

I

ÉVROK, PÈRE DE PÉRÉDUR.

Évrok, ou Ebrauk, était un chef breton qui vivait au sixième siècle, et paraît avoir laissé son nom à l'ancienne ville d'York ou Eborac, en gallois Kaer-Évrok. Le titre de iarl (comte), souvent porté par les seigneurs cambriens des douzième et treizième siècles, pouvait l'être aussi par ceux du sixième : les lois d'Houel-Da, rédigées vers l'an 940, le donnent même à un chef cornouaillais, père de Moelmud, le législateur le plus ancien dont les Gallois aient gardé le souvenir ; d'un autre côté, plusieurs monuments semblent prouver qu'à pareille époque les princes bretons-armoricains n'en portaient point d'autres.

Les moyens d'existence que le conteur prête à son héros chevaleresque étaient ceux d'un grand nombre de petits chefs bretons contemporains de l'Évrok historique : Aneurin, Taliésin et Llywarh-Hen, comme les bardes du douzième siècle chantent les riches dépouilles enlevées à l'ennemi par les princes leurs patrons.

II

PÉRÉDUR LE GALLOIS ET PÉRONIK L'ARMORICAIN.

Une légende armoricaine, que j'ai connue trop tard pour m'en servir dans la première partie de ce livre, présente évidemment une version de la tradition celtique originale dont Pérédur est le héros gallois. Elle a été recueillie de la bouche d'un paysan vannetais par M. Souvestre : le rapport fondamental qu'elle offre avec le conte kymrique, en montrant l'importance de la légende continentale au curieux collecteur, l'a déterminé à la reproduire en français[1]. *Peronik* est le nom du héros breton : il entreprend la conquête d'un bassin d'or, doué des mêmes propriétés que le bassin gallois, et particulièrement de celle de ressusciter les morts. La possession de ce vase assure à Péronik les mêmes avantages qu'à Pérédur, et son nom très-caractérisque où l'on remarque aussi le radical *per*, bassin, combiné avec la terminaison diminutive *onik*, non-seulement semble le prédestiner à la conquête du vase merveilleux, mais l'identifie avec le chef gallois, *compagnon du bassin*. Ce n'est pas tout ; dans le conte armoricain comme dans le récit kimrique, outre la recherche du bassin d'or, il est question d'une *Lance* merveilleuse en diamant, et les épreuves que surmonte Péronik sont tout à fait du genre des difficultés imposées à Pérédur. Enfin, l'esprit des deux légendes ne diffère en aucune façon, et met en relief un des penchants les plus remarquables du génie celtique : la glorification d'une certaine simplesse. Ce caractère singulier n'a pas échappé à Walter Scott, qui eût trouvé en Cambrie et en Armorique, comme il a trouvé en Écosse, profondément enracinée, l'opinion populaire que les petits, les ignorants, les faibles d'esprit, les *innocents*, sont souvent ceux qui parviennent aux plus hautes dignités. L'enfant gallois Pérédur, si simple d'abord qu'il prend des biches pour des chèvres,

[1] LE FOYER BRETON, *traditions populaires*, p. 192.

une tente pour une église, et qu'il dérobe un joyau de prix, croyant obéir à sa mère; si étrange dans ses allures et son costume, qu'on l'accueille comme un idiot, finit par devenir la fleur des chevaliers et l'époux d'une impératrice.

Le petit Breton Péronik, qui passe pour un *pauvre simplique*, doit commander un jour les armées du roi de Bretagne, conquérir l'Anjou, la Normandie et le Poitou, et même être empereur d'Orient.

Nous verrons tout à l'heure (note IV) un poëte populaire armoricain, sous l'influence de l'esprit particulier de sa race, attribuer la même faiblesse d'intelligence qu'à Pérédur et à Péronik à un enfant qui sera le héros national de la Bretagne au neuvième siècle. Guillaume le Clerc, trouvère normand du treizième siècle, dans un roman appartenant au cycle d'Arthur, et certainement d'origine celtique, a aussi pris un *innocent* du nom breton de l'regus, un petit pâtre naïf des bords de la Clyde, pour en faire un modèle de toutes les vertus chevaleresques, un second Pérédur, moins le bassin et la lance magiques, comme M. Henrich l'a remarqué le premier.

III

LE PARTAGE DES POMMES ET MERLIN.

Ce trait fait allusion à un autre conte du cycle d'Arthur qui n'a pas encore été retrouvé dans le pays de Galles. Mais, en revanche, voici un épisode, tiré d'une légende populaire armoricaine du même cycle, de nature à jeter du jour sur la matière.

« Le roi Arthur donnait une fête à Lannion en Bretagne; cinq autres rois y assistaient avec leurs femmes et leur suite. On était à table, et le dîner allait finir, lorsqu'on vit paraître Merlin, tenant à la main trois pommes d'or, qu'il remit au roi en disant:

> Voici trois pommes d'or brillant :
> Elles appartiendront aux trois plus belles dames :
> C'est moi Merlin qui prédis cela [1].

Grand débat entre les cinq reines; leurs maris prennent fait et cause pour elles. On s'échauffe, on se lève de table; les épées brillent, le sang va couler. En ce moment, les portes de la salle s'ouvrent, et un chevalier inconnu s'avance monté sur un coursier noir dont la crinière est si longue, qu'elle enveloppe le cavalier de la tête aux pieds, et le jarret si bon, qu'il fait vingt lieues à l'heure. Il demande le motif de la querelle; on l'en informe; on le prend pour arbitre; on lui remet les pommes. Le chevalier les considère, il les tourne et les retourne, il en vante la couleur dorée, qu'il compare à celle des cheveux des cinq reines; il en respire le parfum, le disant moins suave que l'haleine des dames : les maris, enchantés, regardent avec attendrissement leurs femmes qui baissent les yeux, comme doivent faire en pareille circonstance des personnes bien élevées. Mais quand elles relèvent la tête, nouveau Perrin Dandin, le chevalier a disparu avec les pommes d'or; et, lorsqu'on songe à le poursuivre, il est déjà bien loin. »

La présence de Merlin dans ce conte, et la circonstance particulière des pommes et de la prédiction dont elles sont l'objet, feraient croire qu'il se rattache au vieux fonds de traditions bretonnes dont le barde a fourni le sujet. Merlin avait pour les pommes un goût si prononcé, et pour l'arbre qui les porte une telle vénération, qu'il leur a consacré un poëme; il se vante de posséder un verger où l'on voit « cent quarante-sept pommiers de la plus grande beauté, dont les branches sont couvertes de feuilles verdoyantes, l'ombre aussi recherchée que les fruits, et la garde confiée non pas à un dragon, comme dans le jardin des Hespérides, mais à une jeune fille charmante, aux cheveux flottants, et aux dents brillantes comme des perles de rosée [2]. »

---

[1]   Setu tri aval aour melen,
        Perc'hen ter vraoa femelen ;
        Marzin a ziougan evelhenn.
[2] *Myvyrian*, t. I, p. 151, 152, 153.

On se rappelle que c'est au moyen de trois pommes que la vieille magicienne amie de Merlin charme l'enchanteur lui-même dans la ballade bretonne. (V. p. 54.)

Il n'est pas sans intérêt d'ajouter que les légendes armoricaines parlent souvent d'un pommier merveilleux, et qu'il est question d'un arbre semblable dans l'histoire de *Péronik*, indiquée tout à l'heure, où la donnée primitive de la recherche du bassin magique, quoique défigurée et surchargée de détails modernes, se retrouve nette et entière, selon l'observation très-juste de M. Souvestre.

Pour réussir à conquérir le bassin d'or, il faut, entre autres épreuves, que Péronik parvienne à cueillir une pomme sur un arbre aussi bien gardé que ceux des Hespérides ou du verger de Merlin.

« Péronik, dit le conteur, rencontra une prairie ombragée tout entière par un seul pommier si chargé de fruits, que les branches pendaient jusqu'à terre. Devant l'arbre était un *korigan* (un nain) tenant à la main une épée de feu qui réduisait en cendres tout ce qu'elle touchait[1]. »

Les pommes partagées à la cour d'Arthur par le chevalier inconnu me font bien l'effet de venir de cet arbre fameux.

IV

LE DÉPART DE PÉRÉDUR, DU JEUNE LEZ-BREIZ ET DE PERCEVAL.

Une aventure semblable à celle de Pérédur enfant est prêtée par les poëtes populaires armoricains au jeune Breton Morvan, qu'ils surnomment Lez-Breiz, c'est-à-dire le soutien de la Bretagne, devenu célèbre pour avoir glorieusement défendu contre Louis le Débonnaire l'indépendance de son pays. La ballade dont

[1] LE FOYER BRETON, p. 201.

son enfance est le sujet, lieu commun de la poésie celtique, amie des contrastes, a paru avec le texte, et les autres poëmes relatifs au héros breton, dans la quatrième édition des *Chants populaires de la Bretagne* (t. I, p. 128), mais elle doit trouver place ici

I

Comme l'enfant Lez-Breiz était chez sa mère, il eut un jour une grande surprise.

Un chevalier s'avançait dans le bois, et il était armé de toutes pièces.

Et l'enfant Lez-Breiz, en le voyant, pensa que c'était saint Michel;

Et il se jeta à deux genoux, et fit vite le signe de croix.

« Seigneur saint Michel, au nom de Dieu, ne me faites point de mal!

— Je ne suis pas plus le seigneur saint Michel que je ne suis un malfaiteur;

Je ne suis pas saint Michel vraiment : chevalier ordonné, je ne dis pas.

— Je n'ai jamais vu de chevalier, pas plus que je n'ai entendu parler d'eux.

— Un chevalier, c'est quelqu'un comme moi; en as-tu vu passer?

— Dites-moi d'abord vous-même ce que c'est que ceci, et ce que vous en faites.

— J'en blesse tout ce que je veux, cela s'appelle une lance.

— Bien mieux vaut mon casse-tête : on ne l'affronte pas sans mourir.

Et qu'est-ce que ce plat de cuivre-ci que vous portez à votre bras?

— Ce n'est point un plat de cuivre, enfant; c'est un *blanc* bouclier.

— Seigneur chevalier, ne vous moquez pas de moi; j'ai vu plus d'un *blanc* monnayé dans ma vie [1].

[1] *Gwennek* (dans les lois galloises, *Keiniog*).

Il en tiendrait un dans ma main; tandis que celui-ci est large comme la pierre d'un four.

Mais quelle espèce d'habit portez-vous? c'est lourd comme fer, plus lourd même.

— Aussi est-ce une cuirasse de fer pour me défendre contre les coups d'épée.

— Si les biches étaient ainsi harnachées, il serait plus malaisé de les tuer.

Mais, dites-moi, seigneur, êtes-vous né comme cela? —

Le vieux chevalier, en l'entendant, se mit à rire de tout son cœur.

—Qui diable vous a donc habillé, si vous n'êtes point né comme cela?

— Celui qui en a le droit, c'est celui-là, mon cher enfant.

— Mais alors qui en a le droit?

— Personne, excepté le seigneur comte de Kemper.

Maintenant réponds-moi à ton tour, as-tu vu passer un homme comme moi?

— J'ai vu passer un homme comme vous, et c'est par ce chemin qu'il est allé, seigneur. »

II

Et l'enfant de revenir en courant au logis; et de sauter sur les genoux de sa mère, et de babiller.

« Ma mère, ma petite mère, vous ne savez pas? je n'avais jamais rien vu de si beau !

Jamais je n'ai vu rien de si beau que ce que j'ai vu aujourd'hui :

Un plus bel homme que le seigneur saint Michel, l'archange, qui est dans notre église!

— Il n'y a pourtant pas d'homme plus beau, plus beau, mon fils, que les anges de Dieu.

— Sauf votre grâce, ma mère, on en voit : ils s'appellent chevaliers, disent-ils.

Et moi je veux aller avec eux, et devenir chevalier comme eux. »

26

La pauvre dame, en l'entendant, tomba trois fois à terre sans connaissance.

Et l'enfant Lez-Breiz, sans regarder derrière lui, entra dans l'écurie;

Et il y trouva une méchante haquenée, et il sauta vite dessus;

Et il partit, courant après le beau chevalier, sans dire adieu à personne;

Courant après le beau chevalier vers Kemper, et il quitta le manoir.

Cette ballade offre plusieurs traits piquants qui ne se retrouvent pas dans le conte cambrien sous sa forme prosaïque actuelle, mais qui ont dû exister dans la rédaction celtique primitive, galloise ou armoricaine, en vers, suivie par Chrestien de Troyes, car il en reproduit quelques-uns presque littéralement.

Le lecteur nous pardonnera la longueur de la citation en faveur de l'intérêt poétique et du charme qu'elle présente.

> Ce fut au temps qu'arbres florissent,
> Feuillent boscages, prés verdissent,
> Et qu'oisiaux, en lor latin,
> Doucement chantent au matin,
> Et toute rien (chose) de joie enflamme,
> Que li fils à la veuve dame
> De la gaste (déserte) forest soustaine (du sud)
> Se leva, et ne li fut paine
> Que il sa selle ne méist (mit)
> Sur son chacéor (cheval de chasse), et préist (prit)
> Trois javelots; et tout ainsi
> Hors du manoir sa mère issit (sortit).
> . . . .
> Et maintenant le cuér du ventre
> Pour le doux temps li esjouit,
> Et pour le chant que il oit
> Des oisiaux qui joie fesoient :
> Totes les choses li plaisoient.
> Por la douçor du temps serein,
> Osta au chacéor le frein,
> Si le laissa aler paissant
> Par l'herbe fraîche et verdoyant.
> Et cil (l'enfant), qui bien lancier (darder) savoit

Les javelots que il portoit,
Aloit environ (autour de) lui lançant
Une heure arrière, l'autre avant,
Une heure bas, autre heure haut ;
Tant qu'il oït parmi le gaut (bois)
Venir cinq chevaliers armés
De totes armes acémés (revêtus) ;
Et moult grant noise (bruit) démenoient (faisoient)
Les armes de ceux qui venoient,
Et souvent hurtoient as armes,
Et les lances et les guisarmes (pertuisanes) ;
Sonne li fut (bois), sonne li fers
Et des escus et des hauberts.
Li valet (l'enfant) oït, ne voit pas
Ceux qui viennent plus que le pas ;
Si s'émerveille, et dit : Par m'âme !
Voir (vrai) me dit ma mère ma dame,
Qui me dit que déables sont
Plus effréés (effrayants) que rien du mond' ;
Et si dit pour moi engeignier (me tromper),
Que por eux se doit-on seignier (signer) ;
Mais cet engin (tromperie) dédaingnerai ;
Ne ja, voir, ne m'en seignerai ;
Ains (mais) ferrai (frapperai) li coup li plus fort
D'un des javelots que je port',
Que ja (point) n'aprocheront vers (de) moi
Nul des autres, si com' je croi. —
Ainsi à lui-meisme dit
Li valet, ains (avant) qu'il les véist ;
Mais quand il les vit en apert (découvert)
Qui du bois furent descouvert,
Si vit les hauberts flamboïants,
Et les hiaumes clairs et luisants,
Et les lances et les escus
Que oncques mais n'avoit véus ;
Et luir le vert et le vermeil,
Reluire contre le soleil
Et l'or et l'azur et l'argent :
Ce li fut moult et bel et [moult] gent,
Et dit : — Biau sire, Dieu merci !
Ce sont angels (anges) que je voi ci !
Parfoi, or ai-je moult péchié ;
Et si ai moult mal exploitié (agi),
(Moi) qui dis que c'estoient déable.
Ne me dit pas ma mère à fable

Qui me dit que li angels sont
Les plus bèles choses du mond',
Fors Dieu, qui est plus biau que tuit (tous) ;
Et si dit ma mère méisme
Qu'on doit Dieu croire et aorer (adorer),
Et lou (lui) prier et honorer :
Et je aorai (adorerai) cestui (celui-ci),
Et tuit ses angels avec lui. —
Maintenant vers terre se lance,
Et dit trestoute sa créance (tout son *Credo*)
Et oroisons que il savoit,
Que sa mère apris li avoit.
Et li sire des chevaliers
Le vit et dit : — Estez arriers (restez en arrière) ;
Qu' (car) à terre est de paour chéus (tombé de peur)
Cist (ce) valet (garçon) qui nous a véus :
Si nous alions tuit ensemble
Vers lui, il auroit, ce me semble,
Si grand paour qu'il en mourroit,
Ne respondre ne me sauroit
A rien que je li demandasse. —
Ils s'arrestent ; et cil s'en passe
Vers li valet, grant aléure (train),
Et dit : — Valet, n'aïez paour.
— Non ai-je par le criàtour,
Fait li valet, en qui je croi ;
Estes-vous Dieu ? — Nenni, parfoi.
— Qui estes donc ? — Chevalier sui.
— Ains mais chevalier ne connui,
Fait li valet, ne nul n'en vi,
N'onques mais parler n'en oï.
Mais vous estes plus biaux que diex (dieux) !
Qui fussent ja ore autres tiex (tels)
Ainsi luisants et ainsi faits ? —
A ces mots, près de li se trait (s'approche) ;
Et li chevalier li demande :
— Véis-tu hui (aujourd'hui) en ceste lande
Cinq chevaliers et trois pucèles ? —
Li valet à autres nouvèles
Enquerre, et demander entend ;
Sa lance dans la main li tend,
S'el (et la) prend, et dit : — Biau sire chier (chéri),
Vous qui avez nom chevalier,
Qu'est-ce ore (ceci) que vous tenez ?,
Or suis-je moult bien assémez (armé),

Fait li chevalier, ce m'est vis (avis).
[Mais] je cuidois (pensais), biaux doux amis,
Nouvèles apprendre de toi,
Et tu les veux oïr de moi;
Je te dirai, ce est ma lance,
— Dites-vous, fait-il, qu'on en lance
Si com' je fais mes javelots?
— Nenni, valet, tu es tout sot;
Ains (mais) on fiert (frappe) un (quelqu'un) tout demancis
— Donc, vaut mieux li un de ces trois   l(incontinent).
Javelots que vous véez-ci (voyez ici) :
Quiqunque (tout ce que) je veuil (veux) en occi,
Oisiaux et bestes au besoin;
Et si les occi de si loin
Com' on poutroit au boüson traire (tirer avec une flèche).
— Valet, de ce n'avons que faire ;
Mais des chevaliers me respont.
Dis-moi si tu sais où ils sont;
Et les pucèles, véis-tu? —
Li valet, au pié de l'escu,
Le tenoit pris tout en apert,
Et dit : — Cestui (celui-ci) de quoi vous sert?
— Valet, fit-il, ce est-abbès (étrange)
Qu'en autres nouvèles me mets
Que je ne te quers ni demand' ;
Je cuidois, si Dieu m'amand',
Que tu nouvèles me déisses
Ains que de moi les apréisses (apprisses) :
Et tu vueil que je les t'apreigne?
Je te dirai comment qu'il preigne,
Car à toi volentiers m'accort ;
Escu a nom ce que je port',
— Escu a nom? — Voire (oui), fait-il;
Ne ne (et on ne le) doit pas tenir por vil,
Car il m'est tant de bonne foi (si utile),
Que si nul trait ne lance à moi (me frappe ou darde)
Encontre tous les coups se trait (s'oppose) :
C'est li service qu'il me fait. —
Atant (alors) cil qui furent arrière
Se traient (s'avancent) toute la charrière (chemin charretier).
Vers lor signor trestout le pas ;
Si lui on dit isnèle pas (incontinent) :
— Sire, que vous dit cist (ce) Galois?
— (Il) ne sait mie toutes les lois,
Fait le sire, si Dieu m'amand',

Que rien nule ne li demand'
Ne me respond onques à droit ;
Ains demande de quanqu'il voit
Comment a nom, et comment fait.
— Sire, sachiez bien entresait (aussi)
Que Galois sont tous, par nature,
Plus sots que bestes en pasture ;
Et cil est aval (rampant) comme beste;
Fol est qui de lès (près de) lui s'arreste ..—
Lors li demande de rechief :
— Valet, fait-il, ne te soit grief (ennuyeux),
Mais des cinq chevaliers me dis...—
Et le valet le tenoit pris
Au pan du haubert, si le tire :
— Or me dites, fait-il, biau sire,
Que est-ce que vous avez vestu?
— Valet, fait-il, donc ne sais-tu?
— Je (moi)?... Non. — Valet, c'est mon haubert.
— C'est aussi pesant comme fer.
— [C'est] qu'il est de fer, ce vois-tu bien.
— De ce, fait-il, ne sai-je rien :
Mais moult est biaux, si Dieu me saut (sauve);
Qu'en dites-vous, et que vous vaut?
— Valet, c'est à dire légier (facile à expliquer) :
S'onques voulois sur moi lancier
Javelots, ou saietes (flèches) traire (tirer),
Tu ne me porroies mal faire.
— Dom chevalier, de tels hauberts
Gard' Dieu les bestes et les cerfs!
Car nul occire n'en pourrois,
Ni jamais après ne courrois. —
Et li chevalier li redit :
— Valet, dis-moi, se Dieu m'aist (m'aide),
Se tu me vuels (veux) dire novèles
Des chevaliers et des pucèles. —
Et cil, qui petit fut senez (peu sensé),
Li dit : — Fuites-vous ainsi né ?
— Valet, fait-il, ce ne peut estre,
Que nule rien peut ainsi naistre.
— Qui vous atourna (habilla) donc ainsi?
— Valet, je te dirai bien qui.
— Dites-le donc. — Moult volentiers .
Na mie encor cinq jors entiers
Que tous ces harnois me donna
Le roi Arthur qui m'adouba

Mais or (maintenant) me redis que devinrent
Li chevaliers qui parci vinrent. —
Et il dit : — Sire, or esgardez
Tel plus haut bois que vous véez (voyez)
Qui cette montaigne avironne :
Ce sont li destroit d'Avaldonne.
— Et que de ce fait-il, biau frère?
— Là sont li hercéors (laboureurs) ma mère,
Et ses terres sèment et hèrent (cultivent);
Et si tex (telles) gens outre passèrent,
Ils les virent : si vous diront. —
Et il dient que il iront
Avecque lui, si il les maine,
Dèsqu'à (jusqu'à) ceux qui hersent l'avoine.
Li valet prend son chaéçor,
Si va là où li hercéor;
Et quand il virent leur seignor,
Si tremblent tuit de paor.
Et sachez porquoi il le firent :
Por li chevaliers que il virent
Qui après li armés venoient;
Car bien sorent, s'ils (que si) li avoient
Lor affaire dite et lor estre (état),
Que il voudroit chevalier estre.
Et sa mère en istra dou sens (perdra la raison)
Qui détourner l'en cuide l'en (l'en veut);
Car ja chevalier ne véist,
Ne lor affaire n'apréist.
Li valet a dit as bouviers :
— Véistes-vous cinq chevaliers
Et trois pucèles ci passer ?
— Il ne finirent hui d'aler
Par le détroit, — font li bouvier.
Et li valet au chevalier
Qui tant avoit à lui parlé
Dit : — Sire, parci sont allé
Les chevaliers et les pucèles.
Mais or me dites les nouvèles
Dou roi qui les chevaliers fait,
Et le lieu où il plus se trait (tient).
— Valet, fait-il, dire te vueil
Que li roi séjourne à Cardueil...
Et li valet ne s'est pas feint
De retourner à son man ir,
Où sa mère dolent et noir

Avoit le cuer (cœur), pour sa demeure;
Grant' joie a eu à cette heure
Qu'elle le vit : ne pas ne pot (put)
Céler la joie qu'elle en ot (eut);
Car, comme mère qui moult aime,
Court encontre lui, et s'el claime (l'appelle)
Biau fils! biau fils! plus de cent fois.
— Biau fils, moult a esté destrois (chagrin)
Mes cuers pour votre demourée;
De duel (deuil) ai esté acourée (j'ai eu un crève-cœur).
Si que pour peu morte ne fui.
Où avez-vous tant esté hui (aujourd'hui)?
— Madame, je le vous dirai,
Par foi, ne vous en mentirai;
Car je ai moult grant' joie éue
D'une chose que j'ai véue,
Dont ne me souliez-vous dire
Que li angels Dieu nostre sire
Sont si très-bels, qu'onques Nature
Ne fist plus belle créature,
N'el monde n'a si belles rien.
— Biau fils, encor le dis-je bien;
Jel dis por voir et dis encor.
— Sachiez, mère, que ne vis or
Les plus belles choses qui sont
Qui par la gaste (déserte) forest vont;
Ils sont plus bels, si comme je cuit (crois),
Que Dieu ne que si angels tuit. —
La mère entre ses bras le prend,
Et dit : Biau fils, à Dieu té rend,
Car moult ai grand paour de toi :
Tu as véu, si com' je croi,
Les anges dont les gens se plaignent,
Qui occient quanque (tout ce qu') ils atteignent.
— Non ai, voir, mère, non ai, non!
Chevaliers dient que il ont nom. —
La dame se pasme à ce mot;
Quand chevalier nommer li ot,
Si dit com' femme courouciée :
— Ha lasse! com' sui maubaillée (maltraitée)!
Biau doux fils, de chevalerie
Trestouz les jours de vostre vie
Vous cuidoie-je bien garder,
Que ja n'en oïssiez parler.
Chevalier estre déussiez,

Biau fils, si Dame-Dieu pléust,
Que vostre père nous éust
Gardé, et vos autres amis;
N'ot (il n'y eut) chevalier de si haut prix...
Vostre père, si ne l' savez,
Fut parmi les hanches navré;
Si grant terre et si grant trésor,
Que il avoit comme preud'home,
Ala tout à perdition...
Et essiliés (exilés) furent à tort
Li haut barons après la mort
Uter Pendragon, qui roi fu,
Qui fu père le roi Artu...
Si s'enfuit qui fuir pot (put).
Vostre père ce manoir ot (eut)
Ici en ceste forest gaste;
Ne pot fuir en grande haste :
En litière eporter se fit ;
Aillors ne sot où il fuit.
Et vous qui petit étioz;
Deux moult biaux frères aviez;
Petit estiez allaitanz;
Peu aviez plus de deux anz.
Quand furent grands vostre deux frères,
Au los (consentement) et au conseil lor père
Alèrent à deux cours roiaux
Pour avoir armes et chevaux
Adoubés (armés), et chevaliers furent ;
Et en un jour meisme moururent,
Au revenir à lor repaire (demeure),
Qui joie me vouloient faire.
Et lor père puis ne les vit :
As armes furent déconfiz (tués),
As armes furent morts amdui (tous deus),
Dont ai grant duel et grant ennui.
De l'aisné avindrent (arrivèrent) nouvèles,
Que li corbeaux et li corneiles
Amdui (les deux) lés yeux li crevèrent ;
Ainsi mort les gens le trouvèrent.
Du duel qu'il fit mourut le père;
Et je ai vie moult amère
Souferte (de) puis que il fut mort.
Et vous étiez mes confort (consolation)
Que j'avoie, et tous mes biens,
Car il n'avoit (restait) plus (aucun) des miens.

Rien plus ne m'avoit Dieu laissé
Dont il me fit mon cuer lié (content). —
Li valet entend moult petit (fait peu d'attention)
A ce que sa mère li dit :
— A mangier, fait-il, me donnez;
Ne sais dont vous m'arraisonnez !
Mais moult m'en irai volontiers
Au roi qui fait les chevaliers,
Et je irai cui qu'il en poit (quoi qu'il y en ait) ! —
La mère tant com' li l'oit
Le retient, et si le séjourne (fait attendre),
Si li apareile et atourne
De chenevas grosse chemise,
Et braies faites à la guise
De Galois ; furent fait ensemble
Braies et chausses, ce me semble ;
Et si-ot cotte, et chaperon
De cuir de cerf, clos environ (tout autour).
Ainsi sa mère l'atourna
Trois jours, sans plus n'y séjourna :
N'onques ni ot mestier (ne servirent) losanges (caresses).
Lors à sa mère duel estrange ;
Si l' baise et accole (embrasse) en plorant,
Et dit : — Or ai-je duel moult grand ! —

Ici, comme dans le conte gallois, l'enfant prend congé de sa mère en quittant le manoir ; l'action du héros de ballade bretonne, au contraire, ressemble plutôt à une fuite qu'à un départ : il ne dit adieu à personne ; il paraît encore plus simple que Pérédur ; il ne reçoit point de conseils. Voici ceux que la mère de Perceval donne à son fils : c'était le code de morale à l'usage des chevaliers vers l'année 1160 ; on verra qu'il diffère de celui qu'ils suivaient à l'époque où le conte cambrien fut mis en écrit :

— Biau fils, un sens (leçon de sagesse) vous veuil ap-
S'il le vous plaît à retenir,   [prendre;
Grand bien vous en pourra venir.
Si vous trouvez, ni près ni loin,
Dame qui d'aïe (aide) ait besoin,
Ne pucèle desconseilliée (mal conseillée),
L'aurez en aide appareilliée (vous la protégerez) :
Qui as dames honeur ne porte,
La sienne honeur doit estre morte.

Dames et pucèles aimez,
Si serez partout honoré ;
Mais si vous aucune en priez,
Gardez que ne li ennuiez
De rien nule (aucune chose) qui li déplaise.
De pucèle est bon qu'il la baise,
S'elle (si elle) le baiser vous consent (permet) ;
Le surplus je vous en défend.
Mais s'elle a anel (anneau) en son doigt
Ou à la ceinture aumonière (bourse) ;
Si, par amour ou par prière,
Le vous donne bonnement et bel (elle vous permet)
Que vous emportiez son anel,
De l'anel prendre, vous donjie (je vous donne),
Et de l'aumonière, congie (permission).
Biau fils, encor vous veuil dire el,
Que en chemin ou en hostel,
N'aiez longuement compaignon
Que vous ne demandiez son nom ;
Son nom sachez à la personne,
Car par le nom l'on connoît l'homme.
Biaux fils à preud'hommes parlez,
Et lor compaignie tenez :
Preud'homme ne méconseille mie
Ceux qui tiennent sa compaignie.
Sur toute rien (chose) vous veuil prier
Que en église ou en moustier (monastère)
Aliez prier Nostre Seigneur
Qu'en ce siècle vous doint (accorde) honeur,
Et si vous y doint contenir
Qu'à bonne fin puissiez venir.
— Mère, fait-il, que est-ce église ?
— Un lieu où l'on fait le service
(De) celui qui ciel et terre fit,
Et hommes et bestes y mit.
— Et moustier ? — Quoi ! fils, ce méisme (cela même)
Une maison belle et saintisme (très-sainte),
De corps saintes et de trésors ;
Si sacrifie-l'en le corps
Jésus-Christ, li prophète sainte,
Cui (à qui) Juifs firent honte mainte :
Traïs fu, et jugié à tort,
Et souffrit angoisseuse mort
Pour les hommes et pour les femmes,
Qui (dont) en enfer aloient les âmes...

— Donc irai-je moult volentiers
Aux églises et aux moustiers,
Fait li valet, dorénavant,
Ainsi le vos met en convent (je vous le promets). —
Atant ni ot plus de demore,
Congié prend, et la dame plore.
... Sa selle li fu ja mise;
A la manière et à la guise
De Galois fut appareillié :
Un revelins (guêtres) avoit chaucié;
Et là partout où il aloit,
Trois javelots porter souloit,
Mais deux s'en fist sa mère oster (ôter)...
Parce que trop sembloit Galois...
Plorant, le baise au départir
La mère, qui moult chier l'avoit...
— Biau fils, fait-elle, Dieu vous maint (garde);
Joie plus qu'à moi ne remaint (reste)
Vous doint-il (qu'il vous donne) où que vous aliez. —
Quand le valet fut éloigné
A un jet de pierre menue,
Si regarda, et vit cheue (tombée)
Sa mère au chief du pont arrière,
Et gît pasmée en tel manière,
Comme s'elle fut chéue morte.
Et cil (lui) sangle de la réorte (badine)
Son chacéor parmi (sur) la croupe.
Et cil s'en va qui pas ne soupe,
Ains l'emporte grand'aléure (train)
Parmi la grand'forest obscure.

V

LA DAME DE LA CLAIRIÈRE.

Chreslien de Troyes a retourné et amplifié ce passage avec autant
d'esprit et de bonheur que le précédent :
« Perceval, dit-il, se mit à chevaucher

Tant que il vit un tref (pavillon) tendu
En une prairie moult belle :

Illec (là) sourd (jaillit) une fontenèle.
Li tref fut biau à grand'merveille :
L'une partie fut vermeille,
Et l'autre vert' d'orfroi bandée (tissue d'or) ;
Desus ot une aigle dorée :
En l'aigle féroit (dardait) li solaus (soleil),
Qui moult luisoit clairs et iniaux (ardent) :
S'en reluisoit tuit li pré
De l'enluminement du tré (tente).
Entour le tref, à la réonde (ronde),
Qui estoit li plus bel du monde,
Avoit ramées et foilliées (feuillées),
Et loges galesches drescïées.
Li valet vers le tref ala,
Et dit ainçois (avant) qu'il venist (vînt) là .
— Dieu ! or voi-je vostre maison,
Or feroi-je mesprison (une méprise)
Se aourer (adorer) ne vous aloie.
Voir (vrai) dit ma mère, toute voie (pourtant),
Qui me dit que moustier estoit
La plus bèle chose qui soit,
Et me dit que je ne trouvasse
Moustier, qu'aourer ni allasse
Le créatour en cui je croi ;
Et je l'irai prier parfoi
Qu'il me donne ennui (maintenant) à mangier,
Car j'en aurai grant mestier (besoin). —
Lors vint al' tref, sel' vit ouvert ;
Emmi (dans) le tref un lit couvert
D'une moult riche courte-pointe
Moult bien ouvrée et menu peinte,
Et par-desus un poile (tapis) avoit.
En ou lit dedans se gisoit (était couchée)
Une damoiselle endormie ;
Mais loin estoit sa compagnie :
Alées furent les pucèles
Pour cueillir florètes novèles
Que par le tref jonchier voloient.
Quand li valet al tref entra,
Son cheval moult forment frogna (hennit fortement),
(Si bien) que la damoiselle l'oït :
Si s'esveilla et tressaillit ;
Et li valet, qui nice (novice) fut,
Dit : — Pucèle, je vous salu,
Si com' ma mère me l'aprit :

Ma mère m'enseigna et dit
Que les pucèles saluasse
En quel lieu que je les trovasse. —
La pucèle de paour tremble
Por li valet, qui fol li semble ;
Si se tient por fole provée
De ce que sole (seule) l'ot trovée.
— Valet, fait-elle, va ta voie ;
Fuis ! que mes (mon) ami ne te voie.
— Ains (auparavant) vous baiserai, par mon chief (ma tête) !
Fait li valet, cui que soit grief ! (quoi qu'il y en ait)
Car ma mère me l'enseigna.
— Certes, moi ne baiserez ja (point) !
Fait la pucèle, que je puisse ;
Fuis ! que mes ami ne te truisse (trouve) ;
Car s'il te treuve, tu es morz ! —
Le valet avoit les bras forz ;
Si l'embrasse moult justement,
Car il ne sot (sut) faire autrement.
Et cele s'est moult défendue,
Et se défend quanqu' (tant qu') elle pot ;
Mais défense mestier ni ot (fut inutile) :
Car li valet, en un randon (moment),
La baisa, volsist-èle ou non (bon gré, mal gré),
Vingt fois, si com' le conte dit.
Tant qu'un anel en son doigt vit,
A une esmeraude moult claire :
— Encor, fait-il, me dit ma mère,
Qu'en vostre doigt l'anel préisse (je prisse),
Mais que rien plus ne vous féisse (fisse).
Or çà, l'anel, je l' vueil avoir !
— Mon anel n'auras-tu pas, voir !
Fait la pucèle, que je sache,
S'à force (à moins que) du doigt ne l' m'arrache. —
Li valet par le poing la prend ;
A force les doigts li estend ;
Si a l'anel en son doigt pris,
Et en son doigt mainet (petit) l'a mis,
Et dit : — Pucèle, bien aïez (portez-vous bien) ;
Or m'en irai : bien sui païé ;
Et moult meilleur baisier vous fait
Que chamberière que il ait (qui soit)
En toute la maison ma mère,
Car n'avez pas la bouche amère. —
Et cele plore, et dit : — Valet,

N'emporte pas mon anelet,
Car j'en serois maubaillie (maltraitée),
Et tu en perdrois la vie,
Que (sans) qu'il tardast, je te promet. —
Li valet en son cuer ne met
Rien nule de quanque il ot (entend);
Mais, de ce que jeuné il ot,
Moroit de faim à male (mauvaise) fin,
Un bociau (boisseau) treuve (trouve) plein de vin,
Et un ennap (coupe) d'argent selonc (auprès);
Et voit sur un trossel (trousseau) de jonc
Une toaille (nappe) blanche et neuve :
Il la solève, et desous treuve
Trois pastez fait de chevrel frais.
Ne li ennuia pas cist (ces) mets
Par la faim qui forment l'angoisse (le presse);
Un des pastez devant li froisse,
Et en mange par (de) grant talent (appétit),
Et verse en la coupe d'argent
Le vin, qui n'estoit mie laid,
S'en boit souvent et à grand trait;
Et dit : — Pucèle, cist pastez
Ne seront hui (aujourd'hui) par moi gastez.
Venez mangier, car moult est boen (bon);
Assez y a chascun du soen (sien) :
Si en remaindra (il en restera) un entier. —
Et cèle plore en demantiers (pendant que),
Quanque cil la proie et semont (la prie et invite),
Qui un sol mot ne li respont.
Cil menge tant comme il li plot,
Et but tant que assez en ot;
Et prit congié tout maintenant,
Si recouvrit le remanant (le reste),
Et comanda (recommanda) à Dieu celi (celle)
Qui son salut point n'abéli (n'agréa).
— Dieu vous saut (sauve), fait-il, belle amie!... —
Et cele plore, et dit que ja (jamais)
A Dieu ne le comandera.

VI

LE COMBAT DU BATON.

Ce genre d'escrime était en usage dans le pays de Galles avant le dix-septième siècle. A cette époque, les ministres de la religion prétendue réformée l'abolirent avec les autres jeux nationaux gallois, qui sont maintenant remplacés par les orgies du cabaret[1]. Il existe encore en Bretagne, dans certaines paroisses rurales, notamment en Cornouaille, et la manière dont on le pratique, semblerait autoriser à croire qu'il n'était point étranger, dans le principe, aux vieilles institutions celtiques.

La nuit de la fête des Morts, des jeunes gens et des jeunes filles, qui se sont donné le mot, se rendent secrètement dans une chapelle écartée : on allume des cierges, on récite des prières, on chante des cantiques en l'honneur des trépassés ; puis un vieillard, généralement le sorcier du pays, qui a le privilége d'assister à la lutte et de la présider, crie trois fois : *Lis! lis! lis!* Aussitôt un cercle se forme ; deux champions y entrent : parfois ils sont armés chacun d'un *penn-baz*, ou casse-tête, et la lutte s'engage selon les règles ordinaires du combat au bâton ; mais, le plus souvent, ils n'en ont qu'un seul, et se le disputent à force de bras, assis à terre en face l'un de l'autre. Le bâton reste au vainqueur, et le vaincu a la honte de recevoir la bascule de la main des jeunes filles.

VII

LE CRAMPON DE FER ET L'ÉPÉE.

On voyait, au moyen âge, dans la salle des chefs gallois, d'énormes crampons de fer, fixés au pavé de distance en distance,

[1] Nostra memoria desuescere cœperunt, *compotationibus* in eorum locum succedentibus. (Davies Rhes. 1600.)

qui servaient aux chevaliers pour attacher leurs chevaux, car ils y
entraient souvent avec eux; quelques-uns les conduisaient même
jusque dans leur chambre à coucher : Kledno, prince breton du
sixième siècle, père de Kenon, guerrier fameux qui vivait à la
même époque, attachait le sien au pied de son lit. « Au crampon
dont il faisait usage, disent d'anciennes traditions galloises relatives
au barde Merdhyn, était passé un licol qu'on regardait comme une
des treize merveilles de l'île de Bretagne : il avait appartenu à Taliésin, et Merdhyn l'emporta dans sa tombe. Toutes les fois que
Kledno avait besoin d'un cheval, il en trouvait un attaché à son
crampon magique. » Pérédur brise son épée en frappant sur un
crampon pareil, et rejoint deux fois les fragments, mais échoue la
troisième. Perceval est soumis à la même épreuve, et subit le
même échec; mais, ayant transporté l'épreuve à la fin de son
poème, précisément lorsque son héros va parvenir au faîte de la
gloire humaine, l'auteur français s'est vu forcé de la dénaturer,
et d'en atténuer les suites. Ainsi tout en disant que Perceval

Les pièces prit à ajouster
L'une à l'autre délivrement (à l'instant) :
L'une pièce à l'autre se prend
Si gentiment et si adroit,
Que le jour que faite estoit
Ne sembla estre plus nouvèle
Ni mieux fourbie ni plus belle..

Tout en disant cela le poëte fait cet aveu vraiment curieux :

Mais droitement à la jointure
Fut remèse (restée) une crevéure (fente)
Petitête et non mie grande

Alors l'oncle de Perceval adresse au chevalier ces paroles qui montrent assez bien la distance qui sépare les époques où le conte et le
poëme ont été composés, et l'esprit dans lequel on les a rédigés :

D'armes vous estes moult peiné,
Au mien espoir (à mon avis), et bien le sai :

27

Mais à (par) ce que prouvé (éprouvé) vous ai,
Sai-je moult bien qu'en tout le mond',
De tretous ceux qui ore (maintenaut) y sont,
Ni a nul qui mieux que vous vaille,
Ni en estour (assaut) ni en bataille.
Mais quand ce iert (il arrivera) qu'ayant tant fait
Que Dame-Dieu donné vous ait
L'honneur, le prix de courtoisie,
De sens et de chevalerie,
Lors vous pourrez dire à tretous
Que li mieudre (meilleur) estes de tous...
Que cil Dieu qui pardonne s'ire (colère),
S'amour et grand honeur vous doint (donne),
Et tous vos péchiés vous pardoint (pardonne)!

VIII

LES SORCIÈRES GALLOISES.

Kerloiou ou Kaergloui, maintenant Glocester, ville assez considérable, située sur les Marches du pays de Galles, au bord de la Saverne, était anciennement un des centres de sorcellerie les plus fameux de l'île de Bretagne. Les paysans des environs prétendent que neuf magiciennes veillaient à la garde de ses eaux minérales, et qu'il fallait les vaincre si l'on voulait en faire usage. C'est un écho affaibli des traditions primitives. Au rapport de Pline[1], les sorcières gauloises ne cédaient qu'au vœu de l'homme qui les avait profanées; et, selon Méla, elles étaient neuf dans leur sanctuaire le plus fameux. Le barde Taliésin en compte aussi neuf au sixième siècle[2]. L'auteur de l'histoire de Pérédur est d'accord avec eux : les sorcières avec lesquelles il met le chevalier en rapport sont au nombre de neuf, et il ne lui fait obtenir leurs faveurs qu'après les lui avoir fait battre.

[1] Lib. XXII, c. II.
[2] *Myvyrian*, t. I, p. 45.

IX

LA BELLE A LA MAIN D'OR.

Angarad est surnommée la belle *au teint brun* par quelques traditions galloises, et la belle *à la main d'or* par d'autres, comme dans le conte : peut-être devait-elle ce dernier surnom à sa générosité, peut-être à la réputation qu'avait son père, le prince Réder'h-Hael, d'être un des chefs les plus libéraux de l'île de Bretagne ; un de ceux qui ne refusaient jamais rien de ce qu'on leur demandait, que la demande vînt d'un ami ou d'un ennemi, d'un compatriote ou d'un étranger[1]. Quoi qu'il en soit, les triades la mettent elle-même au nombre des trois jeunes filles « vives et brusques » du sixième siècle[2], caractère bien justifié par la réponse qu'elle fait ici à Pérédur.

X

LE DRAGON DU KARN.

Ce monstre a beaucoup d'analogie avec le dragon dont parle un poëme gallois de la plus haute antiquité. Quelque peu disposé que je sois à multiplier les débris de la poésie païenne des anciens Bretons, je ne puis m'empêcher d'en voir un reste dans le morceau suivant : on dirait le chant de mort de la victime au moment où on va l'immoler :

« Hu[3] ! toi dont les ailes fendent l'air, toi dont le fils était le protecteur des grands priviléges, ton héraut bardique, ton ministre, ô père généreux !

« Ma langue dira mon chant de mort au milieu du cercle de pierres qui enferme le monde[4].

---

[1] *Myvyrian*, t. II, p. 3 et 63. — [2] Ibid., t. II, p. 73. — [3] Hu était, à ce qu'il semble, un dieu des anciens Bretons. Je le retrouve en Armorique dans les superstitions du onzième siècle. (V. LÉGENDE CELTIQUE, p. 275.) — [4] Les druides, assure-t-on, regardaient leur τέμενος ou enceinte sacrée comme l'image du monde.

« Soutien de la Bretagne, Hu, dont le front rayonne, soutiens-moi ! régulateur du ciel, ne rejette pas mon message !

« C'est la fête autour des deux lacs : un lac m'environne et environne le cercle, le cercle un autre cercle ceint de douves profondes[1]. Une belle retraite est devant ; de grands rochers la recouvrent ; le dragon s'avance dehors en rampant vers les vases de l'échanson, de l'échanson aux cornes d'or. Les cornes d'or [sont] dans sa main, sa main sur le couteau, le couteau sur mon chef !

« Gloire à toi, victorieux Beli[2] ! et à toi, roi Manogan, qui défends les franchises de l'île de Miel[3] de Beli[4] ! »

XI

L'AVANK DU LAC.

Comme le dragon, l'Avank est un monstre emprunté à la mythologie des anciens Bretons ; on en peut dire autant de la grotte ou *dolmen* qui lui sert de retraite, et du pilier de pierre ou *menhir* qui lui permet de voir sans être vu. Son histoire occupe une place importante dans un conte bardique fort ancien, dont les triades offrent le résumé.

Hu Gadarn avait bâti sa demeure au bord d'un lac immense, appelé le Lac des lacs, qui menaçait toujours d'engloutir la terre, malgré les fortes digues qu'on lui opposait ; mais l'Avank ennemi les perça, et l'univers fut submergé. Cependant tous les hommes ne périrent pas : un sage nommé Nevez-naf-Neivion avait préparé à l'avance un vaisseau où il se sauva avec un mâle et une femelle

---

[1] Les enceintes mégalithiques étaient généralement formées de plusieurs cercles concentriques de pierres debout, et entourées de douves, comme on peut le voir à Stone-Henge et à Ambresbury.

[2] Ce prince, dit Nennius, était fils de Manogan, roi breton qui régnait avant l'ère chrétienne sur toutes les îles de la mer Tyrrhénienne. (Ed. de Gunn, p. 55.) Les triades le comptent, avec Idris, l'inventeur de la harpe, et Eidiol, le magicien, parmi les trois bardes primitifs.

[3] C'était le vieux nom de l'île de Bretagne. (*Myvyrian*, t. II, p. 1.)

[4] *Llyfr Taliésin*. Ms. (Bibl. d'Hengwrt.) Cf. la version défectueusement imprimée dans le *Myvyrian*, t. I, p. 72 et 73, où le début de la pièce est donné comme la fin d'un autre morceau.

de toutes les créatures vivantes; et, quand les eaux se furent écou-
lées, Hu, pour prévenir un nouveau malheur, fit traîner l'Avank
hors du lac par ses bœufs Ninio et Pibio à la tête puissante[1].

« J'ai entendu autrefois, dit le docteur Owen, un vieillard jouer
sur la rhote un singulier morceau de musique qui imitait les mu-
gissements des bœufs et le bruit de leurs chaînes, quand ils tirèrent le monstre du lac. »

Les triades associent l'Avank à un enchanteur appelé Ganhébon,
et ce n'est peut-être pas sans motif, l'un possédant un pilier qui
communiquait des vertus magiques, l'autre des pierres semblables,
encore nommées au neuvième siècle *menhir du savoir* [2], sur lesquels étaient gravés, dit-on, tous les arts et toutes les sciences du
monde [3].

Quoi qu'il en soit, le pilier du conte n'a point paru assez merveilleux au trouvère français, car il s'est efforcé de le rendre plus
merveilleux encore. Il prétend qu'il était non de pierre, mais d'i-
voire incrusté d'or fin ; qu'alentour s'élevaient quinze croix, trois
vermeilles, cinq blanches, sept d'or et d'azur ; qu'on y voyait un
anneau valant un trésor, et un cartouche d'argent sur lequel on
lisait ces mots écrits en latin : « Nul chevalier ne pourra attacher
son destrier à l'anneau de ce pilier, s'il n'est le plus parfait du
monde ; » enfin le poète en fait l'œuvre de Merlin.

XII

LE NAIN-JAUNE.

Le roman de Tristan offre, comme on l'a vu, un incident pareil :
le nain du roi Marc'h, ayant surpris la reine Iseult et son amant
dans un tête-à-tête semblable, va les dénoncer à son maître. Ce caractère traître et sournois des nains est le plus ordinaire dans les
traditions bretonnes : ils ne parlent guère que lorsqu'ils trouvent
l'occasion de nuire à quelqu'un, comme ici; ou bien encore, et
c'est le cas le plus fréquent, lorsqu'une volonté supérieure vient

[1] *Myvyrian*, t. II, p. 57 et 71.
[2] *Hirmæn gwidhog* (Codex ecclesiæ Lichfeldensis, Wanley, catal.,
p. 289.) — [3] *Myvyrian*, t. II, p. 71.

les y forcer par quelque stratagème, comme il arrive dans un ancien
chant très-populaire en Irlande, en Galles et en Armorique. Cependant, par exception, il y a de bons nains; témoin ceux qui étaient
attachés à la famille de Pérédur et qui lui prédisent ses hautes
destinées.

XIII

LE JEU D'ÉCHECS.

Cet échiquier est, à n'en pas douter, celui que le barde .
Merdhyn offrit à son patron, le roi Gwendoleu, fils de Keidio,
et qu'il emporta dans sa tombe avec douze autres merveilles de
l'île de Bretagne. Selon la tradition, l'échiquier était d'or, les
échecs d'argent, et ils jouaient d'eux-mêmes. Selon le romancier, toujours porté à exagérer, il était d'or fin peint de richés
couleurs; les pions d'or poli, d'émeraudes et de rubis : il jetait
une grande lumière, et attestait l'habileté d'un artiste maure qui
en avait fait présent à la fée Morgane, de laquelle le tenait le propriétaire actuel. Suit une longue description de la partie d'échecs : Perceval est battu; il prend sa revanche, il l'est encore; il
revient à la charge, mais sans plus de succès; alors il entre en
fureur, saisit les échecs, les met dans un pan de son haubert pour
les jeter dans le lac,

> Et dit : — Jamais ne materez
> Nul chevalier; n'est mie droit! —

Le conteur rend tout cela en deux mots.

XIV

LE CERF ET LE PETIT CHIEN.

La chasse de ce cerf à l'aide de ce petit chien appartient au
même noyau de traditions bardiques que l'histoire du dragon du
Karn et que la fable de l'Avank; elle fut la cause du *combat des*

Arbrisseaux, une des trois batailles mythologiques les plus fameuses : soixante et onze mille hommes y périrent pour un motif que les triades appellent frivole[1], mais que Taliésin ne juge pas aussi légèrement. Le barde prétend avoir pris part au combat sous la forme d'un arbre, et se vante d'avoir été le premier à en signaler les pronostics, et le seul à le chanter :

« J'étais arbre dans le bois mystérieux : nul autre que moi ne chante et n'a chanté les vagues pronostics du combat que livrèrent les chefs des arbrisseaux au souverain de l'île de Bretagne, le gardien des coursiers rapides, le possesseur des flottes, le gardien des mille joyaux de prix[2]... J'étais au combat des Arbrisseaux[3]. »

XV

LE GUERRIER NOIR DU LER'H.

« En haut Léon, en basse Bretagne, dit dom Le Pelletier,[4] on donne par excellence le nom de *lec'h* ou *leac'h* à certaines grandes pierres plates, un peu élevées de terre, sous lesquelles on peut être à couvert, et qui donnent lieu à des fables parmi les paysans. »

Quelques personnes, selon la remarque de Le Gonidec[5], les désignent sous le nom de *dolmen*, ou table de pierres. Il en est souvent parlé dans les poésies des plus anciens bardes gallois, mais très-laconiquement, et sous forme d'indication. Cependant nous pouvons conclure d'un passage des poëmes de Merdhyn qu'ils étaient regardés comme des tombeaux. Prophétisant aux Cambriens qu'un des héros de leur patrie sortira quelque jour de la tombe pour venir les venger, il s'écrie :

« Un des six les plus illustres se lèvera de dessous le *ler'h* qui l'enferme depuis longtemps, et il sera vainqueur des Loégriens (les Saxons)[6]. »

[1] *Myvyrian*, t. II, p. 56. — [2] *Ibid.*, t. I, p. 29. — [3] *Ibid.*, p. 67. — [4] *Dictionnaire breton*, au mot *Lec'h*, prononcez Ler'h. — [5] *Ibid.*, p. 308. — [6] *Myvyrian*, t. I, p. 144.

On voit avec étonnement que le conteur gallois n'envisage pas seulement le *ler'h* de la même manière, mais encore qu'il réalise, à son point de vue, la prophétie du barde, en évoquant, pour combattre et vaincre Pérédur, l'ombre du guerrier enseveli. Dans le roman français, la teinte originale s'efface ; le mot *ler'h* est traduit par tombeau, et le guerrier noir du *ler'h* devient le *noir chevalier du tombel*.

XVI

MASSACRE DES SORCIÈRES.

Rien de plus fréquent dans les poëmes mythologiques des anciens bardes que les allusions aux combats d'Arthur et de ses guerriers contre les êtres surnaturels, et particulièrement des sorcières. Ils ont chanté sa victoire sur la magicienne qui règne dans l'Averne, victoire vivement disputée, qui lui coûta des flots de sang, et ont célébré la défaite de neuf autres sorcières, prototype de celle du conte, par son majordome. A en juger d'après les éloges sans mesure qu'ils donnent à Kaï pour cet exploit, c'était le plus beau fait d'armes qu'un guerrier pût accomplir ; ils répètent en chœur :

« Kaï a tué les neuf sorcières [1] »

La légende de Kilhwch prête au roi Arthur la même prouesse, c'est le bouquet du récit cambrien.

L'auteur du conte de Pérédur couronne donc dignement son ouvrage en élevant son héros, par un exploit pareil, à l'apogée de la gloire humaine.

[1] *Myvyrian*, t. I, p. 167.

APPENDICE

TEXTES POÉTIQUES ORIGINAUX

I

ARTHUR ET LA REINE GWENNIVAR
FRAGMENT D'UN CHANT POPULAIRE GALLOIS DU x° SIÈCLE [1].

ARTHUR.

Du yw fy march, a da dana ;
Ac er dwr nid arswyda,
A rhag un gwr ni chilia.

GWENHWYFAR.

Glas yw fy march o liw dail.
Llwyr ddirmygid mefl mawrair !
Nid gwr ond a gywiro ei air.
Pwy a ferchyg ac a [vynn?]
Ac a gerdd ym laen y drin?
— Nid deil gwr ond Kai hir ab Sefin.

---

[1] Ce poëme, conservé dans la bibliothèque de sir Robert Vaughan, a été copié, le 27 juin 1611, sur un manuscrit du quatorzième siècle, par l'estimable antiquaire gallois Ed. Lhuyd. On l'a publié dans le *Myvyrian*, d'après un autre manuscrit moins complet et moins ancien.

ARTHUR.

Myfi a ferchyg ac a fai;
Ac a gerdda yn drwm gan lan trai;
Myfi yw'r a ddaliai Gai.

GWENHWYFAR.

Dyd, was, rhyfedd yw dy glywed;
Onid wyd amgen no'th weled,
Ni ddalid Gai, ar dy ganfed.

ARTHUR.

Gwenhwyfar olwg eirian,
Na ddifrawd fi; cyd bwy bichan,
Mi a ddaliwn gant fy hunan.

GWENHWYFAR.

Dyd, was o ddu a melyn,
Wrth hir edrych dy dremyn,
Tibiais dy weled cyn hyn.

ARTHUR.

Gwenhwyfar olwg wrthroch,
Doedwch imi, os gwyddoch,
Ymha le cyn hyn im gwelsoch.

GWENHWYFAR.

Me a welais wr graddol o faint
Ar fwrdd Kelliwig[1], yn Dyfnaint,
In rhannu gwin iw geraint.

ARTHUR.

Gwenhwyfar barabl digri,
Gnawd o ben gwraig air gwegi :
Ino y gwelaist di fi.

[1] *Var.* Yr Arthur.

II

ARTHUR, TRISTAN ET GWALCHMAI

ÉPISODE D'UN POÈME GALLOIS DU Xᵉ OU DU XIᵉ SIÈCLE SUR TRISTAN [1].

Llyma englynion a fu rhwng Trystan 'fab Tallwch a Gwalchmai fab Gwyar gwedi bod Trystan dair blynedd allan o lys Arthur ar sorriant; a gyrru o Arthur wyth ar hugain o i Filwyr i geisio ei ddal a'i ddwyn at Arthur ac e fwrsiodd Trystan hwynt i lawr bob un yn ol eu gilydd, ac ni ddaeth er neb ond er Gwalchmai a'r Tafodaur.

GWALCHMAI.

Prwystyl sydd ton anianawl
Pan fo'r mor yn ei chanawl.
Pwy wyt, filwr anfeidrawl?

TRYSTAN.

Prwystyl sydd tonn a tharan.
Cyd bont brwystyl eu gwahan.
Yn nydd trin mi yw Trystan.

GWALCHMAI.

Trystan barabyl difai,
Yn nydd trin nid ymgiliai,
Cydymaith yi oedd Gwalchmai.

TRYSTAN.

Mi wnawn er Gwalchmai yn nydd
O bai waith cochwydd yn rhydd,
Nas gwnae'r brawd er eu gilydd.

GWALCHMAI.

Trystan gynneddfau eglur,
Huddellt baladyr oth lafur,
Mi yw Gwalchmai, nai Arthur.

---

[1] Je n'ai point vu de manuscrit de cette pièce : je reproduis, faute de toute autre, la version imprimée dans le *Myvyrian*, t. I, p. 178,

TRYSTAN.

Yno gynt Gwalchmai nog mydrin,
O bae arnat-ti orthrin,
Mi a wnawn waed hyd ddeulin.

GWALCHMAI.

Trystan o honot-ti y pwyllon,
On i gommeddai'r arddwrn :
Minneu a wnawn goreu ag allwn.

TRYSTAN.

Mi ai gofyn (er a fen
Ac nis gofynnaf ar grauen),
Pwy yw'r milwyr sydd om blaen?

GWALCHMAI.

Trystan gynneddfau hynod,
Nid ydynt ith adnabod?
Teulu Arthur sy'n dyfod.

TRYSTAN.

Arthur nim bogelaf,
Naw cant cad ai tyngeddaf;
Om lleddir, minneu a lladdaf!

GWALCHMAI.

Trystan, gyfaill rhianedd,
Cyn mynyd yngwaith gorfedd,
Goreu dim yw tangnefedd.

TRYSTAN.

O caffaf fy ngledd ar fy nghlun,
Amllaw ddeau im' ddyffyn,
Ai gwaeth finneu nag undyn.

GWALCHMAI.

Trystan gynneddfau eglur,
Cyn cynnaws lliaws llafur
Na wrthod yn gar, Arthur.

TRYSTAN.

Gwalchmai, o honot y pwyllaf;
Ac om pen y llafuriaf,
Fal im carer y caraf.

GWALCHMAI.

Trystan gynneddfau blaengar,
Gorwlychyd cafod cant dar:
Tyred i ymweled ath gâr.

TRYSTAN.

Gwalchmai attebion gwrthgrych,
Gorwlychyd cafod cant rhych!
Minneu af ir lle mynych.
(Ac yno daeth Trystan gyda Gwalchmai at Arthur.).

GWALCHMAI

Arthur attebion cymmen,
Gorwlychyd cafod cant penn :
Llyma Trystan, bydd lawen!

ARTHUR.

Gwalchmai attebion difai,
Gorwlychyd cafod cant tai;
Croesaw wrth Trystan, fy nai.

Trystan wynn, bendefyg llu ;
Car di genedel; cred a fu
A minneu, yn ben teulu.

Trystan, bendefig cadau,
Cynnair gystal ar gorau,
Ac yn gywir gad finnau.

Trystan, bendefig mawr call,
Car dy genedel, nith ddwg gwall;
Nid oer a rhwng car ar llall.

TRYSTAN.

Arthur, o honot y pwyllaf,
Ac i ti ben y cyfarchaf,
Ac a fynnach mi ai gwnaf[1].

III

ARTHUR UN JOUR DE BATAILLE

FRAGMENT ÉPIQUE, TIRÉ DE LA LÉGENDE ARMORICAINE DES ROIS, POÈME U Xᵉ OU DU
XIᵉ SIÈCLE, D'APRÈS UNE VERSION GALLOISE EN PROSE DU XVᵉ[2].

Ac yna y daeth Dyfric, Archesgob Caerllion, y ben bryn ychel, a
diuedyt o hyt llef :

« Ha! wyrda, heb ef, y saul ysydd o hanoch o gristnogawl fyd,
« coffewch hediw dial gwaet ych rieni ar y paganiaid Saeson ; ha
« thrwy nerth Duw y llafur a gymeroch ar angau a ylch pechodau
« chui yn lan..... »

Ag yna y gwisgodd Arthur amdano lyryg a oed dailwng y vrenin;
ac am y ben helym aurait a llun draic o dan erni ; (taryan a gy-
myrth ar y yskwyd) a delu arall a elvit *Prydwenn*, ac yndi hithe y
doed delu Vair yn ysgythredic; — a hyny a dygai Arthur gydac ef
pan elai meun perigl brwydrau. — A chledyf agymerth ef, a elvit
Caledfwlch, cans gorau oed ef yn holl ynys Brydain, yr hun a
wnaethbuyt yn Affalach; a gwaif gymerth ef yn law, yr hun elvit
Rongymyniat; ac wedy y baub wisgo am dano trwy vendith yr

---

[1] Cf. cet épisode avec la légende d'OWENN, V, p. 204; la légende de
GHÉRENT, XXIV, p. 296; et la légende de PÉRÉDUR, XIV, p. 350.

[2] Manuscrit inédit n° XLI du collége de Jésus, à Oxford, fol. 106.
Cf. le *Myvyrian*, t. II, p. 305. Ce texte, le plus ancien de fond, est le
plus moderne de langage.

Archesgob, cyrchu y gelynion yn eryron a orugant.... Ac yna llidio
a oruc Arthur, a thynnu caledfwlch gan goffau enu Mair, a rythro i
elynion yn wrawl, a'r neb a gyfarffai ac ef, ar un dyrnot y lladai,
ac ni offrwyssod Arthur yn y lladaud ef or Saeson dec a thrygain a
fedwar cant. A phan welas y Bryttaniait y brenin yn digoni trwy
vilwriaeth ac ewllys, cymryt llawenyd a wnaethant, ai nerthoed
atlynt, a chydgerdet ac ef.

IV

LA MARCHE D'ARTHUR

ANCIEN CHANT DE GUERRE DES BRETONS ARMORICAINS, COMPLÉMENT LYRIQUE DU
MORCEAU PRÉCÉDENT [1].

« Deomp, deomp, deomp, deomp, deomp, deomp, d'ar gad !
« Deomp, kar, deomp, breur, deomp, map, deomp, tad !
« Deomp, deomp, deomp holl, deomp-ta, tud vad ! »

Mab ar c'hadour a lavare,
Lavare d'he dad, eur beure :
— Marc'hegerien war lein ar bre !

Marc'hegerien o vont ebiou ;
Mirched adan-he, glaz ho liou,
Oc'h hinteal gand ar riou !

Stank-ha-stank, c'houec'h-ha-c'houec'h, e ri ;
Stank-ha-stank, e ri tri ha tri ;
Mil goaf oc'h ann heol o lintri.

Stank-ha-stank, e ri daou ha daou,
O vont da heul ar banielaou
Hag a vransel glan ann Ankaou.

[1] Il est difficile de fixer la date de ce morceau ; mais, à en juger par
les sentiments, le style, la langue et le rhythme, il est évidemment
plus ancien que la *Légende des Rois*. Pour plus d'informations, voy. le
BARZAZ-BREIZ, t. I, p. 88.

Nao ban rong ann daou benn anheo.
Bagad Arzur , e goarann eo,
Arzur a-rog lein ar meneo.

— Mar ma Arzur ann hini eo,
Prim d'hor gwarek ha d'hor gwall veo!
Ha' rog d'he heul ha flimm ra freo! »

Oa ked ar gér losket a-grenn
Pa drouzkrozaz ar iouac'hadenn
Hed ar meneziou penn-d'ar-benn.

— « Kalon am lagad! penn am brec'h!
« Ha laz am blons, ha traou ha krec'h!
« Ha tad am niap, ha mamm am merc'h!

« Marc'h am kazek, ha mul am az!
« Penn-lu am mael, ha den am goaz!
« Gwad am daerou, ha tan am grouaz!

« Ha tri am unan, evit mad!
« Traou ha krec'h, noz-de, ma gel pad,
« Ken a redo enn traouiou gwad!

« Er stourmat treuzet mar kouezomp,
« Gand hor gwad en em badezfomp
« Ha laouen galon a varfomp!

« Mar varvomp evel 'ma dlect
« D'ar gristenien, d'ar Vretoned,
« Morse ne varvimp re abred! »

Deomp, deomp, deomp, deomp, deomp, deomp, d'ar gad! etc.

V

COMBAT D'ARTHUR CONTRE UN DRAGON

FRAGMENT DE LA LÉGENDE ARMORICAINE DE SAINT EFFLAMM, POÈME ANTÉRIEUR AU
XI° SIÈCLE [1].

Neuze Breiz a oa trubuillet
Gand loened gwez ha dragoned,
Hag a wallgase ar c'hanton
Ha dreist ann holl bro Lannion.

Kalz anhe a oa bet lazet
Gand Penn–tiern ar Vretonet,
ARZUR, a n'euz kavet he bar
Abaoe 'ma war ann douar.

Hapa zouaraz Sant Efflamm
Ar roue welaz oc'h emgann,
He varc'h taget enn he gichen,
Gwad deuz he fri ha war he gein;

Eul loen gwez gant han tal-oc'h-tal,
Eul lagad ruz ekreiz he dal,
Skantou glaz endro d'he ziou skoaz;
Kemend hag eur c'hole daou vloaz;

---

[1] Cette légende doit être une des plus anciennes d'Armorique, puisqu'elle est représentée, comme je l'ai déjà dit (p.23 et 24) au portail d'une
église bretonne de la fin du onzième siècle, ou des premières années
du suivant. Je l'ai publiée *in extenso* et traduite dans le BARZAZ-BREIZ,
t. I, p. 413. — Cf. Al. Legrand, *Vies des saints de Bretagne*, art. *saint
Efflamm.*

He lost evel eur vins houarn,
He vek digor rez he ziou skouarn,
Skilfou enn han gwenn ha lemmet
Evel d'ann houc'h gwez, hed-ha-hed.

Tri deiz oant oc'h emgann azè,
Heb beza 'nn eil 'vid egile;
Hag ar roue o vont da fata
Pa zigouezaz Efflamm gant ha.

Ar roue Arzur lavaraz
Da zant Efflamm dal' m' he welaz :
— Plije d'hoc'h otrou pirc'hindour,
Digas d'ime eul lommik dour.

— Mas plij d'ann Otrou benniget,
Dour awalc'h a vezo kavet. »
Hag hen da skei gant penn he vaz
Dre deir gwech, war veg ar roc'h c'hlaz;

Ken a zilammaz eur vammon
Diouc'h beg ar garrek rag-eon,
A dorraz d' Arzur he zec'hed
Ha roaz d'ezhan nerz ha iec'hed.

Hag hen d'ann dragon adarre
Ha planta 'nn he veg he gleze;
Ken a loskaz eur iouc'haden,
Ha' kouezaz er mor war he benn.

Ar roue pa'n deuz hen lazet
D'ann den doue en deuz laret :
— Deud, m'ho ped, da balez Arzur,
M'ho lakai enn ho plijadur. »

     .   , ...

Ann traou-man ma n'ankounac'hor,
(Ne ma int bet biskoaz e neb leor),
Lekeat int bet e gwerzou,
Da vea kanet enn ilizou.

VI

LE BARDE MERLIN ET LA MAGICIENNE

BALLADE ARMORICAINE ANTÉRIEURE AU XII° SIÈCLE [1].

I

Va mamm-goz baour, am selaouet
D'ar fest am euz c'hoant da vonet;
D'ar fest, d'ar rederez neve.
A zo laket gand ar Roue.
— D'ar rederez na iefac'h ket
D'ar fest-man na da fest e-bet.

. . . .

— Va mammik paour, ma am c'haret,
D'ar fest em lesfec'h da vonet.
— O vont d'ar fest c'hui a gano,
O tout endro c'hui a welo. »

II

He eubeul ruz en deuz sternet;
Gand diren-flamm neuz han houarnet;

[1] En donnant (p. 51) et dans le BARZAZ-BREIZ, la traduction de ce chant populaire, véritable roman breton, sous une forme rhythmique qui est celle de tous les romans français de la Table-Ronde, j'en ai indiqué la date approximative. Je n'ai pas besoin de répéter que la langue n'est pas aussi ancienne que le fond, observation qui convient d'ailleurs à tous les vieux poëmes, soit armoricains, soit gallois, transmis jusqu'à nous.

Eur c'habestr neuz laket 'nn he benn
Hag eun dorchen skanv war he gein;
E kerc'hen he c'houg eur walen
Hag endro d'he lost eur zeien,
Ha war he c'hore 'ma pignet,
Hag er fest nevez 'ma digouet.

Er park ar fest pa oa digouet,
Oa ar gern-bual ó vonet;
Hag ann holl dud enn eur bagad,
Hag ann holl virc'hed o lampat.
— « Ann hini en devo treuzet
Kleuz braz park ar fest enn eur red,
Enn eul lamm klok, distak ha net,
En do merc'h ar Roue da bried. »

Ile eubeulik ruz, pa glevaz
War bouez he benn a c'hristillaz;
Lammet a reaz, ha kounari
Ha teurel c'houez tan gand he fri,
Ha luc'hed gand he zaou-laged
Ha dac'h enn douar gand he dreid;
Ken a oa ar re-all trec'het
Hag ar c'hleuz treuzet enn eur red.

— Otrou roue, 'vel p'euz touet
Ho merc'h Linor renkann kaouet.
— Va merc'h Linor n'ho pezo ket,
Na den evel-d-hoc'h kenneubet;
Ne ket kelc'herien a fell d'e
Da rei da bried d'ann merc'h-mc, »

Eunn ozac'h koz a oa eno
Ha gant han eur pikol baro,
Eur varo enn he chik gwenn-kann,
Gwennoc'h evit gloan war al iann;

Hag hen gwisket gand eur zae-c'hloan
Bordet penn-da-benn gand argant ;
Hag hen enn tu dehou d'ar roue,
Out-han gourgomze, er pred oe.
Ar roue pa'n deuz he glevet
Dre deir gwech gand he vaz neuz skoot ;
Teir gwech gand he vaz war ann dol,
Ken a lakaz selaou ann holl.
— Mar gasez d'in telen Varzin
Dalc'het gant pedeir sug aour fin ;
Mar gasez he delen d'ime,
Zo staget e penn he wele,
Mar he distagez, aneuze
Az nezo va merc'h, marteze. »

II

- Va mamm-goz baour, ma em charet,
Eunn ali d'i-me a refet ;
Va mamm-goz baour, ma em c'haret,
Rag va c'halonik zo rannet.
— Ma ho pije ouz-in sentet
Ho kalon na vije rannet.
Va mabik paour, na welet ket,
Ann delen a vo distaget ;
Na welet ket, va mabik paour,
Setu aman eur morzol aour,
Kement tra ma zo na drouzfe
Ma ve skoet gand ar morzol-ze. »

IV

— Eurvad ha joa barz ann ti-me!
Setu me digouet adarre,
Ha telen Varzin gan-ime. »
Mab ar roue dal' m'he glevaz
Oud he dad roue c'hourgomzaz.

Ar roue pa'ndeuz he glevet
D'ann den inouank en deuz laret .
— « Ma gasez d'ime he vizou
A zo gant-han enn he zorn deou,
Ma gasez he vizou d'i-me
Te po va merc'h digan-i-me. »

Hag hen da zont, o wela dru,
Da gaout ha vamm-goz dioc'htu.
— Ann otrou roue en doa laret
Ha padal en deuz dislaret !
— Na chif ket evit kement-se,
Kemer eur skoultr a zo aze,
Azo aze 'barz va arc'hik.
Hag enn han daouzek deliennik,
Hag enn han daouzek delien grenn
Hag hi ker kaer hag aour melen ,
Hag onn bet seiz noz da gerc'hat,
Seiz vloaz tremenet, e seiz koat.
Pa gano 'r c'houg da hanter-noz
Ho marc'h ru vo oc'h ho kortoz.
P'euz' ker da gaout aon ebet,
Marzin-Barz na zihuno ket. »
Pa gane 'r c'houg kreiz ann noz du
Lamme war ann hent ar marc'h ru ;
N'en doa ket ar c'houg peur-ganet
Pa oa bizou Marzin lammet.

V

Antronoz pa zarc'baz ann de
Oa eet da gaout ar roue;
Hag ar roue, dal' m'he welaz,
Chommaz war zao, souezet braz,
Souezet ha' nn holl evel-t-han.
— « Setu goneet he c'hreg gant-han ! »
Hag hen mont eunn tammik er meaz,

He vab d'he heul hag ann oac'h keaz,
Hag hi da zont gant-han endro
Unan a-gleiz, un-all a-zeo.
— Gwir eo, va mab, pez t'euz klevet
Da c'hreg hiriou ec'h euz goneet ;
Hogen eunn dra c'hoaz e c'houlann,
Houman a vo ann divezan ;
Mar deuz da ober kement-ze
Vezi gwir vab-kaer ar roue,
Hag az po va merc'h hag ouc'hpenn,
Ann holl vro Leon, dre va wenn !
Digas Marzin-Barz tre em lez
Da veuli ar briedelez »

VI

« Mazin-Barz, abeban e teuz
Toullet da zillad treuz-didreuz
Da belec'h ez-te evelhen
Diskabel-kaer ha diarc'hen ?
Da belec'h ez-ta evelhenn
Marzin goz, gand da vaz kelen ?
— Mont a rann da glask va delen
Frealz am c'halon er bed-men ;
Klask va delen ha va bizaou
Am euz kollet, kollet ho daou.
— Marzin, Marzin, na chiffet ket,
Ho telen n'ed eo ket kollet,
Nag ho pizou aour kenneubet.
Deut tre enn ti, deut tre, Marzin,
Da zibri eunn tamm boued gan-in.
— Mont gant va hent na zaleinn,
Na tamm boued ebet na zebrinn,
Na zebrinn tamm boued war ar bet,
Ken n'am bo va delen kavet.
— Marzin, Marzin, ouz-in sentet ;
Ho telen a vezo kavet. »

Kement 'ma bet pedet gant hi,
Kement e mo deut tre enn ti.
Ken a zigouezaz, da barde,
Mabig ar c'hroac'h goz; hag hen tre.

Hag hen da zridal spontet braz,
Endro d'ann oaled pa zellaz,
O welet Marzin-Barz kluchet
He benn war he galon stouet;
Oc'h he welet war ann oalet
N'ouie darre pelec'h tec'het.

— Tevet, va mab, na spontet ket
Gand ar mourgousk ema dalc'het;
Lonket en deuz tri aval ru
Ameuz poazet d'ean el ludu;
Lonket en deuz va avalo
Setu hen d'hon heul e peb bro.

VII

Ar rouanez a choulenne
Gant he laoufrouen, euz he gwele :
— Petra c'hoaru gand ar ger-ma?
Pe safar a glevann ama?
Pa'z-onn dihunet ken pred—ze,
Ken a gren postou va gwele?
Petra 'zo digouet barz ar porz
Gand ann dud eno 'ioual forz?
— C'hoari gaer azo er ger-man;
Gand Marzin o tont enn ti-man;
Eur c'hroagik koz gwenn-kan raz-han,
Hag ho mab-kaer ivez gant-han? »
Ar roue en deuz hi c'hlevet
Hag hen meaz, ha prim da welet.
— Sav alese, embanner mad,
Sav deuz ta wele, ha timad!
Ha ke da gemenn dre ar vro
Dont d'ann eured neb a garo;

Dont d'ann eured merc'h ar roue
A vo dimet abenn eiz-te;
Dont d'ann eured, tudjentiled,
Kement zo e Breiz hed-ha-hed;
Tudjentiled ha barnerien,
Tud a iliz ha marcheien,
Ha da genta ar gonted vaour,
Ha tud pinvidik ha tud paour.
Ke buhan ha skanv dre ar vro
Kannadour, ha deuz skanv endro. »

VIII

Selaouet holl, ho! selaouet
Ma oc'h euz diouskouarn da glevet!
Selaouet holl bag e klefet
Arpez a zo gourc'hemennet :
Dont da eured merc'h ar roue.
Neb a garo, abenn eiz-te,
Dont d'ann eured, braz ha bihan,
Kement a zo er c'hanton-man;
Dont d'ann eured, tudjentiled,
Kement zo e Breiz hed-ha- hed;
Tudjentiled ha barnerien,
Tud a iliz ha marc'heien;
Ha da genta ar gonted vaour
Ha re binvidik ha re baour.
Na vanko d'he argant nag aour;
Na vanko d'he kik na bara
Na gwin, na dourvel da eva,
Na skabellou da azeza
Na paotred skanv d'ho servicha.
Daou-c'hant penn-moc'h a vo lazet,
Ha daou-c'hant penn-kole lardet ;
Daou kant oenar, ha kant karo,
A gement koat a zo er vro;
Daou c'hant ejen, kant du, kant-gwenn,

Vo roet ho krec'hin dre rann krenn;
Kant zae a vo hag a c'hloan gwenn,
Hag a vo roet d'ar veleien;
Ha karkaniou aour a vo kant
Evit roi d'ar varc'heien goant;
Minteli glaz vo leiz eur zal
Da rei d'ar merc'hed da fragal,
Hag eiz kant bragez nevez c'hret
Da rei d'ann dud paour da wisket,
Ha kant soner war ho zorchen
O son noz de war ann dachen;
Ha Marzin-Barz e kreiz al lez
O veuli ar briedelez.
C'hoari awalc'h a vo eno,
Kement-all birviken na vo. »

IX

« Klevet, Kegmour, me ho ped
Nag ann eured zo achuet?
— Ann eured o zo achuet
Hag ann holl draou ivez lippet!
Pemzek devez e deuz padet
Ha dudi awalc'h a zo bet;
Eet int kuit holl gand profou mad
Gant skoaz roue hag he gimiad;
Hag he vab-kaer da vro Leon,
Gant he bried, dreo he galon;
Eet int holl kuit, ha laouennet,
Nemed ar roue n'edeo ket :
Marzin c'hoaz eur wech zo kollet
N'ouier doare pelec'h ma eet. »

NOTE

RHYTHME DES POÉSIES PRÉCÉDENTES.

On ne confrontera pas sans fruit, pour la question de l'origine du rhythme des poëmes français du cycle breton, le mètre des poésies précédentes, c'est-à-dire le petit vers familier octosyllabique à rimes plates, avec le mètre des légendes de Merlin de nos trouvère, avec celui des autres romans de la Table-Ronde, et avec les épisodes de ces romans imités du celtique par Marie de France sous le nom de *Lais bretons*. L'original de son lai du *Rossignol* ou de l'*Eostik*, comme elle l'appelle elle-même, se chante encore en Bretagne sur le rhythme qu'elle a suivi, et probablement sur l'air qu'elle a entendu. C'est là qu'on trouve ces vers d'une harmonie si douce :

> Ann Eostik a glevann heb noz
> Er jardin war eur bodik roz;
> Ken dous e kan, ker kaer ken flour,
> Beb noz, beb noz pa zioul ar mour.
> (Barzaz-Breiz, t. I, p. 250.)

Marie traduit ainsi :

> Il n'en ad de joie en cest mund
> Ki n'en ot le Eaustic chanter,
> Pour ce me vois ici ester;
> Tant ducement le oï la nuit
> Que mut me semble grand déduit;
> Tant me délit et tant le voil
> Que je ne puis dormir del oil.
> (Ed. de Roquefort, t. 320.)

Pour les *Lais* en général, nous renvoyons le lecteur au précieux ouvrage de l'abbé de la Rue, quoiqu'il soit bien à regretter que ce laborieux érudit ait ignoré le breton : il le regrettait tout le premier, et, comme je lui soumettais quelques observations à cet égard, il me répondit : « J'ai fait vraiment un tour de force extraordinaire en m'avisant d'écrire sur vos bardes armoricains et sur leurs ouvrages, quand je n'avais pas une seule ligne de leur poésie dans leur langue, et quand leur langue même m'était inconnue. » (Caen, 24 décembre 1834.)

De sages conseils accompagnaient cet aveu du savant vieillard qui se réjouissait de me voir entreprendre, à l'aide des idiomes celtiques, de nouvelles recherches sur un sujet qui constitue, disait-il avec raison, la première littérature de la France.

FIN.

TABLE DES MATIERES.

SECONDE PARTIE.

CONTES DES ANCIENS BRETONS.

NOTES ET ÉCLAIRCISSEMENTS.

FIN DE LA TABLE

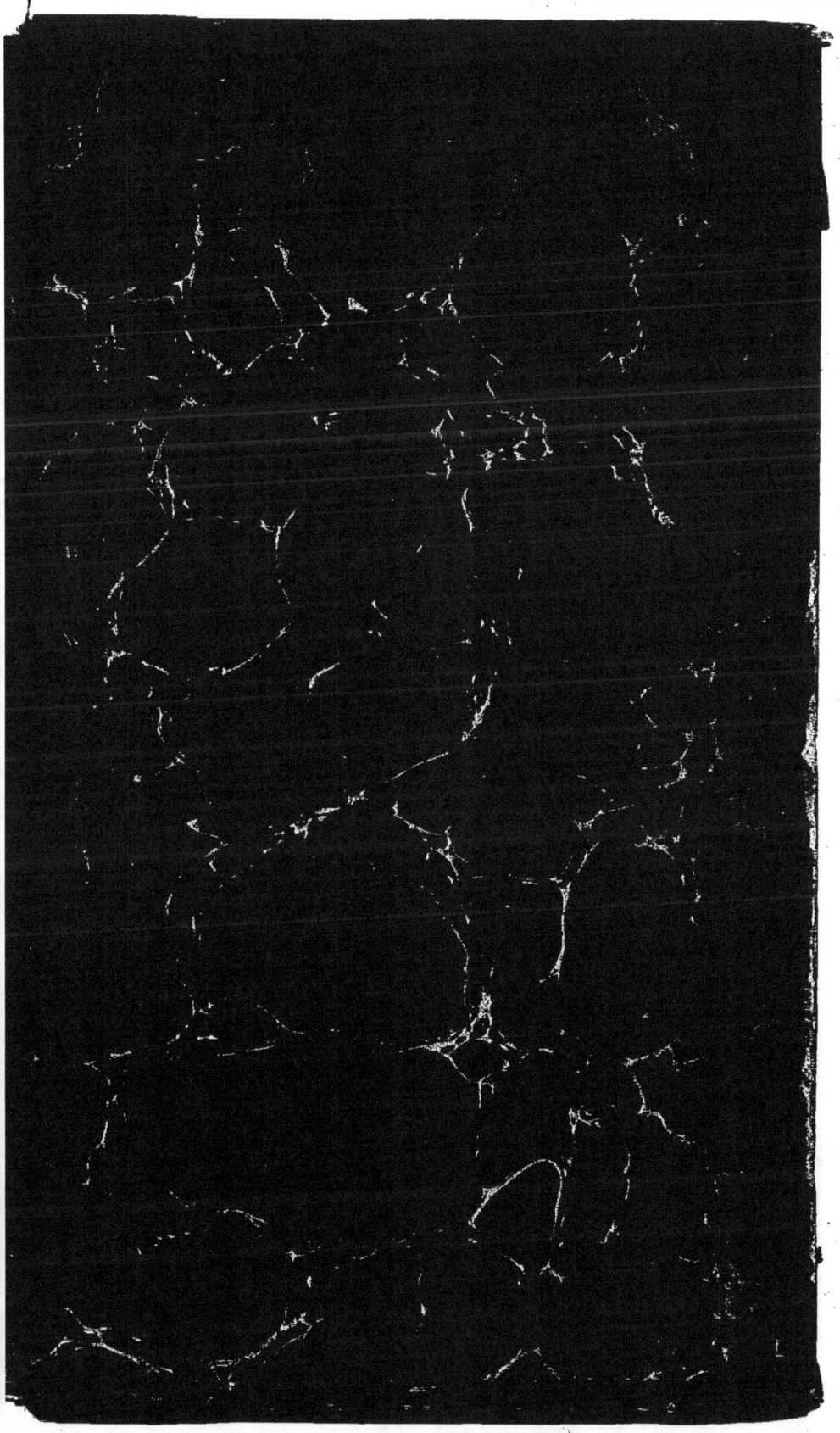